Bauernseufzer

Martina Tischlinger wurde 1962 in Nürnberg geboren, studierte BWL, Außenwirtschaft und Werbung. Doch ihre Leidenschaft gehört dem Schreiben. Zahlreiche Kurzgeschichten wurden veröffentlicht. Außer im Radio ist sie bei Lesungen zu hören.

MARTINA TISCHLINGER

Bauernseufzer

FRANKEN KRIMI

emons:

Bibliografische Information der Deutschen Nationalbibliothek
Die Deutsche Nationalbibliothek verzeichnet diese Publikation in der Deutschen Nationalbibliografie; detaillierte bibliografische Daten sind im Internet über http://dnb.d-nb.de abrufbar.

FSC
www.fsc.org
MIX
Papier aus verantwortungsvollen Quellen
FSC® C083411

Umschlagmotiv: mauritius images/imageBROKER/
Helmut Meyer zur Capellen
Umschlaggestaltung: Tobias Doetsch
Gestaltung Innenteil: César Satz & Grafik GmbH, Köln
Lektorat: Susanne Bartel
Druck und Bindung: CPI – Clausen & Bosse, Leck
Printed in Germany 2017
ISBN 978-3-7408-0082-6
Franken Krimi
Originalausgabe

Unser Newsletter informiert Sie
regelmäßig über Neues von emons:
Kostenlos bestellen unter
www.emons-verlag.de

Dieser Roman wurde vermittelt durch die Autoren- und Projektagentur Gerd F. Rumler, München.

Für Doris

Transportschwierigkeiten

»Obachd! Mensch, geb halt Obachd!« Mario verdrehte genervt die Augen. War doch klar gewesen, dass sie ihm keine große Hilfe sein würde. Frauen! Keinen Mumm in den Armen, aber angeben. So eine Schnapsidee von ihr, so eine Schnapsidee aber auch.

Er hatte die Arme von hinten um den Oberkörper der Leiche gelegt und die Hände auf deren Brust wie zum Gebet gefaltet. Seine Freundin hatte ihm unbedingt helfen wollen, die Beine beherzt an den Fesseln gepackt, aber schon nach drei Schritten wieder losgelassen.

»Mensch, Obachd!«

»Geb doch selber Obachd!« Sie blies sich eine blonde Locke aus der Stirn. Der hatte leicht lachen, Kraft wie ein Bär. »Do, schau! Etz hob ich mir an Fingernagel abgebrochen!« Zum Beweis hielt sie ihm ihre gespreizte Hand hin. »Außerdem spürt der Luggi eh nix mehr, tot isser ja schon.«

Mario verdrehte nochmals die Augen, biss die Zähne zusammen und zog den leblosen Mann über den Asphalt.

»Lass gut sein, Bambi, ich schaff den Luggi auch ohne dich«, presste er zwischen den Zähnen hervor. Bevor seine Süße wieder beleidigt war und zickig wurde, gab er lieber klein bei. Dabei war er an sich kein Kerl, der sich von anderen auf der Nase herumtanzen ließ. Im Notfall setzte er auch gern mal seine Fäuste zur überzeugenderen Argumentation ein. Aber bei einer Frau?

Und Marina Bamberger, genannt Bambi, war eine Frau, und was für eine! Die blonde Zuckerschnecke sorgte für eine stattliche Höhe des Testosteronspiegels bei Mario und war zum Glück immer für a bisserla Spaß zu haben, der weit übers Kuscheln hinausging.

Und sie hatte so wunderbar große … Augen. Auch deshalb passte der Spitzname perfekt zu ihr.

»Hau ruck!« Schweißperlen liefen Mario übers Gesicht, aber gleich hatte er es geschafft. Freilich, die Aktion war bizarr, aber das hätte ihm schon vorher klar sein müssen. Doch wenn man den toten Luggi so anschaute, konnte man fast meinen, dass der ein glückliches Gesicht machte.

Bambi trippelte derweil in ihren hochhackigen Pumps eifrig hinter dem seltsamen Gespann her und gab Anweisungen, als würde Mario eine Limousine in einen Schuhkarton einparken. »Rechts, rechts, nu aweng rechtser … Stopp!«

Sie hatten halt keine besondere Erfahrung mit dem Transport von Leichen. Und dass ein Mann tot genauso schwer war wie zu seinen Lebzeiten, das hatten sie irgendwie nicht einkalkuliert. Sonst hätten sie den Lohmüller Ludwig vielleicht einfach an Ort und Stelle liegen lassen, anstatt ihn erst mit dem Auto durch die Gegend zu kutschieren und nun auch noch durch das nächtliche Kleinmichlgsees zu schleifen. Aber gefallen hätte das dem Luggi schon, er war immer gern an der frischen Luft gewesen und durch die Weltgeschichte gefahren. Von daher war es vielleicht ja doch die Mühe wert, dem käsbleichen Kumpel einen letzten Freundschaftsdienst zu erweisen.

Bambi und ihre Schnapsidee. Aber was machte ein Mann nicht alles, um sich nach getaner Arbeit an den weichen Busen seiner Liebsten drücken zu dürfen. Wäre es nach ihm gegangen, hätten sie den Luggi einfach in den Wald gekarrt. Aber die Bambi hatte gemeint: »Wär des ned cool, wenn mir den Luggi auf des Bänkla vor die Metzgerei hocken? Der hat die Brodwärschd und die Schweinshaxen doch immer so gern ghabd. Dann nimmt er auf dem Weg nach oben wenigstens noch a schöne Erinnerung an Klaamichlgsees mit.«

Eigentlich hat der Luggi ja mehr eine Vorliebe für dunkles Bier, Hochprozentiges, Schafkopf und die vollbusigen Schnecken gehabt, dachte Mario. Aber ja, doch, gleich dahinter kam Schweinernes, und zwar möglichst deftiges.

Vorsichtshalber schaute er sich um, ob sie vielleicht beobachtet wurden. Aber in diesem lausigen Kaff lagen sie längst alle in ihren Betten und schnarchten. In Kleinmichlgsees war sowieso nie was los, da lag der Hund verreckt.

Also hockten Mario und Bambi den Luggi auf die Bank vor der Metzgerei Popp. Sein Kopf sackte ihm immer wieder auf die

Brust, es dauerte ein wenig, bis er aufrecht sitzen blieb. Andererseits war es ein Glück, dass er noch so beweglich war, denn hätte bereits die Totenstarre eingesetzt, hätten sie vielleicht noch mehr Geschiss mit ihm gehabt.

»Sag was«, sagte Bambi.

»Was denn?« In Marios Magen machte sich ein mulmiges Gefühl breit, er wusste sehr wohl, was sie von ihm wollte.

»Etwas Frommes halt. Kennst du keine Bibelsprüche?«

»Häh?« Sah er etwa aus, als ginge er in die Kirche? Obwohl eine Beichte bei ihm gewiss keinen Schaden angerichtet hätte, generell gesagt.

»Hast du noch nie gebetet? Auch ned als Kind? Du kannst den Luggi doch nicht einfach wie einen Sack Altkleider zurücklassen.«

Er zog die Nase hoch und straffte die Schultern. Dann faltete er die Hände. »Lieber Gott, der Luggi war kein guter Mensch, aber das weißt du ja am besten.«

Bambi gab ihm einen heftigen Stoß in die Rippen. »Doch ned so!«

Er knurrte leise. »Also, die Polizei würde das so sagen: Lieber Luggi, du warst sehr wohl ein guter Mensch. Und darum sag ich: Herrgott, nimm ihn bei dir da oben auf. Äh, amen. Na ja, langer Rede kurzer Sinn: Gute Fahrt, Luggi! Und wenn er dir gerade über den Weg läuft, schöne Grüße an Elvis von mir. Viva Las Vegas!«

Nun war es an Bambi, die Augen zu verdrehen. Männer! Aber okay, für den Luggi war die Rede schon in Ordnung gewesen. Sie persönlich hatte ihn ohnehin nie wirklich leiden können. Er war ein Schwafler gewesen, ein Schaumschläger halt.

Aber zum Sterben hätte er sich wirklich einen anderen Platz aussuchen können, nicht gerade das Haus, in dem Bambi und Mario arbeiteten. Ihr Boss verstand da keinen Spaß. In seinen Etablissements waren Leichen ein No-Go, absolut schädlich für das Geschäft. Das galt sowohl für seinen Puff in Nürnberg als auch für den Swingerclub, das »Paradies« vor den Toren von Kleinmichlgsees.

An sich hätte der Luggi noch gar nicht den Löffel abgeben müssen. Nicht mal sechzig war er geworden.

Bambi verdrückte ein Tränchen, weil die Situation schon irgendwie ergreifend war. Schade, dass die Kirchenglocken jetzt nicht schlugen.

Mario zuckte mit den Schultern. »Und nun?«

Schweigend gingen sie zum Wagen zurück. Mario ließ den Blick noch einmal umherwandern. Nichts. Absolute Stille. Eigentlich logisch, morgens um vier.

Als die Rücklichter des Wagens von Bambi und Mario im Dunkel verschwanden, schnappte ein Gasfeuerzeug auf, und die Flamme wurde an eine Zigarette gehalten. Der Raucher zog kräftig, blies den Rauch aus. Stutzte.

Bauchaortenaneurysma

Richard kochte Kaffee. Jeden Morgen. Auch wenn böse Zungen behaupteten, der Geschmack seines Muntermachers erinnere mitunter an das Aroma eines Affenstalls. Aber seine neue Chefin, der Preiß, hatte halt keine Ahnung, was ein richtig guter Kaffee war. Einer für Männer, einer, der die Oma wieder vom Sterbebett hob. Die gebürtige Berlinerin stand mehr auf Kaffee im Pappbecher aus dem Automaten, to go. Wahrscheinlich fand sie das schicker als seinen Filterkaffee. Sie stand auf alles, was modern war.

Wirklich neu war seine Vorgesetzte Paula Frischkes allerdings auch nicht mehr. Seit einem halben Jahr versuchte die Kriminaloberkommissarin nun schon, frischen Wind in die Kleinmichlgseeser Wache zu bringen. Und war, das mussten ihr selbst ihre Neider zugestehen, bei der Lösung der letzten Fälle mehr als erfolgreich aus dem Ring gestiegen. Weil es dabei sogar um Mord ging, hatten die Oberen vom Nürnberger Polizeipräsidium dem Kleinmichlgseeser Polizeiteam postwendend drei von der Kripo in die dörfliche Wache gesetzt. Im Nachhinein hatten die Frischkes, er und seine Kollegin Maria Heberle die Mordfälle ohne großes Zutun der Nürnberger Würstchen, wie sie sie hinter vorgehaltener Hand nannten, aufgeklärt. Den Ruhm hatten allerdings diese eingeheimst. Aber egal, das war Schnee von gestern. Seitdem war nichts mehr in Kleinmichlgsees passiert, was auch gut so war.

Richard zählte Löffel um Löffel mit Kaffeepulver, das er in den Filter schüttete. Dann lauschte er. Seit die Frischkes kurz nach ihm in der Wache erschienen und in ihrem Büro verschwunden war, war es dort verdächtig still. War die Kommissarin etwa eingeschlafen? Er schaltete die Kaffeemaschine ein, setzte sich hinter seinen Schreibtisch und klappte einen Ordner auf, in dem sich der aktuelle Baumarkt-Prospekt befand. Doch seine Gedanken kehrten wieder zu der nicht mehr ganz so Neuen zurück.

Noch immer hatten Maria und er nicht herausfinden können, warum man die Kollegin nach Kleinmichlgsees, einen Ort, so spektakulär wie eine Eisscholle am Nordpol, versetzt hatte. Man munkelte, ihre übereifrige Art, ihr Drang zu eigenmächtigem Handeln, die mangelnde Teamfähigkeit und letztendlich ein verpatzter Einsatz, bei dem sie ohne Befehl eingegriffen hatte, hätten ihr den Karriereknick beschert.

Aber bitte schön, was hieß hier Karriereknick? In Kleinmichlgsees war sie schließlich Dienststellenleiterin.

Paula war von einem röchelnden Geräusch geweckt geworden. Sie rieb sich die Mundwinkel. War sie eingeschlafen? Hatte sie etwa geschnarcht? Sie reckte den Hals und blickte ins Büro zu ihrem Kollegen. Der konnte es nicht gewesen sein, es sei denn, er schlief mit offenen Augen. Was sie ihm durchaus zutraute. Polizeiobermeister Richard Staudinger hatte das Temperament einer Schlaftablette, war aber ansonsten ein feiner Mensch. Ehrlich, zuverlässig, nur eben manchmal etwas stur und weltfremd. Irgendwann schien seine Welt stehen geblieben zu sein. Und er, so kam es Paula vor, hatte nicht das geringste Bedürfnis danach, moderne Neuerungen und Veränderungen jeglicher Art in sein Leben zu integrieren. Ihm fehlte einfach der Pfiff, vielleicht auch nur eine Frau, die den stotternden Lebensmotor in Schwung brachte. Richard Staudinger war vierzig, hatte aber wahrscheinlich bereits mit fünfundzwanzig einen gemütlichen Videoabend auf dem Sofa mit Erdnussflips einem Technoclub mit Stroboskoplicht vorgezogen.

Paula gähnte. Warum passierte in dem Kaff denn nichts? In jeder Gemeinde gab es ein schwarzes Schaf. Warum nicht in Kleinmichlgsees? Und dann auch noch dieses Kabuff, das sie ihr Büro nannte und das ursprünglich eine Abstellkammer für Besen, Schrubber und allen möglichen Plunder gewesen war. Paula hatte sich darin eingerichtet, weil sie fand, als Dienststellenleiterin stünde ihr ein eigenes Büro zu. Sie versuchte mittlerweile, sich nicht mehr an dem muffigen Geruch alter Putzlappen zu stören, der noch immer in den Tapeten hing. Meist hielt sie sich allein in ihrem »Chefbüro« auf, was gut so war, denn mehr als zwei, maximal drei weitere Personen fasste das Stübchen nicht. Klaustrophobisch veranlagten Menschen war von einem Besuch abzuraten.

Paula stand auf und rammte prompt mit ihrem Knie den Heizkörper. Die Wache verfügte über keinerlei Luxus, aber die Abstellkammer konnte beheizt werden, widersinnig. Fluchend humpelte sie zu ihrem Kollegen hinüber.

Richard hob den Kopf und musterte seine Chefin ungeniert. »Wollen Sie Ihr Kleid nicht besser ausziehen?« Seine Augen waren glasig.

Auch Paula sah ihm ins Gesicht. Hatte er doch ein Nickerchen gehalten?

»Bitte?« Ihr Kollege wurde doch nicht anzüglich, bloß weil sie allein waren? Das passte gar nicht zu ihm.

»Na, vielleicht besser etwas Schwarzes.« Er formte mit seinen Händen erst Brüste, dann einen schwingenden Rock, wurde sich plötzlich dessen bewusst, was er tat, und zog blitzschnell die Hände wieder zurück. »Ich meine«, er hüstelte verlegen, »die vielen Blumen und das Rot passen nicht so gut auf eine Beerdigung.«

Bei Paula machte es klick. »Ach so, richtig, der Schniederbauer aus dem Nachbarort wird ja heute beerdigt, nicht wahr? Dem der Schweinehof gehörte. Woran ist er noch mal gestorben?«

»Bauchaortenaneurysma«, sagte Richard so flüssig, als handele es sich hierbei um ein Wort aus dem deutschen Grundwortschatz. Und weil seine Chefin nichts darauf erwiderte, erklärte er: »Das ist eine Aussackung der Hauptschlagader. Bei einer Ruptur, also wenn die Aorta reißt, kommt es zu starken Blutungen, die tödlich sein können. In früheren Zeiten waren sie das jedenfalls. Heute kann man Patienten noch retten, sofern sie schnell genug professionelle Behandlung erfahren. Gott sei Dank!« Er hatte genau recherchiert. Richard wusste über die meisten Krankheiten Bescheid, er war immerhin selbst in einem gefährlichen Alter: vierzig. Ab vierzig begann es mit den Zipperlein, die sich schnell zu Schlimmerem auswachsen konnten.

»Danke, jetzt bin ich schlauer. Aber ich werde nicht an der Beerdigung teilnehmen, Herr Staudinger. Ich kenne die Leute doch kaum. Mich wundert es sowieso, dass Sie hingehen. Wo das Begräbnis doch in Ingreisch stattfindet.«

Zwischen Kleinmichlgsees und seinem Nachbarort Ingreisch herrschte eine genauso uralte wie leidenschaftliche Hassliebe, deren Ursprung nicht mehr zu ergründen war. Trotzdem ließ niemand ein gutes Haar an den Bewohnern des anderen Dorfes.

Richard zog die Nase hoch und machte ein Gesicht. Er war gefürchtet für seine Gesichter, die er passend sowie unpassend zu allen vorstellbaren Situationen ziehen konnte. Jenes soeben sollte wohl Verständnislosigkeit ausdrücken: Was sonst substanziell ist, spielt in diesem Fall keine Rolle. Auf dem Land geht man zu jeder Beerdigung – und vor allem zum Leichenschmaus, basta!

Noch dazu, wo es sich gar nicht um einen traditionellen Schmaus, sondern vielmehr um eine Leichenvesper oder einen Leichenbrunch handelte, wollte man sich denn einer neueren Ausdrucksweise bedienen. Die Witwe hatte die Beerdigung für zehn Uhr und den Leichenschmaus respektive -brunch eine halbe Stunde später anberaumt. Früher hätte es so etwas nicht gegeben. Früher begann der Leichenschmaus pünktlich zur Mittagszeit.

Während all der Überlegungen legte Richard sein gezogenes Gesicht nicht ab. Es war ein höchst beeindruckendes.

Leichenschmaus, -vesper oder -brunch, das war Paula egal, aber sie fürchtete, was dahinterstand. Schon allein das Wort »Leiche« …

Richard stach mit dem Zeigefinger in die Luft. »Es gibt keine bessere Gelegenheit, mehr über seine Mitbürger zu erfahren, als bei einem Leichenschmaus. Da tun sich gemeinhin Abgründe auf, Frau Frischkes. Und gerade als Polizist muss man doch ständig auf dem Laufenden sein.« Richard stand auf und rieb sich die Schuhspitzen an den Hosenbeinen blank. »Im Prinzip tue ich nur meine Pflicht als Ordnungshüter und höre mich um.«

Und vertilge dabei Gratisschweinsbraten mit Klößen, ergänzte Paula in Gedanken.

Richard lachte unverhofft. »Da gibt es eine lustige Geschichte wegen dem Namen von der Rosa, kennen Sie die schon?« Weil Paula mit den Schultern zuckte, konnte Richard ihr den Grund seiner plötzlichen Heiterkeit mitteilen: »Die Rosa ist eine geborene Bauer. Dann hat sie den Julius geheiratet und hat sich für einen Doppelnamen entschieden.« Richard schüttelte den Kopf. »Ich würde ja niemals einen Doppelnamen wählen, aber gut, die Frage stellt sich für mich derzeit nicht. Die Rosa hieß durch die Heirat nun«, Richard kicherte wieder, »Schniederbauer-Bauer. Und dann haben der Julius und die Rosa ja auch einen Bauernhof.« Richard konnte sich vor Lachen nicht mehr halten und schlug sich mit der Hand auf den Oberschenkel.

Paula beendete für ihn den Satz: »Den Schniederbauer-Bauer-Bauernhof.« Wirklich absurd. Sie versuchte ein Grinsen. Und dachte, dass das so absurd nun auch wieder nicht war, wenn man sogar einen Ort nach den in Fett ausgebackenen Eingeweiden des Karpfens benannte: Ingreisch.

Sollte sie vielleicht doch auf die Beerdigung gehen? Der Anstand verlangte es zumindest von ihr. Womöglich war sie als Polizeichefin beider Orte sogar dazu verpflichtet?

»Jeder aus Kleinmichlgsees kommt«, fuhr Richard fort, wieder ganz der korrekte Beamte. Und wenn Sie Ihren Status als »zugroaster Preiß« endlich ändern wollen, dann sollten auch Sie dort erscheinen, ging es ihm durch den Kopf.

Noch immer konnte Richard es schwer wegstecken, dass man ihm beruflich eine Frau vor die Nase gesetzt hatte. Eine Frau, das war schon schlimm genug, aber dann auch noch eine aus Berlin. Die Personalentscheidung des Polizeipräsidiums war für ihn völlig unverständlich. Andererseits war er auch bloß ein Mann, und ein Hingucker war die Großstädterin allemal. Immer schick mit Rock oder Kleid, doch auch in Jeans konnte sie sich sehen lassen, aber hallo. Selbst wenn das Haar ihr manchmal wie frisch aufgestanden über die Schultern fiel. Der Dorffriseur lauerte schon längst mit Schere und Lockenstab hinter ihrem Rücken, um ihr ein wenig Pfiff in die lustlosen Wellen zu ondulieren, doch bisher vergeblich. Und wenn Richard es sich recht bedachte, gingen ihn auch weder die schlanken Beine der Frischkes noch ihre Haare etwas an, denn sie war schlichtweg sein Boss. Sie konnte einem sogar leidtun. Wo die Franken doch nicht gerade als redselig galten und durchaus mit einem Wort oder maximal zwei auskamen, während »a Preiß« in der gleichen Zeit das Telefonbuch von Berlin daherplapperte. Der Ausdruck »Hopperla!« zum Beispiel enthielt zugleich Erstaunen und Entschuldigung. Mehr brauchte man nicht zu sagen, wenn man sich versehentlich auf dem Dorfplatz anrempelte.

»Aber Sie gehen doch auch nicht in Schwarz, oder, Herr Staudinger?«

Was für eine Frage. Richard war Uniformträger und stolz darauf. Ohne fühlte er sich direkt nackig. Aber frische Socken trug er. In Schwarz.

Beichte

Gitta Fürbringer hatte hundsmiserabel geschlafen. Wüste Alpträume hatten sie geplagt – oder vielmehr die Frage hernach, wie man sich so dummes Zeug überhaupt zusammenspinnen konnte. Dafür musste man entweder ein ausgesprochen kreativer Mensch sein oder völlig plemplem. Dass sie sich im Bett hin und her gewälzt hatte, mochte vielleicht auch an ihrem Abendbrot gelegen haben. Eine Packung Fischstäbchen mit Kartoffelsalat und Remouladensoße war nicht gerade ein leichtes Mahl, wobei Gittas Magen Kalorienhaltiges und Fettreiches eigentlich gewohnt war.

Oder war ihr schlechtes Gewissen für die Träume verantwortlich? Aber was fragte sie sich das überhaupt? Sie wusste es doch eh.

Sogar ihr Frühstückskaffee schmeckte bitterer als sonst. Und war die Butter ranzig? Lustlos schob sie das Marmeladenbrötchen auf ihrem Teller von der Mitte an den Rand.

»Schluss etz!«, schimpfte Gitta und kippte den Kaffee in den Ausguss. Es half alles nichts. Wenn sie ihre Seele und ihr Gewissen erleichtern wollte, musste sie dem Dorfpfarrer einen Besuch abstatten.

Der sympathische Mann mit stets offenem Ohr für seine Schäfchen war unauffindbar. Gitta hatte bereits an seiner Wohnungstür geklingelt und im Gemeindehaus nach ihm Ausschau gehalten. Jetzt durchschritt sie die Kirche. Vielleicht genügte es ja schon, wenn sie mit dem Herrn am Kreuz ein Zwiegespräch führte? Doch just in dem Moment sah sie den Gottesmann im Beichtstuhl sitzen. Der dunkelrote Vorhang war zwar zugezogen, aber seine Beine schauten darunter hervor.

»Guten Morgen, Herr Pfarrer«, grüßte Gitta in Richtung Vorhang. Sie war fast ein wenig aufgeregt. »Hätten Sie a Momentla Zeit für miich? Iich mach's aa ganz kurz.« Und schon saß sie in dem kleinen Teil des Beichtstuhls, der dem Gläubigen vorbehalten war, und schüttete ihr übervolles Herz aus. Wie ein Wasserfall sprudelten die Worte aus ihr hervor.

Der Pfarrer hörte hinter der gitterartigen Trennwand zu. Dass er aber so beharrlich schwieg, verunsicherte Gitta bald. Erschütterten die Missetaten des Gemeindemitglieds Fürbringer ihn so sehr, dass es ihm die Sprache verschlagen hatte? Nicht ein einziges »Hm, hm« oder »Soso« kam ihm über die Lippen. Wollte er ihr die Sünden nicht vergeben?

Und dann klingelte auch noch ihr Handy. Wie peinlich! »Also, des dout mir etzerdla fei wergli furchtbar leid, Herr Pfarrer. Hob ich doch des Handy vergessen«, murmelte sie und wühlte mit beiden Händen in ihrer Handtasche.

Sie kniff die Augen zusammen. Die Handynummer auf dem Display erkannte sie sofort, und wenn die Besitzerin derselben anrief, war es immer wichtig. Gitta hatte dem Herrn und dem Pfarrer ihre Sünden offenbart, das sollte für heute genügen. Hektisch raffte sie ihr Zeug zusammen und stürmte mit einem »Ade, Herr Pfarrer!« aus der Kirche.

Am Telefon war die Bäckerin Jutta Hübsch, die für gewöhnlich ein genauso offenes Ohr wie der Kirchenmann für Beichten hatte, aber weitaus gesprächiger war.

Ohne abzuwarten, wo der Bäckerin der Schuh drückte, sagte Gitta: »Unser Herr Pfarrer wärd aa immer komischer. Direkt gruselig wor des grad mit dem im Beichtstuhl. Ned muh und ned mäh hot der gmachd.«

»Isser vielleicht bei deiner Beichte eingeschlafen?«, spöttelte Jutta.

»Naa, des wor anders. So ganz merkwürdig still. Als wärer dod. Aber warum sollte der Pfarrer denn dod sei?«

Leichenschmaus

Kleinmichlgsees war wie leer gefegt. Ein Geisterdorf. Die Geschäfte waren zu. An den Ladentüren hingen Zettel: »Wegen Beerdigung geschlossen«. Paula fuhr ihren Computer herunter, schloss die Fenster und sperrte die Wache ab.

Die Kollegen Staudinger und Heberle waren schon zum Friedhof vorausgegangen. Paula flitzte über den Dorfplatz und in das Fachwerkhaus, in dem sie eine Mansarde mit Kochnische und Klo gemietet hatte. Sie entledigte sich des Blumenkleides, zog eilig einen schwarzen Hosenanzug an und schlüpfte in dunkle Strickjacke und Pumps. Dann verließ sie ihre Wohnung wieder, rannte an der Metzgerei Popp, der Bäckerei, dem Tante-Emma-Laden und an dem Frisiersalon Grüüber vorbei und hatte Ingreisch bereits erreicht, das ein noch viel kleineres und übleres Kaff als Kleinmichlgsees war. Gut, dass sie so sportlich war.

Die Beerdigung war bereits im Gange, als sie den kleinen Friedhof betrat. Die Witwe Schniederbauer-Bauer weinte still in ein Taschentuch hinein.

Nachdem alle Rosen und Nelken ins offene Grab geworfen worden waren, marschierte die Trauergemeinde zügigen Schrittes in den »Grünen Bock«, wo die Leberknödelsuppe bereits in Terrinen auf den gedeckten Tischen dampfte.

Paula ergatterte einen Platz zwischen zwei Kleinmichlgseeserinnen, die so fränkisch unaufgeschlossen nun auch wieder nicht waren, zumindest unter sich und über Paulas Kopf hinweg. Eine Weile versuchte die Kriminaloberkommissarin tapfer, dem Dialog zu folgen, aber bald zerfloss das Gespräch zu einem schwammigen, unverständlichen Brei. Sie resignierte. Nickte und lächelte nur noch hin und wieder. Dieser Dialekt machte sie so was von fertig.

Nach der wirklich köstlichen Leberknödelsuppe, die anlassunabhängig zu Hochzeiten, Taufen und Beerdigungen serviert wurde, gab es heiße Bauernseufzer auf Sauerkraut. Paula glaubte, dem Kraut ansehen zu können, dass es vor der fetttriefenden Wurst fliehen wollte. Was auch sie am liebsten getan hätte.

»Die Bauernseufzer machen die Schniederbauer-Bauers selber. Däi sin a Genuss, däi mäin Sie unbedingt probieren, Frau Kommissarin!«, wollte man ihr die Delikatesse schmackhaft machen.

Und da nun alle Augenpaare auf Paulas Teller und Besteck gerichtet waren, schnitt sie tapfer ein Stück von der gekochten Schweinswurst ab und schob es sich in den Mund. Und kaute. Und kaute. Und kaute. »Mmmmh, lecker«, nuschelte sie, den Bissen noch immer in der Wangentasche. »Wirklich lecker!«

Endlich setzte das melodische Geschirr- und Besteckgeklapper wieder ein, und die Köpfe der Anwesenden senkten sich über den Leichenschmaus. Paula suchte nach einer Serviette und entsorgte darin rasch das Stück Brühwurst. Hatte auch keiner zugesehen? Da entdeckte sie zwei Tischreihen entfernt ihre Kollegin Maria Heberle. Maria war eine natürliche junge Frau, die sich weder aufbrezelte noch in den Vordergrund spielte. Die Polizeimeisterin winkte fröhlich herüber. Aus ihr würde eines Tages eine exzellente Kriminalerin werden, das zeichnete sich jetzt schon ab. Ihr fehlte halt die Übung. Dass in Kleinmichlgsees aber auch gar nichts passierte. Seit ewig langen Wochen nicht einmal eine Kärwa-Prügelei oder ein Ladendiebstahl, geschweige denn ein Mord.

Aber wie konnte Paula auch wissen, dass sie schon eine halbe Stunde mit einem Mörder am Tisch gesessen, Leberknödelsuppe gegessen und ihm sogar direkt in die Augen geblickt hatte?

Wanderleiche

Richard ließ sich auf seinen Bürostuhl fallen. Was diese Gesundheitsapostel nur immer mit ihrem Verdauungsspaziergang hatten? Er konnte im Sitzen gut verdauen, während er sich mit vollem Magen nur sehr schlecht vorwärtsbewegte. Da bevorzugte er doch viel lieber ein Verdauungsschläfchen, das auf der Wache leider nicht immer möglich war. Auch sein Gehirn hatte auf Verdauungsmodus umgestellt, sodass er sich wieder seinem Baumarkt-Prospekt widmete. Richard hatte zwar nicht vor, irgendwelche Wände zu tapezieren oder Teppichböden zu verlegen, aber das alleinige Betrachten von Bandsägen und Schlagbohrmaschinen erfüllte ihn mit einer fast kindlichen Freude wie seinerzeit als kleiner Junge das Häuserbauen mit Legosteinen.

Eigentlich hätte er sich über seine knifflige Diebstahlserie hermachen müssen, aber seine Chefin hatte sich noch während des Leichenschmauses von ihm mit der Ausrede verabschiedet, kurz etwas Privates erledigen zu müssen. War sie auch eine Verfechterin des Verdauungsschläfchens? Und Maria hatte einen Arzttermin. Gut, dass die Damen Richard hatten, der selbst mit unterdessen heftigem Bauchgrimmen – vielleicht doch ein Bauernseufzer zu viel? – Dienst tat. Kurz überlegte er, sich doch um die Diebstähle zu kümmern, aber das Diebesgut war unterdessen so lange abgängig, dass es auf ein paar Minuten hin oder her auch nicht mehr ankam. Vor einigen Monaten waren nämlich auf unerklärliche Weise nach und nach die Gartenzwerge aus den Vorgärten von Kleinmichlgsees verschwunden. Richard vermutete eine organisierte Bande dahinter. Doch bislang gab es von den Dieben keine Spur – genauso wie von den Gartenzwergen.

Er war gerade auf Seite drei des Prospekts angelangt, als die Tür zur Wache aufgerissen wurde und ein Tornado hereinwirbelte, der lose auf den Schreibtischen liegende Papiere in die Luft riss und Richards Arm vor Schreck in die Höhe schnellen ließ.

»Herrschaftszeiten-Sackl-Zement«, entkam es Richard, der

sonst nicht fluchte oder anderweitig ausfällig wurde, dafür hatte er ja seine Gesichter.

»Hopperla«, machte Rita Popp.

An sich hatte die Rita beim Richard einen hohen Stellenwert, weil sie die Frau des Metzgermeisters und vor allem zuständig für seine Leberkäsweggla war. Wenn man ihm allerdings so wie sie in diesem Moment auf den Keks ging, konnte man ganz schnell ein Gesicht von ihm kassieren.

Doch die Rita ignorierte Richards gerunzelte Stirn einfach. »Ich hob an Dodn gfunden!«

Richard legte den Kopf schräg.

»Host du ghört, Richard? An Dodn!«

Er seufzte gequält, richtete den Blick wieder geschäftig auf den Prospekt, den die Rita auf der anderen Seite des Besuchertresens nicht sehen konnte. Als sie aber begann, laut und aufdringlich zu schnaufen, konnte Richard nicht anders, als den Ordner geräuschvoll zuzuklappen.

Musste das unbedingt jetzt sein? Dass die Leute aber auch keinen Respekt mehr vor der Mittagspause hatten. Doch eine vage Hoffnung bestand noch. Vielleicht hatte er sich verhört. »Einen toten – was?«

»An Menschen, Richard, an dodn Menschen!«

Richard straffte die Schultern. »Und wo?«

»Aufm Friedhuuf.«

Richard gab einen undefinierbaren Laut von sich. Schüttelte verärgert den Kopf. »Also, weißt du … vergackeiern kann ich mich auch selbst.« Hätte er auch nur für einen Moment die Rita genau beobachtet, dann hätte er den Ernst der Lage erkannt.

Die Metzgerin war völlig von der Rolle. »Nix, vergackeiern. Ich wollt grod unsern Onkel Toni gießen, vielmehr dem sei Grab, do siech ich kanne zwanzig Schritte entfernt auf am Bänkla an Moo hocken.«

Na und?, dachte Richard. War es etwa verboten, sich auf dem Friedhof auszuruhen, vielleicht ein Verdauungsschläfchen zu halten? Da war es wenigstens still, nicht so wie hier.

»Ja, wos macht denn der do?, denk ich mir«, fuhr die Rita fort. »›Grüß Godd‹, sach ich, höflich, wäi ich bin, aber der gibt mir gor ka Gschnuuferi. Doldi, hob ich nu denkt und schau dann gscheid hin. Heiliger Bimbam! Wos glaubsd, wer do hockt?«

Richards Lippen umspielte ein Lächeln. *Gschnuuferi.* Er malte sich schon aus, wie er seine Chefin später mit diesem Wort konfrontieren würde. Daran hätte sie zu knabbern. Dann riss er sich zusammen und sagte barsch: »Was weiß denn ich, wer da auf dem Bänkla saß und dir keine Antwort gegeben hat. Der Nikolaus vielleicht?«

»Naa, ned der Nikolaus, der Luggi, Richard.«

»Der Ludwig Lohmüller? Der ist aber sonst ein recht gesprächiger Mensch, oder?«

Rita zappelte nervös herum. »Ja, scho, freilich. Aber er hot ja gor nimmer reden können. Der is dod, Richard!«

»Ach, der Luggi ist der Tote?«

»Des soch ich doch die ganze Zeit.«

Darauf wollte Richard lieber nicht eingehen. Von wegen, die ganze Zeit. Von ihrem Onkel, den sie gießen wollte, hatte die Rita geredet. Und vom heiligen Bimbam. Erst anschließend, nach zeitraubendem Palaver, war sie auf den Punkt gekommen. »Und wo da auf dem Friedhof?« Richard versuchte nun seinerseits, etwas Zeit herauszuschinden. Ihm wäre es ganz recht gewesen, wenn die Frischkes sich der Sache angenommen hätte. Die jammerte doch eh dauernd über Langeweile. Ihm war nie langweilig, für Richard gab es auf der Wache immer etwas zu tun. Und wenn es eben das Studieren der aktuellen Werbeprospekte der Super- und Baumärkte war.

»Zwischen dem Greitmeier Heinz und der Helmschneider Anni ihre Gräber is a Gängla mit am Bänkla, und do hockt er, der Luggi.« Sie drehte sich um und marschierte Richtung Tür. »Etz kumm, hopp, hopp!«

Warum denn die Hektik? Der tote Luggi würde ihnen wohl kaum davonlaufen. Aber wenn Frauen sich etwas einbildeten …

Richards Hemdkragen kratzte, als sie den Friedhof erreichten. Wahrscheinlich, weil er vor Aufregung ein bisschen schwitzte. Leichenfunde machten ihn nervös. Um den leicht galligen Geschmack in seinem Mund loszuwerden, lutschte er ein nimm2-

Bonbon. Seine Augen wanderten umehr, noch war nicht zu sagen, ob der Luggi freiwillig aus dem Leben geschieden war, und von Mördern hieß es ja, dass es sie nach begangener Tat gern an den Tatort zurückzog. Wenn Rita nur nicht dauernd schnattern würde. Aber vielleicht war das ja ihre Art, die Beklommenheit zu verdrängen.

Richard betrachtete jenes »Bänkla«. Ging einmal im Kreis drum herum, schaute unter die Sitzfläche, zuckte mit den Schultern und sagte zur Rita: »Und?«

»Richard, ich ko mir des ned erklären. Ich bin doch ned bsuffn!« Rita war schier verzweifelt. Dort, wo Ludwig Lohmüller tot gesessen haben sollte, war nichts außer der leeren Bank. Ein paar Raben, von denen einer Richard misstrauisch beäugte, pickten im Gras. »Wo isnern der Luggi hin? Den mou anner gstulln hom!«

Richard schlenderte eine Grabreihe entlang. Groß war der Friedhof ja nicht, und ein Mann, wenn auch tot, musste doch auffallen, hockend wie liegend. Vielleicht hatte sich die Rita das alles nur eingebildet; abergläubisch, wie die war, sah sie bestimmt schon Geister. Der Luggi könnte nur ein Nickerchen gemacht haben, der Glückliche, oder er hatte, dem Alkohol nie abgeneigt, ein Räuschlein ausgeschlafen, war dann wieder wach geworden und hatte den Friedhof frisch und munter verlassen.

Richard schaute auf seine Armbanduhr. »Wann hast du den Luggi denn gesehen? Ich meine, in normalem Schritttempo vom Friedhof auf die Wache und mit mir wieder zurück sind es doch höchstens fünfzehn, zwanzig Minuten. In so einem relativ kurzen Zeitraum hat ihn bestimmt keiner geklaut.« Richard grinste schräg. Wer klaute schon einen Toten?

»Na ja, na ja …«, druckste die Rita herum.

Jenes Gesicht, das Richard jetzt machte, war absolut berechtigt. »Was soll das heißen: na ja, na ja?«

»Bevor ich zu dir bin, wor ich nu schnell beim Bäcker wecher die Bamberger Hörnla für mein Moo. Du waßt doch, wenn mer ned bis Mittag beim Bäcker is, koas sei, dass mer kanne Bamberger Hörnla mehr kräichd. Und heut früh hob ich des nimmer geschafft, da war die Zeit wecher dem Leichenschmaus aweng knapp.« Die Rita versuchte ein Lächeln. »Der Erwin isst jeden Dooch seine zwei Bamberger.«

Richards Augenbrauenspiel war beachtlich. »Was redest du denn für einen Käse daher? Du findest eine Leiche und machst dir dann Sorgen um die Bamberger Hörnla für deinen Mann?«

»No, wer denkt denn aa, dass a Leiche so plötzlich auf und davon is?«

Richard war angefressen. Da scheuchte ihn die Metzgerin aus der Wache, er stürzte los, wo er schnelle Bewegungen doch generell gern vermied, und dann – falscher Alarm! »Weißt du was, Rita? Der Luggi ist gar keine Leiche. Wahrscheinlich steht er gerade in der Bäckerei und frisst die restlichen Bamberger Hörnla auf.«

»Aber der Luggi war bleich wäi der Tod von Forchheim«, verteidigte Rita ihren abgängigen Fund.

»Jaja«, sagte Richard nur und schob die Metzgerin sanft zum Friedhofsausgang.

Als Richard auf die Wache zurückkehrte, war von seinen Kolleginnen noch immer nichts zu sehen. Okay, Maria war entschuldigt, sie war beim Arzt. Er hatte nicht nach dem Grund des Besuchs gebohrt, weil sie etwas von einer »Frauensache« gesagt hatte. Aber die Frischkes? Ein Schlendrian schlich sich da allmählich bei ihr ein …

Richard kam immer vor Dienstbeginn auf die Wache. Nicht dass er nicht gern schlief, aber seine Schwester Trudel sorgte dafür, dass er zeitig aus der Falle kam. Richard bewohnte im Haus seiner Schwester und seines Schwagers Dieter ein Zimmer. Was sehr praktisch war, weil sich die Trudel gleichzeitig um sein leibliches Wohl und um seine Bügelwäsche kümmerte. Wovon er keine Ahnung hatte, war, dass sich seine Schwester immer intensiver für ihn auf dem Heiratsmarkt umschaute. Ihr kleiner Bruder war vierzig. Zeit, dass sie ihn unter die Haube brachte und vor allem sein Zimmer wie schon ewig geplant zu einem Bügelzimmer umfunktionierte.

Jedenfalls polterte die Trudel jeden Werktag – und unnötigerweise sogar am Samstag – um sechs Uhr in sein Zimmer und riss die Vorhänge zur Seite und die Fenster auf. Was ja eigentlich gut war, denn so konnte er ausgiebig frühstücken, mit der Tageszeitung unterm Arm in Ruhe aufs Klo gehen und trotzdem noch pünktlich wie ein Uhrwerk um halb acht die Wache betreten und Kaffee kochen.

Wo seine Kolleginnen nur blieben?

Wenn die ihn nicht hätten, den einzigen Kerl auf der Wache, dann sähe es hier ganz anders aus.

Während er anfing, den Nachmittagskaffee zu kochen, gingen ihm tausend Dinge durch den Kopf. Einerseits glaubte er der Rita. Sie war keine durchgeknallte Tante, die sich wichtigmachen musste. Und als Frau des örtlichen Metzgermeisters hatte sie sicher Erfahrung darin, zu erkennen, ob etwas tot war oder nicht, das glaubte Richard jedenfalls. Aber wer hätte den Luggi entwenden sollen, wenn er denn wirklich tot gewesen war? Derjenige hätte ihn sich ja schlecht einfach unter den Arm klemmen und wegrennen können. Und wo war der Luggi jetzt? Nein, nein, am plausibelsten war immer noch seine Geschichte mit dem Nickerchen.

Als es schon fast auf zwei zuging, kündigte heiteres Gezwitscher seine Kolleginnen an. Fröhlich trudelten sie gemeinsam auf der Wache ein, als kehrten sie vom Shoppen zurück. *Waren* sie vielleicht shoppen gewesen und hatten ihn angeflunkert, eine Ausrede benutzt, einen Arzttermin vorgeschoben? Hatten sie ihn als Mann von ihren Aktivitäten ausgegrenzt, seine Gutmütigkeit ausgenutzt?

»Mahlzeit!«, riefen sie unisono.

Richard machte folglich ein Gesicht. »Wir hatten übrigens unterdessen eine Leiche.« Er warf einen Blick auf die große Uhr über der Eingangstür und auf die an seinem Handgelenk. Klopfte auf den Uhrendeckel, als müsste er sich davon überzeugen, dass sie nicht am gestrigen Nachmittag stehen geblieben und es tatsächlich schon so spät war. »Aber was die und meinen Kaffee betrifft, da kommt ihr zu spät. Leiche fort, Kaffee kalt.«

Hatte der Staudinger angefangen, heimlich zu trinken? Paula wunderte sich. Wenn sie an seine nicht so geheime Geheimschublade dachte, die unterste in seinem Schreibtisch, wo er neben allerlei Süßkram und seiner Klolektüre, einem Micky-Maus-Heft, auch eine Flasche Obstler versteckte, lag der Verdacht nicht allzu fern.

»Wer ist denn tot?«, fragte Maria und hängte ihre Uniformjacke an den Kleiderständer.

»Der Luggi.«

Paula ging in ihr Büro und stellte ihre Handtasche ab. Auf ihrem Schreibtisch stand ein Kaffeepflänzchen und in Ermangelung eines Freundes der gerahmte George Clooney. Da Georgie-Boy nunmehr glücklich in festen Händen war, überlegte sie seit geraumer Zeit, sein Bild gegen das eines anderen Mannes auszutauschen. Sie hatte sogar schon jemanden im Auge … Aber sie waren ja kein Paar. Noch nicht.

»Das war also kein Scherz mit der Leiche, Herr Staudinger?«, fragte sie nach draußen, als sie Marias aufgeregte Stimme hörte.

»Das war es nicht, aber wir haben keine Ahnung, wo sie, also die Leiche vom Luggi, abgeblieben ist.«

Paula ging zu ihren Kollegen zurück, ihre leere Kaffeetasse einsatzbereit in der Hand. Vielleicht war Richard Staudingers Brühe ja noch lauwarm. »Wer ist wir?«

»Die Rita Popp und ich. Sie hat den Luggi auf dem Friedhof gefunden, *angeblich* tot, hat sie gesagt.«

»Sie sprechen vom Kleinmichlgseeser Friedhof, oder? Denn auf dem Ingreischer waren wir ja heute Morgen«, unterbrach sie ihn.

Richard nickte. »Die Rita ist in die Wache gestürzt, als wäre der Teufel hinter ihr her, kann ich euch sagen. Wir müssten sofort aufbrechen. Auf dem Friedhof sitze ein Toter! Ich mitten bei der Arbeit, also los im Stechschritt. Aber als wir ankommen, ist der Luggi fort.«

»Na, dann wird er eben doch nicht so tot gewesen sein.« Paula stutzte. »Bei dem Luggi handelt es sich aber schon um einen Menschen, oder?« Nicht dass ihr Kollege von einem Hund sprach.

»Natürlich ist der Luggi ein Mensch.« Richard zog die Nase hoch. Was sollte er denn sonst sein, etwa ein Hund? »Und vielleicht wäre er sogar noch da gewesen, hätte die Rita nicht nach ihrer Entdeckung noch Bamberger Hörnla für ihren Mann besorgen müssen. Der Ludwig, also der Luggi, ist in exakt diesem Zeitfenster verschwunden.«

Paula schaute ihren Kollegen ausdruckslos an, ging dann zur Kaffeemaschine, goss sich das kalte schwarze Lebenselixier in eine Tasse und trottete in ihr Büro. Über Staudingers Geblubber musste sie in aller Ruhe nachdenken. Sie nahm einen Schluck. Ein Schauder überkam sie. Kalt. Gallebitter. Und dann machte sie ein Gesicht.

Wanderniere

Ludwig Lohmüller ging nicht an sein Handy, und in seiner Wohnung schaltete sich nur der Anrufbeantworter ein. Vielleicht war ihm doch etwas zugestoßen? Da sie nun wirklich nicht in Arbeit erstickten und es Paulas Aufgabe war, in Kleinmichlgsees nach dem Rechten zu sehen, beschloss sie, dem rätselhaften Verschwinden von Luggi auf den Grund zu gehen.

»Suchen Sie mir doch bitte seine Privatadresse heraus, Herr Staudinger. Und wissen wir, wo Herr Lohmüller arbeitet?« Sie grinste breit. »Vielleicht ist der Luggi nach seiner Auferstehung ja postwendend zur Arbeit gegangen.«

»Der Luggi ist Frührentner«, erklärte Richard. Wäre er nicht so gern Polizist, hätte ihm diese Tagesbeschäftigung auch geschmeckt.

Luggi wohnte in einem Zweifamilienhaus am Ortsrand von Kleinmichlgsees. Weder er noch die Nachbarn öffneten Paula und Maria. Sie hinterließen ihm eine Nachricht im Briefkasten und wollten sich dann im Ort umhören. Richard war seinen Kolleginnen gefolgt, obwohl er eigentlich Wachdienst hatte schieben wollen. Er fühlte sich für den Luggi beziehungsweise für dessen Abhandenkommen schon ein bisschen verantwortlich. Wäre er nicht noch aufs Klo gegangen und hätte sich ein paar seiner geliebten nimm2-Bonbons für alle (Mord-)Fälle eingepackt, bevor die Metzgerin ihn auf den Friedhof gescheucht hatte, hätten sie den Luggi vielleicht noch erwischt. Aber offiziell waren natürlich die Rita und ihre Bamberger Hörnla schuld.

Die Haus-zu-Haus-Befragung führte sie auch in die Metzgerei. Richard gönnte sich ein Leberkäsweggla, und Maria nutzte die Gelegenheit und verlangte von Rita ein Pfund Schweinenieren.

Paula krauste die Stirn. »Seit wann haben Sie denn einen Hund, Maria?«

»Ich hab doch keinen Hund. Wie kommen Sie denn darauf,

Frau Frischkes?«, sagte Maria und machte artig einen Knicks, als sie wie bei jedem Besuch seit fast dreißig Jahren eine Scheibe Gelbwurst von der Metzgerin erhielt.

Paula errötete fast ein bisschen. Und rein ins Fettnäpfchen. Aber sie konnte sich beim besten Willen nicht vorstellen, dass eine junge Frau, eigentlich überhaupt ein Mensch, freiwillig die Niere eines Tieres verzehrte. Lunge, Herz, Leber, pfui Teufel! Bei der Vorstellung von gekochten, gebratenen und geschnetzelten Innereien grauste es ihr. Sie war sowieso keine leidenschaftliche Fleischesserin, wobei sich ihr kulinarisches Weltbild, seit sie in Bayern lebte, schon gehörig gewandelt hatte.

Da machte es klick bei Maria. »Ach so, Sie dachten, ich koche mir saure Nierla? Ich doch nicht.«

Paula atmete erleichtert auf.

»Meine Mama macht mir die, weil es eine Mordsarbeit ist, die Nierla sauber zu machen. Außerdem ist das Aufschneiden und Rauszupfen der Harnstränge ziemlich igitt.« Maria strahlte. »Aber später sind die total lecker, mit einer Soße aus Majoran und Lorbeeren, in die man selbst gemachte Spätzle eintunken kann.«

Harnstränge! Spätzle in die Soße eines harnbildenden Organs eintunken! Paula kämpfte gegen einen Brechreiz an.

»Saure Nierla, die mag ich auch«, mischte sich Richard nun, noch immer an seinem Leberkäsweggla kauend, schmatzend ein. »Oder ein Beuscherl, hmmm.« Und weil seine Chefin immer größere Augen bekam, übersetzte er für sie: »Ein saures Züngerl.«

»Beuscherl.« Paula formte das neue Wort ihres fränkischen Wortschatzes mit den Lippen.

»Möchten Sie aa a Leberkäsweggla, Frau Frischkäs?«, fragte Rita, und Paula krauste wieder die Stirn.

Frischkes wie kess, nicht wie Käse! Dass die Metzgerin sich das einfach nicht merken konnte – und nicht nur die. Rasch entspannte sie ihre Gesichtsmuskulatur wieder. Sie musste aufpassen, allmählich nahm sie Staudingers Schrullen an. »Nein danke. Aber sagen Sie mal, Frau Popp, wann haben Sie denn Herrn Lohmüller zuletzt gesehen? Lebend.«

»Den Luggi ...« Sie grübelte intensiv nach und sah zum Schaufenster hinaus. Dann: »Ja, wos is denn do los?«

Richard wischte sich den Senf mit einer Serviette vom Mund und blickte ebenfalls auf die Straße. »Sieht nach einer Demonstration aus. Nach einem Massentumult. Oder brennt vielleicht die Kirche?«

Paula tat sich ebenfalls schwer damit, zu erkennen, warum sich immer mehr Menschen vor der Kirche versammelten. »Vielleicht gibt es Freibier«, scherzte sie, weil man in Kleinmichlgsees nie wissen konnte.

»Dann sollten wir wohl mal nachschauen«, sagte Richard erfreut und nickte Rita zur Verabschiedung zu.

Maria, in der Hand den Beutel mit dem Pfund Nierla, ging ihm nach.

Paula wartete noch einen Moment. Erst als sie sicher war, keine Scheibe Gelbwurst zu bekommen, wie zu erwarten gewesen war, folgte sie ihren Kollegen. Von Nahem wirkte die Szene noch absurder.

Fredl Gruber trippelte wie ein aufgescheuchtes Huhn durch die Gegend. Der schwule Dorffriseur quälte seine Füße wieder einmal mit High Heels, in denen sogar Paula ihre Schwierigkeiten gehabt hätte. Dazu trug er eine knallenge Lederhose, ein rosafarbenes Rüschenhemd und – Paula hätte schwören können – einen ausgestopften BH. Als er die Kommissarin erblickte, warf er theatralisch die Arme in die Luft und rief: »Im Beichtstuhl hockt a Toter! Frau Kommissarin, schnell, da drin is a Leiche!« Wenn Fredl aufgeregt war, verfiel er immer wieder ungewollt in den Dialekt.

Paula beschleunigte ihren Schritt. Aber nicht wegen des Toten, der würde ihr schon nicht weglaufen, sondern wegen Fredl, der nun mit wehendem Hemd Richtung Kirche flatterte.

Auch Richard und Maria bahnten sich eine Schneise durch die Menschenmenge und schnappten dabei die nicht unwichtigen Informationen auf, dass die Leiche blass, kalt und tot sei.

Paula drängelte sich durch die Gaffer. Unglaublich, wie schnell sich der Leichenfund im Ort herumgesprochen hatte. »Weitergehen, Herrschaften, hier gibt es nichts zu sehen«, rief sie und dachte dann: Was für ein ausgemachter Quatsch! Natürlich gab es was zu sehen. Als sie Fredl eingeholt hatte, redete der nur wirres Zeug, das unter anderem die Worte »Apokalypse« und »Zorn des Herrn« beinhaltete. »Jetzt beruhigen Sie sich doch, Fredl. Was ist denn passiert?«

»Im Beichtstuhl hockt a Toter, aber der Herr Pfarrer ist es nicht, des hab ich auf den ersten Blick gesehen. Weil für den Pfarrer hat der Tote zu viel Haare. Mich hat's so gegraust, Frau Kommissarin, da wollt ich nicht noch länger hinschauen. Ich hab einfach den Vorhang wieder zugezogen – und tschüss!« Er schüttelte sich.

Fredl, ein weiterer Exot im Dorf, und Paula hatten in ihrer doch relativ kurzen Dienstzeit in Kleinmichlgsees schon einiges miteinander erlebt. Fredl war zu Unrecht als Mörder verhaftet worden, Paula entführt. Zudem hatte der Friseur ihr versehentlich die Haare kurz geschnitten, doch hauptsächlich profitierten sie voneinander. Denn Fredl Grubers Frisiersalon Grüüber – wie Glööckler – war der Kleinmichlgseeser Hauptumschlagplatz für den Dorfklatsch, den der Friseur brühwarm an die Beamten weitertrug. Und der oft mehr nützliche Informationen enthielt, als sie bei den polizeilichen Vernehmungen oder Haus-zu-Haus-Befragungen zutage förderten. Denn in jedem Dorfklatsch steckte immer noch ein Körnchen Wahrheit. Fredl hingegen freute sich über jeden neuen Kriminalfall, jedes schauderhafte Detail. Und eines stand fest: Seit die Berlinerin im Dorf ihren Dienst tat, passierten eindeutig mehr Morde.

Gemeinsam betraten die Dienststellenleiterin und der Friseur die Kirche, doch Fredl weigerte sich, weiter als bis zum Weihwasserbecken zu gehen.

»Schon gut, Fredl. Erholen Sie sich erst mal von Ihrem Schock.« Paula ahnte bereits, um wen es sich bei dem Toten handeln konnte.

Da tauchte der Staudinger neben ihr auf. »Wir haben ihn wieder, den Luggi. Doch tot.«

Maria hatte alle Hände voll damit zu tun, die Schaulustigen, die sich, wenn auch in gebührlichem Abstand, um den Beichtstuhl scharten, zu verscheuchen.

»So, Leute, jetzt macht mal Platz für die Polizei, draußen gibt es Freibier«, kam ihr Richard zu Hilfe.

Murmelnd trollte sich die Menge. Und so manche stadtbekannte Feiernase besonders schnell, man konnte ja nie wissen.

Erst als sie allein waren, zog Maria den Vorhang zurück, hinter dem sich der Tote befand.

»Ich hob nix angefasst, Frau Kommissarin, gell. Wecher die Fingerabdrücke und so.« Fredl stand plötzlich doch wieder neben Paula und machte einen langen Hals.

»Sie haben berufsbedingt einen sehr guten Einblick in das Dorfleben, Fredl. Was meinen Sie, könnte dem Herrn Lohmüller jemand nach dem Leben getrachtet haben?«

»Ein alter Stänkerer war er«, meinte der Fredl wie aus der Pistole geschossen.

»Wem gegenüber? Seiner Frau, der Familie, Freunden?«

»Der Luggi war immer am Stänkern und setzte gern Gerüchte in die Welt. Übers Wetter hat er sich aufgeregt, über den Klimawandel, an dem die Menschen und die Industrie mit ihrem Energieverbrauch schuld seien. Auch über die Autofahrer. Und über die Knallköpfe mit ihren Handys. Und das Fernsehprogramm. Und über die Politiker sowieso. Genauso wie über die Bierpreise bei der Resi ...«

In einer Luftholpause winkte Paula dankend ab.

»Das sagt der Richtige. Der Fredl, dieses alte Waschweib«, stichelte Richard leise. »Und seine Klamotten wieder, ja sind wir denn auf dem Fasching?« Noch dazu war der Friseur ihnen die interessante Antwort auf die Frage, was er denn zu beichten gehabt habe, schuldig geblieben.

Paula machte »Pssst!«, weil Fredl die Ohren aufgestellt hatte, und Richard verstummte. Dann endlich lernte sie den Luggi persönlich kennen, leider war der Anlass kein besonders schöner. Er war weiß wie Quark, hockte auf der Holzbank und lehnte den Kopf an die Seitenwand.

Pfarrer Hattinger, der als schweigender Zuschauer danebengestanden hatte, war genauso blass. Unter seinem Talar war eindeutig ein Wohlstandsbauch zu erkennen, seinen Kopf zierte nur noch ein grauer Haarkranz. »Vielleicht suchte der Herr Lohmüller ein Gespräch mit dem Herrn, als ihn plötzlich der Tod ereilte.«

Paula ließ ihn in dem Glauben. Sie würde davon absehen, Geschichten über wandernde Leichen in die Welt zu setzen. »Wir brauchen einen Arzt.«

»Habe ich bereits erledigt«, sagte Richard. »Dr. Wendler schließt seine Praxis und kommt rüber. Ich habe ihn zur Eile angetrieben, unter Umständen handelt es sich schließlich um Mord.«

Der Pfarrer bekreuzigte sich.

»Wie kommen Sie denn um Himmels willen auf Mord, Herr Staudinger?«, fragte Paula. Natürlich, Luggi hatte tot seinen Aufenthaltsort gewechselt, das war merkwürdig, aber noch kein sicheres Anzeichen für ein Gewaltverbrechen.

Maria und ihr Kollege tauschten einen Blick. »Na ja …«

»Was?«

Staudinger schwieg.

Als vor ein paar Monaten die Serie der mysteriösen Todesfälle begonnen hatte, kursierte das Gerücht, die Kommissarin habe selbst für die Leichen gesorgt. Was natürlich nicht stimmte.

»Solange wir keinen eindeutigen Beweis dafür haben, gehen wir nicht von Mord aus«, sagte Paula bestimmt. »Obwohl der Lohmüller ja ein arger Stänkerer gewesen sein soll. Vielleicht war das ein Motiv? Also Vorsicht, Herr Staudinger.«

Richard legte den Kopf schräg. Wieso sollte er sich vorsehen?

Schwammerlpest

Richard zog es in die Wache zurück. Grund war nicht die hoffentlich nicht ernst gemeinte Anspielung seiner Chefin – er, Richard, ein Stänkerer? Er doch nicht! –, sondern vielmehr der Wunsch nach einem stillen Örtchen. Maria hatte ihm bei der Verabschiedung den Beutel mit dem Pfund Nierchen in die Hand gedrückt und die Chefin ihm den dringenden Auftrag erteilt, frischen Kaffee zu kochen.

Als Richard die Wache aufsperrte, hörte er das Telefon bereits klingeln. Er ließ sich Zeit. Noch einen Toten würde es heute sowieso nicht mehr geben. Zwei Leichen an einem Tag konnte normalerweise nicht einmal das Nürnberger Polizeipräsidium verbuchen. Vielleicht die Kollegen in New York oder Chicago, aber auch nur vielleicht. Außerdem pressierte es dem Richard.

»Soll noch mal anrufen«, grantelte er vor sich hin und schlurfte zum Kühlschrank. Die Fächer waren vollgestopft mit Magermilchjoghurts, Mineralwasserflaschen, einer ganzen Ananas und einer Schüssel mit Rohkost. Wohin bloß mit den Nierchen? Das Telefon klingelte weiter. Bei so viel Dringlichkeit kam er jetzt doch ins Schleudern. Die Frischkes hatte ihm aufgetragen, Kaffee zu kochen, die Maria ihm vertrauensvoll ihre Nieren überlassen, seine Blase drückte, und das Telefon klingelte, wie Richard meinte, immer enervierender.

»Polizeiobermeister Staudinger! Polizeiwache Kleinmichlgsees!«, plärrte er in den Hörer.

Am anderen Ende der Leitung hörte er jemanden wimmern.

Richard schaltete in den Sanftmodus. »Hallo? Hier Staudinger. Kann ich Ihnen helfen, wer ist denn da?«

Zu viele Fragen. Das Wimmern wurde lauter und ging schließlich in hemmungsloses Schluchzen über. »Mein Mann ist tot, Richard! Da ist die Ulla, die Ulla Kutzberger. Der Wolferl ist tot!«

Wäre er doch bloß aufs Klo gegangen, Mist, verdammter!

»Warum, was hat er denn gemacht?«, fragte Richard und trat von einem Bein aufs andere.

»Nix, des isses ja. Nix hat er gmacht. Der liechd einfach auf der Chaiselongue und schnauft nimmer.«

Kurzfristig brachte Richard die Chaiselongue aus der Spur. Wer sagte denn Chaiselongue zu einem stinknormalen Sofa? Hoffentlich musste er das Wort in keinem Protokoll verwenden. Wie schrieb sich das überhaupt?

»Richard!«

»Ja doch, hier. Bist du dir ganz sicher? Warum rufst du nicht den Doktor?«

»Die Praxis ist zu, und auf seinem Handy geht bloß die Mehlbox an.«

Richard fiel wieder ein, dass Dr. Wendler in der Kirche beim toten Luggi sein musste. Erst der Luggi und jetzt der Wolferl. Sehr merkwürdig, wirklich sehr merkwürdig. Und da wunderte sich die Frischkes, dass man sich über die vielen Toten wunderte, die ihren Weg pflasterten? »Okay, Ulla, bleib mal ganz ruhig, wir kommen.«

Richard hatte aufgelegt, schnappte sich sein Micky-Maus-Heft, düste auf die Toilette und blieb dort für eine lange Weile. Der Wolferl lag gut auf der Chaiselongue und konnte dort noch ein bisschen bleiben.

Als er erleichtert die Klotür öffnete, starrten ihn seine Kolleginnen leicht angesäuert an. Seine Chefin hob ihre leere Kaffeetasse, Maria schwenkte demonstrativ den Plastikbeutel mit den Nieren.

»Da braucht ihr gar nicht so zu schauen, gell! Erstens hat ein menschliches Bedürfnis vor eurem Privatvergnügen Vorrang, und zweitens habe ich einen Toten«, begehrte er entgegen seiner sonst so gemütlichen Wesensart auf. War er vielleicht der Lakai seiner Kolleginnen?

»Der Tote ist unterdessen auf dem Weg in die Rechtsmedizin.« Maria runzelte die Stirn und versuchte, ihre Nierla im Kühlschrank zu verstauen. Unmöglich.

»Mein Toter liegt bei der Ulla auf der Chaiselongue und atmet nicht mehr.«

»Der Luggi?«, sagten die Frauen wie aus einem Mund.
»Nein, der Wolferl.«
»Moment, Moment«, machte Paula. »Welcher Wofer?«
»Der Wolferl ist – tot? Der Ulla ihr Wolferl? Der Kutzberger Wolferl? Der Wolfgang aus der Büschelgasse?« Maria war fassungslos.
Paula blies die Backen auf. Himmel! Aber wenigstens hatte Maria schon mal die Eckdaten vom toten Wofer runtergebetet.
»Vor drei Tagen habe ich den doch noch beim Metzger gesehen.« Gedankenverloren quetschte Maria den Nierla-Beutel wie einen nassen Schwamm zusammen.
»Woran ist er denn gestorben, der Wofer?«, fragte Paula vorsichtig. Etwa ein zweiter Mord? Was war nur in diesem Kaff los? Da passierte wochenlang gar nichts, da setzte nicht mal ein Hund verbotenerweise ein Häufchen auf den Gehsteig, und dann pflasterten gleich zwei Leichen die Wege der Kleinmichlgseeser – oder im aktuellen Fall die Büschelgasse.
»Wolferl«, verbesserte Richard sie. »Mit zwei l. Einem l nach dem o und einem am Schluss. Wolll-ferlll!« Als Paula aussah, als hätte sie es gecheckt, fuhr Richard fort: »Ich dachte schon an eine Epidemie. Normal ist das ja nicht, dass die Kleinmichlgseeser Männer wegsterben wie die Mücken.«
Paula nickte zustimmend, allerdings nicht wegen der vermuteten Epidemie, sondern wegen der auf seltsamste Weise rapide angestiegenen Sterberate im Ort.
Richard schüttelte sich. Die Pest! So hatte das damals im Mittelalter auch angefangen. Hier mal ein Toter, da mal ein Toter, oder waren es erst die Ratten gewesen? Egal, jedenfalls waren plötzlich ganze Ortschaften hinweggerafft worden. Aber die Pest? »Andererseits …«, sagte Richard und schaute an die Decke.
Seine Kolleginnen folgten seinem Blick, aber da war nichts.
»Auf Mauritius haben sie vor zwei Jahren auch wieder Fälle von Pest gehabt«, beendete Richard seinen Gedankengang.
»Pest?«, riefen seine Kolleginnen im Gleichklang.
»Na ja, vielleicht ist es auch H5N1, die Vogelgrippe, SARS, Ebola oder die Schweinepest.«
»Igitt!«, entkam es Maria, und das Tütchen Nieren fiel klat-

schend auf den Boden. Sie stupste mit dem Fuß dagegen. »Jetzt mag ich die Nierla auch nicht mehr.«

»Ich versuche, Doc Wendler zu erreichen, und dann gehen wir rüber zu Kutzbergers«, schlug Paula vor, da wühlte Richard bereits hektisch in einer seiner Schreibtischschubladen herum. »Suchen Sie Ihre Atemschutzmaske wegen der Ansteckungsgefahr, Herr Staudinger?«

»Nein, aber meine Einweghandschuhe. Die waren immer da«, er kramte hektisch mit beiden Händen, »irgendwo.«

Paula kämmte ihr Haar und überprüfte ihr Make-up in einem Handspiegel. »Wollen Sie vielleicht lieber auf der Wache bleiben? Es wäre nicht schlecht, wenn die Dienststelle besetzt wäre, falls jemand wegen dem toten Luggi Lohmüller eine Aussage machen möchte.«

Richard wollte schon dankbar zustimmen, aber der Tonfall der Frischkes gefiel ihm nicht. Hielt die ihn vielleicht für eine Memme? Wenn es hart auf hart kam, war er natürlich dabei. Ein knallharter Bursche wie John Wayne. Schade, dass es Legenden wie ihn nicht mehr gab. Die neumodischen Superhelden mussten schon durch die Lüfte fliegen und sich in Roboter oder Schlangenmenschen verwandeln können. Richard spannte unbewusst seine Armmuskeln an. Wenn jemand die Wache hüten sollte, dann Maria. Sie war die Jüngste im Bunde, das Küken.

Die Kutzbergers wohnten nahe dem Sportplatz. Für Richard rechtfertigte die Distanz von der Wache die Nutzung des Streifenwagens, doch unterdessen kannte er seine Chefin. Selbst in Stöckelschuhen würde sie diesen Gewaltmarsch nicht scheuen, schließlich diente er ihrer Fitness. Der Weg war länger als einen Kilometer … Richard biss die Zähne zusammen. Hoffentlich würde sich das Gespräch mit der Ulla nicht wie Kaugummi ziehen. Wenn die mal ins Schwafeln kam, auweia! Aber lieber das als eine ansteckende Krankheit, die ganz Kleinmichlgsees dahinraffte. Er jedenfalls würde im Hause Kutzberger nichts anfassen und sich gleich im Anschluss in der Apotheke eine Flasche Sagrotan besorgen.

Ulla Kutzberger war völlig aufgelöst. »Dodrin liegt er, schaud selber. Do is nix mehr zu machen, sachd der Herr Doggder.« Die Witwe trug eine mausgraue Stoffhose und einen beige-braun gestreiften Pullover, der fadenscheinig und völlig aus der Form geraten war. Dazu braune Birkenstock-Schlappen. Ihr Haar wuchs dem Anschein nach lustlos in alle Richtungen, aber es war ihr vergönnt. Wer achtete in so einem schrecklichen Moment schon auf sein Outfit oder seine Frisur?

Dr. Wendler, den Paula über Handy informiert hatte, war gerade dabei, den toten Kutzberger auf offensichtliche Spuren eines Gewaltverbrechens hin zu untersuchen. »Glauben Sie, das war es für heute?«, fragte er Paula und blickte auf. Seine Frage war nicht ganz ernst gemeint. »Oder haben Sie noch mehr Arbeit für mich?«

Der Arzt war völlig kahl, aber braun gebrannt. Seine Augen waren wach und voller Schalk. Seine allgemeinmedizinische Praxis hatte er in Ingreisch, was die Kleinmichlgseeser erstaunlich gelassen nahmen. Seine Kompetenz und seine Beliebtheit überwogen die geografische Randlage.

Paula war der Doktor sympathisch. Sollte sie mal ein Zipperlein plagen, würde sie sich ihm anvertrauen.

»Das kann man nie wissen«, beantwortete Richard Wendlers Frage und schloss eilig wieder den Mund. Nur nicht zu viel von der bazillen- und bakterienverseuchten Luft einatmen.

»Können Sie schon etwas zur Todesursache sagen?« Paula betrachtete den toten Mann, der ausgestreckt auf dem Sofa lag. Sie schätzte ihn auf Mitte fünfzig. Seine Lippen waren leicht bläulich, sein Gesicht rötlich gefärbt.

»Er soll plötzlich über starkes Herzrasen geklagt haben und seltsam euphorisch gewesen sein«, erklärte der Doc.

»Der wird doch nicht gekifft haben?«, flüsterte Paula, ein schnelles Lächeln auf den Lippen, das die arme Kutzbergerin aber nicht mitbekam.

Dr. Wendler zuckte kurz mit den Schultern. Wer konnte das schon wissen? »Er hat sich hingelegt, und als seine Frau ihn nach vielleicht einer halben Stunde wecken wollte, hat er sich nicht mehr gerührt.«

Paula sah sich im Wohnzimmer um. Verschnörkelte Holzmöbel, Häkeldeckchen auf den Armlehnen der Sessel, bestickte Tischdecken und Nippes überall. Nirgends ein Stäubchen.

»Um die genaue Todesursache feststellen zu können, muss der Leichnam auf jeden Fall in die Gerichtsmedizin.« Dr. Wendler klappte seinen Arztkoffer zu und folgte den Polizisten und der Witwe in die Küche.

Richard räusperte sich. »Sind Ihnen in letzter Zeit exotische Krankheiten untergekommen?«

Da der Arzt zu lange überlegte, sprang Paula ihm bei. »Unser Herr Polizeiobermeister befürchtet, die Pest könnte wieder ausgebrochen sein.«

»Die Pest? Eher nicht, aber ausschließen können wir nichts.« Dr. Wendler wandte sich an die Witwe. »War der Wolfgang in letzter Zeit im Ausland?«

»Im Ausland? Naa, im Wald worer.«

Paula entdeckte auf dem Küchenbüfett einen Teller mit einem Stück geräuchertem Schinken und Würsten sowie ein Geschirrhandtuch, auf dem Pilze zum Trocknen ausgebreitet lagen. »War Ihr Mann Pilzsammler?«

Dr. Wendler wurde hellhörig und betrachtete die schrumpeligen schwarzbraunen Dinger. »Kennst du dich damit aus?«

»Ich?« Frau Kutzberger winkte eindrücklich mit beiden Händen ab. »Ich kann grad einen Fliegenpilz von einem Steinpilz unterscheiden. Außer zum Trocknen rühr ich die nicht an. Und essen mag ich sie schon gleich gar nicht. Man hört so oft, dass einer an gesammelten Pilzen gestorben ist.« Sie merkte gar nicht, welche Vorlage sie der Oberkommissarin damit geliefert hatte, und plapperte munter weiter.

In Paulas Gehirn arbeitete es längst: Mit giftigen Pilzen könnte man auch jemanden beseitigen …

»Etz um die Jahreszeit geht der Wolferl fast jeden Morgen nei in Wald. Heuer gibt's so viele, dass er sie gar nicht aufessen kann und ich sie zum Trocknen auslege.« Ulla Kutzberger seufzte tief. »Na ja, jetzt kann er ja nimmer gehen.«

»Hat Ihr Mann heute Pilze gegessen?«, fragte Paula.

Ulla Kutzberger wiegte den Kopf hin und her. »Rühreier hat

er sich gmacht … Er wollt bloß a Kleinigkeit essen, weil wir ja mittags beim Leichenschmaus waren.«

»Rührei mit Pilzen, lecker«, sagte Richard, der etwas lockerer geworden war, weil ihm der Arzt im Flüsterton erklärt hatte, dass Wolferl keine typischen Pestbeulen aufwies.

»Und in das Rührei hat er die Pilze gemischt?«

Ulla Kutzberger nickte.

»Sie haben nichts davon gegessen?«

Nun schüttelte die Witwe den Kopf.

»Sondern?« Paula ließ nicht locker.

»Einen Joghurt. Der leidige Kampf mit den Pfunden.«

»Hat Ihr Mann vielleicht Reste seines Mahls auf dem Teller oder in der Pfanne zurückgelassen?«, fragte nun Dr. Wendler. In diesem Fall könnte im medizinischen Labor untersucht werden, ob der Tote versehentlich einen Giftpilz erwischt hatte. Was zwar fast ausgeschlossen – einem erfahrenen Pilzsammler durfte so etwas kaum passieren –, aber immerhin eine Möglichkeit war.

»Des wär des erste Mal gewesen, dass mein Mann nicht aufgegessen hätte.«

»Und wo ist die Pfanne, in der Ihr Mann das Rührei gemacht hat? Vielleicht finden sich ja doch noch Kleinstreste darin.«

»Die Pfanne? Die hab ich natürlich abgespült.«

»Und der Teller?«, fragte Paula vage hoffnungsvoll.

Aber klar, natürlich hatte die Kutzbergerin auch den längst wieder in den Küchenschrank geräumt. »A Gschirr kann ich in der Spüle ned dreckig stehen lassen«, verteidigte sie sich. »Überhaupt kann ich kan Dreck ned sehen.« Und bevor jemand reagieren konnte, raffte sie das Geschirrtuch mit den Pilzen zusammen und warf das Bündel in den Abfalleimer.

»Nicht!«, schrien Paula, Richard und der Doktor wie aus einem Mund.

»Mensch, Ulla, das sind doch eventuelle Beweise!«, polterte Richard und fischte alles wieder heraus.

»Wieso denn Beweise?«

»Na ja«, druckste Paula herum. Die arme Frau hatte heute schon genug leiden müssen, da musste man ihr nicht auch noch unbedingt damit kommen, dass sich der Wolferl vielleicht selbst ins Jenseits befördert oder jemand dabei nachgeholfen hatte. Aber wieso so undefiniert, wieso jemand? War die Kutzbergerin gar eine ganz Ausgebuffte, hatte ihren Gatten auf dem Gewissen und war nur noch nicht dazu gekommen, die Mordwaffe in Form der Pilze zu entsorgen? Oder halluzinierte Paula, weil sie jetzt schon in einem Unglücksfall einen Mord sah? »Brauchen Sie Hilfe? Sollen wir jemanden verständigen? Ihre Kinder?«, fragte sie und mochte sich gar nicht in die Lage der Witwe versetzen.

»Wir haben keine Kinder«, erklärte Ulla Kutzberger. »Aber ich rufe meine Freundin an, die soll kommen.«

Als sie endlich das Haus der Kutzbergers verlassen hatten, stellte Paula fest: »Na, wenigstens müssen wir jetzt keine Evakuierung der Dorfbewohner veranlassen, Herr Staudinger. Es scheint, als hätten wir es weder mit Schweinepest noch mit Vogelgrippe zu tun.«

»Vielleicht ja mit der Schwammerlpest. – Was gucken Sie denn so? Haben wir eine Ahnung, was die Umweltverschmutzung und der Klimawandel mit unserer Natur anstellen? Durch die Erderwärmung gibt es heutzutage mehr giftige Pilze als früher«, sagte Richard. Damit hatte er tatsächlich recht, aber hauptsächlich ging es darum, das letzte Wort zu haben.

Allerdings wäre es ihm im Hals stecken geblieben, hätte er geahnt, was seine Chefin und ihn auf der Wache erwartete.

Vorsichtsmaßnahmen

Doch zunächst stellten Paula und Richard Befragungen im näheren Umfeld der Kutzbergers an. Sie schlenderten durch Kleinmichlgsees, erkundigten sich bei den Nachbarn und sahen sich in den bevorzugten Lokalitäten des Toten um, etwa im Wirtshaus »Goldener Hirsch«.

Richard hätte ihren Spaziergang inklusive Haus-zu-Haus-Befragung selbstverständlich nicht als Schlendern bezeichnet. Er fand es überaus anstrengend, durch den Ort zu latschen und stehend über den toten Mann Auskünfte einzuholen. Wo das bei einer Tasse Kaffee sicher viel ergiebiger gewesen wäre. Und wo man das auch telefonisch hätte erledigen können. Und wo Richard absolut nichts über den Wolferl erfuhr, was er nicht schon immer gewusst hatte. Der Frischkes allerdings entkam ständig ein »Ach, tatsächlich?«, oder sie sagte: »Das ist ja sehr interessant.« Sie war halt nicht von hier.

Die Polizisten erkundigten sich bei den Kleinmichlgseesern nach Kutzbergers Ehe: Hatte es auffallend häufig Streitigkeiten gegeben, waren die Eheleute verschuldet, war der Wolferl krank gewesen, hatte er womöglich Selbstmordgedanken gehegt, war in letzter Zeit etwas Ungewöhnliches geschehen?

Vor der Apotheke bat Richard um eine Pause. Paula wartete draußen, während ihr Kollege drinnen etwas besorgte. Sie hatte ihm nicht so genau zugehört, was er wollte. Die gefüllte Einkaufstasche, die der Staudinger aus der Stern-Apotheke trug, war jedenfalls beachtlich. Paula schmunzelte. Gab es vielleicht schon Pillen gegen Pest? »Sie werden mir doch nicht etwa krank, Herr Staudinger?«

»Reine Vorsichtsmaßnahme.«

Sie standen gerade vor der Wache, da packte der Staudinger eine Megaflasche Sagrotan aus und besprühte damit den Türknauf von allen Seiten. Rein vorsorglich machte er sich daran, auch die Tür zu desinfizieren, die sich unverhofft öffnete, was

Richard zu spät registrierte, sodass er Maria mitten ins Gesicht spritzte.

»Hey! Spinnst du! Bäh, was ist denn das?« Sie wedelte wild mit der Hand um sich und rieb sich das Zeug von Wangen und Stirn.

»Der Herr Staudinger schützt uns vor der Pest«, sagte Paula ungerührt und betrat die Wache. Als sie in ein bekanntes Gesicht blickte, schrillten sofort ihre inneren Alarmglocken. Die Pest war bereits eingetroffen. »Was zum Henker machen Sie hier?«, entfuhr es ihr. Der Fluch kam aus tiefster Seele. Schlagartig hatte sie schlechte Laune.

»Ich wünsche Ihnen auch einen guten Tag, Frau Frischkes«, sagte Dietrich Gutmut. »Grüß Gott, Kollege Staudinger!«

Richard sprühte, völlig von Gutmut aus der Bahn geworfen, ein paarmal nervös in den Raum. »Ja«, sagte er dann und dachte: Sie mich auch!

Maria warf ihrer Chefin einen entschuldigenden Blick zu. Sie konnte doch nichts dafür, dass der Nürnberger hergekommen war.

Hauptkommissar Dietrich Gutmut vom Polizeipräsidium Mittelfranken war ein hervorragender Kriminaler und ein knallharter Hund, gefürchtet von den schweren Jungs und leichten Mädchen, geachtet von seinen Kollegen und zutiefst gehasst von Paula. Gutmut und Paula waren wie Feuer und Wasser. Und Gutmut ließ keine sich bietende Gelegenheit aus, die Berliner Kommissarin niederzumachen. Wahrscheinlich war er auch die treibende Kraft hinter ihrer Versetzung von Nürnberg nach Kleinmichlgsees gewesen.

Aber vielleicht waren sie sich auch einfach nur zu ähnlich, denn beide hatten nur ein Ziel vor Augen: die bösen Buben hinter Gitter zu bringen. Da wurden die Freizeit und das Liebesleben schon mal hintangestellt.

»Ich gehe davon aus, dass Sie die Ermittlungen im Fall Lohmüller bereits aufgenommen haben?« Gutmut schritt durch die Wache, warf einen Blick in Paulas Büro und grinste schräg. Abstellkammer! Da gehörte das vorlaute Weibsstück auch hin.

»Woher wissen Sie schon wieder davon?« Der musste doch

auf der Wache eine Wanze installiert haben, anders konnte sie sich nicht erklären, dass sich der Nürnberger abermals in ihre Angelegenheiten einmischte. Dabei dürfte der Luggi noch nicht einmal in der Rechtsmedizin in Erlangen angekommen sein.

Richard machte ein genauso saures Gesicht wie seine Chefin. Lustlos sprühte er am Waschbecken entlang, Marias Schreibtisch ein und um Gutmut herum, bis dieser ihm mit nur einem einzigen Blick Einhalt gebot.

Auch bei den Morden vor ein paar Monaten hatte man die Kripo eingeschaltet und drei erfahrene Kriminalbeamte nach Kleinmichlgsees geschickt. Dietrich Gutmut hatte sich wie Schimmel auf der Wache ausgebreitet und versucht, Paula und ihre Leute von der Ermittlungsarbeit auszuschließen. Dabei hatte er sie in ihrer Funktion als Dienststellenleiterin übergangen und absichtlich Informationen zurückgehalten. Von den ständigen Machtkämpfen auf der Wache gar nicht erst zu reden. Richard und Maria hatten öfter mal die Köpfe einziehen müssen, um nicht in die Schusslinie der Chefs zu geraten.

»Aber Sie wissen doch, werte Kollegin, Gutmut sieht, hört und weiß alles.« Er musterte die Berlinerin. Gar nicht schlecht, wenn man sie mit den Augen eines Mannes und nicht als seine Kontrahentin betrachtete. Sportliche Figur, groß, interessantes Gesicht mit beeindruckenden Augen. Ein heißes Fahrgestell, das sie in Businesskostümen gut zur Geltung brachte. Ihre Pumps – Mörderteile. Und das auf dem Land!

Und trotzdem blieb sie immer noch die Frischkes, die durch ihr voreiliges, ungestümes Verhalten eine lange geplante Razzia in Nürnberg hatte auffliegen lassen. Und alles wusste sie besser … Dass Paula dadurch ein Menschenleben gerettet hatte, daran dachte er in diesem Zusammenhang nicht. Lieber zerriss er sich im Polizeipräsidium über Solo-Paula, wie sie intern genannt wurde, das Maul.

»Sie haben also wieder einmal eine Leiche.« Verächtlicher Seitenblick. Die Berlinerin schien die Toten magisch anzuziehen. Wahrlich ein Glück, dass man diese Person aus Nürnberg entfernt hatte. Nicht auszudenken, wie viele Ermordete sie in der Bevölkerung der mittelalterlichen Stadt hinterlassen hätte.

Affe, dachte Paula, kam aber leider nicht umhin, erneut feststellen zu müssen, dass Gutmut ein attraktiver Mann war, wenngleich er in seinem Aufzug für einen Kommissar, noch dazu im Einsatz auf dem Land, vollkommen overdressed war. Anthrazitfarbener Anzug, hellgraues Hemd mit Krawatte – und Lackschuhe!

Richard spürte die ungute Energie zwischen den Streithähnen, es wurde Zeit, dass er eingriff. »Nö, nicht eine Leiche, wir haben schon zwei!« Sein Einsatz wurde schlagartig belohnt: Gutmuts Blick bohrte sich in seine Stirn, die Frischkes rollte mit den Augen.

»Wie? Zwei? Zwei Leichen an einem Tag?«

Tja, wer kann, der kann. Richard grinste. Was glaubten die aus der Großstadt eigentlich? Dass sie ein Anrecht auf das Verbrechen der gesamten Welt hätten? Wobei man natürlich eingestehen musste, dass Gauner, Mörder und Verbrecher generell weitaus häufiger aus Metropolen stammten als aus beschaulichen kleinen Dörfern – aber wenn schon vom Land, dann aus Ingreisch, dem ungeliebten Nachbarort von Kleinmichlgsees. So Staudingers Meinung.

»Sagen Sie mal, werte Kollegin, haben Sie vielleicht irgendwo ein Abonnement laufen, das Ihnen die Leichen frei Haus liefert?«

Richard überging Gutmuts Spott. »Höchstwahrscheinlich sind die Toten keinem Gewaltverbrechen zum Opfer gefallen«, versuchte er das Bild, das Gutmut im Kopf herumgeisterte, geradezurücken. »Der Luggi, der Lohmüller Ludwig, hatte es schon immer mit dem Herzen. Aber was vielleicht bemerkenswert ist, Herr Gutmut, zuerst saß der Luggi auf dem Friedhof, dann war er plötzlich verschwunden, später tauchte er auf mysteriöse Weise im Beichtstuhl wieder auf – und war immer noch tot.«

Gutmuts Blick sprach Bände: Was schwafelte der Staudinger da wieder?

»Jaja, Sie hören schon richtig. Die Rita Popp, die Metzgerin, von der die wunderbaren Schäuferla stammen, die sie im ›Goldenen Hirschen‹ so gern verputzen, hat den Luggi auf einer

Bank auf dem Friedhof entdeckt, gerade als sie ihren Onkel Toni begießen wollte, also dessen Grab. Als wir etwas später dann aber nach dem Luggi schauen wollten –«

Gutmut schnitt ihm den Satz mit einer unwirschen Handbewegung ab.

Beleidigt setzte Richard die Desinfektion der Wache fort, wurde aber von Maria angeschnauzt: »Hörst du jetzt auf mit dem stinkernden Zeug!«

Richard stöhnte auf. Er hatte es nicht leicht, wirklich nicht.

»Habe ich das richtig verstanden? Ihre Leiche geistert nach einer kleinen Rast am Friedhof durch den Ort und geht, weil man das als Leiche eben so tut, kurz vor dem Übertritt ins Jenseits noch zum Beichten in die Kirche? Wo sie dann endlich beschließt, den Löffel abzugeben?«

Richard scherte sich nicht um Gutmuts Ironie. Im Gegenteil, aus dieser Sicht war an der Geschichte fast etwas Wahres dran. Wahrscheinlich würde sie zu einer dieser Dorf-Anekdoten werden, die man sich noch in hundert Jahren erzählte: Der tote Luggi geht kurz vor dem Aufstieg in den Himmel mal rasch zur Beichte. Wobei ihm ein kurzer Abstecher ins Wirtshaus ähnlicher gesehen hätte.

Richards Lippen umspielte bei der Vorstellung ein Lächeln. Bewusst überhörte er das genervte Füßescharren der Frischkes und setzte, bevor sie noch etwas erwidern konnte, seinen Bericht fort: »Und um auf den zweiten Todesfall zu sprechen zu kommen: Der Kutzberger Wolferl könnte sich auch einen exotischen Virus eingefangen haben. Er hat kein Loch im Kopf, keinen Strick um den Hals, und ein Messer steckte auch nicht in ihm drin … Ergo kein Mord!«

Obwohl Paula sich manchmal nicht entscheiden konnte, ob der Staudinger den Quatsch, den er von sich gab, wirklich ernst meinte, nahm sie den Faden dankbar auf. »Sie sehen also, Herr Gutmut, Sie können beruhigt wieder zurück in die Stadt rauschen.« Es sei denn, Sie haben den Andreas und den netten Stefan im Schlepptau, dachte sie.

Und als könnte ihre Kollegin Gedanken lesen, lächelte sie ihr zu. Maria hatte nämlich eine Schwäche für den sympathischen

Nürnberger Kommissar Stefan Angst, der häufig unter den Launen Gutmuts zu leiden hatte.

Paulas Herz schlug hingegen für Andreas Weck, Hauptkommissar in der Mordkommission Nürnberg, genannt Is Weggla und verdammt gut aussehend. »Aber bevor Sie uns wieder verlassen, Herr Gutmut, verraten Sie uns doch bitte, wer Sie informiert hat«, sagte sie. »Womöglich verfügen Sie über irgendwelche Fähigkeiten, aber telepathische werden es wohl nicht sein, oder etwa doch?«

»Dr. Wendler und ich waren auf demselben Gymnasium. Bei den Ermittlungen vor ein paar Monaten haben wir uns zufällig nach so vielen Jahren in Ihrem Kleinmichlkaff wiedergesehen. Seither sind wir in Kontakt geblieben und gehen gelegentlich miteinander ein Bierchen trinken.«

»Na dann prost Mahlzeit!«, rutschte es Richard heraus. Sie hatten also einen Spion vor ihren Nasen sitzen, dessen Gutmut sich jederzeit bedienen konnte.

Paula hatte den gleichen Gedanken. Sofort stand für sie fest, dass sie Doc Wendlers Praxis keinesfalls aufsuchen würde. Ärztliche Schweigepflicht hin oder her. Was wusste sie denn, was sich die Männer beim Bierchen so erzählten? Was gingen Gutmut ihre Hühneraugen und Krampfadern an? Eben.

»Ich fasse mal zusammen …« Gutmut nahm die leere Kanne aus der Kaffeemaschine und drückte sie Maria in die Hand. »Wir haben also eine reuige Wanderleiche und einen exotischen Virus.« Hochgezogene Augenbraue. »Am besten warten wir die Obduktionsberichte ab«, sagte er, da flog die Tür auf, und Gitta Fürbringer brach über die Wache herein.

»Bloß dass des klar is! Iich hob den Luggi zuerschd gfunden! Iich!« Es war ein höchst emotionaler Moment. Gitta rang kritisch keuchend nach Luft.

»Jetzt lassen Sie mal den Kaffee, Maria«, entschied Paula, »und bringen Sie Frau Fürbringer lieber ein Glas Wasser. Kollege Gutmut wollte sich sowieso verabschieden, nicht wahr?«

»Bassd scho«, winkte die Gitta ab, und alle warteten gespannt auf die Fortsetzung ihres begonnenen Berichts. »Die Leichen in Kleinmichlgsees finden, des is mei Metier! Dorauf hob iich ein

Privileg.« Sie ließ sich auf den Bürostuhl plumpsen, den Richard ihr unter den Hintern geschoben hatte. »Im Prinzip hob iich den Luggi im Beichtstuhl entdeckt. Dass des ned der Pfarrer war, hob iich ja ned ahnen können! Drum hob ich dem auch meine ganzen Sünden gebeichtet.« Gitta schüttelte sich.

Paula konnte sich noch allzu gut daran erinnern, dass Gitta bei den Mordfällen der vergangenen Zeit tatsächlich alle Leichen beim Joggen entdeckt hatte und dieses schließlich aufgegeben hatte. Würde sie künftig auch ihre Kirchgänge einstellen müssen?

Worüber sich Gitta jetzt allerdings aufregte, erschloss sich niemandem auf der Wache.

»Und etz kummt der Fredl daher und gibt o wäi a Sack vull Affen: *Er* habe den Luggi gefunden!« Gitta zog einen beachtlichen Schmollmund. »Do mochmer gor nimmer nei in den sein Salon, wäi der sich aufpumpt!«

Gutmut verzog das Gesicht und presste sich die Faust auf den Magen. Schon wieder diese elendigen Schmerzen. Ein paar Wochen war es gut gewesen mit seinem Sodbrennen und den lästigen Ohrgeräuschen. Doch sobald er auch nur eine Stunde in Kleinmichlgsees beziehungsweise dieser ätzenden Wache verbrachte, setzten die Leiden spontan wieder ein. Die Kleinmichlgseeser hatten doch allesamt eine Meise. Und genau deshalb passte die Berlinerin auch so perfekt hierher.

Maria brachte Gitta ein Glas Leitungswasser, und Richard übernahm das Kaffeekochen. Denn das war sein Metier, ausschließlich seines!

»Was hattest du denn zu beichten?«, fragte er über seine Schulter. Er konnte sich beim besten Willen nicht vorstellen, dass die alleinstehende Baumarktangestellte eine beichtenswerte Freizeit hatte.

»Na, horch amol! Des wärd iich grod dir auf die Nosn binden!« Gitta war froh, dass sie ihm nicht in die Augen schauen musste. Wenn der Richard wüsste, was auf ihrer Seele lastete. Und wie peinlich ihr der Umstand war, dass sie ihre Sünden einem Toten erzählt hatte und dies längst die Dorfrunde machte! Noch dazu war die Sündenliste inzwischen gewachsen.

Hätte sie doch bloß nicht so über die Studerer Babsi in Fredls

Salon hergezogen. Aber wenn es um schönes Getratsche ging, war sie nun mal immer vorn mit dabei. Babsis neuer Lover sei verheiratet, dieses Gerücht hatte sie im Frisiersalon ausgiebig breitgetreten. Gitta wiederum hatte es in der Metzgerei aufgeschnappt. Was, wenn das gar nicht stimmte?

Hinzu gesellte sich eine der sieben Todsünden – Völlerei! Gitta hatte praktisch immer Hunger, und nichts verschaffte ihr mehr Freude, als diesen ausgiebig zu stillen. Was gab es Schöneres als Schlemmen?

Ihr nächstes Vergehen interessierte den lieben Gott zwar wahrscheinlich noch weniger und würde sie vielleicht nicht gerade ins Fegefeuer schicken, und dennoch schämte sie sich dafür. Zwickten nach den vielen Kalorienbomben ihre Hosen, dann machte Gitta eine Diät mit den Weight Watchers, schummelte aber aus Gewohnheit beim Punktezählen. Was an sich nur ihr ganz persönliches Problem wäre. Aber überall behauptete sie, dass »des Gschmarri vo die Weight Watchers nix taugt«. Wichtig oder unwichtig für die Weltgeschichte, aber eine Lüge blieb eine Lüge.

Paula ärgerte sich währenddessen im Stillen weiter, dass sie Gutmut anscheinend wieder an der Backe hatte, sobald die Fälle etwas komplizierter zu werden drohten. Trotzdem konnte sie nicht umhin, zu bemerken, dass sich ihre innere Stimme meldete. Irgendetwas stimmte nicht. Da war etwas, aber sie kam einfach nicht darauf. Sobald sie den Gedanken fassen wollte, schlüpfte er ihr wie ein glitschiger Fisch davon.

»Iich maan, des sollerd ihr brodokollieren, dass eigentlich iich, die Zeugin Fürbringer, den Doden gfunden hob«, gackerte Gitta weiter.

Gutmut hegte den Verdacht, dass dieses Weib nur des Gackerns wegen gackerte. Er zerbiss eine Rennie-Tablette. »Wahrscheinlich hat den armen Mann, diesen Luggi, bei Ihrer Lebensbeichte der Schlag getroffen. Nehmen Sie *das* mal zu Protokoll, Herr Staudinger.« Dann entrang sich ihm ein Rülpser, und es ging ihm schon wieder viel besser.

Luggi-Gedächtnis-Wärschd

Metzgermeister Erwin Popp wurstete. Geschickt band er gleich lange Würste ab, während der Fleischteig aus der Wurstmaschine in die Pelle gepresst wurde.

»Des hätten wir nicht machen dürfen. Kein Auge werd ich heute Nacht zukriegen!« Immer wieder warf Rita vom Metzgerraum einen nervösen Blick in den Laden, obwohl den niemand betreten konnte, ohne dass das Glöckchen über der Tür bimmelte.

Wer ist mir denn damit in den Ohren gelegen, dass der Luggi wegmuss?, dachte der Metzgermeister, schwieg aber natürlich. Erwin Popp war ein Kerl wie ein Schrank und hatte Hände groß wie Klodeckel. Aber das Äußere täuschte über sein sanftmütiges Wesen hinweg. Und bevor er das Gekeife seiner Frau über sich ergehen lassen musste und sie sich noch mehr in Rage redete, hielt er lieber seinen Mund. Er war eh keiner, der viele Worte brauchte.

»Des sachd die Jutta übrigens auch. Mir hätten den Luggi einfach hocken lassen sollen, wo er war.«

Sie wieder. Und wer hat gesagt, das wär schlecht fürs Geschäft, ein Toter vor der Metzgerei?, dachte der Erwin.

»Des wor doch Absicht, dass wer den Luggi genau vor unsern Laden ghockt hot. So als wollerd anner mitm Finger auf uns zeigen.« Die Metzgerin seufzte theatralisch. »Bloß weil mir«, sie begann zu flüstern, »in dem Swingerclub worn. Wärn mir da bloß ned nei!«

»Wer wollt denn zu die Naggerden? Du oder ich?«, brummte der Erwin, der sich lieber wieder mit seinen Würsten beschäftigt hätte, jetzt doch.

Rita warf einen Blick in den Verkaufsraum und machte: »Pssst! Wenn des einer hört!« Was für ein Tag, was für ein furchtbarer Tag. Ihr Nervenkostüm war hauchdünn. Da half nur, sich das Drama kleinzureden. »Ich glaub ja ned, dass des eine was mit dem anderen zu tun hat. Aber merkwürdig ist es schon, oder?

In derselben Nacht, in der mir, na ja, amol ausgehen, hockt da plötzlich a doder Mensch vor unserer Metzgerei.«

»Wos soll denn der Luggi mit die Naggerden zu tun haben?«, fragte Erwin leutselig. Seine Frau hatte keine Ahnung, dass er den Luggi gestern Abend tatsächlich im »Paradies« gesehen hatte und womöglich doch ein Zusammenhang bestand. Wenngleich er sich keinen zusammenreimen konnte. Aber diese Gedanken schluckte er hinunter, nicht dass er noch in ein Hornissennest stach.

»Pssst!« Wieder ein ängstlicher Blick in den Laden. »Wär nur bloß der Manfred ned um vierer in der Früh in die Bäckerei nei, dann hätte den toten Luggi wahrscheinlich ein anderer gefunden, und ich könnt wieder ruhig schlafen.«

»Der Manfred is halt amol Bäcker. Und er allein hätt den Luggi ned tragen können, also hob ich ihm gholfen.«

»Pssst!« Schon aus Gewohnheit. Genauso wie der Blick in den Laden. »Dann bist du halt schuld. Warum musst du aa in aller Herrgottsfrüh zum Fenster nausrauchen?«

Und damit war die Welt fast wieder in Ordnung. Wenn seine Frau ihm die Schuld an etwas geben konnte, war sie zufrieden und er hatte seine Ruh. Er war es ja gewohnt. Doch eines hatte seine Frau bei ihm dennoch bewirkt: Jetzt machte auch er sich einen Kopf. Denn die Frage, wer den Luggi in den Beichtstuhl gesetzt hatte, blieb. Er und der Bäckermeister waren es definitiv nicht gewesen.

Kalt hatte die beiden Männer Luggis Tod freilich nicht gelassen. Er war zwar ein alter Meckerer gewesen, aber ein guter Schafkopfer. Und trinkfest. Schade um ihn. Als der Manfred später am Morgen aus der Backstube zu ihm herüberkam, hatten sie heimlich ein Bier aus der Flasche getrunken, verborgen vor dem mahnenden Zeigefinger der Rita, und dem Luggi eine gute Reise gewünscht.

Der Metzger hatte bei dieser Gelegenheit verschmitzt gestanden, in der vergangenen Nacht den Swingerclub »Paradies« besucht zu haben. »FKK gibt mir ja eigentlich nix, aber a paar saubere Weiberleit worn schon in dem Club. Doch wehe, wenn ich gschaut hob! Du kennst ja mei Frau …«

Und der Manfred gab seinerseits zu, dass die Jutta und er ebenfalls schon einmal im »Paradies« gewesen waren. Just in der Nacht, in der der Richard und die neue Kommissarin dort einen Undercover-Einsatz gehabt hatten. Peinlich, peinlich!

Jetzt machte der Erwin also wieder Würste. »Brodwärschd«, die der Luggi so gern gemocht hatte. Künftig würde er dabei immer an den Luggi denken. Oder sollte er vielleicht »Luggi-Gedächtnis-Wärschd« machen? Mit einem Schuss Obstler im Brät?

Reue

Seltsam, wie wenig sie sein Tod berührte.

Da war nichts. Völlige Gleichgültigkeit.

Kein Bedauern.

Keine Reue.

Ihr Gewissen blieb unbeeindruckt.

Dabei hatte sie seinen Tod nicht lange im Voraus geplant.

Der Mord war ein spontaner Entschluss gewesen.

Hätte sie länger darüber nachgedacht, hätte sie ihn dann nicht getötet?

Nein. Es war richtig gewesen.

Sie nahm das Tee-Ei aus der Kanne, goss sich eine Tasse Kräutertee ein.

Trotzdem konnte ihr niemand vorwerfen, gefühlskalt zu sein.

Im Gegenteil. Wäre es so, hätte sie es doch nicht getan.

Mord war eine überaus emotionale Sache.

Der Tee war noch zu heiß. Sie nahm ihr Strickzeug, wickelte sich den Lauffaden um den Zeigefinger. Es würde ein schöner Pullover werden. Er musste fertig sein, bevor ihr nächstes Opfer starb.

Keeslaabla

Der erste vorläufige Obduktionsbericht erreichte die Kleinmichlgseeser Polizeiwache am nächsten Tag.

Demnach war der Luggi eines natürlichen Todes gestorben: an plötzlichem Herzversagen. Beim Wolferl gestaltete sich die Todesursache nicht ganz so einfach. Die Erlanger Mediziner hatten eine Vergiftung festgestellt, konnten aber noch nicht sagen, ob Pilze dahintersteckten. Eindeutigkeit würde erst der endgültige Obduktionsbericht der Gerichtsmedizin erbringen.

Paula und ihre Leute setzten ihre Haus-zu-Haus-Befragung fort. Dabei gingen sie äußerst behutsam und vorsichtig vor. Die Witwe Kutzberger durfte keinesfalls als mögliche Verdächtige in einem Mordfall genannt werden. Immerhin könnte der Pilzsammler auch selbst versehentlich einen giftigen Pilz in sein Körbchen gelegt haben.

Auf unerklärliche Weise hatte sich das Gerücht einer höchst ansteckenden afrikanischen Infektionskrankheit im Dorf verbreitet. Die Polizisten hatten fast mehr damit zu tun, die Bewohner zu beruhigen, als Informationen zu sammeln. Die meiste Aufmerksamkeit nahm aber Richard in Anspruch. Von Frieda Schmitz, die regelmäßig die »Apotheken Umschau« las und leidenschaftlich jede TV-Krankenhausserie verfolgte, erfuhr er Details über Tropenkrankheiten, die er, der Hypochonder, nie im Leben hätte erfahren dürfen. Jedenfalls würde er für die nächste Zeit niemandem die Hand geben, kein rohes Obst und Gemüse verzehren, kein Eis essen und nicht küssen. Auch rohes Fleisch und roher Fisch waren tabu. So leicht sollten es Keime, Viren und Bazillen bei ihm nicht haben.

Trudel rollte die Augen, als Paula und Richard sie auf dem Dorfplatz trafen. Kein besonderer Zufall. Zwangsläufig traf jeder jeden einmal pro Tag im Ort.

»Wie kann ein Mannsbild nur so ein Jammerlappen sein?«,

schimpfte sie über ihren Bruder. »Der macht mich noch meschugge«, wandte sie sich an Paula, ungeachtet dessen, dass Richard neben ihr stand. »Bei jedem Windchen, das bläst, braucht er einen Schal, einen Tee, ein Honigbrot, Lutschpastillen und eine Wärmflasche! Würde ich es nicht verhindern, er würde bei Halsschmerzen unsere Mutti kommen lassen.«

Trudel, die Urfränkin, und die Berlinerin waren sich beileibe nicht grün, aber Richards Schwester hatte sich nach den Monaten, in denen die »Frischkäs« in Kleinmichlgsees schon Dienst tat, eingestehen müssen, dass die Kommissarin eine gewisse Bereicherung für den Ort war. Im Stillen hoffte sie sogar, dass der frische Berliner Wind sich positiv auf ihren muffigen Bruder auswirken würde. Aber an dem altbackenen Büffel hatten sich bisher selbst die kernigsten Dorfmädels die Zähne ausgebissen.

»Aber wenn's doch die asiatische Grippe ist?«, spöttelte Paula.

Trudel wusste über den Luggi nur zu berichten, dass er ein Nörgler gewesen sei und gern einen über den Durst getrunken und gezockt habe. Der Wolferl hingegen sei ein kleiner Spitzbub gewesen, der gern geflirtet und Küsschen hier und Küsschen da gegeben habe.

Aha!, dachte Paula.

Richard kehrte auf die Wache zurück, während Paula beschloss, noch einen Abstecher in den »Goldenen Hirschen« zu machen. Ein Gasthaus war ein Ort, an dem viele Geschichten, Wahrheiten und Halbwahrheiten ausgetauscht wurden, und diese wollte sie nun erfahren.

Als sie den »Goldenen Hirschen« betrat, schlug Paula der übliche Wirtshausmief entgegen.

»An doppelten Espresso, Frau Kommissarin?«, rief Resi, die Wirtin, vom Schanktisch quer durch den Gastraum.

Paula war bass erstaunt. Nicht nur, dass die Wirtin ihren sehnlichsten Wunsch – Kaffee! – erraten hatte, nein, Paula fühlte sich nach langen Monaten, in denen sie oft wie eine Aussätzige behandelt worden war, zum ersten Mal angekommen, akzeptiert. Sie straffte die Schultern, streckte ihre Wirbelsäule: Ja, sie fühlte sich als Kleinmichlgseeserin. Und bis vor Kurzem hätte sie es nicht für möglich gehalten, dass sie das jemals freuen könnte. »Gern, Resi!«

Die Wirtin hatte ein Kreuz wie ein Bauarbeiter und musste fast ebenso schwer arbeiten. Da ihr Mann kränklich war, stemmte Resi den Wirtshausbetrieb allein, nur eine Bedienung und eine Küchenhilfe standen ihr bei.

Paula nahm an einem kleinen Tisch nahe dem Tresen Platz. Obwohl es gerade erst Mittagszeit war, saß der »Ausgestopfte« bereits am Stammtisch. Ohne Karl Süpple konnte Paula sich den Stammtisch gar nicht vorstellen. Der alte Krauter schien rund um die Uhr im »Hirschen« zu hocken und in ein schales Bier zu starren. Regungslos und ohne auf Paulas »Grüß Gott« – es kam ihr mittlerweile wie einer waschechten Bayerin über die Lippen – zu reagieren. Paula musste jedes Mal der Versuchung widerstehen, den Ausgestopften anzustupsen, um zu überprüfen, ob er denn überhaupt noch lebte. Er gehörte zum Inventar wie der Wildsaukopf und der Fasan an der Wand, weshalb Paula ihm seinen Spitznamen gegeben hatte.

Resi servierte den Doppelten. Auf dem schmalen Tellerrand lag ein Leibniz-Butterkeks, immerhin.

Weil die Wirtin auch nicht gerade eine Plaudertasche vor dem Herrn war, bedurfte es einer gewissen vernehmungstechnischen Raffinesse, um aus ihr Informationen herauszukitzeln.

Aber Paula wusste, wie sie sich Resis Herz und Redseligkeit erschleichen konnte: über ihre putzigen Enkel, die »Enggerla«. »Na?«, sagte sie, als die Resi einen Zuckerstreuer an den Tisch brachte, obwohl Paula ihren Espresso schwarz trank. »Wie geht es denn dem Schorschla?« Den Namen auszusprechen verlangte von Paula Zungenakrobatik vom Feinsten.

Damit war der Startschuss gefallen. Die Resi plauderte munter über Schorschla, den »goldichen Boum«, bevor Nachttopf-, Windel- und Milchzahngeschichten von Ulli folgten, dem Bruder vom Schorschla.

Am faszinierendsten an ihm fand Paula Resis Aussprache seines Namens. Sie schien die mindestens fünf l erst mit der Zunge im Mund umzudrehen, bevor sie sie schließlich ausspuckte.

Paula musste einschreiten, ehe die Wirtin zu sehr ins Private und womöglich noch zu Schorschlas oder Ullis Stuhlgang abdriftete. »Was wissen Sie eigentlich von dem Herrn Lohmüller? Dem Luggi?« Der Luggi war zwar eines natürlichen Todes gestorben, aber dass sein lebloser Körper vom Friedhof in die Kirche gewandert war, war eine Frage wert.

»Dem Luggi? Jo mei … Jedenfalls hat der sein Deckel, also sei Bierfilzla, immer gleich bezahlt. Der hot nie anschreiben lassen. Sei politische Meinung wor aweng seltsam, ned braun, um Gottes willen, des ned, aber im Prinzip hot er gegen alle Politiker was zum Soagn ghabt. Jo mei …« Resi verfiel in eine Art Starre, ihre Mundwinkel sackten nach unten. Plötzlich sperrte sie wieder den Mund auf und gähnte kräftig.

»Und der Herr Kutzberger?«, bohrte Paula weiter, als die Gefahr, mit Haut und Haaren von der Wirtin gefressen zu werden, gebannt war. »Wie war der so?« Dann fiel ihr ein, dass die Resi womöglich noch gar nichts von dessen Tod wusste.

»Der Wolferl hot sein Bierdeckel auch immer gleich gezahlt. Hat aa ned so viel gsuffn wäi der Luggi.«

Wie hatte Paula nur glauben können, dass in Kleinmichlgsees eine Neuigkeit, ein Skandal oder ein pures Gerücht nicht innerhalb eines Atemzuges die Runde machte? Natürlich wusste die Resi Bescheid. »Waren denn die Eheleute Kutzberger glücklich, was meinen Sie?«

Die Resi schaute der Kommissarin in die Augen, blinzelte, wiegte den Kopf. »Ach Goddla, verheiratet und glücklich? Die hom die silberne Hochzeit schon hinter sich ghabd …«

Sollte das jetzt ein Indikator für eine glückliche oder unglückliche Ehe sein? Paula wusste es nicht.

Die Resi hob die Hand. »Ich kumm gleich!«

Babsi Studerer, die Inhaberin eines Geschenkartikelladens aus dem Nachbarort Ingreisch, hatte den »Hirschen« betreten. Paula suchte das bunte Lädchen gelegentlich auf, um Geburtstagskarten zu kaufen und ein bisschen mit der sympathischen Babsi zu quatschen. Der rote Pagenkopf der Mittfünfzigerin wippte lustig, als sie direkt auf Paula zuging.

»Der Wolferl, der Wolfgang Kutzberger ist tot?«, fragte Babsi, wohl hoffend, es handle sich um ein Gerücht. Sie sah mitgenommen aus.

Eine Neuigkeit verbreitete sich anscheinend nicht nur innerhalb eines Atemzuges in Kleinmichlgsees, sie schwappte auch gleich nach Ingreisch rüber.

»Moggsd Krautwiggerla?«, fragte Resi die Babsi. »Ich hob welche im Rohr.«

»Naa, essen mog ich niggs, abber a Radler konnst mir einschenken. Host scho ghört vom Wolferl?«

Resi nickte. »Der Luggi is aa dod.«

»Der Luggi und der Wolferl dod an einem Tag! Des is ja direkt gruselig, oder?«

Die beiden Frauen schauten Paula an.

»Waßmer scho, warum?«, fragte die Babsi.

Paula knabberte gedanklich noch an dem Wort »Krautwiggerla«. *Der Luggi, der Wolferl, der Wiggerla.* »Dazu kann ich Ihnen leider noch nichts sagen.«

Babsi ließ sich auf einen Holzstuhl neben Paula fallen und fächerte sich mit der Hand Luft zu.

»Wos is denn mit dir los? Du bist ja keesbleich! Is dir ned goud?« Die Resi marschierte los und brachte der käsigen Babsi ein Glas Leitungswasser. »Wissen S', Frau Kommissarin, die Babsi is ja schon immer a Keeslaabla gwesen, schon als jungs Maadla, aber heut gfällt sie mir gor ned.«

Paulas Pott an neuen fränkischen Wörtern war randvoll und drohte überzulaufen. Sie konnte dieses ... Wort mit den unsäglich vielen e und a nicht einmal nachsprechen, geschweige denn ihm irgendeinen Sinn zuordnen. Chinesisch war bestimmt ein Klacks dagegen.

Resi ging erneut los, kam mit einem ovalen Serviertablett zurück und stellte drei Stamperl mit einer unheilvoll aussehenden dunklen Flüssigkeit auf den Tisch. »Kräuterbitter«, erklärte sie, »aber ka so a Glump wäi im Subbermargd!«

Paula wollte um die Uhrzeit, es war noch nicht mal zwölf, ganz sicher keinen Schnaps trinken. Und ganz sicher keinen, der den Eindruck machte, heimlich in einer Scheune entstanden zu sein.

Ihre Mimik schien genau das auszudrücken, denn Resi winkte ab: »Fei ned schwarzgebrannt, gell! – Do geh her, Babsila, trink a Schnäpsla, dann geht's dir gleich besser!« Und schon hatte die Resi ihren Kräuterbitter gekippt. Sie schüttelte sich wie ein nasser Hund. »Goud!«

Babsi tat es ihr nach. Kippen. Schütteln. »Pfui Deifl, goud!«

Paula beäugte misstrauisch das Glas. Frauenpower!, sprach sie sich Mut zu, dann schüttete sie hinunter, was immer es war. Und schüttelte sich. Nur das »Goud« blieb bei ihr aus. Das Zeug war stark wie Harry und bitter wie die Hölle. Sie spürte jeden Zentimeter, den der Schnaps ihre Speiseröhre hinabrann, dann, wie er den Magen erreichte und weiterfloss. Endlich machten sich eine angenehme Wärme in ihrer Brust und eine Leichtigkeit in ihrem Hirn breit. »Eeswaawla«, grinste Paula. »Wenn mir bitte noch jemand erklären könnte, was ein Eeswaawla ist?«

Resi und Babsi zuckten mit den Schultern.

»Na, Sie haben doch eben gesagt, Frau Studerer sei als junges Mädchen schon ein Eeswaawla gewesen.«

Babsi kicherte. »A Keeslaabla. Ein Käseleibchen. Ich war so blass wie Käse.«

Was für ein Wort. Paula staunte. Keeslaabla. Sie würde es bei passender Gelegenheit anwenden. Ihr Blick fiel zur Tür, und für einen kurzen Moment hätte sie schwören können, Gutmut beim Verlassen des Wirtshauses gesehen zu haben. Wurde sie allmählich paranoid?

Auf dem Weg zurück in die Wache verschlang Paula einen Müsliriegel und hoffte, das Getreide würde den Alkohol vielleicht neutralisieren. Sie hätte besser etwas essen sollen, als mit der Resi zu schnäpseln. Sie ging wie auf Watte. Paula trank wenig Alkohol, und Resis Kräuterbitter hatte bei ihr wie eine Bombe eingeschlagen. Die Befragung der Dorfbewohner war reine Zeitverschwendung.

Sie versuchte, sich auf die Todesfälle zu konzentrieren. Zufall? Warum nicht? Das ganze Leben war zufällig. Im Prinzip setzte sich das Leben nur aus Zufällen zusammen. Dass der tote Kartelbruder Luggi umquartiert worden war, dürfte hingegen kein

Zufall sein. Paula tippte mehr auf groben Unfug. Oder steckte etwas ganz anderes dahinter? Okkultismus? Rache? Eifersüchtelei? Alles war möglich. Aber bevor sie weiterdachte, musste sie den endgültigen Bericht der Gerichtsmediziner abwarten, auch hinsichtlich Wolfgang Kutzbergers Tod. Erst dann würde sie wissen, in welche Richtung ihre Ermittlungen zu gehen hatten. Der Kutzberger. Womöglich ein Unfall. Eine Pilzvergiftung. Womit konnte man sich sonst noch vergiften? Mit Medikamenten, Drogen, Gas, etwa Kohlenmonoxid, und Pflanzen. Hatte der Wolferl sich umbringen wollen? Womit konnte man sich versehentlich vergiften? Mit Pilzen. Beeren. Aber wer aß schon wilde Beeren? War eine Lebensmittelvergiftung die Ursache? Eine Fischvergiftung? Waren Chemikalien im Spiel? Diese Nachdenkerei hatte einfach keinen Sinn. Und leicht alkoholisiert schon gar nicht. Paula musste auf den Obduktionsbericht warten. Aber warum nur hatte sie das Gefühl, dass der Tod vom Kutzberger kein Unfall, sondern Mord gewesen war?

Jägerschnitzel

Trotz der traurigen Sterbefälle war Paula guter Stimmung, als sie ein paar Minuten später die Wache betrat. Das lag nicht nur am Schnaps, sie fühlte sich immer gut, wenn sie eine Aufgabe hatte. Doch ihre optimistische Stimmung verrauchte schneller als ihr Mini-Rausch. Hinter Richards Schreibtisch hockte Dietrich Gutmut. Schon wieder. Und aus war es mit der guten Laune.

Aber dann erblickte sie hinter Marias Schreibtisch Andreas, Is Weggla, und der griesgrämige Mund war ganz schnell Vergangenheit. Der dritte Kommissar im Bunde, Stefan Angst, stand neben Maria. Beide waren ganz offensichtlich nur körperlich in der Wache anwesend und unterhielten sich mit verklärtem Gesichtsausdruck garantiert nicht über Mord und Totschlag.

»Ist das nicht ein bisschen übertrieben? Wegen einem Herzkasper und einer Pilzvergiftung gleich drei Kripoleute aus dem heiligen Präsidium? Oder ist euch in der Stadt langweilig?«, frotzelte Paula. »Ah, ich hab's! Ihr wollt von uns lernen, wie man Mordfälle am schnellsten klärt.«

Die Bemerkung war eindeutig gegen Gutmut gerichtet, gegen Is Wegglas und Stefans Anwesenheit hatte keiner der Kleinmichlgseeser Beamten etwas einzuwenden.

»Wahrscheinlich ist es wegen Resis Schäuferla«, murmelte Richard in seinen nicht vorhandenen Bart.

Gutmut stand auf, zog sein Smartphone aus seiner Jacketttasche, wählte und sagte im Vorbeigehen zu Paula: »Und wovon träumen Sie nachts? Jemand muss Ihnen doch auf die Finger schauen.«

Andreas hingegen sagte: »Ich für meinen Teil wollte mal wieder dein liebliches Gesicht sehen.« Er warf einen Blick auf die Turteltäubchen. »Und warum er unbedingt mitwollte, ist doch klar.« Da Stefan nicht reagierte, fuhr Andreas fort. »Aber Resis saugute Schäuferla sind natürlich auch ein bisschen daran schuld.«

Gutmut schritt belackschuht durch die Wache, während seine Miene immer finsterer wurde. »Ja, von mir aus! Wenn ihr langweilig ist, dann soll sie halt jetzt schon anfangen, das krieg ich schon hin. Aber dann habe ich was gut bei dir, Schwesterherz. Was Riesengroßes. Kümmern kann ich mich trotzdem nicht um die Göre. Das kannst du dir sicher vorstellen, ich in meiner Position, wie soll das gehen?«

Alle lauschten dem Gespräch, auch wenn sie die Köpfe über ihre Fingernägel, Akten oder Schuhspitzen beugten.

Plötzlich überzog Gutmuts Gesicht ein Lächeln, ein sehr fieses, bösartiges Lächeln. Sein Blick glitt durch die Wache. »Ich glaube, mir ist da eben eine ausgezeichnete Idee gekommen«, sprach er in sein Handy und legte auf.

Paula beschlich ein ungutes Gefühl, das sie nicht näher definieren konnte.

Gutmut kehrte an Richards Schreibtisch zurück, der sich eben auf seinen Bürostuhl setzen wollte, dann aber dem Nürnberger Kollegen mit einer großzügigen Geste den Platz überließ. Gutmut war geladen genug, da musste er ihn nicht noch provozieren.

»Eine Leiche, die offensichtlich erst einmal kreuz und quer durch Ihr Kleinmichlkaff geschafft wird, bevor die Polizei Wind von ihr bekommt, finde ich durchaus beachtlich.« Gutmut legte den Finger an die Stirn und tat so, als würde er nachdenken. »Obwohl … für Kleinmichlgsees ist das wahrscheinlich nichts Außergewöhnliches. Wer weiß, was hier sonst noch so Kurioses passiert, was Sie unter den Teppich kehren, werte Kollegin?«

Paula gab vor, seine Bemerkung würde sie nicht kratzen. Sie überlegte krampfhaft, wie sie das Nürnberger Würstchen schnellstens wieder loswerden könnte. Die beiden anderen Jungs durften natürlich gern bleiben.

»Ich möchte, dass Sie die Witwe Kutzberger noch einmal vernehmen. Ein erfahrener Pilzsucher wird sich doch wohl kaum einen Knollenblätterpilz, Satanspilz oder wie auch immer die giftigen Pilze heißen mögen, ins Körbchen legen. Der passt doch auf.« Ihm, Gutmut, würde so etwas niemals passieren, und er verabscheute Menschen, die so leichtsinnig waren und fahrlässig handelten. »Wahrscheinlich hat ihm seine Frau heimlich ein paar Giftpilze ins Essen gemischt. Fragen Sie die Frau nach einer Lebensversicherung. Gab es Streit? Ging der Mann fremd?« Gutmut klatschte sich mit der Hand auf den Oberschenkel. »Herrgott, das ist doch nicht so schwer! Muss man denn hier alles selber machen?«

Paula ging der Typ allmählich wirklich auf den Senkel. »Das haben wir längst getan, Herr Gutmut.«

»Und? Wieso liegt mir noch kein Protokoll vor?«

Wie von einer göttlichen Macht herbeigerufen betrat Ulla Kutzberger just in dem Moment die Wache. Sie trug ein schwarzes Kostüm, das schon etliche Beerdigungen erlebt hatte. Ihr Haar schien seit dem vorangegangenen Tag noch grauer geworden zu sein.

Maria stürzte auf sie zu und sprach ihr Beileid aus. Gutmut betrachtete die Witwe mit hochgezogener Augenbraue.

»Darf ich vorstellen? Das ist Frau Kutzberger«, sagte Paula.

Gutmut hielt die Arme weiterhin verschränkt, und Ulla Kutzberger reagierte nicht. Verloren blieb sie stehen, bis Paula das Wort an sie richtete.

»Frau Kutzberger, uns liegt mittlerweile der Obduktionsbericht vor. Ihr Mann ist höchstwahrscheinlich an einer Pilzvergiftung gestorben.«

Bevor Gutmut sich wieder aufblasen konnte, ging Richard dazwischen: »Wie gut hat sich der Wolferl denn mit Pilzen ausgekannt?«

»Darin war der absolut fit, da hat ihm keiner was vormachen können. Ich mog ja die schlabberigen Dinger überhaupt ned. Aber der Wolferl war ganz narrisch danach, und wie ich der Frau Kommissarin scho gsachd hob, ich hob ned amol an die Pilze hinlangen dürfen. Der Wolferl hat sie gesammelt, geputzt und gekocht.« Sie seufzte. »Und gegessen.«

Andreas schob der Witwe einen Bürostuhl zu. Die Polizisten traten sich gegenseitig auf die Füße. Für sieben Personen war diese Dienststelle nun einmal nicht konzipiert.

»Sie haben mich doch gefragt, ob etwas Merkwürdiges in letzter Zeit passiert ist. Ja.«

»Dann schießen Sie mal los, Frau Kutzberger«, sagte Paula aufmunternd.

»Wir haben Anrufe bekommen. Aber immer wenn wir ans Telefon sind, ist aufgelegt worden.«

»Und wie lange ging das so?«, wollte Gutmut wissen.

»Bis vor drei Wochen ständig. Und wenn ich sag, zuvor ein Vierteljahr, könnt's stimmen.«

»Wurde nur dann aufgelegt, wenn Sie ans Telefon gegangen sind? Oder auch bei Ihrem Mann?« Paula hatte da so eine Idee.

Knips, knips, knips, knips. Richard lehnte an der Wand und spielte mit dem Druckknopf des Kugelschreibers.

Wirklich nervig, dachte Paula. Der Staudinger fand immer etwas, womit er an den Nerven seiner Mitmenschen zerren konnte.

Knips, knips, knips, knips.

»Schluss jetzt, Staudinger!«, riefen Gutmut und sie wie aus einem Mund, woraufhin alle außer Ulla Kutzberger über diese gemeinschaftliche Aktion erstaunt waren. Paula räusperte sich. »Und vor drei Wochen war plötzlich Schluss? Warum?«

»Vielleicht worn's Lausboum«, sagte Ulla Kutzberger ohne richtige Überzeugung.

»Wurde denn jetzt nur bei Ihnen aufgelegt?«

»Nein«, winkte die Kutzbergerin ab, kam dann aber ins Grübeln. »Des glaub ich jedenfalls. Mein Mann hat gsachd, es sei niemand dran gwesen. Manchmal habe ich ihn aber auch plaudern ghört, nur ganz kurz, dann kam er wieder ins Zimmer rein«, sie runzelte die Stirn, dachte noch immer zurück, »und hot gsachd: ›Falsch verbunden.‹«

Gutmut und Paula tauschten einen vielsagenden Blick.

»Wieso ist das wichtig?«, fragte Ulla Kutzberger.

»Na, weil der oder *die* Anruferin vielleicht nur mit Ihrem Mann und nicht mit Ihnen sprechen wollte.«

»Aber nein.« Doch ganz sicher war sich die Kutzbergerin nicht mehr. »Des is jetzt aber auch egal.«

Nichtsdestotrotz war der Wolferl wahrscheinlich an einem giftigen Pilz gestorben, und wenn nicht er ihn sich ins Rührei gemischt hatte, wer dann? Genau das fragte Paula die Witwe.

»Wahrscheinlich is ihm des wegen seine Augen bassierd«, antwortete Ulla Kutzberger. »Er hätte längst eine Brille tragen müssen. Aber in letzter Zeit is mei Moo so eitel gworn. Lieber is er über alles gestolpert, was im Weg wor.« Sie hob die Hände.

»Womöglich hat er gor ned genau gsehen, welche Pilze er in sei Körbla glegt hot.«

Würde ein erfahrener Pilzsammler so leichtsinnig sein?, fragte sich Paula. Gerade der müsste doch wissen, wie gefährlich so ein Verhalten war.

»Sie meinen also, der Herr Gemahl hat sich mal eben einen Fliegenpilz oder einen Knollenblätterpilz ins Körbla gelegt? Das mag vielleicht einem Sonntagspilzsucher passieren, der sonst nur die Champignons aus der Dose kennt, aber doch keinem, der sich der Gefahr von giftigen Pilzen bewusst ist«, donnerte Gutmut.

Paula war erneut erstaunt, wie ähnlich seine und ihre Gedankengänge doch waren. Vielleicht handelte es sich bei ihnen aber auch nur um logische Schlussfolgerungen, zu denen jeder halbwegs intelligente Mensch kommen würde.

»Ja, abber ohne Brilln, Herr Kommissar? Da ko des scho bassieren. Wie kann a Moo bloß so eitel sei?« Die Kutzbergerin schüttelte den Kopf und presste sich einen feuchten Taschentuchballen unter die Nase. »Die Brilln hotner is Lebm kost.«

Gutmut fummelte aus seiner Jackentasche die Rennie-Packung heraus und drückte sich eine Magentablette in die Hand. Die Brille hatte ihn das Leben gekostet? Diese Kleinmichlkaffler! So ein Schmarrn!

Richard hatte seinen Stenoblock gezückt und notierte seit geraumer Zeit wie ein Weltmeister, als würde er die Fortsetzung von »Krieg und Frieden« oder seine Memoiren schreiben. Plötzlich sagte er, ohne von seinem Block aufzusehen: »Hatte der Wolferl Feinde?« Er hatte diesen Satz des Öfteren in seinen geliebten Vorabendkrimis gehört. Dann hob er den Blick und durchbohrte die Nase der Witwe damit.

Paula indes beobachtete interessiert, wie die Kutzbergerin die Unterlippe einsog.

»Hatte er in letzter Zeit mit dem Luggi was zu schaffen?« Richard wippte auf den Absätzen. »War er vielleicht sogar an dessen dubioser Wanderschaft in den Beichtstuhl beteiligt?« Der Bleistift lauerte einsatzbereit über dem Stenoblock. »Und warum ist der Wolferl so eitel gewesen in letzter Zeit? Na? Hatte er, Pardon, Ulla, vielleicht eine Geliebte?«

Das restliche Polizeiteam Kleinmichlgsees, die Nürnberger Würstchen sowie Ulla Kutzberger versuchten, Richards Fragen einzeln abzuarbeiten, hatten die erste aber schon vergessen, als die letzte gestellt wurde.

»Hä?«, machte die Kutzbergerin folglich erschöpft.

Nur die Frage nach der Geliebten war bei allen Anwesenden hängen geblieben. Ulla Kutzbergers Wangen verfärbten sich sogar. »Der Wolfgang? Eine Geliebte? Spinnst du? Des hätt ich doch gmerkt!«, kreischte sie.

»Geschwätz! Die Ehefrau merkt es oft zuallerletzt, wenn der Mann fremdgeht. Oder sie merkt es, will es aber nicht wahrhaben«, konterte Gutmut, immer erfreut, wenn er jemandem etwas reinwürgen konnte. Er erhob sich vom Bürostuhl und stellte sich neben Paula.

Sie widerstand der Versuchung, ihm gegen das Schienbein zu treten.

Ulla Kutzberger, reichlich verschnupft, drehte Gutmut, Paula und Richard den Rücken zu und sprach nur noch mit Maria. »Der Lorenz hot übrigens vor drei Tagen Streit mit meim Moo ghabt, des solltet ihr vielleicht noch wissen.«

»Der Angerer Lorenz?«, fragte Richard.

»Ja, der Angerer Lorenz aus Ingreisch«, sagte Ulla Kutzberger zu Maria. »Aber froch mich ned, um was es bei dem Streit ging. Der Wolferl hat bloß gsachd, dass sie sich gestritten hom. Nur für den Fall, dass ihr an Verdächtigen sucht.« Sie warf einen verächtlichen Blick über ihre Schulter. »Weil irgendwie gräich ich des Gefühl ned los, dass ihr meint, ich hätte meinen Wolferl umbracht.« Ohne eine Erwiderung abzuwarten, stolzierte die Kutzbergerin aus der Wache.

»Ich möchte, dass Sie diesen Lorenz Angerer überprüfen und auch die Ehefrau des Toten noch einmal genau durchleuchten. Das wurde bisher ja anscheinend unterlassen, Kollegin, oder?« Gutmut stand die hämische Freude ins Gesicht geschrieben. Er ging noch einen Schritt näher auf Paula zu und raunte hinter vorgehaltener Hand, was die anderen die Ohren umso mehr spitzen ließ: »So wirr der Kollege Staudinger auch manchmal bei seinen Vernehmungen vorgeht, vollkommen absurd sind seine Fragen dann doch nicht.« Und wieder in Normallautstärke: »Ich will auch, dass Sie endlich herausfinden, wer diesen Ludwig Lohmüller durch den Ort transportiert hat. Für so ein Vorgehen muss es doch ein Motiv geben. Was, wenn der Kutzberger tatsächlich daran beteiligt war? Vielleicht ein Ritual unter den Dörflern?«

Paula unterdrückte ein gereiztes Aufstöhnen. Wenn er sich aufspielen konnte, der Gutmut, dann war er glücklich. Ein Ritual unter den Dörflern. Und wie sollte das aussehen? Gesellige Leichenwanderungen, oder was?

Sie blickte zu Andreas rüber, der seltsam schweigsam war, als ginge ihn nichts davon etwas an. Oder gingen ihn die Fälle tatsächlich nichts an, und er war nur ihretwegen mitgekommen? Aber der Gutmut würde ihm niemals gestatten, die Dienstzeit für amouröse Angelegenheiten zu nutzen. Obwohl … Wenn sie Maria und Stefan so ansah. Dass der Gutmut noch nicht mit Blitz und Donner zwischen die beiden gefahren war, so wie sie miteinander flirteten und auf Wanderleichen und kurzsichtige Pilzsucher pfiffen, das war schon seltsam.

Vor Kurzem hatte Maria sich von ihrem langjährigen Freund Tobias getrennt. Die Nachricht hatte den Ort in Aufruhr versetzt, hatte man doch auf eine baldige Hochzeit mit Polterabend gehofft. Wobei Maria sowieso nicht gepoltert hätte. Sie träumte von einem Junggesellinnenabschied in der Stadt, mit Junggesellinnenkrönchen, Schampus und den Mädels, mit allem Drum und Dran eben. Paula seufzte ein kleines bisschen bei der Vorstellung. Aber sie war ja sowieso keine, die auf Hochzeit in Weiß, Pferdekutsche und Brautstraußwerfen stand …

War sie das wirklich nicht?

»Erde an Frischkes, hallo! Weilen Sie noch unter uns?«, hörte sie Gutmuts Stimme und zuckte zusammen. Himmel, war sie so weit weg gewesen? Frühlingsgefühle mitten im Herbst am Arbeitsplatz?

»Vielleicht sollten Sie den Frühschoppen im ›Hirschen‹ künftig auslassen?«

Paula stutzte kurz. War es also doch der Gutmut gewesen,

den sie gesehen hatte, als sie mit Resi und Babsi Kräuterschnaps gebechert hatte.

Doch der Gutmut war schon weiter. »Ich würde vorschlagen, wir treffen uns um vierzehn Uhr zu einer Teambesprechung im ›Goldenen Hirschen‹. Hier«, er zeichnete mit dem Finger einen Kreis in den Raum, »bekommt man ja Platzangst. Dann freue ich mich auf Ihre neuen Ermittlungsergebnisse.«

Paula nickte. War er deshalb im »Hirschen« gewesen? Hatte er vorgehabt, bei Resi die Schäuferla für sich und die Kollegen vorzubestellen, aber die Wirtin war mit Babsi und ihr zu beschäftigt gewesen? Wollte der tadellose Herr Hauptkommissar vor ihr nicht zugeben, dass er tatsächlich eine menschliche Schwäche hatte – für einen knusprigen Braten aus dem Rohr? Aber sie ließ es gut sein.

Dietrich Gutmut und die Beamten Weck und Angst betraten den »Goldenen Hirschen« und wurden von der Wirtin wie alte Bekannte mit kräftigem Handschlag begrüßt. Wo sie doch sonst die Zähne fast nur zum Essen auseinanderbrachte. Aber trinkfeste und hungrige Männer schätzte die Resi. Sie deckte den Tisch für die »Deambesprechung« der Kripoleute aus Nürnberg im Nebenraum ein, stellte also Salz- und Pfefferstreuer, Holzzahnstocher im Stamperl, Bierdeckel und ein Väschen mit Kunstblumen auf den Tisch. »Drei dunkle Pinkler Bräu für die Herren?« Sie lächelte sogar. »Wie halt immer, Herr Kommissar, gell?«

»Selbstredend, Frau Betz.« Gutmut konnte Frauen gegenüber durchaus charmant sein.

Als die Wirtin die Halben mit dem süffigen Pinkler Bräu an den Tisch brachte, erkundigte sich Gutmut nach Schäuferla mit Kloß. Ein Schäuferla ging immer.

Doch die Resi winkte energisch ab. »Schäuferla gibt's bloß am Sonntag. Unter der Woche gibt's ka Schäuferla ned. Nur mit Vorbestellung. Blutworschd, Brodwärschd, Schweinskopfsulzn und Kloß mit Soß könnt ihr hom.« Resi zückte ihren Bestellblock. »Und Jägerschnitzel.«

Die Beamten hoben die Daumen.

»Dreimal Jäger? Kummt sofort!«

Überraschungsgast

»Drei von der Kripo wegen einem Herzkasper und einer Pilzvergiftung«, grantelte Richard vor sich hin. Es wurmte ihn, dass der Hauptkommissar aus Nürnberg so über ihn, ja über die gesamte Dienststelle Kleinmichlgsees verfügte und sie wie seine Laufburschen herumschickte. *Gehen Sie dem mal nach … Durchleuchten Sie mal …*

Und überhaupt! Die Frischkes war seine Vorgesetzte, was schlimm genug war. Wobei – allmählich machte sie sich und passte sich dem Dorfleben an. Manchmal, Staudinger grinste nun doch, war sie fast schon eine von ihnen, eine Kleinmichlgseeserin. Wenn sie von »wir« sprach oder von »die da drüben in Ingreisch« oder wenn ihr versehentlich ein fränkischer Brocken herausrutschte.

Außerdem – was blies der Gutmut sich überhaupt so auf? Die Ulla hatten sie längst mit ihren eigenen Methoden befragt. Mit menschlicheren, umgänglicheren als denen, die in der Stadt praktiziert wurden. So rechtfertigte sich Richard im Stillen.

Paula und Maria stiegen von einem Fuß auf den anderen. Sie wollten an die Luft, doch Richard wurde einfach nicht fertig. Aufs Klo gehen, Schreibtisch aufräumen, Kaffeemaschine abwischen, Schuhspitzen an den Hosenbeinen polieren, Drucker mit Papier auffüllen … Ganz so, als wollte er den Spaziergang hinauszögern.

Und so war es denn auch. Zu Fuß in den Nachbarort, nach Ingreisch! Das verschlimmerte seine miese Laune nur noch. Den Angerer Lorenz hätte man doch auch auf die Wache bestellen können. Er hatte Urlaub und war zu Hause. Aber nein, die Frischkes wollte sich ein Bild davon machen, wie er lebte. Und was war schon an einem Streit unter Mannsbildern dabei? Deswegen brachte man den anderen doch nicht gleich um. Vielleicht in der Stadt, aber doch nicht auf dem Land, um wieder darauf herumzureiten.

Der Richard würde niemals in die Stadt ziehen. Zwar hoffte

er auf den Wechsel zur Kripo eines Tages, aber auch dann würde er in Kleinmichlgsees wohnen bleiben. Ja, tatsächlich, er spielte manchmal mit dem Gedanken, sich bei der Kripo zu bewerben. Ein extrem mutiger Gedanke für jemanden, dem das Frühstück nicht schmeckte, wenn sein Lieblingsvesperbrett gerade in der Spülmaschine war.

Wirklich weit oder anstrengend war der Weg von Kleinmichlgsees nach Ingreisch nicht. Es sei denn, man benutzte sonst seine Beine hauptsächlich dafür, um sie auf dem Sofa hochzulegen. Wie Richard.

Als sie am »Goldenen Hirschen« vorbeigingen, hörte Richard Gutmuts donnernde Stimme. Die Nürnberger Würstchen machten seelenruhig Pause, während er und seine Kolleginnen schufteten? Frechheit! Eine kurze Erholung hätte Richard auch gefallen.

Nach der Kirche am Dorfplatz, der Metzgerei Popp und dem Bäcker waren es im Prinzip nur noch ein paar Schritte, dann hatte man Ingreisch erreicht. Lorenz Angerer wohnte hinter Ingreischs Gasthaus, dem »Grünen Bock«, im Parterre eines Zweifamilienhauses.

Paula war angenehm überrascht. Angerer passte nicht in die Riege stoppelbärtiger, nach Bier und Qualm riechender Kartelbrüder mit Schnupftabak unter der Nase. Er war noch keine vierzig, trug knackig sitzende Markenjeans und eine moderne Frisur, die unmöglich der Schere des Kleinmichlgseeser Dorffriseurs entsprungen sein konnte. Ingreisch selbst besaß keinen Frisiersalon.

Lorenz Angerer lächelte so nett, dass Paula gleich ganz warm in der Magengegend wurde. So einer vergiftete doch keinen Kumpel mit einem Knollenblätterpilz, ertappte sie sich zu denken.

Angerer ließ die Polizisten in seine Wohnung. Obwohl sie ihren Besuch per Telefon angekündigt hatten, sammelte er jetzt erst getragene Socken vom Boden und ein paar Hemden von den Sessellehnen auf und warf sie kurzerhand ins Badezimmer.

»Der Wolferl ist tot. Und der Luggi auch.« Richard rechnete damit, dass der Lorenz davon schon gehört hatte.

Und so war es auch. »Die Nachricht hat mich ganz schön getroffen. Der Luggi und der Wolferl! Weiß man denn schon, was passiert ist?« Er musterte Paula. Natürlich kannte unterdessen jeder in Kleinmichlgsees und in Ingreisch die Berlinerin, aber persönlich hatte Angerer bisher mit ihr noch nichts zu tun gehabt.

»Sie waren gute Freunde, nicht wahr?«, fragte sie.

Angerer nickte.

»Sie als Ingreischer in einer Kleinmichlgseeser Kartelrunde?«, fragte Paula. Es hätte als Scherz gemeint sein können, aber unterdessen wusste sie, dass das ein Fehler gewesen wäre.

»Na ja, wenn es um gewisse Sachen geht, wird das Kriegsbeil unter uns schon mal begraben«, witzelte Angerer. »Wie zum Beispiel beim Schafkopfen.«

»Die genauen Todesursachen werden derzeit noch ermittelt. Wie war denn Ihr Verhältnis zu Herrn Kutzberger?«, fragte Paula in einem Atemzug.

»Gut.«

»Nie Streit?«

Lorenz Angerer zuckte mit den Schultern.

»Nein?« Paula lächelte ihn an. »Auch nicht vor drei Tagen?«

Er betrachtete seine Fingernägel. »Ach, das …«

»Ja, genau *das*. Was war denn der Grund des Streits?«

Angerer ging in die Küche. »Möchten Sie einen Kaffee oder ein Wasser?«

Richard folgte ihm und kam seiner kaffeesüchtigen Chefin zuvor. »Nö, wir sind im Dienst. Aber jetzt sag endlich, Lorenz, worüber habt ihr euch gestritten?«

Angerer machte wieder kehrt, und Richard, der ihm gefolgt war, ließ ihn an sich vorbei. Gemeinsam gingen sie ins Wohnzimmer zurück. »Ach, es war wirklich nichts.«

»Zumindest hat Herr Kutzberger mit seiner Frau darüber gesprochen«, sagte Paula.

»Ehrlich?«, fragte Lorenz Angerer erstaunt. »Mit seiner Frau?« Seine Stimme wurde beim letzten Wort höher.

»Warum denn nicht?«

»Na ja, weil der Wolferl und ich … also, es ging um eine Frau. Wir haben uns wegen einer Frau gestritten.«

»Lassen Sie mich raten, es handelte sich nicht um Frau Kutzberger?« Allmählich wurde die Sache interessant. Paula und Richard zwinkerten sich unauffällig zu.

»Um welche Frau denn dann?«, fragte nun Maria, die das Rumgeeiere vom Lorenz nervte. Was dachte der denn? Dass er nur lange genug so weitermachen musste, damit sie ohne ihre Antworten einfach wieder gingen?

»Das möchte ich nicht sagen.«

»Wäre aber nicht schlecht, Lorenz«, sagte Richard und zog Nase und Hosenbund hoch. »Besonders dann, wenn sich herausstellen sollte, dass es Mord war.«

»Mord?« Angerer konnte sein Entsetzen nicht verbergen.

»Vielleicht hat sich der Wolferl versehentlich mit einem Pilz vergiftet, aber vielleicht hat ihm auch jemand bewusst einen giftigen untergejubelt. Wie auch immer: Der Luggi und der Wolferl sind fast am selben Tag gestorben, das ist doch merkwürdig, oder?«

»Den Luggi habe ich ewig nicht gesehen. Und der Streit mit dem Wolferl war im Prinzip überhaupt kein Streit. Wir waren halt anderer Meinung, sonst nix.«

Maria überlegte krampfhaft, um welche Singlefrau es sich bei dem Streit gehandelt haben könnte. Viele »Einschichtige« gab es in den beiden Ortschaften nicht, wobei zu den wenigen sie, Frau Frischkes und Richard zählten. Oder war es vielleicht um eine verheiratete Frau gegangen? Natürlich! Sonst müsste der Lorenz auch kein so großes Geheimnis daraus machen. »Du, Lorenz, ist die Frau verheiratet?«, bohrte Maria. Ihre Neugier war nun erst recht entfacht.

»Welche Fr…? Ach so, nein. Maria, ich will's wirklich nicht sagen.«

Richard wippte wieder auf den Fersen, seine neueste Angewohnheit. Aber wenigstens schnitt er kein Gesicht. »Aussage verweigert.«

Lorenz Angerer schaute unglücklich drein. »Könnte ich mich

erst mit der Dame besprechen? Dann sage ich euch auch, um wen es sich handelt.«

Auf diesen Vorschlag ließen sich die Polizisten schließlich ein.

»Der wird halt ein Gspusi haben«, stellte Richard fest, als sie bereits wieder auf dem Weg zurück zur Wache waren.

»Gspusi«, sagte Paula. Sie fand das Wort niedlich, kannte auch seine Bedeutung, aber wovon stammte es ab? Von schmusen? Sie verdrängte den Gedanken, sie sollte es sowieso endlich aufgeben, sich den Kopf über bayerische Wörter zu zerbrechen.

»Wer die Dame wohl ist? Sehr spannend«, überlegte Richard laut, und das fanden seine Kolleginnen auch.

Schon von Weitem sahen sie die hagere schwarze Gestalt vor der Wache stehen. Richard wünschte sich, was so gut wie nie vorkam, dass er eine Waffe dabeihätte. Doch in Kleinmichlgsees trugen sie nie ihre Dienstwaffen, wozu auch? Hier gab es so gut wie nie so schräge Galgenvögel wie diesen da.

Bislang.

»Kennt den jemand von Ihnen?« Paula kniff die Augen zusammen.

Alle drei verlangsamten ihre Schritte und versuchten zu erkennen, wer da vor der Wache herumlungerte. Als sie näher kamen, wurde ersichtlich, dass es sich um keinen Kerl, sondern um eine junge Frau handelte, die eine schwarze Bomberjacke, schwarze Fischnetzstrümpfe und – Himmel, was für kurze! – Shorts trug. Durch die Netzstrumpfhose erkannte man eine große Tätowierung auf der Wade. Die Frau war auffällig geschminkt: dunkle Lider, dunkle Lippen. Die Haare hatte sie zu einem Dutt hochgesteckt. Sie war in ihr Smartphone vertieft.

»Nö, aber das ist auch ein Mädel«, bemerkte nun Maria.

»Kennt jemand von Ihnen das Mädel?«, korrigierte sich Paula, als sie die junge Frau schon fast erreicht hatten.

»Nö«, sagte nun auch Richard. »So etwas kennen wir hier nicht. Die muss aus der Stadt sein.«

»Tag!«, sagte Paula. Als der Paradiesvogel nicht reagierte, zog sie ihm die Ohrstöpsel raus.

»Hey!«

»Wollen Sie zu uns?« Paula schob das Mädchen, das noch keine zwanzig war, zur Seite und schloss die Wache auf.

»Wenn Sie die Kommissarin sind, dann schon.«

Paula und Maria gingen voraus. Richard blieb wie versteinert stehen – oder traute er sich nicht an ihr vorbei, aus Angst, von ihr gebissen zu werden?

Das Mädchen marschierte selbstbewusst hinter den Frauen her, warf den Rucksack, der über ihrer Schulter hing, achtlos auf den Boden, ließ sich auf Richards Bürostuhl – ausgerechnet Richards! – fallen, stopfte sich die Kopfhörer wieder in die Ohren und vertiefte sich in das Display ihres Smartphones.

»Hallo?«, machte Richard und nun auch ein Gesicht. Zu Recht.

Paula war fast ein wenig beeindruckt von dieser an den Tag gelegten Dreistigkeit. »Was wird das hier? Darf ich fragen, wer Sie sind?«

Keine Reaktion.

Sie zog dem Mädchen erneut die Stöpsel aus den Ohren und nahm ihm das Smartphone weg.

Postwendend ging die Sirene los: »Hey, Mann! Geben Sie mir mein Handy zurück!«

»Was? Wollen? Sie? Hier?«, schnauzte Paula zurück. Sie hielt das Handy fest umklammert, während die Kleine immer wieder danach sprang wie ein Hündchen nach der Wurst. »Und wer sind Sie überhaupt? Schluss jetzt, zum Kuckuck!«

Sogar Richard zuckte zusammen.

»Ich bin die Jessy.« Sie verdrehte gelangweilt die Augen. »Kann ich jetzt mein Handy wiederhaben?« Sie hockte sich zurück auf Richards Bürostuhl.

Richard wagte noch immer nicht, richtig hinzugucken. Die Shorts waren wirklich mörderisch kurz. Ein falscher Blick von ihm, und er hätte bestimmt eine Klage wegen sexueller Nötigung am Hals. Aber warum eigentlich er? Wer nahm Rücksicht auf die Gefühle der Männer? Oftmals wurden ihnen Dinge präsentiert, die Männer gar nicht sehen *wollten*!

»Jessy und wie noch?« Paula hatte Lust, das Gör einfach vor die Tür zu setzen. Eine gute Kinderstube besaß es jedenfalls nicht. Irgendwie vermutete sie Carlo Roggefäller hinter dem Auftauchen der Kleinen. War sie eines seiner Strichmädchen aus Nürnberg? Roggefäller war der Besitzer des Swingerclubs außerhalb von Kleinmichlgsees und betrieb darüber hinaus ein Bordell hinter der berüchtigten Frauentormauer in Nürnberg. Er hatte eine Schwäche für Paula, die aber noch nie auf seine Rosensträuße und Anbaggerversuche hereingefallen war, so gut der Ganove auch aussah.

Jessy starrte Paula an. »Hat mein Onkel denn nichts gesagt?« Sie verzog einen Mundwinkel. »Okay, er wollte mich erst morgen abholen und herbringen. Aber mir war so fad daheim. Ich hab meine Lehrstelle hingeschmissen. Und wozu brauche ich meinen Onkel, selbst ist die Frau, oder nicht? Also bin ich in meinen Wagen gestiegen, hergefahren, hab im Ort nach der Polizei gefragt, und juhu, hier bin ich! Ich stehe übrigens im absoluten Halteverbot. Aber das ist wurscht, oder? Immerhin sind wir ja die Polizei.«

»Wie, was? Wurscht? Wir? Polizei?«, stotterte Richard, und Paula tat es ihm gedanklich gleich.

»Sie sind Roggefällers Nichte?«, fragte sie dann.

Jessy starrte sie wieder an. Wenn das die Kommissarin war, na dann prost Mahlzeit! »Quatsch. Ich bin Jessy, Jessica Gutmut.«

Leberschaden

»Gutmut?«, riefen Paula, Richard und Maria entsetzt, und Jessy zog vorsichtshalber den Kopf ein.

»Der Gutmut hat Sie hierherbestellt? Aber warum?«, fragte Paula, als sie sich wieder einigermaßen gefangen hatte. Vor lauter Schreck gab sie dem Gör sogar das Handy zurück.

»Hab ich doch schon gesagt. Ich hab meine Lehrstelle geschmissen. Friseuse ist nix für mich.« Sie sah sich neugierig um und sagte: »Das hat mein Onkel schon immer gepredigt: Ich soll lieber studieren. Das Abi hab ich zwar, aber noch mehr lernen? Null Bock. Vielleicht werde ich ja Bulle wie ihr. Aber ganz ehrlich, eure Bude ist ziemlich versifft und alt, die Wohnung meiner Oma ist moderner eingerichtet.« Damit widmete sie sich wieder vollständig ihrem Smartphone.

Richard fiel fast in Ohnmacht. Versifft!

»Und wie kommt Ihr Onkel darauf, Sie hier bei uns, äh, abzustellen? Wir sind kein Kinderhort für gelangweilte Teenies.« Paula zückte nun ihrerseits das Handy. »Na, dem werde ich was erzählen! Wenigstens fragen hätte er uns können.« Wählte. »Mist, belegt!« Sie nahm eine Bürste aus ihrer Handtasche und fuhr sich durchs Haar. »Dann gehen wir jetzt rüber in den ›Hirschen‹. Der Herr wartet ja sowieso schon auf unsere Ermittlungsergebnisse.« Sie war so was von geladen, dass sich kleine Zornesfalten über ihrer Nasenwurzel bildeten. »Kommen Sie mit, Jessica.«

»Wohin?«

»Zu Ihrem Onkel in den ›Goldenen Hirschen‹, das ist unser Wirtshaus.«

Jessy machte ein Gesicht, als würde sie gleich losheulen. »Ich bin Veganerin!«

»Sie sollen ja auch nichts essen, sondern nur Ihren Onkel begrüßen.«

»Kann ich nicht hierbleiben? Bei ihr oder ihm?« Sie nickte mit dem Kopf Richtung Maria und Richard.

»Er geht auch in den ›Hirschen‹«, knurrte Richard.

»Ich nicht. Bei mir kannst du bleiben«, sagte Maria und lächelte.

»Isst du auch kein Fleisch?«

Die Nürnberger Kripoleute waren bereits beim Kaffee angekommen und bester Laune.

Andreas winkte fröhlich, als er Paula und Richard erblickte. »Auch 'nen Cappuccino?«

Paula hielt zwei Finger hoch, und Resi nickte.

»An doppelten Espresso ohne Zucker, alles kloar!«

»Gerührt und nicht geschüttelt«, witzelte Andreas, erkannte aber sogleich an der Miene seiner Lieblingskommissarin, dass sie schlechte Laune hatte. Was zum Teufel hatte Paula nur wieder so in Rage versetzt? Es konnte eigentlich nur ihr Busenfeind sein – Gutmut.

Und genau auf den hielt Paula zu.

Stefan rutschte eilig mit seinem Stuhl an den Tisch, um ihr Platz zu machen.

»Was haben Sie sich dabei gedacht? Dass wir das Animationsteam für Ihre Verwandtschaft sind?«

Kurz schaute Gutmut sie sprachlos an, dann dämmerte es ihm. »Ist Jessica etwa schon da?«

»In voller Schönheit.«

»Sorry, werte Kollegin, ich wollte sie Ihnen eigentlich erst morgen vorstellen. Jessica wird ein Praktikum in Ihrer Dienststelle absolvieren.« Er setzte sein berühmtes Haifischgrinsen auf. »Bei Ihnen kann sie jede Menge lernen, so große Stücke, wie Sie auf Ihre … exzellente Polizeiarbeit halten.«

Von wegen! Paula schnaubte. Der Gutmut hatte einfach nur keinen Bock, das Kindermädchen zu spielen.

»Jessica wollte entgegen meinem Ratschlag unbedingt Friseurin werden. Und prompt stellte sie bereits nach einem Monat fest, dass das nicht ihr Traumjob ist. Stattdessen kam ihr die Idee, zur Kripo zu gehen. Da sie ein ausgesprochen aufgewecktes Mädchen ist, machte ich ihr den Vorschlag, sich vorerst um einen Praktikumsplatz bei der Polizei zu bewerben. Sie wird mehrere Abteilungen im Präsidium durchlaufen, aber für den Einstieg ist eine Wache auf dem Land genau das Richtige und sehr lehrreich«, erklärte Gutmut. »Nun machen Sie doch kein solches Gesicht, Kollegin Frischkes. Jessica ist wirklich pflegeleicht. Und Sie tun jemandem etwas Gutes. Keine Panik, nicht mir, sondern dem Kind.« Er versuchte ein charmantes Lächeln, das ihm bei der Kommissarin nur halt so gar nicht gut gelingen wollte. »Aber wenn Sie so nebenbei auch ein Auge auf sie haben könnten, wäre ich Ihnen sehr dankbar. Meine Nichte hat nämlich, ebenfalls erst seit Kurzem, eine eigene kleine Wohnung in Nürnberg bezogen. Sollte Jessica also nicht pünktlich zum Dienst erscheinen, scheuen Sie sich nicht davor, es mir zu melden. Jessicas Eltern sind nämlich derzeit in Südtirol in Urlaub, deshalb kümmere ich mich ein wenig um das Kind.« Und damit war die Sache für Gutmut anscheinend gegessen, denn er fing ein Gespräch mit Stefan an.

Resi brachte den doppelten Espresso.

Paula blies über den Tassenrand und schlürfte den Kaffee gierig in sich hinein.

Richard stand noch immer in der Tür zum Nebenzimmer. »Was ist denn da heute los?«

Der Raum war gesteckt voll, die Gäste drängelten sich um den Tresen, ließen sich von Resi Halbe einschenken und fotografierten sich gegenseitig. Alles keine Kleinmichlgseeser oder Ingreischer. Anscheinend Ausflügler, ein ganzer Reisebus. Als die ersten von ihnen Richard und das Nebenzimmer entdeckten, gab es kein Halten mehr. Der Polizeiobermeister wurde mehrfach abgelichtet, und ein Fremder wollte sogar ein Selfie mit ihm machen.

»He, he! Was soll denn das? Das lassen Sie mal schön bleiben!«, schimpfte Richard pikiert. »Resi!«

Doch Resi tat so, als hörte sie nicht.

Richard huschte in den Nebenraum, schloss rasch die Tür, drehte den Schlüssel um und lauschte. Auf der anderen Seite war eindeutig Getuschel zu hören.

»Was ist denn da draußen los?«, fragte nun auch Gutmut.

»Keine Ahnung. Die haben mich fotografiert.«

Paula setzte sich neben Andreas.

»Hast du gelegentlich mal wieder ein paar Stündchen deiner kostbaren Zeit für mich übrig?«, fragte er sie.

Paula überlegte nicht lange. »Am Samstag?« Sie freute sich jetzt schon drauf, endlich mit Andreas allein zu sein.

»Was gibt es denn jetzt Neues aus Kleinmichlgsees?«, machte Gutmut prompt die gute Stimmung kaputt.

»Lorenz Angerer will nicht so richtig herausrücken, warum er Streit mit Wolfgang Kutzberger hatte. Angeblich wegen einer Frau, deren Namen er uns aber verschweigt«, sagte Richard.

»Fragen Sie doch mal Ihre Schwester, Herr Staudinger, die hört doch sonst auch immer das Gras wachsen. Oder statten Sie der Dorf-Oberklatschbase einen Besuch ab, dem schwulen Friseur. Leute, es wird doch nicht so schwer sein, das herauszukriegen.« Gutmut echauffierte sich. »In eurem Kleinmichlkaff verbreitet sich doch ein Gerücht schneller als ein Furz im Schuhkarton.«

»Kleinmichlgsees«, verbesserte ihn Richard schon aus Gewohnheit, konnte sich aber ein Schmunzeln wegen dem »Furz im Schuhkarton« nicht verkneifen. Eigentlich hätte er sich aufgrund der Bemerkung mit der Trudel auf den Schlips getreten fühlen müssen, aber leider hatte der Gutmut recht. Seine Schwester wusste wirklich von jedem alles. Und für den höchst ungewöhnlichen Fall, dass ihr doch mal etwas durch die Lappen gegangen sein sollte, füllte Fredl diese Wissenslücke aus.

Paula hingegen war angesäuert. Auf diese Idee hätte sie tatsächlich selbst kommen müssen. Hatte sie es doch wirklich übersehen, ihre besten Informationsquellen anzuzapfen. Den Fehler musste sie ganz schnell ausbügeln. Richard würde sich um seine Schwester kümmern, sie sich um Fredl. »Na, und die Schäuferla sind schon bestellt?«, wollte sie leichtfüßig über den Anranzer hinweggehen.

»Schäuferla gibt's nur sonntags, Frau Frischkes. Wussten Sie das nicht? Schäuferla unter der Woche müssen vorbestellt werden. Wir hatten wunderbare Jägerschnitzel, sollten Sie auch mal ausprobieren«, sagte Gutmut.

»Nein danke, ich bin kein großer Fan von Pilzen.« Sie stockte plötzlich. »Habt ihr alle Jägerschnitzel gegessen? Mit Pilzsoße? Mutig, mutig.«

»Wieso?«, fragte Stefan. Sein Bauch gluckerte, lächelnd rieb er sich den Magen. »Ich glaub, ich brauch einen Schnaps.«

Andreas und Gutmut blieben stumm.

»Ich hab mal gehört, dass Knollenblätterpilze überaus schmackhaft sein sollen«, meinte Richard trocken. »Allerdings auch nur einmal. Die Vergiftungssymptome können relativ schnell auftreten: Übelkeit, Erbrechen, Durchfall ... Ich habe wegen unseres Todesfalls ein bisschen im Internet recherchiert, deshalb weiß ich so gut Bescheid. Allerdings habe ich den Artikel noch nicht zu Ende gelesen, der Feierabend kam mir dazwischen. Aber ich meine mich zu erinnern, dass da noch was von schweren Leberschädigungen stand. Es dauert wohl so ein bis zwei Tage bis zum Exitus.« Richard bekreuzigte sich, weil die Nürnberger Würstchen so verunsichert dreinguckten. Als ob die Resi vergiftete Pilze in ihre Soße tat. Die Frischkes hatte es plötzlich sehr eilig. Schoss zur Tür und schloss diese wieder auf.

»Resi, kommen Sie doch mal bitte schnell!«

Die Wirtin schlurfte herbei.

»Sagen Sie mal, der Wolferl Kutzberger, wann war der zuletzt bei Ihnen zum Essen?«

Alle hielten den Atem an.

»Der Kutzberger? Bei mir?« Resi schaute in die Runde. Was war denn mit denen los? Die sahen so aus, als hinge ihr Leben von ihrer Antwort ab.

Etz musst Obachd gebn, Resi!

Nicht dass sie am Ende noch in was reingezogen wurde. Schon immer war die Resi gut damit gefahren, wenig oder nichts zu sagen. Besonders Auswärtigen und der Polizei gegenüber.

»Der isst überhaupt ned bei mir. Der kummt nur zum Karteln«, sagte sie dann aber doch wahrheitsgemäß.

Spontane Erleichterung zeichnete sich auf den Gesichtern der Polizisten ab. Wenn der Kutzberger bei der Resi nichts gegessen hatte, konnte er sich die mögliche Pilzvergiftung auch nicht bei ihr geholt haben.

»Woher beziehen Sie eigentlich Ihre Pilze?«, wollte Paula noch wissen.

Resi runzelte die Stirn. Also daher wehte der Wind.

Resi, Obachd!

Dass sie gelegentlich die Pilzmischung im Glas für eins neunundfünfzig im Supermarkt erstand, musste ja nicht jeder erfahren. Die Antwort blieb sie schuldig, denn Richard platzte dazwischen.

»Sag mal, Resi. Was ist denn heute da draußen los? Ausflügler? Da muss ja ein ganzer Reisebus voll angekommen sein.«

Obachd!

»Wo? Draußen? Ach«, gab die Wirtin von sich und war auch schon fort.

Paula seufzte. »Es scheint so, als blieben Sie, werte Herren, uns noch länger erhalten.«

Doch Stefan war davon noch nicht überzeugt. Sein Magendrücken und die Übelkeit nahmen zu, und er hatte es verpasst, bei Resi einen Magenbitter zu bestellen. Daher beschloss er, die Teambesprechung, die sowieso bisher fast nur für die Katz gewesen war, vorzeitig abzubrechen und bei Maria auf der Wache vorbeizuschauen. Auf einen Kamillentee. Vielleicht benötigte sie ja auch seine Unterstützung in … irgendwas. Vor allem würde er sie rasch über die Besprechung ins Bild setzen. Und vor allem war er dann ein paar Minuten mit ihr allein.

Er strich sein Jackett glatt und hauchte in seine Handfläche, um seinen Atem zu überprüfen. Schon der Gedanke an die immer fröhliche Maria ließ ihn seine potenzielle Pilzvergiftung schlagartig vergessen.

Gutmut achtete kaum auf seinen Kollegen, als der sich verabschiedete.

Paula lächelte wissend, während Richard ihm noch nachrief: »Aber sofort zum Arzt, wenn die Magenschmerzen schlimmer werden! Und pass auf deine Leber auf!«

Zombies

Gutmut war ausgesprochen redselig. Ausschweifend ließ er die Kleinmichlgseeser Kollegen an seinen Erfahrungen, was das Lösen von Mordfällen betraf, teilhaben. Er steckte so voller Energie, dass man fast glauben mochte, diese rühre daher, dass er dem Tod im letzten Augenblick noch einmal von der Schippe gesprungen war. Paula sah ein paarmal verstohlen auf ihre Armbanduhr, zuletzt bewusst auffällig. Erst als Stefan zurückkehrte, merkte Gutmut an, dass es für ihn und seine Kollegen nun Zeit für den Aufbruch nach Nürnberg sei.

Richard rief sofort nach Resi. »Zahlen, bitte!«

Vor der Wache hatte sich eine Menschentraube gebildet. Etwa zehn Leute, schätzte Paula auf den ersten Blick. Einige besonders dreiste Exemplare fotografierten durch die Fensterscheibe ins Innere der Wache.

Richard stemmte die Fäuste in die Seite. »Haben die sie nicht mehr alle? Hat das was mit diesem Gör zu tun?«

Er ging schneller. Hoffentlich war Maria noch am Leben! Gutmuts Nichte mit ihren schwarzen Klamotten und der Tätowierung gehörte sicher diesen Gruftis an, diesen gruseligen Typen mit den schwarzen Klamotten.

Paula beschleunigte ebenfalls ihren Schritt. »He, he, was wird das hier?«, rief sie und wedelte unwillkürlich mit den Händen, als wollte sie Fliegen vertreiben. Doch statt dass sich die Menge zerstreute, wurde Paula von strahlenden Augen gemustert. Man stupste sich in die Seiten, tuschelte. Und täuschte sie sich, oder flüsterten die Leute tatsächlich ihren Namen? Sie schnappte sich den nächstbesten Mann. »Wie heißen Sie?«

»Hans«, sagte der, nahm ungefragt Paulas Hand und schüttelte sie. »Hans Schmidt. Wir sind extra aus Weißenburg gekommen.« Die Sekunden vergingen, und Hans Schmidt schüttelte noch immer.

»Schon gut, schon gut.« Paula entwand ihre Hand dem

Schmidt'schen Griff. »Extra weswegen sind Sie aus Weißenburg gekommen?«

Das Gemurmel schwoll an, dann begann einer der Weißenburger zu applaudieren, und die anderen fielen ein. Jemand schrie: »Bravo!«

»Was treibt dem Gutmut seine Nichte bloß da drinnen?« Richard versuchte, über die Köpfe hinwegzublicken, und entdeckte Maria und Jessy hinter der Fensterscheibe. Marias Wangen glühten, und das Mädchen fotografierte die Fotografierer und Gaffer. Richard pflügte durch die Menge. »Jetzt ist aber Schluss! Schaut, dass ihr weiterkommt, ihr seid hier schließlich nicht im Zoo!«

Paula folgte ihm verdattert. »Herr Staudinger, die machen Fotos von mir.«

Richard zog seine Chefin hinter sich her, wollte sie in der Wache in Sicherheit bringen, doch die Tür war verschlossen! Er schlug mit der Faust dagegen. »Maria! Mach auf, wir sind es!«

Die Menschen rückten wieder dichter auf.

Ein kalter Schauer lief Richard über den Rücken. Vor einiger Zeit hatte er im Fernsehen versehentlich in einen Zombiefilm gezappt. Die menschenhirnfressenden Zombies waren ebenso aufdringlich gewesen wie diese Weißenburger, sie hatten ihre Opfer eingekreist und dann … schmatz, schmatz! »Maria! Schnell!« So einen sonderbaren Einsatz hatte er noch nie gehabt. Und die Frischkes verhielt sich so was von voll daneben. Wenn sie wenigstens *»cheese«* sagen würde, aber mit so einem Gesicht würden die Bilder ganz sicher nicht vorteilhaft sein. Hoffentlich war niemand von der Presse dabei, sonst machten sie sich noch vor mehr Menschen als den anwesenden zum Deppen.

Endlich sperrte Maria die Tür auf, und Richard schob Paula in die Wache. »Mach die Tür zu! Schnell!«, schrie er. »Sonst haben wir die gleich hier drinnen!« Als würde es sich nicht um Weißenburger, sondern um Ungeziefer handeln.

»Haben Sie das gesehen, Maria? Die haben mich fotografiert«, sagte Paula.

»Mich auch schon«, sagte Richard und schlich geduckt wie ein Indianer auf Kriegspfad auf das Fenster zu. »Lass die Jalousien runter, Maria!«

Maria tat, wie ihr befohlen wurde, und Jessy übernahm das andere Fenster. »Ist das geil bei euch! Echt geil«, kicherte sie.

Es war stockdunkel auf der Wache geworden. Nur noch kleine Lichtpunkte an den Computern, Telefonen und der Kaffeemaschine sowie Jessys Handy leuchteten.

»Soll ich ein paar Kerzen anzünden?«, fragte Maria.

»Was geht da draußen bloß vor?« Paula tastete sich mit ausgestreckten Armen behutsam nach vorn, befühlte etwas, das sich als Richards Gesicht herausstellte. »Sorry!«

»Das sind doch die aus dem ›Hirschen‹.« Richard war froh, nach dem Herumgefummel seiner Chefin eine wichtige Beobachtung beizutragen.

»Ihr solltet die Polizei rufen«, feixte Jessy. »Das Ganze erinnert mich an den Film ›Verdammt, die Zombies kommen‹. Am Schluss haben die die Hirne von den Menschen gefressen, die dadurch dann auch wieder zu Zombies wurden. Das war ein Gemetzel – echt gruselig!«

»Sie haben den auch geschaut? Ich auch! Schrecklich, absolut schrecklich. Als der eine von dem anderen die Augen verspeist hat … Also, mir sind echt die Erdnüsse vergangen.«

»Ich fand die Stelle mit der wabbeligen Hirnmasse am coolsten«, meinte Jessy.

Für einen Moment war es absolut still, dann rannten Paula, Richard und Maria sich fast gegenseitig über den Haufen, um den Lichtschalter zu erreichen. Richard machte das Rennen, was bei seiner generellen Bewegungsunlust erstaunlich war.

»Tja«, machte Paula. »Da muss sich wohl einer opfern und nachsehen, ob die Zombies aus Weißenburg noch vor der Wache lauern. Herr Staudinger? Wollen Sie als erfahrener Zombie-Jäger vielleicht …?«

»Ich geh gucken!«, rief Jessy sofort.

Doch Richard zeigte sich von seiner ritterlichen Seite. »Ich mach das! Frauen und Kinder nach hinten!« Mit geschwellter Brust drehte er den Schlüssel um und riss die Tür auf.

Im selben Moment zog auch Maria eine Jalousie hoch.

»Weg!«, stellten sie erleichtert fest.

Schwemmkniedla

Trudel goss die Fleischbrühe mit einer Schöpfkelle in die Teller, erst in den von Dieter, ihrem Mann, dann in Richards. In letzteren durfte allerdings kein gares Suppengemüse gelangen, darauf legte ihr Bruder Wert. Gegen das Suppenfleisch hatte er nichts einzuwenden, aber das gab es erst im Anschluss, mit Zwiebeln in der Pfanne geröstet. Dann verteilte Trudel die Grießklößchen oder, wie sie als Fränkin dazu sagte: Schwemmkniedla. Davon nahm Dieter zwei, Richard verdrückte sogar drei. Die Krönung war »is Peterla«, die frische Petersilie, die Trudel darüberrieseln ließ. Schlussendlich bediente sie sich selbst und war glücklich, dass die Männer schon schmatzten.

»Was gibt es Neues?«, fragte sie und hoffte, Richard hätte ein bisschen Tratsch oder eine unerhörte Geschichte von der Arbeit heimgebracht. Aus Neugierde sah sie sogar darüber hinweg, dass er seine Beine strümpfig unter den Bauerntisch gestellt hatte, weil er die neuen, von ihr gekauften Schlappen nicht leiden mochte.

Richard schob die Unterlippe vor. Dass ihm Trudel seine Frage genau vor der Nase weggeschnappt hatte, brachte ihn leicht aus dem Konzept. Aber er übernahm gern die Rolle des Befragten und genoss es, ihr die hammermäßige Story servieren zu können: »Gutmuts Nichte ist jetzt Praktikantin auf der Wache. Ohne dass wir informiert waren, ist die einfach aufgetaucht! Das ist vielleicht eine! Ein Grufti!«

Trudel hielt kurz mit dem Essen inne. Ihr Löffel schwebte vor dem Mund. »Ist nicht wahr!«

»Wer ist denn der Gutmut?«, fragte Dieter, der längst darüberstand, dass er nie auf dem Laufenden gehalten wurde.

»Das Aas aus Nürnberg«, sagte Trudel knapp und goss ihrem Bruder mit dem Schöpfer noch etwas Suppenbrühe über seine Kniedla. Sie wollte ihn weiter über den Gutmut'schen Grufti ausquetschen, doch jetzt war Richard schneller.

»Sag mal, der Angerer und der Kutzberger sollen sich gezofft haben, weißt du was davon? Wegen einer Frau. Wer könnte das denn sein? Und kannst du dir vorstellen, dass die Ulla was mit dem Lorenz gehabt hat?« Er machte eine bedeutungsvolle Miene. »Ich frage dich das als Polizist und sozusagen im direkten Auftrag der Kripo Nürnberg.«

Trudel wuchs sichtlich. Und da sie Richards komplexe Art, jemanden auszufragen, kannte, fiel es ihr nicht schwer, spontan aus dem Nähkästchen zu plaudern. Aber es ging ja auch um eine hochbrisante Angelegenheit. »Die Ulla hat und hatte auf gar keinen Fall einen anderen. Die interessiert sich überhaupt nicht für Männer, im Prinzip ja nicht einmal besonders mehr für ihren eignen.« Sie blickte zu Dieter, der es gelernt hatte, das Boulevard-Gelaber seiner Gattin auszublenden. »Die Ulla geht ganz in ihrer Kirchenarbeit auf. Einmal hat sie sogar zu mir gesagt, wenn sie sich nicht vor dem Alleinsein im Alter so fürchten tät, käme sie auch ganz gut ohne Mann zurecht. Die Männer täten einen ja sowieso nur belügen und bescheißen.«

Richard zuckte bei der Wortwahl seiner Schwester zusammen.

Doch Trudel winkte beschwichtigend ab. »Ist nur O-Ton Ulla.«

»Das klingt mir aber verdammt danach, als ob sie einen Verdacht gehabt hätte. Weißt du da was? Ist der Wolferl fremdgegangen?«

Da musste die Trudel leider passen.

Paula legte ihr Handy zur Seite und zog das Badetuch fester um ihre Brust. Auf ihrem Kopf thronte ein Handtuchturban, auf ihr Gesicht hatte sie eine reichhaltige Pflegemaske aufgetragen. Bis zum Date mit Andreas waren es noch ein paar Tage. Ob sie ihn anrufen sollte? Es war schön heute mit ihm gewesen, auch wenn es dienstlich war und sie Gutmuts Launen ertragen mussten. In diesem Moment vermeldete ihr Handy eine Nachricht. Von Andreas.

Schläfst du schon?

Ich mach mich gerade schön.

Das bist du doch schon.

Merci.

Vergiss unser Date nicht.
Niiiemals!
Schlaf gut, meine Schöne!
Du auch.
Träum von mir.
Ich tue mein Bestes.
Wir sind ja gesprächig, dachte Paula.

Maria saß derweil im bequemen Jogginganzug im Wohnzimmer und hatte sich eine Decke über die Knie gezogen. Auf dem niedrigen Couchtisch standen ein Vesperbrettchen mit einem Käsebrot und ein dunkles Radler, daneben lag die »InTouch«. Denn wenngleich Maria die »gspinnerten« Klamotten der Models nie tragen würde, angucken tat sie sie doch gern. Außerdem liebte sie die unwichtigen, aber aufgemotzten Geschichtchen der B-Promis und echten Stars, die die schlimmen Gedanken daran verdrängten, dass sich im Ort womöglich ein Mörder herumtrieb.

Fliegenpilz

Maria blieb am nächsten Tag in der Wache. Die Berichte der Gerichtsmedizin mussten bald eintreffen, zudem hoffte sie, dass Stefan sich bei ihr melden würde.

Nach Paulas zwei Morgenkaffee und Richards zwei Bamberger, die er zu Paulas Entsetzen in den Kaffee tunkte, machten sich die beiden in Begleitung von Jessy zu Fredl auf. Als sie gestern Nachmittag noch bei ihm hatten vorbeischauen wollen, war sein Salon geschlossen gewesen. Paula fand es nach wie vor bemerkenswert, wie locker es die Geschäftsinhaber beider Dörfer mit den Öffnungszeiten nahmen. Aber der Kundenstamm war auch nicht übermäßig groß.

Sich in den Salon Grüüber zu begeben war, wie auf eine Zeitreise zu gehen. Die Einrichtung stammte teilweise noch aus den siebziger Jahren, unter anderem die Tapete mit dem psychedelischen Muster. In der kleinen Teeküche hing ein vergilbtes »Bravo«-Poster von Roy Black, und das orangefarbene Telefon verfügte über eine Wählscheibe. Wobei Fredl selbstverständlich ein Smartphone besaß, schon allein, um den Tweets seines Idols Harald Glööckler folgen zu können.

Paula und Richard stockte der Atem. Fredl trug einen neongrünen Tüllrock, einem Tutu ähnlich, dazu ein hautenges weißes T-Shirt, unter dem sich seine Brüste abzeichneten, über die er allerdings nur verfügte, weil er wieder einen ausgestopften BH angelegt hatte. Für seine High Heels brauchte er einen Waffenschein. Sein Haupthaarwuchs war eher spärlich, wahrscheinlich pflegte er deshalb sein schönes Wangenbärtchen umso sorgsamer.

»Hallo, Fredl!«

»Ach, so a Freud, die Polizei! Hallöchen und grüß Gott, Frau Kommissarin!«, zwitscherte er, gerade dabei, der steinalten und schwerhörigen Emmi Würfelein Lockenwickler in die Haare zu schrauben.

Sie hatte die Augen geschlossen. Nur ihr gelegentliches leises, zufriedenes Schnarchen versicherte Fredl, dass die Emmi noch lebte.

»Soll ich euch die Haare schön machen?« Dann entdeckte Fredl hinter Paula und Richard das dünne Mädchen. »Was habt ihr denn da heute dabei?« Er musterte den Neuankömmling: die Figur eines Models, ohne die übertriebene Schminke sicher ein hübsches Gesicht, wegen des Dutts war von dem Zustand der Haare nichts zu erkennen. Die Klamotten waren schräg, aber für so ein junges Ding durchaus topmodern.

Jessy war mit ihrem Smartphone beschäftigt, die Welt um sie herum fand für sie nicht statt.

»Das ist Jessy, unsere Praktikantin«, erklärte Paula.

»Prak…?« Fredl blieb das Wort im Halse stecken. So hätte er sich kaum eine Polizeipraktikantin vorgestellt.

»Au!«, schrie die Emmi auf, weil der Fredl kurz an ihren weißen Strähnen gerupft hatte, und war schon wieder eingeschlafen.

»Jessica Gutmut«, fügte Richard hinzu. »Die Nichte.«

Fredl rümpfte die Nase, als hätte ihm Richard alte Socken ins Gesicht gehalten.

In dem Moment ließ Jessy einen winzigen Moment von ihrem Handy ab und sah Fredl. »Ach du Kacke, was ist das denn für eine Bitch?« Sie brach in schallendes Gelächter aus, machte schnell ein Foto vom Friseur und tauchte wieder in ihre Welt ab. Wahrscheinlich teilte sie den Fredl bereits mit einer Schar alberner Mädchen im Netz.

»Also, also, also …«, stammelte der Friseur, der es an sich schon gewohnt war, bei seinem Gegenüber nicht immer auf Begeisterung zu stoßen. Aber doch nicht in seinem Salon!

Paula gab Jessy einen sanften, aber unmissverständlichen Stoß. »Wenn Sie an der Polizeiarbeit teilnehmen wollen, sollten Sie sich für eine Weile von Ihrem Handy trennen.« Sonst stopfe ich es in den Müll, fügte sie in Gedanken noch hinzu.

Jessy sah Paula an, als wäre sie eine Kuh vom Mars, schob dann aber tatsächlich das Telefon in die Handtasche, in der Richard gut und gern seine Brotzeiten von drei Tagen untergebracht hätte – und Richard konnte ordentlich was verputzen!

»Was wissen Sie über Lorenz Angerer, Fredl? Und was speziell über seine Beziehung zu Frau Kutzberger? Lief da was?«

Der Friseur musste nicht lange nachdenken. Der Lorenz und der Wolferl waren seine Freunde gewesen. Hetero-Freunde. Kumpels. Sie gingen miteinander einen trinken, spielten Schafkopf. Aber die Ulla und der Lorenz? Da war nichts gelaufen, was nicht jeder hätte wissen können. »Wäre da was gewesen, hätte ich sicher längst davon gehört«, sagte Fredl, und das glaubten ihm Richard und Paula aufs Wort. »Die Ulla und fremdgehen, pfff!«, fuhr er fort und schüttelte den Kopf. »Die ist doch katholisch und rennt zu jedem Gottesdienst und jeder Beichte.«

Paula schnalzte mit der Zunge. »Das eine schließt das andere nicht aus.«

Der Fredl sah sie mit großen Augen an.

»Ich frag mich sowieso«, redete sie weiter, »warum man, wenn man so gottesfürchtig ist, zur Beichte muss? Das mache ich doch nur, wenn ich etwas angestellt habe. Aber das tue ich nicht, weil ich ja so gottesfürchtig bin. Ist doch so, oder?«

Fredl dachte ernsthaft über Paulas Theorie nach, während Richard die Sache kurzerhand abtat: »Sie aus der Stadt können da nicht mitreden.«

Worüber nun Paula nachgrübelte. Unterschied der liebe Gott zwischen Städtern und Dörflern? Ihr Kollege hatte manchmal schon recht nachdenkenswerte Ansichten.

Emmi Würfelein entkam ein rasselnder Laut.

»Alte Leute sind echt gruselig!«, sagte Jessy, wobei die Frage offenblieb, ob sie damit auf Emmi, den Fredl oder ihre neuen Kollegen anspielte.

Der Friseur machte einen langen Hals und betrachtete Jessys Tätowierung. Eine Schlange, die sich um eine Rose wand, fast ein Kunstwerk. Dann kam er wieder aufs Thema zurück: »Da war der Wolferl schon anders, der hat nämlich ganz gern in fremden Revieren gewildert. Der hat nichts anbrennen lassen.«

»Ach ja?« Paula und Richard horchten auf.

»Was soll das denn heißen? In fremden Revieren gewildert?« Jessy hatte eindeutig mit ihnen gesprochen.

Fredls Mund klappte tonlos auf und zu.

»Gell, ihr wisst das auch nicht. Soll ich es mal googeln?«, plapperte Jessy weiter, holte ihr Handy wieder hervor und tippte und wischte immer hektischer.

»Herr Gruber will damit sagen, dass der verstorbene Herr Kutzberger gern auch verheiratete Frauen angebaggert hat«, erläuterte ihr Paula.

»Ein Schürzenjäger war er«, setzte Fredl noch eins drauf.

Jessys Kopf fuhr hoch, senkte sich sofort wieder. Ihr Daumen raste nur so über das Display. »Schürzenjäger? Sachen gibt es bei euch auf dem Land.«

»Könnten Sie Ihr Handy bitte wieder wegstecken?«, wies Paula sie an. »Das nervt.«

Jessy knabberte an ihrem schwarzen Daumennagel. »Ihr könnt ruhig Jessy und Du zu mir sagen. Sonst fühle ich mich so alt.« Und als wäre sie eben erst an diesen Ort gebeamt worden, ließ sie ihren Blick durch Fredls Salon schweifen und blieb schließlich an der Haartolle des Friseurs hängen. »Oh Mann, was für ein schrottiger Laden! Und Sie frisieren echt auch lebende Menschen?«

Wie zur Untermalung gab Emmi einen besonders lauten Schnarcher von sich.

»Was heißt denn schrottig? Und: Frisuren für lebende Menschen?« Fredl war einer Ohnmacht nahe. Dieses scheußliche Mädchen konnte ja nur mit dem Gutmut verwandt sein.

Paula hakte sich bei dem Friseur unter, um ihn zur Seite zu nehmen. »Einfach ignorieren, Fredl. Wir wissen doch, dass Sie es draufhaben. Außerdem sind Jessy und Sie praktisch Kollegen, nicht wahr, Jessy? Aber nun sagen Sie schon, hat der Wolferl was mit einer verheirateten Frau gehabt? Ist Ihnen da mal ein Gerücht zu Ohren gekommen? Könnte es einen eifersüchtigen Ehemann geben, der den Wolferl lieber tot als lebendig gesehen hätte?«

Fredl warf einen, für einen sanften Schwulen, ziemlich aggressiven Blick in Richtung Jessy und fing sich wieder. »Na ja, angeblich, aber wirklich nur angeblich, soll der Wolferl eine Affäre mit einer Ingreischerin gehabt haben, aber einer Singlefrau. Und genauso angeblich soll einer aus Ingreisch sie ihm wieder ausgespannt haben, deshalb hat der Wolferl eine Stinkwut gehabt.«

Paula verdrehte die Augen. Angeblich waren der Urgroßmutter der Nichte der Putzfrau von Frau Schmidtmeiermüllerhuber vor fünfzehn Jahren auch die Kartoffeln im Topf verbrannt. Bei Fredls womöglich an den Haaren herbeigezogenen Storys konnte es einem manchmal wirklich schlecht werden, aber manchmal war eben auch etwas Brauchbares dabei. »Könnte der Ausspanner denn nicht der Lorenz Angerer gewesen sein? Er ist Ingreischer, liegt doch also fast schon auf der Hand, oder?«

Fredl überlegte, während er der Emmi beiläufig die Schläfen massierte. »Damit könnest du recht haben, Frau Kommissarin.«

Paula ließ es gern zu, dass sie der Friseur gelegentlich duzte. Sie mochte ihn.

»Wenn ich länger darüber nachdenke, gibt es dafür sogar ein Indiz. Beide, der Wolferl und der Lorenz, sind vorgestern nicht zum Schafkopfen im ›Hirschen‹ erschienen, ohne Entschuldigung. Sagt der Sepp von der Tankstelle. Vielleicht wollten sie sich nach ihrem Streit nicht über den Weg laufen.«

Emmi stieß wieder einen Schnarcher aus, und die vegane Jessy machte: »Iiiih, ein Schafkopf!«

Das wäre sogar möglich, dachte Paula. Doch wer war dann die Singlefrau? »Gibt es denn potenzielle Singlefrauen?«

»Ja, schon. Gell, Maria, hier bei uns und drüben gibt es schon ein paar, die noch unverheiratet sind. Du zum Beispiel. Na ja, und Sie, Frau Kommissarin, und ich natürlich.« Fredl war immer noch ein wenig angesäuert, aber da es um die innerörtliche Verbreitung von Informationen ging, sprang er über seinen Schatten. »Soll ich mich mal umhören?«

»Das wäre super«, sagte Paula. Eigentlich war es ihr Job, herauszufinden, wegen welcher Frau sich der Kutzberger und der Lorenz gezofft hatten. Aber wenn sie es wesentlich einfacher und vor allem wesentlich schneller haben konnte, sagte sie nicht Nein. Abgesehen davon konnten sich Männlein und Weiblein beider Käffer miteinander vergnügen, wie sie wollten, wenn es nach ihr ginge. Das mussten sie ausschließlich mit ihrem eigenen Gewissen ausmachen. Und sollte sich herausstellen, dass Kutzberger eines natürlichen Todes gestorben war, interessierten Paula dessen Fehltritte gleich zehnmal nicht.

»Schauen Sie mal«, sagte Richard auf dem Weg zurück zur Wache. »Da steht ein Kleinbus mit Weißenburger Autokennzeichen.«

»Unsere Zombies?« Paula konnte über die seltsame Aktion in der stockdunklen Wache schon wieder lachen. Wie albern! »Sind die immer noch da? Das sind ja richtige Kleinmichlgsees-Fans.«

Richard nickte. »Was die hier wohl wollen?« Er schnitt ein paar Grimassen und deutete mit dem Finger auf Jessy, die ihnen wie ein Schatten folgte, ohne auch nur einmal von ihrem Smartphone aufzublicken. Erstaunlich. Ohne zu stolpern oder gegen einen Laternenpfahl zu laufen. Richard war nach wie vor der Ansicht, dass das seltsame Verhalten der Weißenburger nur mit Jessy zusammenhängen konnte. Er lächelte in sich hinein. Er würde schon noch dahinterkommen.

Maria wedelte ihnen bereits mit ein paar Papieren entgegen, als sie die Wache betraten. »Die Obduktionsberichte sind da. Der Stefan hat angerufen und sie uns auch gefaxt.« Blinker, blinker, blinker mit den Wimpern.

Richard verdrehte die Augen.

»Und?« Paula nahm ihr das Fax ab, überflog es und berichtete: »Ich kürze das mal ab: Ludwig Lohmüller ist definitiv ohne Fremdeinwirkung auf natürliche Weise gestorben. Plötzlicher Herztod.«

»Plötzlicher Herztod?« Jessy fasste sich schockiert mit beiden Händen an den Hals.

»Nicht Halstod«, spaßte Paula. »Herztod. Der kommt schon mal vor bei Menschen im mittleren Lebensalter und wenn die Herzkranzgefäße verkalkt sind. Rauchen, Trinken, rotes Fleisch, Fett, kein Sport: alles Risikofaktoren. Und der Leibesfülle und den neuesten Informationen nach zu urteilen, war Lohmüller kein Kind von Traurigkeit.«

Jessy tippte schon wieder in ihr Handy. »Plötzlicher Herztod«, flüsterte sie.

»Darüber brauchst du dir noch keinen Kopf zu machen«, beruhigte Paula sie.

»Na ja, so schnell würde ich das nicht abtun«, warf Richard ein. »Ein plötzlicher Herztod kann auch junge Menschen treffen, wenn ein Herzfehler vorliegt. Und natürlich auch Männer, die unter besonderem Stress leiden.« Kaum hatte er das gesagt, spürte Richard auch schon ein seltsames Ziehen im linken Arm und ein besorgniserregendes Stechen in der Brust.

»Wolfgang Kutzberger ist – halten Sie sich fest, Herr Staudinger! –, er ist tatsächlich an einer Vergiftung gestorben. In seinem Magen befanden sich Reste eines Pilzgerichtes, und es konnte das Gift des Fliegenpilzes festgestellt werden. Aber das war nicht tödlich, sondern die letale Menge hochgiftigen Pflanzenmaterials, das vom Blauen Eisenhut stammt.« Paula blickte auf. »Ich fürchte, bei Herrn Kutzbergers Tod hat jemand nachgeholfen. Die Frage ist jetzt: Wie kam der Eisenhut in sein Essen?«

Maria nahm ihr das Fax ab. »Der Fliegenpilz ist zwar giftig, aber selbst bei Verzehr nicht automatisch tödlich«, dozierte sie. »Das sagt der Stefan, und der weiß es von Dr. Herrlich, dem Gerichtsmediziner. Man kann high werden und halluzinieren, aber an der Menge Fliegenpilz, die Wolferl im Magen hatte, nicht sterben. Anders verhält es sich mit dem Blauen Eisenhut, schon die Berührung kann zu Vergiftungen führen. Ich würde sagen, wir haben wieder einen Mordfall!«

Richard ging zur Kaffeemaschine, zog einen Filter aus der Packung und begann, Kaffee zu kochen.

Paula nahm einen roten Gummiring von Marias Schreibtisch und fasste sich die Haare im Nacken zusammen. »Wer immer dem Wolferl das Licht ausknipsen wollte, hatte keine Ahnung von Pilzen, zumindest nicht vom Fliegenpilz, dafür aber von giftigen Pflanzen. Natürlich besteht auch die Möglichkeit, dass Herr Kutzberger sich selbst umbringen wollte. Dagegen spricht aber, dass kein Abschiedsbrief gefunden wurde. Und warum sollte er sich dann einen nicht tödlichen Fliegenpilz ins Essen mischen? Oder hat er den Blauen Eisenhut nur versehentlich mitgegessen? Irgendwie ist das alles nicht sehr logisch.«

Sie dachte kurz nach, sprang dann auf und riss Jessy das Handy aus der Hand. »Was tippst du da eigentlich die ganze Zeit? Was hier besprochen wird, ist streng vertraulich und darf auf keinen Fall im Netz landen, ist das klar? Sonst fliegst du im Nullkommanichts hier raus!«

Jessys Augen wurden groß. »Äh … hä? Ich hab doch nur

gerade meiner Freundin geschrieben, dass Kim Kardashian den fettesten Arsch der Welt hat.«

»Oh!«, machte Paula bloß. »Dann ist ja gut. Schreib ruhig weiter.« Es führte kein Weg daran vorbei, sie musste den Gutmut-Ableger baldmöglichst loswerden.

Der Duft von Richards Kaffee waberte durch die Wache. Aber der Duft war nur allzu oft besser als der Geschmack.

Paula rief Ulla Kutzberger an und teilte ihr das Ergebnis der Rechtsmedizin mit. Dann bat sie die Witwe, noch einmal nach einem möglichen Abschiedsbrief zu suchen und sich dann umgehend wieder zu melden oder am besten gleich in der Wache vorbeizukommen. Paula musste sie noch einmal vernehmen, denn als Ehefrau des Mannes, der durch diese außergewöhnliche Todesursache ums Leben gekommen war, stand sie natürlich an erster Stelle der Verdächtigen. Nicht zu vergessen Trudels Aussage von dem sie bescheißenden Mann.

»Ich würde sagen, wir statten Herrn Angerer noch mal einen Besuch ab«, entschied Paula, nachdem sie das Gespräch mit Ulla Kutzberger beendet hatte. »Entweder rückt er endlich damit heraus, was zwischen ihm und dem Wolferl tatsächlich vorgefallen *und* wer die Dame ist, die der Auslöser für den Streit war, oder wir nehmen ihn unter Mordverdacht mit auf die Wache«, entschied sie und stellte sich mit ihrem Kaffeehumpen vor die Kaffeemaschine.

Blutspur

Sie waren schon wieder auf dem Weg zum Lorenz. Maria hatte sich zwar angeboten, mitzugehen, aber Richard hatte keinen Nerv gehabt, sich auf der Wache mit der sonderbaren Jessy abzugeben. Zwar beschäftigte sie sich fast ausschließlich mit ihrem siamesischen Handy-Zwilling, der an ihr festgewachsen zu sein schien und den sie sogar mit aufs Klo nahm, aber unverhofft stellte sie dann immer wieder Fragen, die Richard oft nur schwer beantworten konnte oder die ihn in eine höchst peinliche Lage brachten. Etwa, warum es nur eine Toilette auf der Wache gebe. Und wo sie ihre Hygieneartikel ablegen könne.

Also wirklich, dann lief er lieber wieder mit der Kommissarin spazieren. Dabei knurrte sein Magen so unanständig laut, dass die Ingreischer bereits fünf Minuten vor ihrer Ankunft wissen mussten, dass Besuch aus Kleinmichlgsees im Anmarsch war.

»Warum kommt Ihre Schwester, die Trudel, eigentlich nicht mehr zu Besuch?«, fragte Paula. »Ihre Weißwurstüberraschungen waren doch immer ganz nett.«

Richard konnte nicht glauben, was er da hörte. Wer ging denn immer hoch wie das HB-Männchen, wenn die Trudel mit dem Weißwurstfrühstück in die Wache kam.

Wir sind hier doch keine Imbissbude!

Genau das hatte die Frischkes immer wieder gesagt, nur weil die mit einer Möhre und drei Gurkenscheiben als Mahlzeit auskam! Das Gezicke hatte jetzt dazu geführt, dass Trudel überhaupt keine Brotzeit mehr vorbeibrachte und Richard oft der Magen krachte, weil er nicht immer dazu kam, einen Spaziergang zur Metzgerei zu machen. Leider gab es noch keinen Leberkäsweggla-Lieferservice im Ort.

Weil der Staudinger so beharrlich schwieg und sogar auf ein Gesicht verzichtete, rührte sich Paulas schlechtes Gewissen. Er hatte ja recht, anfangs hatte sie seine Schwester regelrecht aus der Wache geworfen. Die Trudel konnte aber auch aufdringlich und neugierig sein. Und eigentlich mochte sie diese weißen Pummelwürste, die die Bayern aus der Pelle »zuzelten«, die schrecklich fett waren und ihr immer stundenlang im Magen lagen, auch überhaupt nicht. Aber lecker waren sie doch ... ein bisschen. »Ich weiß, ich war nicht immer nett zu Ihrer Schwester. Aber wie sah das denn aus? Wir haben eine Fressorgie veranstaltet, während die Nürnberger Würstchen auf der Dienststelle herumgeisterten. Auch wenn Frau Bickel natürlich eine fabelhafte Köchin ist«, versuchte sie Richard ihre Reaktion zu erklären.

Doch der zog die Mundwinkel nach unten. »Im Moment hat die Trudel sowieso keine Zeit, uns zu bewirten.« Er senkte die Stimme verschwörerisch. »Ich hab sie nämlich auch schon nach einem Weißwurstfrühstück gefragt, aber sie ist gar nicht darauf eingegangen. Ständig ist sie auf Achse, keine Ahnung, was sie treibt.«

»Na ja, vielleicht fährt sie ja manchmal in die Stadt, nach Nürnberg oder Fürth? Oder Erlangen? Alle Frauen gehen gern shoppen.«

»Die Trudel shoppt nicht. Die kauft ihre Lebensmittel im Ort oder bei den Bauern. Und Klamotten bestellt sie aus dem Katalog.«

»Echt?«, entkam es Paula. Wie schön war doch die Zeit gewesen, als man seine Bestellung noch in ein Formular eintrug und dieses mit der Post ans Versandhaus schickte. Aber gleichzeitig auch unvorstellbar lange vorbei! »Na, dann wird sie halt zum Landfrauentreff gehen.«

»Landfrauentreff ist immer nur mittwochs, und ein Fitnessstudio oder ein Kino gibt es auch nicht weit und breit«, nahm er sämtliche potenziellen Möglichkeiten vorweg, die der Kommissarin vielleicht noch einfielen. »Ständig telefoniert sie und meint, ich würde das nicht merken. Sie flüstert oder legt auf, wenn ich dazukomme.« Richard zuckte ratlos mit den Schultern. »Wonach klingt das für Sie?«

Sie hat einen anderen, hätte Paula spontan geantwortet, aber sie wollte keinen Verdacht säen. Außerdem kannte sie die Trudel unterdessen, sie war eine treue und aufrichtige Person. Schwer, sich vorzustellen, dass sie ein Techtelmechtel mit dem Metzger oder so hatte.

Himmel! Trudel war doch nicht etwa *die* Frau?

»Ich könnte mir vorstellen, dass Trudel einen Kriminalroman schreibt«, sagte Richard. »Im Ernst. Sie sammelt Zeitungsausschnitte, macht sich Notizen und fragt mich über unsere Arbeit aus.« Er winkte schnell ab. »Natürlich verrate ich keine Interna, keine Sorge.«

Das wäre ja das erste Mal, dachte Paula.

»Sie wollte wissen, wie unser Tagesablauf ist. Wie man sich dabei fühlt, wenn man jemanden verhaftet. Eigentlich bin ich mir fast sicher, dass sie einen Krimi schreibt, in dem wir mitspielen.«

Paula biss sich fast die Zunge ab, um nicht zu sagen: Einen Krimi aus Kleinmichlgsees, wo der Hund begraben liegt? Wer soll den denn lesen wollen?

Erneut drückte Paula mehrmals energisch auf die Türklingel. »Hören Sie was, Herr Staudinger?«

Richard legte gerade das Ohr an die Tür, als diese nach innen schwang. Sie war nur angelehnt gewesen. Sehr seltsam. Richard konnte sich gerade noch fangen, um nicht vornüber in die Diele zu kippen. Er straffte die Schultern und versuchte auszublenden, dass seine Chefin hinter seinem Rücken womöglich breit wie eine dreispurige Autobahn grinste. »Hallo, Lorenz! Wir sind's, die Polizei!«, rief er mit so viel Autorität, wie er aufbringen konnte.

Paula griff automatisch an ihren Gürtel, wo sich natürlich keine Dienstwaffe befand.

Die Situation behagte ihm nicht. Er konnte nicht sagen, warum, es war nur ein Gefühl. Ein starkes Gefühl. »Lorenz, wir kommen jetzt rein!«

Leise betraten sie Angerers Wohnung, gingen durch die Diele und öffneten die Türen zum Schlaf- und zum Wohnzimmer. Leer. Auch die Küche.

»Gehen Sie mal ins Badezimmer«, sagte Paula und legte die Hand an die Kaffeekanne, die halb voll auf der Warmhalteplatte stand. Noch nicht kalt, obwohl die Kaffeemaschine ausgeschaltet war. Lange war Lorenz Angerer noch nicht weg.

Richard blieb wie angewurzelt stehen. Er konnte einfach nichts tun gegen seine blühende Phantasie. Schlagartig ploppten unzählige Bilder aus TV-Streifen in seiner Vorstellung auf, von Toten in Badewannen und Duschkabinen mit viel Blut und verzerrten Gesichtern mit aufgerissenen Augen. »Und wenn er nackt ist?« Nie und nimmer würde er in Lorenz' Badezimmer gehen.

»Soll ich etwa nachsehen, wenn er wirklich nackt ist?«

»Und wenn er tot ist?«, rückte Richard nun doch mit seiner wirklichen Befürchtung heraus.

Paula holte Luft und tadelte ihn: »Herr Staudinger, Sie werden doch wohl nicht vor einem toten Menschen Angst haben.«

Und warum ging sie dann nicht gucken? Richard rührte sich nicht vom Fleck.

Paula packte ihn am Ellbogen. »Dann gehen wir eben gemeinsam.«

Richard öffnete die Tür, und Paula gab ihr mit der Schuhspitze einen Schubs. Im Bad war es weder dampfig, noch roch es nach Badeschaum.

»Der Duschvorhang ist vorgezogen.« Richard dachte an »Psycho«, während gleichzeitig ein unsichtbares Orchester die Titelmelodie von »Der weiße Hai« spielte.

»Das sehe ich, Herr Staudinger.« Beherzt riss Paula den Vorhang zurück. »Leer, was sonst?«

Richard tat überheblich: »Hätte ich Ihnen gleich sagen können.«

Trotzdem beeilten sie sich, das Badezimmer zu verlassen.

Auf dem Küchentisch stand eine randvolle Kaffeetasse, daneben lag im Aschenbecher eine bis zum Filter verglommene Zigarette.

»Er scheint eilig aufgebrochen zu sein«, stellte Richard fest. »Aber sein Wagen steht noch vor der Tür. Also ist er zu Fuß weg.«

Auf der Arbeitsfläche neben dem Herd befand sich etwas, das nur lose in Papier eingewickelt war. Paula betastete das Päckchen. Der Inhalt war weich. Als sie ihn vorsichtig auswickelte, strömte ihr ein köstlicher Duft entgegen. Geräucherte Bauernseufzer.

»Vielleicht ist er nur auf den Dachboden oder in den Keller Bier holen gegangen?«, überlegte Richard laut und schlenderte am Küchenbüfett entlang. Dann sah er das Messer in der Spüle liegen. Über und über mit Blut besudelt. Was ihm sofort auf den Magen schlug. Genau so etwas hatte er befürchtet. Instinktiv griff er in seine Uniformjacke und suchte nach einem nimm2-Bonbon.

Paula wusste seit den vorangegangenen Mordfällen, was es mit den Bonbons ihres Kollegen auf sich hatte. Leichen und schlechte Gerüche ertrug er nur mit einem gefüllten Fruchtbonbon. »Was ist los?« Sie trat neben ihn.

Ganovenehrenwort

Als sie Lorenz Angerers Handynummer wählten, klingelte es in dessen Schlafzimmer. Auf dem Nachttisch fanden sie seine Börse samt Ausweis und die Hausschlüssel. Anschließend überprüften sie den Dachboden und den Keller. Niemand da.

Nachdem Paula die Kripo in Nürnberg informiert hatte, nahm sie die Wohnungsschlüssel an sich und zog die Tür hinter sich ins Schloss. Für Angerer hinterließ sie eine Nachricht auf dem Küchentisch, sich unverzüglich bei ihr zu melden. Für den Fall, dass er zurückkam.

Die Kleinmichlgseeser Polizisten waren heilfroh, dass Andreas nicht Dietrich Gutmut im Gepäck hatte. Wobei Paula hätte wetten können, dass der garstige Hauptkommissar sich keine Gelegenheit entgehen ließ, ihr auf die Finger zu gucken. Oder Resis Schäuferla zu essen.

»Was hast du nur wieder für seltsame Fälle, Paula Frischkes?«, wunderte sich Andreas. »Eine Leiche, die auf Wanderschaft geht. Ein Toter, der mit einem ungiftigen Fliegenpilz vergiftet wird, und ein Mordverdächtiger, der sich in Luft auflöst. Oder ist er getürmt, weil er euch kommen gesehen hat, schon mal daran gedacht?«

»Warum hätte er denn abhauen sollen?«, fragte sie.

»Keine Ahnung, aber vielleicht hat er sich ja mit eurer mysteriösen unbekannten Singlefrau auf den Weg auf eine einsame Südseeinsel gemacht«, grinste Andreas.

»Ohne Kohle, Ausweis und Handy?«

Unterdessen hatten sie Angerers Nachbarn befragt und bei Dr. Wendler, dem Dorfarzt, und in der Notaufnahme der Nürnberger Krankenhäuser angerufen. Doch von Lorenz Angerer keine Spur.

Ratlos schweigend blickten die beiden Beamten jeder in eine andere Ecke der Wache, bis Andreas fragte: »Wie sieht es mit uns am Wochenende aus? Haben wir noch ein Date?« Es hätte Paula durchaus ähnlichgesehen, dass sie lieber auf Mördersuche ging, als sich für ihn ins kleine Schwarze zu werfen.

Andreas stand so nah neben Paula, dass sie sein Herz schlagen spürte. Er roch immer so gut. So sauber. Nach frischer Meeresbrise. Und steil sah er auch wieder aus, der Herr Kommissar. In Jeans, Hemd ohne Krawatte und Lederjacke. Am liebsten wäre Paula ihm auf der Stelle mit beiden Händen durch das braune Haar gefahren, so sexy fand sie ihn. Doch sie konnte Staudingers Blicke förmlich im Nacken spüren, wahrscheinlich lutschte er bereits wieder ein nimm2-Bonbon, weil die Szene so heiß und gefährlich war.

»Logisch«, hauchte Paula, »und dann –«

Die Tür öffnete sich unter nervtötendem Quietschen und zerstörte die schöne Stimmung.

Paula seufzte. Der Staudinger sollte endlich mal diese verdammte Tür ölen! Dauernd quatschte er nur davon.

Maria und Jessy waren im Dorf unterwegs gewesen und hatten versucht, demjenigen auf die Spur zu kommen, der für Luggis unfreiwillige Wanderschaft durch Kleinmichlgsees verantwortlich war.

Jessy musterte Andreas unverhohlen.

In Paula rührte sich ein Gefühl, aber sie konnte nicht zuordnen, ob es eines der Kategorie »Finger weg, das ist meiner!« war oder ein klein bisschen Besitzerstolz, weil sie immerhin das Herz dieses ausgesprochen attraktiven Mannes erobert hatte.

»Hoppla, habt ihr eine neue Kollegin?«, fragte Andreas prompt.

»Das ist Jessy, Gutmuts Nichte«, sagte Richard wenig begeistert.

»Und unsere Praktikantin«, ergänzte Maria, die mit Jessy ganz gut klarkam, wenngleich sie ihr Outfit voll daneben fand. Aber in diesem Alter war man eben noch auf der Suche danach, was irgendwann einmal der eigene Stil werden sollte.

Richard machte ein sauertöpfisches Gesicht. Er war schon ein paar Tage angefressen, weil Maria mit Stefan anbändelte. Dabei war Maria so gut wie verlobt mit Tobias gewesen. Aus heiterem Himmel, zumindest für Richard, hatte sie Schluss gemacht mit ihm. Sie hätten sich nichts mehr zu sagen, und sie könne sich eine Zukunft mit Tobias nicht mehr vorstellen. Zu der Frischkes hatte Maria gesagt, er sei ein Langweiler. Richard hatte sie diesen Aspekt verschwiegen, aber er war ja nicht dumm. Ganz klar, der smarte Kommissar aus Nürnberg hatte ihr den Kopf verdreht. Zugegeben, der Stefan war okay, ein sympathischer Kollege, aber meinte er es auch ehrlich mit Maria? Vielleicht interpretierte sie in diesen Flirt mehr hinein, als da war.

Maria ließ ihn schmollen. Was konnte sie denn dafür, dass bei Richard keine anbiss? Er war aber auch kein bisschen flott. Und flirten konnte er überhaupt nicht. Eine Pellkartoffel war charmanter als der altbackene Beamte.

Andreas und Jessy gaben sich die Hand, und es überraschte Paula fast, dass sie nicht ein Selfie mit ihm schoss, so wie sie ihn anhimmelte.

Maria erzählte, dass sie sich bei ihrem Rundgang durch den Ort ebenfalls nach Lorenz Angerers Verbleib erkundigt, aber auch nur Kopfschütteln als Antwort erhalten hätten.

»Hoffentlich hat unser Giftmörder nicht wieder zugeschlagen«, sagte Richard und fügte als erfahrener Agatha-Christie-Krimileser noch hinzu: »Giftmorde werden ja hauptsächlich von Frauen begangen. Die wenigsten Männer kämen auf die Idee, ihren Widersacher zu vergiften.«

»Wir Männer nehmen da eher die Fäuste, gell, Richard?«, versuchte Andreas einen Witz.

Richard betrachtete skeptisch seine Hände. »Äh … na ja.«

»Vielleicht hat der Angerer ja wirklich etwas mit Kutzbergers Tod zu tun und sich deshalb aus dem Staub gemacht«, versuchte Paula eine Theorie. »Als er uns kommen sah, wurde er panisch, hat seine Geldbörse, Schlüssel und Handy liegen lassen … und ist zu Fuß … nein, vergessen Sie es.«

»Wir dürfen das Messer in der Spüle nicht außer Acht lassen«, warf Richard ein. »Bislang galt der Lorenz ja neben der Ulla als unser Verdächtiger. Aber nun hat sich die Lage etwas geändert, und es stellt sich die Frage: Hat jemand auch den Lorenz umgebracht?« Ging in Kleinmichlgsees und Ingreisch etwa ein Männermassenmörder um? Aber diesen grausigen Gedanken behielt er lieber für sich, er wollte die kleine Gutmut nicht verängstigen.

»Was haben wir also?« Paula wollte endlich Licht in die seltsamen Vorgänge in Kleinmichlgsees bringen. »Wolfgang Kutzberger wurde vergiftet, wir schließen einen Suizid oder ein Versehen aus. Offensichtlich hatte er ein Verhältnis mit einer Frau aus Ingreisch und kurz vor seinem Tod Streit mit Lorenz Angerer. Anscheinend wegen jener Frau.«

Und zwischenzeitlich hatte ich sogar Trudel, Staudingers Schwester, im Verdacht, das Flittchen zu sein. Doch das sagte sie nicht, sondern: »Im Moment sind unsere Hauptverdächtigen Frau Kutzberger selbst, Lorenz Angerer und womöglich die unbekannte Ingreischerin. Zudem stellt sich uns die Frage, ob Luggi Lohmüller in die Sache verwickelt ist.« Paula seufzte. »Im Prinzip haben wir also gar nichts. Wir müssen dringend noch einmal die Witwe vernehmen. Ich bin überzeugt, dass sie uns etwas verschweigt. Und ich schlage vor, wir hören uns an Kutzbergers Arbeitsplatz um und klopfen auch hier im Ort noch einmal alles ab.«

Sie teilten sich auf. Richard und Jessy fuhren in die Schreinerei, wo Kutzberger als Facharbeiter tätig gewesen war, Paula erstellte mit Marias Hilfe ein Liste von Kutzbergers engsten Freunden und Bekannten, die sie anschließend systematisch aufsuchten und befragten, und Andreas nahm sich ebenfalls ein paar Adressen vor. Wofür sonst war er ihnen zur Unterstützung zugeteilt worden?

Ermordet? Der Wolfgang Kutzberger? Nein, das konnte sich niemand vorstellen. Der Wolferl war überall beliebt gewesen, besonders bei den Frauen. Das war das Ergebnis, das sich die Kleinmichlgseeser Polizisten später gegenseitig bestätigen konnten. Aber irgendjemand hasste Kutzberger so sehr, dass er ihm auf diese perfide Art das Leben genommen hatte. Und womöglich war er ihnen näher, als ihnen lieb war.

Seekrank

Paula verfasste gerade ihren Bericht, als die Eingangstür geöffnet wurde. Ihre Nackenhaare stellten sich auf. Welche unterschiedlichen Quietschtöne sie doch von sich gibt, je nachdem, wer die Tür öffnet, dachte sie, während Carlo Roggefäller, der Bordell- und Swingerclubbesitzer, eintrat. Er trug von Hals bis Fuß Leder. Paula wollte nicht ausschließen, dass er auch einen ledernen Stringtanga anhatte.

Schnell rief sie sich zur Ordnung. Was für Gedanken geisterten bloß durch ihren Kopf? Bei Andreas dachte sie an eine kühle Meeresbrise, beim Bordellbesitzer an Leder und Reizwäsche, pfui, Paula!

»Guten Tag, die Damen!« Roggefäller strich sich das volle Haar aus der Stirn und lächelte ein Lächeln, dem Paula niemals über den Weg trauen würde. Als er Hauptkommissar Andreas Weck erblickte, gefror das Lächeln. Normalerweise stellte Roggefäller sich mit folgendem plumpen Satz vor: »Roggefäller, Carlo Roggefäller, mit zwei g, nicht mit ck, dafür mit ä«, aber bei Andreas Weck verkniff er ihn sich. Die beiden kannten sich – beruflich – und konnten sich folglich nicht ausstehen. Und da beide auch noch scharf auf Paula waren, war die Luft zwischen ihnen explosiv wie Dynamit. Der Ganove war Mitte vierzig und erfüllte jegliches Klischee. An seinem Handgelenk funkelte eine Rolex, und als er sich auf den Bürostuhl setzte, den Maria für ihn frei machte, konnten alle seine schweineteuren Cowboystiefel bewundern.

Nichtsdestotrotz sah Roggefäller objektiv gut aus. Er war ein Bruce-Willis-Indiana-Jones-James-Bond-Verschnitt, von dem Frauen in Hängematten und einsamen Betten vermutlich träumten.

Andreas verdrehte bei Roggefällers Auftauchen die Augen. Am liebsten hätte er den Verbrecher mit einem kräftigen Arschtritt auf die Straße befördert.

»Ich wollte Sie gern auf ein verlängertes Wochenende einladen«, strahlte Roggefäller Paula an. Seine Zähne waren bestimmt genauso teuer wie seine Uhr gewesen. »Waren Sie schon einmal in Marbella? Die Yacht von Bekannten liegt in Puerto Banús.«

Paula ließ sich eine Millisekunde lang blenden und kokettierte mit einem Augenaufschlag.

»Die Kommissarin wird leicht seekrank«, griff Andreas sofort ein. »Als wir in Nürnberg auf dem Dutzendteich Ruderboot gefahren sind, hat sie gekotzt wie ein Reiher.«

Paula trat mit ihrer Schuhspitze gegen sein Schienbein.

»Kein Problem«, winkte Roggefäller nonchalant ab. »Ist mir eigentlich auch lieber. Dann lassen wir die leidige Schipperei aus und vergnügen uns gleich bei Champagner und Kaviar auf meinem Hotelzimmer.«

»Auf Fisch kotzt sie auch«, sagte Andreas trocken und ging vorsichtshalber einen Schritt zurück.

»Könnten sich die Herren vielleicht später bekriegen? Was kann ich für Sie tun, Herr Roggefäller, außer Boot fahren und Fischeier essen?« Paula stand auf und traute ihren Augen nicht. Maria und Jessy standen mit offenen Mündern da und verfolgten die Szene verzückt wie einen Kinostreifen. Fehlte nur noch das Popcorn.

In diesem Moment kam Richard vom Klo zurück, das Micky-Maus-Heft lässig in der Hand. Als er Roggefäller sah, machte er unverzüglich ein Gesicht: Was will der Puffbesitzer da?

»Hallo, Herr Kommissar Staudinger«, schleimte Roggefäller, und Staudinger schwoll wie immer der Kamm.

Kommissar Staudinger.

»Was gibt's?« Aber Richard war viel zu korrekt, um dem Schlitzohr auf den Leim zu gehen.

»Ich hab das von Ludwig Lohmüller, vom Luggi, gehört. Schade um ihn, er war ja Stammgast bei mir.«

Na endlich, jubilierte Paula innerlich. Roggefäller begab sich nicht freiwillig ins feindliche Lager der Polizei, wenn er nicht wirklich etwas loswerden musste. Vielleicht kam ja jetzt Licht in diese merkwürdige Geschichte um den Luggi. »Ich bin ganz Ohr«, sagte sie und tat so, als würde sie nicht bemerken, dass

Andreas grimmig die Stirn runzelte. Wie herrlich, er war eifersüchtig!

»Der Luggi war Sonntagnacht im ›Paradies‹.« Mehr sagte Roggefäller nicht.

»War der Luggi nicht bekannt als Pokerspieler, wird im ›Paradies‹ denn auch gepokert? Illegales Glücksspiel?« Ein süffisantes Lächeln huschte über Paulas Lippen. »Unter Nackten?«

Roggefäller lachte: »Ist 'ne verdammt gute Idee – Strip-Poker. Aber nein, der Luggi war allein, weshalb ich ihm ab und zu eine Dame vermittelt und seine Sonderwünsche erfü…« Roggefäller stockte. »Jedenfalls hat er mein Etablissement sehr geschätzt.«

Richard zückte seinen Stenoblock, um sich Notizen zu machen. Wie oft waren die Kolleginnen schon dankbar für seine Aufzeichnungen gewesen? Und wenn nicht sie, dann er selbst auf jeden Fall. Sein Gedächtnis funktionierte nicht mehr so prächtig wie früher. Was hatte er doch gleich wieder aufschreiben wollen? Ach ja: *Luggi Stammgast bei Roggefäller. Nicht nackt gepokert.*

»Dann war der Herr Lohmüller in der Sonntagnacht also noch am Leben?« Paula schlich um Roggefäller herum, der breitbeinig auf dem Bürostuhl lümmelte und ein Päckchen Roth-Händle aus seiner Lederjacke zog.

Richard fing rein prophylaktisch an zu hüsteln.

»Putzmunter war er, Frau Kommissarin. Deswegen bin ich ja hier. Nicht dass der Eindruck entsteht, der Luggi hätte in meinem Etablissement sein Lebenslicht ausgehaucht.«

Paula suchte in seinem Pokerface nach einer Schwachstelle. Warum gab er nicht einfach zu, dass Luggi, vielleicht bei einem lustvollen Liebesgefecht, der Schlag getroffen hatte? Dass Roggefäller die Leiche verständlicherweise aus seinem Amüsierschuppen entfernt und sie deshalb auf den Friedhof geschafft hatte? Und später hatte er ihn, aus welchen Gründen auch immer, in den Beichtstuhl umgelagert. Die Vorstellung war zu schön, um wahr zu sein, aber dann hätte Paula wenigstens einen Haken für »erledigt« hinter diesen Fall machen können.

»Wenn ihr mir nicht glaubt, dann fragt halt euren Metzgermeister. Der Luggi hat sich mit ihm unterhalten, ich glaube, es ging um Fußball. Der eine ist Clubberer, der andere für die

Fürther. Mehr kann ich dazu nicht sagen, weil ich den beiden nur auf dem Weg rauf in mein Büro begegnet bin.«

»Unserem Metzger?«, riefen Paula und Maria unisono.

»Und seiner Frau.«

Auf Marias Lippen legte sich ein vorfreudiges Lächeln. Wie herrlich. Was würde sie künftig die Einkäufe bei den Popps genießen. Die Rita und der Erwin bei den »Naggerden« im Swingerclub!

Richard hingegen versuchte, eine bildliche Vorstellung zu unterbinden. Nicht dass die ihm noch den Appetit versaute, wenn er das nächste Mal seine Wiener Würstchen kaufte. »Vielleicht hat sich der Luggi so über das letzte Fußballspiel aufgeregt, dass er umgekippt ist«, wandte er immerhin ein. »Clubberer und Fürther in einem Raum oder Puff, das kann ganz schön gefährlich werden.«

»Herr Staudinger, bitte. Mein ›Paradies‹ ist doch kein Puff!«

Paula setzte sich Roggefäller gegenüber, Andreas zog die Beine ein. »Mit welcher Dame hat sich der Luggi an diesem Abend denn vergnügt? Wenn Sie ihn nicht nach Kleinmichlgsees transportiert haben, kann uns vielleicht die Dame weiterhelfen.«

Roggefäller verzog den Mund, zuckte mit den Schultern. »Ich habe keine Ahnung.«

»Aber eben meinten Sie doch noch, dass Sie Luggi ab und zu eine Dame vermittelt haben!«, fuhr Paula ihn an.

»Wie Sie gerade sagten: ab und zu. Am Sonntag nicht, da kam der Luggi einfach so vorbei und … Hören Sie, Frau Kommissarin, ich habe am Sonntag Unterlagen für meinen Steuerberater zusammengesucht und hatte bestimmt keine Zeit, mich ins Vergnügen zu stürzen. Und vor allem – ich war nicht allein.«

»Aha?« Paula zog eine Augenbraue hoch. »Und warum sagen Sie das erst jetzt? Sie haben also eine Zeugin oder, ähm, einen Zeugen?«

»Einen Zeugen. Meinen Steuerberater. Es tut mir leid, aber ich kann Ihnen wirklich nicht helfen. Und deshalb sollten Sie mal mit Ihrem Metzger sprechen.«

Worauf er Gift nehmen konnte. Paula nickte.

Andreas juckte es dermaßen in den Fäusten und Füßen, mit

denen er den windigen Bordellbesitzer liebend gern auf die Straße befördert hätte, dass er in der Wache auf und ab ging. In seinem tiefsten Inneren war ihm durchaus bewusst, dass seine Ablehnung gegen Roggefäller nichts mit dessen Berufsstand zu tun hatte. Andreas konnte recht gut mit seiner Klientel, die im Arbeitsalltag aus Mördern, Zuhältern, Langfingern, Schlägern und Betrügern bestand. Um die Bevölkerung vor ihr zu schützen, war er immerhin Polizist geworden. Auf Roggefäller hatte er nur so einen Brass, weil Paula, sosehr sie sich offensichtlich auch gegen die Avancen des Ganoven wehrte, doch in manchen Situationen ein untrügliches Verhalten an den Tag legte. Dann guckte sie Roggefäller ein Fünkchen zu lang in die Augen, oder ein kleines Lächeln huschte über ihre Lippen, wenn er mal wieder einen seiner widerlichen Scherze machte. Und sie spielte mit ihrem Haar, wenn sie sich unterhielten! Andreas war doch nicht blind und blöd. Das wusste man doch, was das hieß, wenn eine Frau mit ihrem Haar spielte – sie flirtete!

Dennoch hielt er sich aus ihrer Vernehmung heraus. Dazu kannte er Paula zu gut. Nichts brachte sie mehr auf die Palme, als wenn sie sich bevormundet fühlte. Solo-Paula, das war ihr Spitzname im Nürnberger Präsidium gewesen. Die Berlinerin, die am liebsten alles im Alleingang regelte.

»Bei meiner Ehre, Frau Kommissarin –«, sagte Roggefäller.

Paula fiel ihm ins Wort: »Bei Ihrer Ganovenehre?«

»Bei meiner Ehre als Geschäftsmann, ich lüge Sie nicht an. Ich weiß nicht, wie der Luggi vom ›Paradies‹ in den Beichtstuhl gekommen ist. Und wenn ich die Wahrheit sage, Frau Kommissarin, dann haben wir ein Date, und ich bezahle alles, was Ihr Herz begehrt – ist das ein Deal?« Roggefäller streckte ihr die Hand entgegen.

Die Versuchung war zu groß. Nicht dass sie sich privat mit ihm treffen wollte, aber ihn der Lüge zu überführen – und er log, das war so sicher wie das Amen in der Kirche – war durchaus reizvoll. Und als sie auch noch sah, wie Andreas schmollte und Richard verächtlich guckte – Männer! –, da schlug sie ein. Wohl just in dem Moment ahnend, dass sie einen Fehler begangen hatte. Aber manchmal siegte halt das Teufelchen.

Roggefäller zündete sich lächelnd eine Zigarette an. »Dann packen Sie schon mal Ihren Bikini für unseren Trip nach Marbella ein.«

Paula tippte sich an die Stirn und zog den Bauch ein. Ihr Bikini, wo war der eigentlich?

Metzgerehrenwort

Richard riss die Fenster auf und spülte die Untertasse, auf die Roggefäller in Ermangelung eines Aschenbechers seine Asche geschnippt und auf der er die Kippe ausgedrückt hatte, so übertrieben gründlich ab, als klebte ein Kuhfladen an ihr dran. »Ein Benehmen hat der Mensch!« Er schrubbte mit einer Vehemenz, dass Paula um die Spülbürste fürchtete.

»Ich schlage vor, wir gehen jetzt noch einmal zu Frau Kutzberger. Sie ist eine der Hauptverdächtigen«, sagte Paula. »Sind Sie einsatzbereit, Herr Staudinger?«

Andreas und Roggefäller hatten gleichzeitig die Wache verlassen, und Paula hoffte nur, dass sie sich auf der Straße keine Schlägerei lieferten.

Richard schnupperte abwechselnd an dem Teller und der Spülbürste. »Riech du mal, Maria, riechst du noch was?«

»Lass doch gut sein, Richard.« Maria wandte angeekelt den Kopf von der tropfenden Spülbürste ab.

»Nein, ich lass es nicht gut sein. Wo in allen öffentlichen Räumen doch Rauchverbot herrscht. Aber der Carlo Roggefäller muss sich natürlich nicht daran halten, Gesetze gelten für den Herrn ja nicht. Das hätten Sie ihm eigentlich verbieten müssen, Frau Frischkes!«, zeterte Richard weiter. Hätte Is Weggla das Sagen auf der Wache, der Puffbesitzer könnte sich warm anziehen, da war er sich sicher. Aber so wickelte der Typ alle Vertreter weiblichen Geschlechts einfach um seinen Finger. Sogar die kleine Gutmut hatte den Ganoven angeschmachtet.

»Maria kann mit unserer Praktikantin inzwischen die Ablage machen«, schlug Paula vor. Irgendeine Beschäftigung hatte sie sich für Jessy einfallen lassen müssen, bevor die auf Facebook noch den Alltag auf einer Landwache postete und Richard auf YouTube beim Abspülen in Uniform zu bewundern war.

»Die Ablage? Niemals!« Richard war zutiefst schockiert. Die Ablage war sein Metier. Er hatte sein eigenes System, in das er sich von niemandem hineinpfuschen ließ. Nachher wären noch Ä und Ö unauffindbar falsch abgeheftet und alles beim Teufel. Oder es wären irgendwelche Buchstaben komplett versortiert. »An meine Ablage langt mir keiner! Gell, Maria, das weißt du?«

»Ja doch, Richard, an deine Ablage darf niemand ran.«

Paula war es eigentlich ziemlich wurscht, wer die Ablage machte. »Dann erklären eben Sie, Herr Staudinger, der Jessy, wie man richtig ablegt, und Frau Heberle kommt mit zu Ulla Kutzberger.«

Richards Nasenspitze zuckte. Er legte die Spülbürste weg und trocknete die Untertasse ab. Das war nun wirklich saudumm gelaufen. Er und die Jessy. Andererseits hatte er nichts dagegen, gemütlich auf der Wache zu bleiben. Immerhin war da noch ein anderer höchst brisanter Fall zu klären, in den gleich mehrere Personen involviert waren. Wobei, wenn man es genau nahm, waren es eigentlich Gegenstände – die Gartenzwerge. Aber egal, auch wenn es nur kitschige Zipfelmützenträger waren, kümmerte sich Richard um alle mit dem gleichen Pflichtbewusstsein wie um Menschen. Aber Jessy? Mit Gutmuts Nichte konnte er einfach nichts anfangen. Es war schon schwierig genug für ihn, mit zwei erwachsenen Frauen klarzukommen, einer verzogenen Göre, die ausgerechnet auch noch mit dem Ekelpaket Gutmut verwandt war, fühlte er sich nicht gewachsen.

»Kannst du überhaupt das Alphabet?«, fragte er Jessy in der vagen Hoffnung, sie würde über keine Allgemeinbildung verfügen. Viele Menschen hatten Schwierigkeiten, das Alphabet aufzusagen, sogar studierte. Sie kannten zwar hochkomplexe Formeln, aber ob das S vor dem O kam, wussten sie nicht.

»Da machen Sie sich mal keine Sorgen, Herr Staudinger. Und zur Not gibt es dafür sicher eine spezielle App, oder, Jessy?«

»Alpha… was? Sie meinen das Abc, oder?«, sagte Jessy und wischte tatsächlich auf ihrem Handy herum. »A, b, c, d, e, f, g, h, i, j, k, l«, fing sie an.

»Na super. Dann ist ja alles klar, und Jessy kann Ihnen helfen. Wir ziehen jetzt los. Maria?« Paula blies zum Abmarsch, und Maria schlüpfte in ihre Jacke.

Es war zum Verrücktwerden. Wieder standen sie vor einer verschlossenen Tür. Maria klingelte mehrfach und klopfte schließlich energisch mit der Faust dagegen. Doch Ulla Kutzberger war ausgeflogen.

»Haben wir eigentlich folgende Variante schon in Betracht gezogen? Was, wenn der Lorenz und die Ulla ein heimliches Paar sind und sich aus dem Staub gemacht haben?«, fragte Maria ihre Chefin und rieb sich die schmerzende Hand.

»Na, das muss doch herauszufinden sein. Sie haben einmal zu mir gesagt, in Kleinmichlgsees könne sich keiner am Po kratzen, ohne dass es nicht wenigstens einer sieht.«

Maria grinste verschämt. »Ist doch so. In der Stadt könnte sich wahrscheinlich jeder am Po kratzen, und keiner würde davon Notiz nehmen. Das ist das Schöne am Landleben, hier passt jeder auf jeden auf.«

Eine Horrorvorstellung für Paula. Nichts war für sie schlimmer als neugierige Nachbarn beziehungsweise neugierige Menschen überhaupt. Für ihre Fälle konnten die allerdings nur von Vorteil sein. »Vielleicht sollten wir uns ein bisschen mit unserem Metzgermeister und seiner Gattin unterhalten – und zwar nicht über seine Leberkäsweggla und Schäuferla!«

Rita Popp lächelte verlegen und fing dann an, mit einem Lappen in großen Kreisen die Theke zu wischen. Es schien, als wollte sie das kleine Muster aus der Platte wegputzen. Paula und Maria sahen ihr eine Weile schweigend zu, ihre Köpfe kreisten wie Rita Popps Hand, bis Paula endlich »Grüß Gott!« sagte.

Die Hand der Metzgerin wischte weiter über die Ladentheke.

»Jetzt hör doch mal auf, Rita! Wir müssen mit dir sprechen«, sagte Maria ungeduldig.

»Ich hob etz fei wergli gor ka Zeit«, erwiderte Rita und schrubbte die Theke, rechts angekommen, wieder nach links zurück.

»Hör endlich auf!« Maria stampfte so energisch mit dem Fuß auf, dass Paula erschrak.

Rita hielt in der Bewegung inne, knetete den Lappen und senkte schuldbewusst den Blick.

»Ihr wart im ›Paradies‹, Rita. Du und der Erwin. Im Swingerclub. Das wissen wir.«

Paula fand diesen Umstand zwar nicht so verwerflich wie anscheinend Maria, aber wenn deren Ansprache denn der Sache dienlich war – bitte.

»Ja, worn mir«, gab Rita kleinlaut zu. »Aber bloß aus Neugier. Und is erschde Mal. Und ich hob mich fast ned schauen trauen. Lauter Naggerde!«

»Das ist ja auch Ihre Privatsache«, ging Paula dazwischen. »In seiner Freizeit kann jeder tun und lassen, was er will, nicht wahr, Maria? Uns interessiert, ob Ihr Mann und der Herr Lohmüller, der Luggi, sich im ›Paradies‹ über Fußball unterhalten haben.«

»Ja, Frau Kommissarin.« Rita fing wieder zu wischen an.

Für Paula ein eindeutiges Indiz, dass die Metzgerin noch immer nervös war. Doch warum? »Und wann haben Sie das ›Paradies‹ verlassen?«

»Um elf.«

»Und haben Sie zu der Zeit den Luggi noch einmal gesehen?« Paula hätte ihr am liebsten den Lappen abgenommen.

»Hm-hm«, machte Rita mit geschlossenen Lippen.

»Haben Sie sich von ihm verabschiedet?«

»Hm-hm.«

»War er allein?«

»Hm-hm.«

Wieder stampfte Maria auf, und Paula und Rita zuckten zusammen. »Mach doch nicht immer bloß ›Hm-hm‹, Rita!«

Paula ließ sich von dem Einwand nicht aus dem Konzept bringen. »Und haben Sie Herrn Roggefäller, den Besitzer vom ›Paradies‹, um dreiundzwanzig Uhr auch noch gesehen?«

»Nein. Der is vorher mit einem Mann mit Aktentasche in den oberen Bereich des Clubs verschwunden. Der hat ausgschaut wie a Beamter, hat mein Mann noch gsachd.« Wieder knetete sie den Lappen.

»Okay, Frau Popp, eine Frage habe ich noch. Sie würden uns mit Ihrer Antwort wirklich helfen. Haben Sie gesehen, wie Luggi Lohmüller das ›Paradies‹ verlassen hat? Ist er draußen vielleicht zu jemandem ins Auto gestiegen?«

Mit einem Mal machte Rita ein seltsames Gesicht, das Richard gut und gern in sein Repertoire hätte aufnehmen können. »Ach Gott, Frau Frischkäs, des is alles mei Schuld!«, schluchzte sie.

Aha! Nun kam Leben in die Bude.

»Der Erwin is am Fenster gstanden, und ich war im Bett. Unten auf der Straß war der Manfred aufm Weg in die Backstube. Dann hör ich plötzlich: ›Der Luggi is tot und hockt aufm Bänkla.‹ Und: ›Schlaf weiter!‹ Der spinnt doch! In aller Herrgottsfrüh! Weil er auch immer rauchen muss, mei Moo.«

Paula versuchte, die Essenz des Gesagten herauszufiltern. Welches Bett? Im Swingerclub? Der Backstube? Sie hakte nach, und Rita plapperte wie ein Wasserfall.

Am Morgen nach dem Popp'schen Aufenthalt im Swingerclub war Rita durch einen kalten Luftzug, Zigarettenqualm und Männergeplapper aus ihrem süßen Schlummer gerissen worden. Verschlafen hatte sie einen Blick auf den Wecker geworfen: vier Uhr!

»Wos isn los, Erwin?«, hatte sie gefragt.

Doch ihr Mann hatte nur hektisch an seinem Glimmstängel gezogen und im Flüsterton hinunter auf die Straße geredet. Dann hatte er die Kippe aus dem Fenster geschnippt, sich die Schlafanzughose am Bund hochgezogen und war in seine ausgelatschten Schlappen gestiegen. »Schlaf weiter«, hatte er gesagt. »Ich muss bloß schnell nunder, der Manfred sachd, der Luggi hockt tot aufm Bänkla vuur der Metzgerei.« Natürlich war Rita senkrecht im Bett gesessen. Ohne etwas gegen ihre Schlaffrisur zu unternehmen, war sie ans Fenster geschossen und hatte die Männer dabei beobachtet, wie sie den reglosen Körper ratlos von allen Seiten betrachteten.

Tot? Der Luggi? Dieses neue Wissen musste Rita sofort mit jemandem teilen. Und weil Männer zum Gedankenaustausch oder zur Lösung weiblicher Probleme höchst selten taugten, rief sie Jutta an, Manfreds Frau. Eines stand fest, der Lohmüller konnte unmöglich vor der Metzgerei hocken bleiben, nicht in seinem Zustand.

»Des wor gut, dass die Jutta und ich uns eingemischt hom«, berichtete Rita den Polizisten weiter. »Männer reagieren im Stress ja oft völlich falsch.«

Nachdem Jutta aus dem Bett getrommelt war, war rasch der weibliche Entschluss getroffen worden: Der Luggi musste weg. Was ihre beiden Männer unverzüglich zu erledigen hatten. Und wohin mit einem Toten? Ganz klar …

So war der Lohmüller auf den Friedhof gelangt.

Doch kaum war der Luggi aus den Augen und Rita wieder daheim, hatten sie arge Gewissensbisse geplagt. Nach drei Tassen Baldriantee war sie erneut zum Friedhof aufgebrochen, und der Luggi hatte noch immer auf der Bank gesessen.

Rita würgte ihren Putzlappen und senkte den Blick. »Ich hob euch angelogen. Ich hob gor ned den Onkel Toni begossen, sondern nach dem Luggi gschaut. Im Stillen hob ich gehofft, dass er fort is. Aber er is dagesessen, als dät er friedlich schlummern. Dann bin ich aufn Leichenschmaus vom Schniederbauern und hob erst hintennach die Bamberger für mein Moo ghullt. Do hob ich euch aweng ogflunkert.«

Paula blies laut hörbar Luft aus. Was war sie erleichtert. Das war es gewesen! Die ganze Zeit hatte sie gespürt, dass an Ritas und Gittas Aussagen etwas nicht stimmte – der zeitliche Ablauf. Denn wie konnte Gitta dem Toten im Beichtstuhl ihre Sünden ins Ohr geflüstert haben, wenn der laut Rita doch noch auf dem Friedhof gesessen hatte?

Ritas Redefluss war noch immer nicht versiegt. »Ich hob den Leichenschmaus gor ned genießen können, glaubt ihr mir des? Immer hob ich an den Luggi denken müssen und wäi der do so allanz aufm Friedhuuf hockt …« Deshalb hatte sie beschlossen, doch die Polizei einzuschalten. Aber als sie mit Richard erneut auf dem Friedhof war, sei der Luggi plötzlich fort gewesen.

Moment, Moment! »Und wann haben Ihr Mann und Herr Hübsch Herrn Lohmüller in den Beichtstuhl gebracht?«, wollte Paula wissen. »Das waren Sie doch, oder?«

»Aber naa! Mit dem Beichtstuhl hom mir nix zu tun. Da geb ich Ihnen mein Metzgerehrenwort!«

Paula verzichtete darauf. Die Geschichte hatte die Menschen gelehrt, dass Ehrenworte leichter gegeben als gehalten wurden.

Nacktpoker

Fredl schneite mit einer Lautstärke in die Wache, als hätte er den Auftritt für eine Boulevardkomödie im Theater einstudiert.

Paula saß über einem Bericht, Maria notierte, wen sie noch zu befragen hatten. Richard putzte seine Kaffeemaschine, Jessy klebte an ihrem Smartphone. Eigentlich war es bislang recht gemütlich gewesen.

Bislang. »Frau Kommissarin! Ich hob Neuigkeiten! Un-geheuer-liche!« Fredl stöckelte in silbernen Glitzerpumps, die von seinen getigerten Leggings und dem weißen Felloberteil kaum ablenken konnten, herein.

Paula fragte sich, aus welchem Fundus er seine schrillen Klamotten bezog und wer sie finanzierte. Sie streckte den Kopf aus ihrem Kabuff, in das sie sich nach dem Besuch bei Rita Popp verkrümelt hatte.

Fredl wedelte mit den Armen. »Des glaubst du nicht!«

Paula ging ihm entgegen. Dass die alternde Tunte immer so ein Tamtam machen musste. Aber irgendwie hatte Paula sie trotzdem lieb. Langweiler gab es genug auf dieser Welt.

Kurz bevor sich Richard auf seinem Bürostuhl niederlassen konnte, schob Paula ihn Fredl unter den Po. Zu Richards Verdruss. Schon als Bub war er der ewige Verlierer bei der »Reise nach Jerusalem« gewesen.

Fredl schlug die Beine übereinander.

Maria starrte die Glitzerschuhe an. »Dass du mit den Stelzen laufen kannst!«

»Bin ich eine Frau oder nicht?«, sagte Fredl.

Richard machte: »Na ja.«

»Riecht es hier nach Rauch?« Fredl rümpfte die Nase und blickte sich nach dem Übeltäter um, hatte natürlich die Großstädterin in Verdacht.

»Seht ihr!«, tönte Richard und ging zum Fenster. »Die ganze Wache stinkt nach dem Roggefäller. Aber wenn ich lüften will, muss ich mir euer Gemecker anhören: ›Zu kalt, es zieht!‹« Dabei war es immer er selbst, der keine Zugluft vertrug und Angst vor einem steifen Genick hatte.

»Ach geh, der Roggefäller war da, soso«, säuselte Fredl und klimperte mit den falschen Wimpern.

Paula lächelte süffisant.

»Gell, Frau Kommissarin, der ist schon ein Schnuckel, auch wenn er ein Ganove ist.«

Gut, dass das der Andreas nicht hörte!

»Was willst du, Fredl?«, motzte Richard. Alle Weiber fuhren auf diesen Casanova ab, einfach alle! »Wir haben nicht ewig Zeit.«

Richard lagen nicht nur der Roggefäller und der Mord im Magen, ihm brannte auch sein zäher Gartenzwerg-Fall unter den Nägeln. Die Frischkes überließ ihm die Ermittlungen, was gut war. Um die geklauten Gartenzwerge kümmerte er sich gern persönlich. Doch wenn er nicht schleunigst Ergebnisse lieferte, würde er noch als Lachnummer enden. Vor einiger Zeit waren ihm anonym sogar eine Krawatte und ein T-Shirt geschickt worden, bedruckt mit einem einen Joint rauchenden Gartenzwerg. Die Kommissarin hatte dahinter den Roggefäller vermutet – oder eine Verehrerin. Heimlich und im stillen Kämmerlein trug Richard das T-Shirt sogar gern – jemand hatte sich viel Mühe damit gemacht, und das freute ihn riesig. Wie dem auch war, hinter seinem Rücken sprach man bereits von seinem ausbleibenden Fahndungserfolg.

Fredl machte einen langen Hals und nahm Richards Stenoblock, den der achtlos auf dem Schreibtisch hatte liegen lassen. »Was? Der Luggi war im ›Paradies‹? Und hat nackt gepokert? Ich hab gar nicht gewusst, dass das im ›Paradies‹ möglich ist, geh, so was aber auch!« Der Friseur war völlig aus dem Häuschen.

Richard wich die Farbe aus dem Gesicht. Wütend riss er Fredl den Block aus der Hand. »Pfoten weg! Das sind polizeiliche Unterlagen, die gehen dich gar nichts an!« Dass ausgerechnet ihm, Richard, so etwas passierte. So ein Fauxpas! »Und wenn du schon geheime Botschaften ausspionierst, Fredl, dann lies wenigstens richtig! ›*Nicht* nackt‹, steht da! Wehe, das Gerücht macht die Runde, du elende Klatschtante.«

Fredl schürzte beleidigt die Lippen. »Das ›elende‹ nimmst du zurück, aber für die ›Tante‹ sag ich Danke!« Er erhob sich und rückte seinen falschen Busen zurecht.

»Moment, Fredl, wollten Sie uns nicht un-ge-heuer-liche Neuigkeiten mitteilen?« Paula bedeutete ihm, sich wieder zu setzen.

»Wenn man meine Gefälligkeit nicht zu schätzen weiß, kann ich fei auch wieder gehen.«

»Nichts schätzen wir mehr als Ihre Informationen, Fredl. Ein Käffchen vielleicht?«

»Lieber wäre mir ein Cognäcchen, aber das werdet ihr auf eurer Wache nicht haben, oder?«

Paula blickte Staudinger über den Rand ihrer nicht vorhandenen Brille fragend an. Sie ging schwer davon aus, dass ihr Kollege nicht nur über einen geheimen Obstler- und Süßigkeitenvorrat verfügte, sondern sich hinter den Ordnern auch eine kleine Hausbar eingerichtet hatte. Vielleicht bestand er deswegen ja so vehement darauf, die Ablage selbst zu erledigen.

Richard verschränkte beleidigt die Arme vor der Brust und wackelte verstimmt mit dem Kopf.

Was Paula als ein Nein deutete.

»Aber ich bin ja nicht bestechlich«, gackerte da der Friseur schon weiter.

Paula zog sich Marias Stuhl unter den Hintern, rollte zu Fredl und parkte so nah neben ihm, dass das Ganze etwas von einer Verschwörung hatte. Das gefiel ihm bestimmt. »Nun schießen Sie schon los.«

»Ich weiß, wer die geheimnisvolle Frau ist, nach der ihr sucht.« Fredl'sche Kunstpause. »Die Ingreischer Singlefrau.«

Alle Blicke richteten sich auf Fredls Lippen, sogar Jessy zog sich die Kopfhörer aus den Ohren. Erstaunlich, dass sie mit den Dingern überhaupt etwas mitbekam. Aber die kriminalistische Neugier schien ihr im Blut zu liegen, eine gute Voraussetzung, um bei der Polizei zu landen oder doch noch den Beruf der Friseurin zu ergreifen.

»Jetzt sag's halt!« Wenigstens stampfte Maria diesmal nicht mit dem Fuß auf.

Fredl schaute in die Runde, um sich zu überzeugen, dass er

auch wirklich die ungeteilte Aufmerksamkeit aller genoss. »Die Babsi!«

»Die Babsi? Die Studerer Babsi? Aus Ingreisch? Ist nicht wahr, oder?«, freute sich Maria.

Selbst Richard vergaß seinen Groll. Das war der Hammer! Die Babsi und der Lorenz. Dann dachte er nach. »Aber die sind doch beide solo, also kein Problem.«

»Schon vergessen, Richard?«, half Maria ihm auf die Sprünge. »Der Streit zwischen Wolferl und Lorenz drehte sich um diese Frau. Es könnte doch sein, dass erst der Wolferl mit der Babsi zusammen war und dann der Lorenz sie ihm ausgespannt hat – und prompt war Zoff im Paradies«, spekulierte Maria. »Die Babsi, ich pack's einfach nicht!«

Paula bezweifelte Fredls Enthüllung. Davon sollte niemand in den Dörfern etwas mitbekommen haben? »Woher wissen Sie das eigentlich?«, wollte sie vom Friseur wissen.

»Nun, ich darf meine Informationsquellen nicht preisgeben.«

»Bist du vielleicht plötzlich Arzt oder Anwalt?«, schnauzte Richard. »Wo du doch dafür bekannt bist, dass sich bei dir ein Geheimnis«, ihm fiel Gutmuts Spruch wieder ein, »schneller verbreitet als ein Furz in einem Schuhkarton.«

Paula rollte mit den Augen. Dass der Staudinger einfach keine Ruhe geben konnte. Es war doch super, dass Fredl seine Ohren überall hatte. Wer konnte wissen, wann sie das mit Babsi Studerer sonst herausgefunden hätten.

»An deine Frechheiten werde ich denken, wenn ich dir das nächste Mal die Haare schneide.«

Richard verstummte. Hatte ihm der Fredl etwa gedroht?

»Also?« Paula machte Druck.

»Von der Emmi«, sagte Fredl.

»Von der alten Frau Würfelein?« Paula blies die Backen auf. Was für eine glaubwürdige Quelle! Die Greisin war fast blind wie ein Maulwurf, und ob ihr Hörvermögen und ihr Gedächtnis noch intakt waren, stand in den Sternen.

»Es war aber auch eine schwere Geburt. Ich musste halt a bisserla lauter schreien, um sie zum Reden zu bringen. Die Emmi hat es zwar an den Ohren, aber deppert ist sie nicht. Das meinen die anderen nur immer, und das nutzt sie aus. Die Emmi wird oft gar nicht beachtet, sodass jeder in ihrer Anwesenheit munter weiterplaudert. Und wenn sie mag, die Emmi, dann kann sie sogar von den Lippen lesen.«

Möge es denn so sein, dachte Paula. Wenigstens hatten sie eine Spur. Da der Fredl aber gern ein Geheimniskrämer war und wichtigtat, vergewisserte sie sich vorsichtshalber noch einmal: »Gibt es sonst noch etwas, was die Polizei wissen sollte?«

»Nix für ungut, Frau Kommissarin, aber manchmal muss ich fei auch Haare machen, gell?«

Paula bedankte sich bei dem Friseur, der wie immer einen bühnenreifen Abgang mit schwingenden Hüften und Absatzgeklapper hinlegte.

»Dann statten wir der Babsi mal einen Besuch ab. Wollen Sie mit, Herr Staudinger, oder lieber Ablage machen?«, scherzte Paula. Der Kollege konnte den Blätterwust doch unmöglich einer spannenden Befragung vorziehen.

»Ich glaube, der Richie bleibt lieber da und erklärt mir weiter, wie man ein guter Polizist wird, gell?«, sagte Jessy.

Allen klappte der Kinnladen runter.

Schmusi

Richard, Richie, Staudinger war sichtlich gewachsen. Er hatte keine Ahnung, wie er zu dieser »Beförderung« in Jessys Augen gekommen war. Er hatte der kleinen Gutmut eigentlich nur von den spektakulären Mordfällen vor ein paar Monaten auf dem berüchtigten Herrgottsacker, einem Waldstück bei Kleinmichlgsees, und vom »Franggn-Ribber« erzählt. Die Kleinmichlgseeser fürchteten damals, nachdem zwei Frauenleichen und ein toter Mann im Minirock gefunden worden waren, dass im Ort der Nachfolger von Jack the Ripper umging. Er, Richard, hatte damals die Frischkes aus den Fängen des Mörders befreit, ihr sozusagen das Leben gerettet. Jessy hatte seiner Geschichte gelauscht, ohne auch nur einmal auf ihr Smartphone zu starren.

»Dafür trete ich jetzt mit den verschwundenen Gartenzwergen auf der Stelle«, hatte er anschließend geseufzt, und diesen Fall hatte Jessy noch viel cooler gefunden. Geradezu mysteriös.

Damit hatte sie Staudinger aus der Seele gesprochen. Und weil Jessy alles bis ins Detail wissen wollte, ohne dass Richard sich auch nur einen Moment auf den Arm genommen fühlte, erzählte er ihr auch von seinem T-Shirt mit dem kiffenden Gartenzwerg, das Jessy auf der Stelle hatte sehen wollen. Und ob der Zwerg denn einen Namen habe, fragte sie und schlug Arthur vor. Arthur, der kiffende Gartenzwerg.

Richard hatte seine Meinung revidiert. Jessy war herrlich erfrischend, ihre sonnige Laune steckte richtig an. Andererseits ging es natürlich nicht, dass sie ihn, den gestandenen Polizeiobermeister, vor allen anderen Richie nannte.

Auch wenn ihm das saumäßig schmeichelte.

Seit einer halben Stunde sortierte sie nun erstaunlich konzentriert die Schriftstücke nach dem Alphabet vor und lochte sie. Richard musste sie nur noch in den Ordnern abheften. Doch plötzlich sprang sie auf und schlug sich mit der flachen Hand auf die Stirn. »Mensch, das hätte ich ja fast vergessen. Ich hab uns doch was mitgebracht, Herr Staudinger!«

Es beruhigte ihn, dass sie nicht vorhatte, ihn weiterhin mit Richie anzusprechen. Aber es ging ihm runter wie Öl: *Ich hab uns was mitgebracht.*

Jessy holte eine große Tasche, die sie im Büro der Kommissarin deponiert hatte, und zog ein Gerät, einem Mixer gleich, heraus, das sie auf Richards Schreibtisch stellte. »Jetzt müssen wir nur noch Obst und Gemüse besorgen, und dann können wir uns leckere Smoothies machen.«

Richard ließ den Klang des Wortes auf sich wirken. Schmusi. Was zum Kuckuck war ein Schmusi? Neugierig betrachtete er das Gerät. »Was ist das?«

»Ein Smoothie-Maker, Herr Staudinger! Sie haben nicht zufällig ein wenig Rote Bete, Spinat, Karotten und grünen Salat dabei?«

Wovon sprach Jessy nur? Richard zog die berüchtigte Schreibtischschublade auf, in der er auch seine Brotzeit aufbewahrte. »Einen Apfel hätte ich zu bieten.« Er schämte sich fast ein bisschen für das schrumpelige Stück Obst, aber der Apfel lag schon etwas länger in der Schublade, weil er meist wenig Appetit auf etwas Gesundes verspürte.

»Bisschen mager.« Jessy überlegte. »Vielleicht hat ja die Kommissarin etwas in ihrer Schublade. Die steht doch voll auf alles, was bio ist.« Jessy machte sich an Paulas Schreibtisch zu schaffen, noch bevor Richard einschreiten konnte. »Zwei Karotten, super! Ein Müsliriegel, vielleicht. Und … boah ey! Kondome! Na ja, eher nichts für einen Smoothie.« Sie guckte Richard treuherzig an. »Ihr scheint ja viel Spaß bei der Arbeit zu haben.«

Was Richard rot anlaufen ließ.

Der Gutmut-Spross nutzte seine verlegene Stimmung, warf den Apfel und Paulas Karotten in den Smoothie-Maker und servierte Richard schließlich stolz ein Glas Gemüsesaft.

Eigentlich war es nur ein kleiner Schluck, dennoch starrte Richard die orangefarbene Flüssigkeit an, als hätte ihm Jessy Fledermausohren und Rattenschwänze ausgepresst.

»Das ist lecker, Herr Staudinger, echt vegan. Und supergesund!« Sie hielt ihm das Glas direkt vor die Nase.

Da Richard es irgendwie auch rührend fand, dass sich die

Kleine um seine Gesundheit sorgte, hielt er kurz die Zunge ins Glas. »Mmmm!« Er nippte noch einmal und trank dann alles aus. »Wirklich lecker.« Bisher hatte sich Richard vehement geweigert, die Gemüsetage seiner Schwester Trudel zu akzeptieren. Machte sie Gemüseauflauf, musste sie für ihn zumindest etwas Fleischwurst dazu servieren. Obst nahm er ausschließlich in Form von Apfelschorle oder als Garnitur im Eisbecher zu sich, günstigstenfalls als Obstler. Das waren genug der Vitamine. »Hätte ich nicht für möglich gehalten, dass das so lecker schmeckt.«

»Gell, Herr Staudinger, das ist was Gutes!« Jessy strahlte. »Vielleicht können wir uns ja in dem Laden im Dorf noch mehr Obst und Spinat besorgen. Rote Bete ist auch super, schmeckt aber recht intensiv. Egal, Hauptsache, vegan.« Richard leckte sich noch die Lippen, als Jessy ihren Vortrag beendete: »Und dann klappt es auch mit den Frauen bei Ihnen.«

Spontan zog Richard die Zunge wieder ein.

»Sie müssen sich halt noch ein bisschen stylen. Ich meine, so 'ne Uniform ist ja ziemlich cool, wobei sie in Dunkelblau schon besser aussehen würde als in dieser – Kackfarbe«, sagte Jessy.

»Das ist keine Kackfarbe, sondern Khaki«, belehrte sie Richard, dem es etwas peinlich war, dass es sich die kleine Gutmut in den Kopf gesetzt hatte, ihn und sein Outfit aufzupolieren.

Jessy zeigte ihm auf ihrem Smartphone Uniformen, die sie für gut befunden hatte.

»Die sind von amerikanischen Cops«, stellte Richard trocken fest, aber Jessy war schon weiter. Lange hielt sie sich anscheinend nie mit einer Sache auf.

»Wie würdest du Sneakers statt deiner braunen Schnürschuhe finden?« Sie wischte eifrig über das Display, dabei schon mal zwischen Du und Sie wechselnd. »Gucken Sie mal.«

In Orange! Ganz automatisch stellte sich eins von Richards Gesichtern ein.

»Wie sieht es denn mit Freizeitklamotten bei Ihnen aus, Herr Staudinger? Was für Hosen tragen Sie? Und dann brauchen wir Shirts und eine Jacke für Sie. Haben Sie eine Jeansjacke? In einer Jeansjacke sehen Sie bestimmt bombe aus.«

Richards Gesicht verwandelte sich in ein nicht weniger verzweifelt-entsetztes. Er war Richard Staudinger, der seit der ersten Schulklasse ein Glas warme Milch und ein Fünf-Minuten-Ei frühstückte, seinen Haarschnitt nie geändert hatte, noch immer die »Micky Maus« las und allen Spöttern zum Trotz niemals auf seine geliebte Feinripp-Unterwäsche verzichten würde.

»Ich hoffe, du trägst wenigstens Boxershorts?«, fragte Jessy in genau diesem Moment. »Sorry, ich meine natürlich Sie, Herr Staudinger. Das ist viel cooler, finde ich, und angenehmer im Schritt, das hat mein Exfreund gesagt. Man hat mehr Freiheit, Sie wissen schon. Und Frauen finden Boxershorts auch voll erotisch.«

Eben hatte er noch den Geschmack eines »Schmusis« auf den Lippen gehabt, jetzt ging es ihm auch schon an die Unterwäsche. »Erotisch«, das Wort hatte Richard noch nie mit sich in Verbindung gebracht.

Als das Telefon klingelte, sprang Jessy auf.

Richard seufzte. Die Kleine hatte wirklich eine beneidenswerte Energie. Ob das an den Schmusis lag?

»Polizeiinspektion Kleinmichlgsees, Sie sprechen mit Jessica Gutmut, was kann ich für Sie tun?«

Richard fand es ausgesprochen angenehm, eine fleißige Kollegin zu haben, die ihm die lästigen Telefonate abnahm.

Jessy lauschte indes. »Ja, ja. Okay, ja, ich frage ihn.« Sie deckte die Sprechmuschel mit der Hand ab. »Herr Staudinger, wissen Sie Ihre Armlänge, und gefallen Ihnen grobe Strickbündchen? Ihre Schwester ist dran.«

Richard war geistig noch mit der Jeansjacke und den Boxershorts beschäftigt, ließ sich jedoch nicht aus der Ruhe bringen. Aber woher sollte er seine Armlänge kennen? Musste die ein wahrer Mann wissen?

»Für einen Pullover, sagt Ihre Schwester, Herr Staudinger.« Jessy machte eine Grimasse, als müsste sie gleich kotzen. In den Hörer sagte sie: »Frau Bickel? Ihr Bruder muss noch überlegen. Ach ja, das haben Sie sich schon gedacht? Aber weil ich Sie gerade dranhab, finden Sie nicht auch, dass der Richard unbedingt Boxershorts tragen sollte?«

Die Trudel war erstmalig in ihrem Leben sprachlos.

Schnerpferla

Was war nur in Kleinmichlgsees los? Normalerweise traf man immer dieselben Leute, und zwar geballt beim Metzger oder Bäcker oder im Tante-Emma-Laden. Aber in den letzten Tagen herrschte ein Trubel an Fremden, den Paula sich nicht erklären konnte. Wobei in Kleinmichlgsees ein Trubel bereits dann entstand, wenn zwei Nicht-Kleinmichlgseeser über den Dorfplatz schlenderten.

Heute waren es mindestens zehn von der Sorte, die eine Sightseeingtour durch die Gässchen des Ortes und Selfies vor dem Eingang des »Goldenen Hirschen« machten.

Paula fing den erstbesten Touristen ab. »He, kommen Sie aus Weißenburg?« Ihr Ton war etwas schroff, der Mann erstarrte.

»Nein, aus Fürth«, antwortete er schüchtern, als machte er sich auf ein heftiges Donnerwetter gefasst.

Paula tat ihr Verhalten leid. »Oh, aus Fürth, wunderbar. Schön.« Warum sollten Besucher aus Weißenburg und Fürth auch nicht nach Kleinmichlgsees kommen? Wie hatte sie den netten Fürther auch nur so anschnauzen können?

Merkwürdig war es trotzdem. Was suchte jemand freiwillig in Kleinmichlgsees? Da war doch etwas faul an der Sache! Aber bevor sie ihn nach dem Grund für seinen Besuch fragen konnte, hatte der Mann aus Nürnbergs Nachbarstadt bereits das Weite gesucht.

»Kommt Ihnen das nicht auch merkwürdig vor, Maria? Was haben die bloß alle in Kleinmichlgsees verloren?«

»Die werden wohl einen Ausflug machen.«

»Und das kommt Ihnen *nicht* merkwürdig vor? Monatelang bin ich hier die einzige Auswärtige und werde behandelt wie ein pinkfarbener Pinguin, und nun strolchen plötzlich Busladungen von fremden Menschen durch den Ort, und niemand wundert sich?« Paula blickte ihre Kollegin erstaunt an.

»Na ja, Frau Frischkes, Sie sind ja auch aus Berlin. Deshalb war das mit Ihnen etwas schwierig.«

Sie gab es auf. »Lassen Sie uns rüber nach Ingreisch gehen und der Babsi auf den Zahn fühlen.«

Paula trommelte mit den Fingernägeln gegen das Klingelschild. Das wurde ja immer mysteriöser. Während Kleinmichlgsees einen stetigen Zuwachs an Fremden verzeichnete, hatte sich andernorts anscheinend ein schwarzes Loch aufgetan, in das nach und nach die Dörfler gesogen wurden. Babsi war weder in ihrer Wohnung noch in ihrem Geschenkeladen. Ein Schild hing an der Tür: »closed«, ihr Handy war aus.

Paula und Maria klingelten bei den Wohnungen im Haus und fragten auch in den wenigen Geschäften des Ortes nach Frau Studerer. Sie erhielten immer die gleiche Antwort: Ja, natürlich habe man die Babsi gesehen, aber wann zuletzt …?

Zielstrebig ging Maria auf die Ingreischer Metzgerei zu. Helga Schnuff war stets bestens darüber informiert, wann wer wo in Ingreisch war und mit wem und warum. Sie war sozusagen das Ingreischer Pendant zum Fredl. Als die Polizistinnen den Verkaufsraum betraten, strahlte Frau Schnuff bereits erwartungsfroh.

»Wir suchen Frau Studerer«, sagte Paula, und dann trat eine äußerst seltene Situation ein.

Die Metzgerin zermarterte sich das Gehirn, konnte sich aber nicht erinnern, wann sie die Geschenkeladen-Besitzerin zum letzten Mal gesehen hatte.

»Erst ist der Lorenz verschwunden und nun auch noch die Babsi. Ich befürchte da ein ganz übles Verbrechen.« Jetzt konnte Maria endlich zeigen, was in ihr steckte. Seit die Frischkes bei ihnen war, konnte sich jeder Sonntags-»Tatort« hinter den Gewalttaten in Kleinmichlgsees verstecken.

»Oder die beiden vergnügen sich miteinander in einem Wellnesshotel und haben keine Ahnung, dass sie unter Mordverdacht stehen«, sinnierte Paula. In diesem Fall hätte sie an Babsis Stelle auch ihr Handy ausgeschaltet.

Erst als sie aufsah, bemerkte Paula die großen Augen der Metzgerin. Mist! Wie hatte sie ihr nur so delikate Informationen liefern können? »Diese schwarze Wurst, wie heißt die noch,

Frau Schnuff? Packen Sie mir doch ein Stück von der ein.« Paula musste die Metzgerin schnell ablenken.

»Sie meinen den Schnerpfl von der Speckworschd?« Sie nahm die Wurst aus der Kühltheke.

»Öh«, machte Paula.

»Geh, Helga, die Frau Kommissarin weiß doch nicht, was ein Schnerpfl ist.« Und mit Blick auf Paulas schmale Taille. »Ob die fette Speckwurst wirklich was für Sie ist, Frau Frischkes?«

Helga Schnuff stand ratlos mit dem Schnerpfl in der Hand da. Sollte sie den jetzt einpacken oder nicht?

»Was ist denn nun ein Schnäpfl? Kann mich mal jemand aufklären?«

»Schner-pf-l. Das ist das Endstück von der Wurst, halt der Zipfel.«

»Super! Dann mal her mit dem Schnäpfl, Frau Schnuff.« Schon beim Aussprechen überkamen Paula Zweifel. »Kann ich das Wort denn auch sagen, ohne in ein Fettnäpfchen zu tappen?« Wieder so ein Ausdruck mit viel Zunge und Spucke.

Maria und Helga erröteten leicht.

Aha! Die Franken. Paula hatte es doch gewusst.

»Unter Umständen könnte das tatsächlich peinlich werden«, sagte Maria. »Denn zum Ding von einem kleinen Jungen sagt man auch Schnerpferla. Und zu dem von einem Mann …« Sie verstummte.

»Wenn der nicht übermäßig gut bestückt ist, könnte ich das auch so bezeichnen?«, mutmaßte Paula.

»Könnten Sie.« Helga Schnuff tat, als wäre sie noch immer mit dem Einwickeln des Speckwurstzipfels beschäftigt.

»Keine Sorge«, versicherte Paula. »Ich glaube nicht, dass ich Schnäpfala in meinen Fränkisch-Wortschatz aufnehmen werde.«

Schmerzen

Lorenz war noch immer am Leben. Ein Fehler wie dieser hätte ihr nicht passieren dürfen. Sonst ging sie doch in allem so gewissenhaft vor.

Sie hatte ihm Schmerzen gewünscht.

Dass er langsam sterben würde.

Und sie genoss es, ihm dabei zuzuschauen.

Er würde ihr nie wieder wehtun.

Ihre Finger schmerzten. In letzter Zeit immer häufiger, wenn sie strickte. An den Fingergelenken hatten sich bereits Verdickungen gebildet. Ein Leiden, das sie von ihrer Mutter geerbt hatte. Die hatte irgendwann das Stricken ganz aufgeben müssen.

Mama und sie waren Leid gewohnt gewesen. Ihr Vater hatte sich aus dem Staub gemacht, da war sie noch ein Kind gewesen. Sie hatte ihn schrecklich vermisst, hatte viel geweint, aber sie war ihm nicht wichtig gewesen. Die Enttäuschung hatte ihr das Herz gebrochen.

Hatte sie ihr Geschick im Umgang mit Giften von ihr?

Der erste Mord war reibungslos verlaufen. Ein schöner, sauberer Tod. Und die depperten Polizisten rannten immer noch wie Hasen herum und suchten den Mörder.

Sucht schön nach mir.

Bald wird einer aus euren Reihen fehlen.

Er steht schon auf meiner Liste.

Alle Männer waren schlecht. Um keinen war es schade.

Auch beim nächsten würde es auf Anhieb klappen, das wusste sie. Sie musste nur die Dosis erhöhen und vielleicht wieder eine Substanz beimischen, die die Mediziner und die Polizei in die Irre führte. Diesen Spaß erlaubte sie sich.

Sie rieb sich die vorderen Gelenke des kleinen und des Zeigefingers. Sie waren rot und geschwollen. Die Arthrose machte ihr immer mehr zu schaffen.

Was plagte sie sich überhaupt so? Er würde den Pullover sowieso nicht lange tragen. Aber womöglich an seinem Todestag. Doch das hatte sie vorher nicht wissen können.

Vorrangig galten ihre Gedanken noch Lorenz.

Sie hoffte, dass er bald starb.

Lorenz, das Schwein.

Regenmantelpaar

»Ein Gartenzwerg ist nicht nur irgendeine Figur, die man sich in den Garten stellt, ein Gartenzwerg ist gewissermaßen eine Ideologie. Eine Lebenseinstellung, verstehst du, Jessy?«

»Wie Gras rauchen?«

»Na ja, ich glaube nicht, dass Drogen eine Lebenseinstellung sind.«

»Aber Herr Staudinger, Gras ist doch keine Droge.« Jessy hatte einen Stempel aus Richards Stempelhalter genommen und verzierte nun munter Richards papierene Schreibtischunterlage, bis ein großes blaues Herz entstanden war. Nebenbei führte sie mit dem Kollegen tiefgründige Gespräche. »Meine Oma hat auch welche, und mein Vater sagt, nur Spießer haben Gartenzwerge. Aber ich finde sie cool.«

Das war das Schöne an der kleinen Gutmut, sie war so begeisterungsfähig. Zur Belohnung weihte Richard sie in ein Dienstgeheimnis ein: »Zuerst fehlte der Zwerg mit der Laterne, dann war der mit der Schubkarre fort. Dann der mit der blauen Zipfelmütze. Eine Weile herrschte Ruhe, dann wurde der Zwerg mit der Pfeife gestohlen. Ich vermute ein System dahinter.« Richard seufzte schwer. »Auch vor unserem Haus haben die Diebe nicht haltgemacht, aber zum Glück konnte die Trudel den Hansi, das ist der Zwerg mit der Ziehharmonika, in Sicherheit bringen.«

»Echt?«

Richard war froh, dass sie sich auf die Zwerge konzentrierte und nicht mehr auf den Frauen oder auf seinen Unterhosen herumhackte. Sie hatte sogar vorgeschlagen, ihn zu stylen. Was er von einer Lederhose hielt? Natürlich kein echtes Leder, das war unvegan, aber eine coole schwarze kunstlederne mit Nieten. Himmel!

Dennoch hatte sich Richard dabei ertappt, dass er beim nächsten Toilettengang im großen Wandspiegel seine Rückseite begutachtet hatte. Diese Uniformhosen saßen wirklich entsetzlich, kein Wunder, dass da keine Frau guckte. Oder lag das an seinem Hinterteil? Jessy hatte nämlich auch gesagt, ein bisschen Work-out täte ihm nicht schaden. Meinte sie damit etwa Sport? In seinem Alter?

Richard erzählte ihr gerade einen weiteren Schwank aus seiner Zeit als junger Polizist, da zupfte ihn Jessy am Ärmel. »Herr Staudinger, schauen Sie mal zum Fenster hinaus. Sie sind wieder da, zwei Zombies.«

Unweigerlich stellten sich Richard die Härchen auf den Armen auf. Aber vor Jessy konnte er sich ja schlecht die Blöße geben und kneifen oder sagen: »Einfach ignorieren.« Letzteres wäre ihm eigentlich am liebsten gewesen.

Neugierig glotzte das Paar ins Innere der Wache. Als sich ihre Blicken trafen, winkten sie ihnen fröhlich zu. Das Verhalten dieser Menschen war Richard schleierhaft. Was wollten die nur hier? Als der Mann sein Handy hob und Richards Schreibtisch anvisierte, war das Maß voll. Richard stand auf, nahm seine Dienstmütze und schritt wie John Wayne zur Tür. »Du bleibst besser hier, Jessy, es könnte gefährlich werden.« Ein letzter Blick zurück.

Das Mädchen knabberte am Daumennagel und signalisierte Richard fast bewundernd mit einem leichten Kopfnicken: Okay!

Er trat vor die Tür, zog den Hosenbund hoch. »Was wird das hier? Hier gibt's nichts zu sehen und auch kein Freibier. Also hopp, hopp, weitergehen!«

Das war nicht zu lax, aber auch nicht so feindselig. Streit wollte er keinesfalls provozieren, jetzt, da er mit einem Kind allein auf der Wache war. Wo blieben eigentlich seine Kolleginnen? Wahrscheinlich waren die wieder shoppen bei der Babsi, während er die ganze Arbeit tat. Typisch.

Die Fremden starrten Richard an. Die Atmosphäre war angespannt. »Polizei!«, sagte er also, als wäre die Mütze auf seinem Kopf unsichtbar. »Was ist hier los?«

»Wo ist denn die Kommissarin?«, fragte die füllige Frau im blauen Regenmantel.

»Kommt später wieder«, knurrte Richard.

»Und wo geht es zum Herrgottsacker?«, fragte der Mann, der den gleichen Regenmantel anhatte wie sie. »Da müsste dringend ein Wegweiser angebracht werden. Vielleicht sollten Sie das mal

Ihrem Bürgermeister oder zumindest dem Veranstalter vorschlagen.«

Solche Klugscheißer konnte Richard leiden! Dahergeschneit kommen und ihm Vorschriften machen. »Wenn Sie vor der Polizeiwache abhängen, werden Sie wohl kaum den Herrgottsacker finden«, sagte er, stolz auf seine Schlagfertigkeit, aber auch überrascht. »Abhängen«, das war nicht sein üblicher Jargon. War das Jessys Schuld? Was so ein frischer Wind oft ausmachte.

Das Regenmantelpaar trollte sich.

»Nach links!«, rief Richard den beiden noch nach. So ungastlich, ihnen nicht die Richtung zu weisen, wollte er dann doch nicht sein.

Richard stand vor der Wache, bis die Regenmäntel verschwunden waren. Sein Blick schweifte über den Marktplatz. Alles ruhig. Dann sah er sie. Wären sie etwas schneller gewesen, wären sie sich über den Weg gelaufen, die lästigen Auswärtigen und seine Kolleginnen. Doch Maria und die Frischkes waren derart in ein lebhaftes Gespräch vertieft, dass sie vermutlich selbst den Papst oder das Nürnberger Christkind übersehen hätten.

Hoffentlich hatten sie ihnen Leberkäsweggla oder wenigstens ein paar Brezen mitgebracht. Ein Sonnenstrahl fiel Richard ins Gesicht. Herrlich. So schön es auch war, sich hinter dem Schreibtisch zu verkriechen, die frische Luft belebte ihn. Vielleicht sollte er wirklich etwas Sport machen. Er machte eine halbherzige Kniebeuge, und sofort spürte er ein Stechen unterhalb der Kniescheibe. Morgen war auch noch ein Tag.

»Gibt es was Neues?«, fragte er und registrierte sogleich: keine Bäckertüte, keine vom Metzger. Wenigstens hatte er in der Zwischenzeit Vitamine zu sich genommen. »Was spricht die Babsi?«

»Stell dir vor, die Babsi ist auch verschwunden. Und nicht einmal die Helga weiß, wann sie sie zuletzt gesehen hat«, erwiderte Maria noch immer ganz aufgedreht.

»Ihr wart beim Metzger in Ingreisch?«

»Genau. Und dort haben wir erfahren, dass Sie eine Verehrerin haben«, sagte die Frischkes mit einem nicht zu deutenden Unterton.

»Iiiich?« Kaum einen Schluck vom Schmusi getrunken und schon Erfolg? Der helle Wahnsinn.

»Die Helga sagt, im Ort erzählt man sich, dass dir *deine* Praktikantin überhaupt nicht mehr von der Seite weicht.« Auch Maria hatte diesen Gesichtsausdruck aufgesetzt, den Richard nicht verstand.

Prompt wurde er verlegen. »So ein Schmarrn, woher will die Klatschbase das denn wissen?«

»So ein Gerücht verbreitet sich blitzschnell. Reifer Mann und junges Mädchen: ein super Stoff für ein Gespräch über dem Ladentisch.«

»Ihr habt doch einen Vogel. Die Jessy könnte meine Tochter sein.« Und überhaupt: reifer Mann! Richard hielt seinen Kolleginnen die Tür auf. Er wusste nicht, ob ihn dieses dämliche Gerede ärgern oder ihm schmeicheln sollte.

Jessy saß an Richards Schreibtisch und notierte in Druckbuchstaben eine Aktennotiz.

»Hat jemand angerufen?«, fragte Paula.

Jessy las ihre Notiz vor. »Eine Frau Ulla Kutzberger. Ich soll euch ausrichten, dass sie für ein paar Tage bei einer Freundin in Nürnberg untergekommen ist, weil sie zu Hause alles an ihren toten Mann erinnert. Ich habe mir ihre Handynummer notiert. Stand auf dem Display.«

»Sehr gut«, sagte Richard. »Die Ulla haben wir schon gesucht.«

»Die Adresse von Frau Kutzbergers Freundin hast du dir aber nicht auch noch gleich notiert, oder?« Paula schob mit der Schuhspitze einen ihrer Pumps vom Fuß. Dass neue Schuhe immer so unbequem sein mussten.

»Nö, die Adresse hab ich nicht«, sagte Jessy. »Aber ich hab zu Frau Kutzberger gesagt, wenn sie nicht will, dass sie polizeilich gesucht und verhaftet wird, soll sie sich schleunigst bei uns auf der Wache blicken lassen.«

Richard bemerkte, wie ein gewisser Stolz in ihm aufwallte. Wie schnell Jessy doch von ihm gelernt hatte. Wenn auch ihre Wortwahl einer Zeugin und Witwe gegenüber noch einer gewissen Verbesserung bedurfte.

Traum

Was für ein merkwürdiger Traum. Ein paar Bildfetzen flackerten noch einmal auf. War es wirklich ein Traum? Er versuchte, die Augen zu öffnen. Wie Blei. Durch die Wimpern konnte er Nebel sehen, der allmählich aufriss. Wo war er? Er kannte diesen Ort nicht. Wie durch Watte hörte er ein Piepsen. Wo …? Sein Kopf. Er ließ sich nicht heben. Genauso wenig wie die Arme. Auch die Beine waren wie festgewachsen. Er war so müde. Aber diese Angst. Woher kam die Angst? Warum half ihm keiner? Würde er sterben? War er schon tot?

Helft mir doch!

Er *war* nicht allein.

Da war eine Bewegung gewesen.

Er versuchte zu sprechen. Was war mit seinem Mund?

War er gelähmt? Was war mit ihm?

»Lorenz?«, fragte eine Stimme. »Lorenz?« Immer wieder.

Dann glitt er zurück in ein Nichts, das er krampfhaft verlassen wollte, doch das ihn gefangen hielt und ihm allmählich das Leben nahm.

Weißwurstfrühstück

Die Tür wurde aufgestoßen, als käme Knecht Ruprecht zu Besuch auf die Wache. Richard, eben noch mit geschwellter Brust, sackte in sich zusammen und machte ein Gesicht. Es *war* Knecht Ruprecht!

»Guten Tag, die Herrschaften.«

»Onkel Dietrich!« Jessy sprang auf und segelte dem wie immer wie aus dem Ei gepellten Hauptkommissar an den Hals.

Gutmut verlor kurz die Balance.

»Hattest du Sehnsucht nach uns?«, zwitscherte Jessy und gab Kommissar Stefan Angst, der hinter Gutmut in die Amtsstube bummelte, artig die Hand.

Stefan ging reihum, begrüßte die Kleinmichlgseeser Kollegen und Maria ein klein bisschen intensiver.

Paula wartete vergeblich darauf, dass Andreas ihm folgte. Schade!

»›Uns‹ ist vielleicht etwas zu viel gesagt«, knurrte Gutmut, lächelte aber dabei.

Wobei sich Paula sicher war, dass er es absolut ernst meinte. Sehnsucht nach Kleinmichlgsees? Nach diesen – in seinen Augen – Landeiern? Eher schon würde er sich nach einem Blinddarmdurchbruch sehnen. Immerhin ließ er es sich gefallen, dass ihm seine Nichte munter plappernd die Wache zeigte, als würden sie einen Rundgang durch den Zoo machen.

Dann wurde Gutmut Jessys Aufmachung gewahr. »Musst du denn unbedingt in diesen Karnevalsklamotten herumlaufen, Jessica? Immerhin repräsentierst du jetzt die Bayerische Polizei.«

Seine Nichte trug schwarze Destroyed Jeans, die an den Knien und Oberschenkeln so zerrissen waren, dass es erstaunlich war, dass sie ihr nicht vom Körper fielen. Auf ihrem Longtop war eine große glitzernde Katze mit rosa Zunge abgebildet, und gegen ihre High Heels waren Paulas Pumps gemütliche Straßentreter.

»Ich sehe doch stark aus«, sagte Jessy, der die Kritik entweder entgangen oder schnurzpiepegal war.

Gutmut ließ sich nicht weiter über den modischen Geschmack seiner Nichte aus, sondern ging direkt zu Paula über. »Dann legen Sie mal los, werte Kollegin. Wer hat Wolfgang Kutzberger vergiftet? Wie weit sind Sie mit Ihren Ermittlungen? Oder gibt es mittlerweile Beweise für einen Selbstmord oder Unfall?«

Wie zufällig hatten sich Maria und Stefan mittlerweile nebeneinandergestellt.

»Durch die Tatsache, dass Kutzberger an dem Gift des Eisenhutes verstorben ist, gehen wir natürlich von Mord aus«, begann Paula. »Wir haben Befragungen in seinem näheren Umfeld durchgeführt und waren auch an seinem Arbeitsplatz, aber niemand kann sich vorstellen, wer Herrn Kutzberger umgebracht haben sollte. Er war allgemein sehr beliebt. Und die Personen, die uns bei unseren Ermittlungen wahrscheinlich wirklich weiterhelfen könnten, sind derzeit nicht vernehmbar. Dabei handelt es sich um die Ehefrau des Toten und um Lorenz Angerer, einen Bekannten von Kutzberger. Des Weiteren um Babsi Studerer, die vermutlich sowohl mit Kutzberger als auch mit Angerer ein Verhältnis hatte.« Eigentlich hatte sie gar nicht mit der Sprache rausrücken wollen, denn was sie zu bieten hatte, war mehr als mager, um nicht zu sagen: Sie hatte gar nichts.

»Dem muss ich nicht folgen können, oder?« Gutmuts Stimme nahm schon wieder diese bedrohliche Färbung an. »Und wieso sind die genannten Personen nicht vernehmbar? Sind sie tot?«

»Verschwunden«, gestand Paula. »Wir wissen nicht, wo sie sich aufhalten.«

»Aber die Frau Kutzberger kommt demnächst vorbei«, mischte sich Jessy kurz, aber heftig ein, um sofort wieder über ihrem Handy zusammenzusinken.

Wie bestellt ging erneut die Tür der Wache auf. So war es permanent. Entweder ging es zu wie auf dem Rummel, oder die Spinnen konnten entspannt ihre Netze weben, weil so wenig los war.

»Weißwurstfrühstück!«, trällerte Trudel fröhlich und stapfte wie Rotkäppchen mit einem Korb herein, der gefüllt mit Leckereien war.

Gutmut alias der böse Wolf fletschte bereits die Zähne.

Richard rutschte das Herz in die Hosentasche. Er hatte seine Schwester doch eindringlich darum gebeten, nicht mehr in die Wache zu kommen – und schon gar nicht mit Futter! Doch Trudel besaß dummerweise ein untrügliches Talent dafür, in Zeugenvernehmungen und Lagebesprechungen zu platzen. In letzter Zeit hatte sie sich sogar an seine Bitte gehalten, was Richard im Grunde seines Herzens bedauerte, wo er doch so gern aß. Aber ausgerechnet heute, wo Gutmut da war, dem Trudel und ihre Verköstigung genauso ein Dorn im Auge waren wie der Frischkes, kam sie mit ihren Weißwürsten daher. Das würde wieder Stunk geben!

In ihrem Elan erkannte Trudel die Gefahr erst, als die Metzgertüte mit den Weißwürsten, eine Tüte mit duftenden Brezen und drei Flaschen Weißbier bereits auf dem Besuchertresen standen.

Dann geschah es: Gutmut und sie funkelten sich an.

»Was soll das werden?« Der Hauptkommissar hatte sich wieder Richard zugewandt. »Verwechselt Ihre Schwester die Polizeistation mal wieder mit einem Stehimbiss?«

Richard traf der Vorwurf ins Mark. Er tat wirklich alles, um ein vorbildlicher Polizeibeamter zu sein. Und was machte die Trudel? Torpedierte seine Karriere mit Weißwürsten, die sie auffuhr!

Dabei hatte sie doch angeblich keine Zeit …

Jessy stand neugierig auf. Beäugte Trudel, guckte dann in die Metzgertüte und rief natürlich prompt: »Iiih!«

»Was ist denn daran iiih? Das sind die feinsten Weißwürste zwischen Flensburg und Garmisch«, begehrte Trudel auf.

»Die Jessy isst kein Fleisch, sondern nur vegan«, verteidigte Richard die junge Kollegin. »Das hab ich dir doch schon erzählt, Trudel.«

Trudel überlegte, wie sie sich verhalten sollte. Erst mal die Krallen ausfahren oder auf Schmusekurs gehen? Sie musterte das Mädchen in den zerlumpten Klamotten, und dessen armseliger Aufzug versetzte ihr einen Stich ins Herz. Typisch Gutmut! Ließ das arme Kind so zur Arbeit gehen. Männer! Trudel streckte die Hand aus. »Freut mich, Frollein Gutmut, ich bin die Trudel

Bickel. Richards Schwester. Wir haben schon miteinander telefoniert.«

»Hallo«, sagte Jessy und ließ sich das Händchen drücken.

»Nun aber genug mit dem Gewäsch, Frau Bickel. Packen Sie mal flugs Ihr Körbchen und Ihre Würste wieder zusammen und ziehen Sie weiter!« Gutmut verspürte schon wieder einen leichten Druck in der Magengegend. Aber vielleicht auch nur, weil die Brezen so herrlich dufteten und sein Organ in den Essensaufnahme-Modus umgeschaltet hatte?

Als er ein schreckliches Quietschen vernahm, drehte er sich um und sah, wie die nächste Frau die Wache betrat. Wer war das? Die Pizza-Lieferantin? Aber nein, die Person kannte er doch. Ach ja, die Witwe. Was war denn mit der passiert?

Trudel, die schmollend ihre Habseligkeiten wieder einpackte, hielt inne. Jetzt wurde es spannend. Sie würde sich klein wie eine Kirchenmaus machen, um ja nichts zu verpassen.

»Ulla!«, rief Richard. »Da bist du ja endlich! Menschenskind, wir haben dich schon gesucht.« Und zog seinen Stenoblock aus der Schreibtischschublade. »Was hast du denn da im Gesicht?«

Oh, Herr Staudinger! Paula verkniff sich ein Grinsen. Ihr Kollege besaß ein Feingefühl wie ein Presslufthammer. Auch Paula hatte Ulla Kutzberger als einfache, ungeschminkte Frau kennengelernt, aber heute hatte sie sich aufgebrezelt. Sie trug ein indigoblaues Kostüm und elegante Slingpumps, ein Outfit, das Figur und Beine zeigte. Das mittlerweile braun gefärbte Haar umrahmte weich gelockt ihr Gesicht, und sie trug Make-up. Eine ungewöhnliche Art, zu trauern.

»Nehmen Sie doch bitte Platz, Frau Kutzberger.« Paula war über diesen rasant schnellen Typwechsel verblüfft. »Schick sehen Sie aus.«

Richard schob ihr freiwillig seinen Bürostuhl hin, Gutmut lehnte an der Wand, gespannt, was sie erzählen würde.

»Entschuldigung, ich hob ja ned gwissd, dass ihr mich sucht.« Ulla Kutzberger hob entschuldigend die Schultern. »Erst von eurer Praktikantin hob ich des erfahrn. Ich hob des allanz ned ausgehalten im Haus ohne Wolferl. Da bin ich zu meiner Freundin nach Nürnberg gfahren, um auf andere Gedanken zu kommen.«

Und um dich hübsch zu machen, dachte Paula und schalt sich sofort für den Gedanken. Aber gramgebeugt sah Frau Kutzberger wirklich nicht aus.

»Ich hob der Lilo, meiner Freundin, beim Einkochen gholfen. Zwetschger, pfundweis Zwetschger. Mir worn so im Gschuus, do hob ich die Zeit drüber vergessen.«

Na ja, die Zeit vergessen ... Die Ulla Kutzberger war, soweit Paula das nachvollziehen konnte, über einen Tag wie vom Erdboden verschluckt gewesen. Und wo zum Kuckuck lag dieses Geschus? »Ich dachte, Sie waren in Nürnberg bei Ihrer Freundin und nicht in Geschus?«, fragte Paula und hätte es wissen müssen. Schallendes Gelächter brach über sie herein, sogar der Gutmut hielt sich den Bauch.

»Gschuus ist doch kein Ort, Frau Frischkes! Das ist fränkisch und heißt ›in Eile, in Hetze, sehr beschäftigt sein‹.« Maria rieb sich Tränen aus den Augenwinkeln.

Als sich alle beruhigt hatten, nahm Paula den Faden wieder auf. »Wir wissen unterdessen, dass Ihr Mann an dem Gift des Blauen Eisenhuts, also einer hochgiftigen Pflanze, gestorben ist. In seinem Magen fanden sich Reste von Speisepilzen sowie des Fliegenpilzes und eben auch des Eisenhutes. Ihr Mann hat sich die Giftpflanze wohl kaum selbst in sein Pilzgericht gemischt, es sei denn, er wollte seinem Leben ein Ende setzen.« Paula wartete auf eine Reaktion der Witwe, die erstarrt war. »Könnte Ihr Mann solche Absichten gehabt haben, Frau Kutzberger? War er depressiv?«

»Hat er in letzter Zeit sein Testament gemacht, einen Abschiedsbrief geschrieben?« Nun also auch der Staudinger.

»Aber naa, der Wolferl doch ned!«

»Wenn es kein Versehen war, Frau Kutzberger«, sagte Gutmut, »und er sich nicht das Leben genommen hat, dann bleibt nur noch Mord. Kennen Sie jemanden, der ihm nach dem Leben trachtete? Sie müssen wissen, Frau Kutzberger, dass bei einem solchen Tötungsdelikt die Familienangehörigen und besonders die Ehepartner immer ganz oben auf der Liste der Verdächtigen stehen. Ihr Mann hatte eine Geliebte, wenn das kein Motiv ist!«

Ulla Kutzbergers Augen zuckten nervös hin und her. »Hackt

ihr scho widder auf mir herum? Ich hob doch mein Wolferl ned umbracht!«

»Wirklich nicht? Wann haben Sie denn herausgefunden, dass Ihr Mann eine Geliebte hatte?«, fragte Gutmut listig.

»Genau, die Babsi!«, platzte Richard heraus.

»A Geliebte? Die Babsi?« Ulla Kutzbergers Stimme war schrill. »Doch ned der Wolferl. Und doch ned mit der Babsi! Die vom Gschenklädla?« Hilfesuchend wandte sie sich an Maria, die sie bisher nicht ganz so hart wie die anderen angegangen war.

»Ja-ha, die Babsi«, erwiderte die Maria.

»So a Miststück! Wenn ich die in die Finger kräich, der dreh ich den Hals um!« Der Gefühlsausbruch wirkte sich nicht sehr günstig auf die Kutzbergerin aus.

Gutmut zog sich die Ärmel seines Jacketts glatt. »Frau Frischkes, tun Sie Ihre Pflicht. Kommissar Angst, Sie nehmen Frau Kutzberger dann gleich mit rein nach Nürnberg. Die Frau steht unter dringendem Mordverdacht.«

Paula glaubte, sich verhört zu haben. Sie sollte die Witwe verhaften? Sie ging zu Gutmut und sagte leise: »Aber wir haben doch noch andere Verdächtige. Den Lorenz Angerer und die Babsi Studerer selbst. Sollten wir die nicht zuerst vernehmen?«

»Das hätten Sie längst tun können, aber so wichtig scheinen Ihnen die Personen ja nicht zu sein, oder? Allerdings haben wir mit Frau Kutzberger eine fast geständige Hauptverdächtige. Den Rest übernehmen wir, die wird schon noch auspacken.« Vielsagend zog er eine Augenbraue hoch. »Die lustige Witwe geht zum Zwetschgen-Einkochen zur Freundin und brezelt sich auf, obwohl ihr Mann noch nicht einmal kalt, geschweige denn unter der Erde ist. Ich bitte Sie, Frau Frischkes … Verhaften!«

»Aber der Wolferl hat doch Streit mitm Lorenz ghabt! Den müsst ihr verhaften!«, rief Ulla Kutzberger, sich der Schlinge um ihren Hals nur zu gut bewusst.

Den Gutmut kratzten ihre Worte kein Stück. »Sehen Sie, Kollegin, kaum bin ich da, ist Ihr Mordfall geklärt.« Er gab Stefan ein Zeichen, dann führten sie Ulla Kutzberger, die immer wieder ängstlich nach Maria schaute, die ihr aber auch nicht mehr helfen konnte, aus der Wache.

Paula schlüpfte in ihre Pumps zurück, folgte ihnen nach draußen und versuchte, Gutmut noch in letzter Minute umzustimmen. Was würde das für ein Gerede geben? Ulla Kutzberger wegen Mordes an ihrem Mann verhaftet! Aber vielleicht konnten sie es vor den Dörflern einstweilen so hinstellen, als wäre sie nur zu einer Vernehmung nach Nürnberg gebracht worden.

»Das glaubt mir kein Mensch«, sagte Trudel und löste sich aus der Ecke, in die sie sich in den letzten zwanzig Minuten regungslos gedrückt hatte.

Nicht nur Richard erschrak schier zu Tode. »Trudel! Der Gutmut hat doch gesagt, du sollst verschwinden!«

»Siehst du hier etwa noch einen Gutmut? Ich nicht.« Was für ein Tag! Sie klatschte in die Hände. »Und jetzt Beeilung, bevor die Weißwürste stinkig werden.« Mit roten Bäckchen krempelte Trudel die Ärmel hoch.

»Iiih!«, machte Jessy.

»Sie können ja eine Breze essen, wenn Sie keine Würste mögen, Frollein Gutmut.« Vegan! Trudel schüttelte den Kopf. Bei aller Liebe, sie hatte keinerlei Verständnis für diesen neuen Trend. »Nur weil es jetzt in ist, kein Fleisch zu essen, müsst ihr jungen Leute euch doch nicht zu Skeletten runterhungern. Das ist doch Käse.«

»Veganer essen auch keinen Käse, Frau Bickel, und Sie dürfen gern Du zu mir sagen. Ich bin die Jessy. Haben Sie vielleicht etwas Spinat und Rote Bete dabei?« Sie guckte so treuherzig, dass ihr selbst die Trudel schlichtweg alles verzieh.

»Leider nicht, wozu brauchst du das denn?«

Richard ging zu dem Smoothie-Maker und streichelte ihn sanft. »Die Jessy macht uns ab sofort immer Schmusis. Die sind total lecker und supergesund.«

Trudel, die nebenbei von einer Breze abgebissen hatte, verschluckte sich fast. Hustete. Smoothie? Lecker? Supergesund? War das ihr Bruder, der zu ihr sprach? »Du willst doch nicht etwa behaupten, dass *dir* ein Gemüsesaft lieber ist als ein Paar Weißwürst oder ein Schäuferla? Wer rümpft denn immer die Nase, wenn ich meinen Rüben-Kartoffel-Kohlrabi-Auflauf mache? Du! Wer fragt, warum da nicht wenigstens a bisserla a

Speck drin ist? Du!« Sie wandte sich an Jessy. »Es ist nämlich so, Frollein Jessica, das vegetarische und vegane Essen, das gibt's bei mir in der Küche schon so lang, da waren Sie noch gar nicht auf der Welt, als ich damit begonnen hab.«

»Echt? Aber Sie können wirklich Du zu mir sagen.« Jessys Augen leuchteten.

Und Trudels strahlten zurück. Jetzt hatte sie eine kleine Verbündete, mit deren Hilfe sie ihrem störrischen Bruder endlich ab und zu ein paar Vitamine unterjubeln konnte. Der fleischfressenden Pflanze!

Während der erquicklichen Plauderei hatte Trudel Wasser aufgesetzt und Richards Schreibtisch mit Tischsets, einem Tellerstapel, in Servietten gewickeltem Besteck, Bierkrügen, -flaschen, Senffässchen und einem Glas mit hölzernen Zahnstochern bestückt. Sie reichte Jessy die Tüte mit den Brezen. »Der Hauptkommissar ist also dein Onkel?« Trudel versuchte, eine Miene zu vermeiden, die nach »Biss in Zitrone« aussah.

»Ja, und er meint, ich soll zur Polizei.«

Paula kehrte wieder in die Wache zurück. »Keine Chance, der Gutmut hat sich auf Ulla Kutzberger eingeschossen. Solange wir keine hieb- und stichfesten Beweise für ihre Unschuld liefern können, sieht es schlecht aus für sie.« Ihre Pumps flogen in die Ecke. Höllisch, wie die Teile drückten!

Trudel legte gerade die Weißwürste zum Ziehen ins Wasser. »Soll ich dir ein Bier einschenken, Richard?«

»Ich trinke kein Bier während der Arbeit! Das weißt du doch, kein Alkohol im Dienst.«

Ungeachtet dessen öffnete die Trudel eine Flasche, goss ein, wartete, bis sich der Schaum gesetzt hatte, und nahm selbst einen großen Schluck. »Ah!«, machte sie. »Und dabei noch vegan!«

Jessy bestrich ihre Breze mit Senf und reichte das Fässchen an Paula weiter, der die pummeligen Würste mittlerweile gar nicht mal so schlecht schmeckten, wenn sie sie ordentlich in süßem Senf ertränkte und mit einem Bier hinunterspülte. Trotzdem würde sie heute darauf verzichten, sie hatte ihren Ruf als Spaßbremse zu verteidigen. Sie stellte das Senffässchen ab. »Wir müssen noch einmal im Ort und in Ingreisch suchen. Und wenn wir jedes Haus auf den Kopf stellen, wir müssen Lorenz Angerer und Babsi Studerer finden und sie vernehmen.«

Das Telefon klingelte, und Jessy sprang auf. »Ich geh hin, ich geh hin!«

Vor der Arbeit drückt sich die kleine Gutmut jedenfalls nicht, dachte Paula. Oder hatte ihr Onkel sie auf sie angesetzt? War sie ein Spitzel?

Jessy hatte sich Richards Stenoblock geschnappt und malte Köpfe mit großen Ohren darauf. »Ein Mann war dran«, erstattete sie nach dem Telefonat Bericht. »Er hat gefragt, ob es gestattet ist, ein Schaf in einer Wohnung zu halten. Ein kleines Schaf, eigentlich wohl eher ein Lamm. Dann hat er aufgelegt und keinen Namen und keine Adresse hinterlassen. Die Rufnummer wurde unterdrückt.«

»Ein Schaf?« Richard angelte sich die dritte Wurst aus dem Topf. »Dem Geidinger sein Hund ist auch so groß wie ein Schaf, und kein Hahn kräht danach.«

»Aber ein Haustier ist ein Schaf auch nicht gerade«, beschied Maria. Sie hätte zu gern gewusst, wer sich in Kleinmichlgsees ein Lämmchen hielt oder halten wollte.

»Vielleicht soll es mal ein Sonntagsbraten werden«, sagte Paula.

»Iiih!«, machte Jessy mal wieder. »Wir müssen es retten! Frau Frischkes, wir müssen es retten!«

Zuerst wollte Paula mit einer passenden Antwort parieren. Die Polizei sei doch nicht der Tierschutzverein, aber dann hatte sie Mitleid mit dem Mädchen. »Wir können uns ja umsehen und -hören, wenn wir nach dem Lorenz Angerer und der Babsi Studerer fragen.«

Entschuldigung, wir suchen Herrn Angerer und Frau Studerer. Haben Sie vielleicht eine Ahnung, wo die sich aufhalten? Ach ja, außerdem fahnden wir nach einem Schaf.

Sie konnte es sich schon in den schönsten Farben ausmalen.

Todesliste

Männer.

Welch eine Enttäuschung.

Sie ließ sich längst nicht mehr von einer schönen Fassade blenden. Hinter der verbarg sich sowieso meistens ein hässliches Gesicht. Im Innersten waren die Männer schlecht. Wie Äpfel, die von Schädlingen zerfressen werden, die die Frucht von innen faulen lassen.

Sie waren den Kummer nicht wert.

Lorenz lebte immer noch. Sie hatte ihn gesehen. Aber es war nur noch eine Frage der Zeit und würde sich von selbst erledigen.

Sie musste sich um einen anderen Kerl kümmern, solange ihr noch niemand auf die Spur gekommen war. Noch immer hatte die Polizei keine Ahnung. Hatte sogar die Falsche verhaftet. Die Beamten waren völlig ahnungslos.

Wenn die wüssten, wer als Nächster auf ihrer Liste stand.

Einer, der sich an junge Mädchen heranmachte. So einer musste weg. Pfui Teufel, es war einfach nur widerlich.

Dabei konnte er sich so ein Verhalten in seiner Position eigentlich nicht erlauben. Ein Polizist, unerhört! Und tat dabei so, als sei er ein korrekter Mensch, der Gockel. Bevor er zu weit ging, musste sie einschreiten.

So ein Schwein!

Darum wirst du auch geschlachtet – wie ein Schwein.

Schnittwunde

»Die Babsi kenne ich schon so lang, wie ich alt bin«, sagte Maria. »Die bringt keinen Menschen um. Und schon gleich gar nicht vorsätzlich und so heimtückisch mit Gift.« Maria schüttelte nachdrücklich den Kopf. »Die ist eine ehrliche Haut.«

Die Kommissarin und Maria genossen den Spaziergang rüber nach Ingreisch. Raus aus der Wache und an die gute Landluft, von der Paula noch immer behauptete, dass sie so grässlich stank, dass einem das Frühstück hochkam.

Gute Landluft – alles bloß Gequatsche!

»Genauso wenig kann ich mir vorstellen, dass sie mit beiden Männern ein Verhältnis hatte. Noch dazu mit einem verheirateten«, fuhr Maria fort. »Die Babsi näht ihre Vorhänge selbst, backt Apfelkuchen und bastelt mit Hingabe Sterne für den Weihnachtsbasar. So jemand hat doch kein ausschweifendes Sexleben, oder?«

Paula zuckte kurz mit den Schultern.

Warum denn nicht?

»Nein, nein, dafür ist sie einfach nicht der –« Maria verstummte.

Vor ihnen stand die Babsi in voller Größe, wohlbehalten und mopsfidel.

»Babsi! Gott sei Dank, du lebst!«

Babsi blickte an sich hinunter, als wäre sie selbst darüber überrascht. Sie trug ein violettes Kostüm und die farblich dazu passenden Pumps. »Warum soll ich denn ned leben?«

»Weil wir dich suchen wie die Stecknadel im Heuhaufen. Wo warst du denn? Der Wolferl ist tot und der Lorenz verschwunden. Beide sollen angeblich deine Lover sein, und dann tauchst du auch noch unter! Weißt du denn nicht, wie das für uns, die Polizei, ausschaut? Die Ulla ist schon verhaftet worden.« Maria hatte sich die Fäuste in die Seiten gestemmt und holte nach dem Redeschwall erst einmal Luft.

Die Babsi war baff und schwieg.

»Wissen Sie, wo sich Herr Angerer aufhält?«, fragte Paula. »Wir suchen auch ihn dringend.«

Babsi blickte von Maria zu Paula, wieder zu Maria und dann zurück zu Paula. »Der is im Krankenhaus.«

»Ich habe im Nord- und im Südklinikum angerufen«, sagte Paula. »Ein Herr Angerer war nicht als Neupatient registriert.«

»Na ja, bis ich mit dem kranken Lorenz nei nach Nürnberg in die Notaufnahme vom Südklinikum gekommen bin, des hat schon a bisserla gedauert. Ich hab die schriftliche Aufnahme für ihn erledigt, musste aber in einer lange Schlange von Neuaufnahmen warten. Als Sie angerufen haben, war der Lorenz vielleicht noch nicht erfasst.«

»Was fehlt denn Herrn Angerer?«

»Ach, Frau Kommissarin …« Babsi drückte sich die Hand gegen die Brust, dann deutete sie zu ihrem Laden. »Wollen mir ned nei in mei Geschäft, und ich koch uns an Kaffee?«

Sie standen mitten in Ingreisch an der Hauptstraße, und die ersten neugierigen Nasen zeigten sich bereits in den Fenstern.

Also sperrte Babsi ihr Geschenkelädchen auf. Drinnen empfing sie ein Potpourri aus Farben und Düften. Es gab bunte Halstücher und Mützen, Glückwunschkarten, kleine goldene Buddhas, Duftöle und -kerzen, bedruckte Kaffeepötte, Kuscheltiere und sonstigen Krimskrams zu kaufen.

»Nachdem ich vom Wolferl sein Tod gehört hab, wollt ich mit dem Lorenz sprechen. Sie waren ja beste Freunde. Aber ich war keine fünf Minuten beim Lorenz, der sich grad was zu essen machen wollte, da schneidet er sich mit dem Küchenmesser so arg in den Finger, dass in Windeseile alles voll Blut war. Und dann is ihm auf einmal schlecht geworden, und ich hob mir gedacht, dass ich ihn am besten gleich zum Dr. Wendler bring. Wo ich sowieso mit dem Auto da war. Ich hab ihm mit einem Tuch einen Druckverband gemacht, und ab ging's.«

»Warum hast du keinen Krankenwagen gerufen?«

»Wegen dem bisserla Finger?«

»Außerdem hast du die Tür offen stehen lassen«, stellte Maria fest, doch Babsi war im Herz-ausschütten-Modus.

»Aber der Dr. Wendler war ned da, und plötzlich is es dem

Lorenz immer schlechter gegangen. Sogar phantasiert hot er. Des war doch komisch – bloß wecher dem bisserla Finger. Und weil wir eh schon in meinem Auto waren und ich sowieso nach Nürnberg zum Shoppen gwollt hob, bin ich mit ihm halt ins Südklinikum gefahren. Als wir ankamen, war er schon gar nicht mehr richtig ansprechbar.« Babsi ließ das Schild »closed« an der Eingangstür hängen und bat die Beamtinnen, Platz zu nehmen.

Paula und Maria setzten sich an einen kleinen runden Tisch, der in einer Ecke des Ladens stand und auf dem Prospekte für gebatikte Blusen und Röcke verteilt lagen. In einem Regal stand ein Kaffeeautomat, mit dem Babsi Cappuccino zubereitete. Schnell vermischte sich der feine Patschuli-Duft, der im Laden hing, mit dem von frischem Kaffee.

»Aber warum hatten Sie Ihr Handy ausgeschaltet, Frau Studerer?«, fragte Paula.

»Weil ich mein Smartphone versehentlich geschrottet hab. Es is mir runtergefallen – und tot. Deswegen war ich ja auch in Nürnberg, ein Bekannter arbeitet dort in einem Handyshop, der soll des reparieren. Und dann bin ich natürlich noch mit einer Freundin zum Shoppen, was a Frau halt so macht.« Sie streckte ihren Busen hervor, als wollte sie ihr violettes Kostüm vorführen, was sie vermutlich ershoppt hatte. »Wenn mein Laden amol zu is, is des auch ned so schlimm. Wenn einer aus Ingreisch was wirklich dringend braucht, mach ich eben außerhalb der Öffnungszeiten auf.«

Maria runzelte kritisch die Stirn. »Du hast in Nürnberg aber nicht noch einen Geliebten, oder?«

Babsi war wieder sprachlos. »Ich? Ich hob gor nix. Ich bin solo.«

»Na ja, solo … Was war denn mit dem Wolferl?«, fragte Maria. »Und was ist das mit dem Lorenz? Wie geht es dem überhaupt?«

Babsi winkte mit beiden Händen ab. »Des mit dem Wolferl war nur ein Flirt, a Späßla! Was hätt ich denn mit dem wollen? Der is doch verheiratet. Aber ich bin halt auch bloß a Frau, und wenn in dem öden Kaff sonst nix läuft, dann machtmer halt mit. Aber fei bloß flirten, nix weiter, gell!« Babsi nippte an ihrem Kaffee. »Und der Lorenz … Ach Goddla, mit dem wor a nix Ernstes. Er is halt so gor ka Draufgänger und gor nix. Wissen S', Frau Kommissarin, ich steh ned auf Softies, ich brauch an gscheiten Moo!«

Paula und Maria wechselten Blicke. Konnten sie das glauben?

»Dann ging der Streit zwischen dem Lorenz und dem Wolferl gar nicht um Sie?«, fragte Paula.

»Ich weiß von keinem Streit ned«, tat die Babsi die Frage ab.

»Und wie geht es dem Lorenz jetzt?«, erkundigte sich Maria.

»Woher soll ich des wissen?«

»Du hast ihn einfach ins Krankenhaus gekarrt, bist shoppen gegangen und hast dich dann nicht mehr nach ihm erkundigt?« Maria löffelte den Milchschaum aus ihrer Tasse, ohne die Zeugin aus den Augen zu lassen.

Nun schaute Babsi doch etwas betreten. Dass sie doch aber nichts von ihm wollte, war anscheinend kein guter Grund. »Aber wieso fragt ihr, ist der noch nicht wieder daheim?«

»Meinst du, wir würden das alles sonst von dir wissen wollen?« Maria war etwas angesäuert, weil die Babsi gar so harmlos tat. »Der Wolferl ist übrigens vergiftet worden. Du kennst dich nicht zufällig mit Giftpflanzen aus?«, fuhr sie sie an.

»Gift? Ich? – Mag wer einen Schnaps?«, fragte sie und huschte damit in die kleine Küche nebenan.

Maria stand auf, zog ein mangogelbes Halstuch vom Drehständer, band es sich um und wartete auf einen Kommentar von der Kommissarin. *Soll ich?*

»Die Farbe steht Ihnen super!«

Maria nahm ein türkisblaues und reichte es Paula. »Vielleicht kriegen wir ja Mengenrabatt«, sagte sie und betrachtete ihr Hinterteil in dem großen Wandspiegel.

»Der ist übrigens auch okay«, sagte Paula grinsend.

Babsi kehrte mit einer Flasche zurück. »Der Wodka ist alle. Will jemand einen Baileys?« Sie hob die Flasche hoch.

Die Polizistinnen schüttelten den Kopf. »Aber wir nehmen die Halstücher«, sagte Maria. »Was willst du dafür?«

»Zwölf Euro für eins, die sind im Sonderangebot. Und zusammen zwanzig, weil ihr es seid.« Babsi goss sich von dem sahnigen Likör eine nicht gerade geizige Menge in ein Wasserglas und nippte genüsslich.

Maria überlegte noch, ob sie sich das Tuch gönnen wollte, weil man als Polizeimeisterin ja nun auch nicht gerade die Welt verdiente, da kramte Paula bereits nach dem Geld in ihrer Handtasche.

»Waren Sie es, die die Familie Kutzberger mit Telefonanrufen terrorisiert hat?«, fragte sie.

»Ich? Terrorisiert? Die Kutzbergers?«

»Ja-ha«, machte Maria, und beide Beamtinnen drehten sich um. »Du.«

»Warum sollte ich die anrufen?«

»Weil da ein Gerücht im Umlauf ist, Sie hätten ein Verhältnis mit Wolfgang Kutzberger gehabt«, erklärte Paula, »bis der Lorenz Angerer Sie ihm ausgespannt hat. Und weil eine unbekannte Person die Kutzbergers bis vor Kurzem mit Telefonanrufen belästigt hat. Immer wenn die Witwe ans Telefon ging, wurde aufgelegt.«

Nun musste Babsi doch heftig nach Luft schnappen. »Aber des bin doch ned ich gwesen! Ganz im Gegenteil. Denkt ihr, von der Lästerei über mich hob ich nix ghört? Aber ich hob des ignoriert. Schon aus dem Grund hätte ich den Wolferl oder die Ulla nie angerufen. Weil, wie scho gsachd, es war doch bloß a Flirt. Wobei … Angeblich hat der Wolferl wirklich eine Affäre gehabt. Aber mit wem? Froachd mich ned.«

Maria stöhnte auf. »Weißt du, Babsi, allmählich nervt das wirklich. Was dem Wolferl und dir alles angedichtet wird. Bin ich froh, dass wir Kleinmichlgseeser nicht so sind.«

Die Babsi zog eine Schnute. »Aber Maria, ich bitt dich! Wo sitzt denn die Zentrale der Gerüchteverbreitung? Beim Fredl in Kleinmichlgsees. Gegen euch Tratschtanten sind wir Ingreischer doch Waisenkinder.«

Da waren sie wieder, die Sticheleien unter den Dörflern. Paula musste einschreiten, bevor die Damen sich noch die Augen auskratzten. »Wenn Sie diese Anrufe also nicht getätigt haben, wüssten Sie unter Umständen jemanden, Mann oder Frau, der einen Grund dazu gehabt hätte? Meist wurde aufgelegt, wenn Frau Kutzberger ans Telefon ging, also vermuten wir eine Frau als Anruferin.«

»Eine Stalkerin?« Babsi schraubte die Baileysflasche erneut auf.

»Also, von uns aus Ingreisch macht keiner so was, weder Mann noch Frau.« Endlich hatte sie ihre Retourkutsche anbringen können. »Vielleicht war es ja eine aus der Stadt«, nahm sie die Kleinmichlgseeser nun auch aus der Schusslinie, weil Maria und sie viel zu lange befreundet waren, um sich wegen der Liebesgeschichten anderer zu zanken. Die Babsi war eh keine, die sich gern stritt. »Jedenfalls ist die Ulla auch eine aus dem ›Club der betrogenen Ehefrauen‹, und vor dessen Mitgliedern muss man sich in Acht nehmen, wenn einem nichts passieren soll.«

Paulas Handy klingelte, auf dem Display erkannte sie Andreas' Telefonnummer. Lächelnd ging sie ran, während Maria nach einer schönen Kaffeetasse suchte, einer mit Herzen oder mit etwas Lustigem drauf.

Babsi war froh, dass sie das mit dem Club nicht näher erläutern musste. Sie hatte sowieso schon zu viel geschwatzt. Da genehmigte sie sich lieber noch ein Likörchen im Stillen.

Wieder zurück auf der Wache rief Paula im Südklinikum in Nürnberg an, und man verband sie mit der Inneren Medizin.

Oberarzt Dr. Schrademacher informierte sie, dass Lorenz Angerer auf der Intensivstation lag. Sein Zustand sei noch nicht stabil, auf gar keinen Fall sei der Patient vernehmungsfähig. Weil es sich um eine schwere Intoxikation des Körpers handle, müsse man ihn womöglich in ein künstliches Koma versetzen.

Määäh

Bambi stakste in der Gegend herum wie ein Storch im Salat. Für Kopfsteinpflaster waren ihre High Heels einfach nicht gemacht. Andererseits waren für Sneakers und Turnschuhe ihre Füße nicht konzipiert.

»Rosi!«, rief sie. »Rosila, wo bistn du?«

Mario schlurfte lustlos neben ihr her. »Rosi! Rosi!«

Beide riefen nicht sehr laut, denn es war bereits Nacht, und sie wollten die Kleinmichlgseeser nicht wecken. Aber Rosi war nunmehr schon seit über einem Tag abgängig, und Mario wollte keinesfalls, dass ein anderer sie fand. Denn das, weshalb sie Rosi überhaupt geklaut hatten, war gründlich in die Hose gegangen. Nein, es war noch viel schlimmer, ein Mensch hatte deswegen sterben müssen. Und darum musste das Schaf auch verschwinden, schleunigst, Bambis Getue hin oder her. Mario wollte lieber nicht erfahren, wie sein Boss Carlo Roggefäller darauf reagieren würde, wenn er die Sache spitzkriegte. Mario hatte zwar als persönlicher Assistent einen kleinen Stein im Brett des Bordellbesitzers, aber jede Gutmütigkeit hatte ihre Grenzen.

»Rosi muss doch irgendwo sein.« Mario hatte absolut null Bock, durch die Gegend zu latschen. Von ihm aus hätte die Rosi bleiben können, wo der Pfeffer wuchs. Aber nicht nur die Angst vor dem Zorn seines Brötchengebers ließ ihn die Suche nicht aufgeben, sondern auch Bambis gutes Herz.

Die können wir doch nicht allein lassen.

Die fürchtet sich doch!

Und hat bestimmt Hunger!

Und vermisst ihre Mama …

Mädels konnten einem echt auf den Geist gehen. Wenn die Bambi nur nicht so ein steiler Zahn wäre! Ihr Sex-Appeal machte viel von dem Blödsinn wett, den sie verzapfte. Marios Augen wanderten statt durch die Kleinmichlgseeser Gässchen, in denen Rosi vielleicht verloren herumtaperte, an Bambis Körper entlang. Sie trug eine ärmellose pinkfarbene Steppweste mit Pelzkragen, als würde sie durch Sankt Moritz stiefeln. Dafür war ihr Jeansmini so mini, dass Mario durchwegs auf erotische Gedanken kam, wenn sie mit wackelndem Hintern vor ihm herlief.

»Rosila, wo bistn du?« Wieder die Bambi.

»Rosi! Rosi!«, rief er lustlos. »Schau, dass du herkommst, du bläids Viech!«

»Mario! Wenn du so gemein bist, kommt die Rosi freilich ned.«

»Die versteht mich doch eh nicht.«

»Woher willst du des denn wissen?«, maulte Bambi trotzig.

»Weil Schafe dumm wie Stulle sind.«

»Hättst bloß noch sagen sollen, weil die Rosi blond ist. Gell, da reagiere ich fei stinkig drauf. Immer des Vorurteil, mir Blonden seien doof.«

»Ach geh, du doch ned, Bambila. Rosi! Rosi!« Mario wunderte sich, dass sie Rosi nicht längst blöken hörten. Rosi, das Lamm, blökte nämlich eigentlich ohne Unterlass. Entweder weil sie fressen wollte, fressen wollte oder fressen wollte. Sie musste noch mit der Flasche gefüttert werden, und was das bei den Frauenzimmern auslöste, konnte man an fünf Fingern abzählen – es weckte Muttergefühle. Seit sie Rosi an der Backe hatten, redete Bambi prompt immer häufiger vom Heiraten und davon, dass sie auch einmal ein so süßes Bobberla wollte.

Heiraten! Baby! Lieber ging der Mario ins Männerkloster, Knackarsch hin oder her.

Ein paar Stunden später, so gegen sieben in der Früh, verließ Richard das Haus. Seine Laune war mies. Vielleicht sollte er sich doch allmählich eine eigene Wohnung suchen. Das bisschen Haushalt und Wäsche konnte doch nicht so schwer sein. Trotzdem war er seiner Schwester wirklich dankbar für alles, was sie für ihn tat, auch wenn er das nicht sehr stark zum Ausdruck brachte. Trudel stand vor ihm auf, weckte ihn notfalls sogar, machte ihm sein Frühstück. Sie wusch seine Wäsche, bügelte und legte sie zusammen. Sie bereitete ihm ein Abendessen und machte seine Steuererklärung. Dass sie ihm aber morgens den Kaba-Schnurrbart mit Spucke auf einem Geschirrtuch aus dem

Gesicht wischte, das ging eindeutig zu weit. Außerdem fand heute die nächste Beerdigung statt, und der Gedanke daran zog ihn noch mehr herunter.

Richard zog ein Gesicht, als er bei der Bäckerin ein Bamberger und eine Quarkschnecke für das zweite Frühstück kaufte. Als Polizist verbrannte er eine Menge Kalorien, das konnten die, die reine Büroarbeit leisteten, sich gar nicht vorstellen. Gut, die Anzahl der Verfolgungsjagden hielt sich in Grenzen, aber es könnte ja jede Minute so weit sein. Und dann wäre er, Richard Staudinger, gestärkt.

»Na, host ned goud gschlafen, Richard?«, fragte Jutta, während sie seine Teilchen einpackte.

»Geht so.« Aber beim Anblick des vielen wunderbaren Gebäcks ging es ihm schon viel besser. Wunderbar, die appetitlichen Brotlaibe im Regal und der noch nicht angeschnittene Nusskuchen, der auf einem Papierspitzendeckchen in der Glastheke stand. Richards Augen wanderten an Juttas blütenweißer Schürze vorbei, rechts zur Nische, in der ein Bistrotisch stand. Sein Herzschlag setzte aus, Schweiß trat ihm auf die Stirn.

Das konnte doch nicht sein!

Halluzinierte er?

Richard hob die Hand, deutete mit ausgestrecktem Finger Richtung Bistrotisch. »Was … was … woher …?«, stammelte er.

»Gell, da staunst? Ich wor auch ganz platt. Heut früh, wie ich die Bäckerei aufgemacht hab, isser vor der Ladentür gstanden, der Fritz.«

Nicht zu fassen.

Der Gartenzwerg mit der Pfeife war wieder da.

Richard warf seine Münzen auf die Ladentheke, raffte seine Tütchen mit den süßen Teilen zusammen und schoss davon, zurück zum Haus seiner Schwester. Tatsächlich. Im Vorgarten stand der Hansi – ihr vermisster Gartenzwerg mit der Ziehharmonika. Er rannte zum Haus von der Grete: Vor der Tür stand ein Gartenzwerg. Bei den Buchingers: Gartenzwerg. Selbst bei den Müllers und den sympathischen Stieglers stand ein Gartenzwerg vor der Tür. Richard traten fast Tränen in die Augen. Sie waren zurück. Die Gartenzwerge waren zurück!

Doch dann wich seine erste Euphorie einer Erkenntnis. Nur weil die Zwerge wieder da waren, hatte er noch längst nicht den Dieb gefasst. Oder die Diebe, ging er doch stark von organisiertem Verbrechen aus.

Richard hockte sich auf die niedrige Mauer vor Stieglers Haus und nahm die Quarkschnecke aus der Bäckertüte.

Welcher Dieb macht sich die Mühe, sein Diebesgut wieder zurückzubringen? Und warum? Aus schlechtem Gewissen?

Dann merkte Richard, was ihm unterschwellig an der ganzen Sache nicht behagte: Er konnte sich nicht daran erinnern, dass bei den Müllers und Stieglers überhaupt ein Gartenzwerg vermisst worden war. Die Familien besaßen überhaupt keine Gartenzwerge. Sein mulmiges Gefühl wurde stärker. Da war doch was faul. Richard stopfte die Quarkschnecke zurück in die Tüte und machte sich auf den Weg zur Wache.

Witwen-Blues

Steffi Hirschmann fand einen Parkplatz nicht weit entfernt vom überschaubaren Friedhof von Kleinmichlgsees. Schwarz war nicht ihre Farbe. Schwarz machte sie blass. Und alt. Warum war es eigentlich so verpönt, auf Beerdigungen fröhliche Farben zu tragen? Besonders wenn der Tote zu Lebzeiten auch kein Kind von Traurigkeit gewesen war? Die meisten Menschen liebten frische Frühlingsfarben, und bloß weil sie tot waren, sollte sich das ändern? Und von wegen – aus Respekt. Steffi konnte genauso gut in Pink und Türkis Respekt zollen und trauern. Vielleicht sogar aufrichtiger als in einem Outfit, das ihr widerstrebte. Und sie hätte ihren Arsch darauf verwettet, dass dem Luggi – lebendig wie tot – ein sexy Dirndl mit prallen Knödeln in einem tiefen Dekolleté weitaus besser gefallen hätte als das, was sie jetzt trug.

Sie hatte die schwarze Bluse mit dem Stehkragen bis oben hin zugeknöpft und betrachtete sich im Rückspiegel ihres Wagens. Die zwei Wochen auf Mallorca waren ihr gut bekommen. Die leichte Hauttönung machte sie Jahre jünger. Sie lächelte sich frech zu, als sie einen Blusenknopf nach dem anderen wieder öffnete, vier Stück. Schon besser. Sie hatte richtig schöne Knödel. Luggi hatte immer gern einen Blick riskiert. Und der Lorenz. Und der Sepp. Und der Wolferl sowieso.

Sie schloss den Wagen ab und überprüfte noch einmal den Sitz ihres Rocks. Plötzlich überkam sie der Gedanke wie eine Welle.

Stefanie Hirschmann, du bist einundvierzig Jahre alt und hast wieder keinen Mann. Bist wieder Single. Solo. Oaschichtig. Übrig. Hocken geblieben. Alleinstehend. Restposten. Ramschware.

Doch Steffi war auch eine unverwüstliche Optimistin. Eigentlich war sie ja Witwe. Eigentlich. Und schon hellte sich ihre Stimmung wieder auf.

Witwen hatten es gut. Witwen wurden behandelt wie rohe Eier. Sie trugen keine Schuld daran, solo, Single und »oaschichtig«

zu sein. Und sie durften sich sonderbar verhalten, denn schließlich waren sie in Trauer.

Von wegen! Steffi stieß ein verärgertes »Ph!« aus. Denn Steffi durfte sich nicht verhalten und schon gar nicht sonderbar. Sie musste am Rand des Geschehens stehen und den Mund halten. Weil der Wolferl zu feige gewesen war, Ulla endlich reinen Wein einzuschenken. Wann immer Steffi gefragt hatte: »Und? Hast du es ihr endlich gesagt?«, hatte er eine neue Ausrede parat gehabt: *War nicht möglich, Ulla hatte Migräne. Ulla hatte Ärger im Job. Ich kam nicht dazu, weil Ulla in Eile war. Der Zeitpunkt war ungünstig …*

Dabei war der Zeitpunkt, seiner Frau beizubringen, dass man eine andere Frau liebt und die Scheidung will, nie günstig!

Im Prinzip war Steffi immer Single geblieben. Denn den Wolfgang hatte sie nie wirklich für sich gehabt, das hatte sie sich nur eingeredet. Männer verließen nur selten ihre Ehefrauen. Sie genossen ihr Verhältnis, den Sex, das Leichte und Fröhliche. Aber sobald es kompliziert wurde, sobald sie Farbe bekennen sollten, zogen sie den Schwanz ein – und brachten »Muddi« daheim einen Strauß Rosen mit.

Dennoch vermisste Steffi Wolfgang.

Vor der Friedhofsmauer entdeckte sie einige Trauergäste. Man würde sie von oben bis unten mustern, das war klar. Auf dem Land fiel eine Fremde sofort auf und sorgte für Gesprächsstoff. Oder wussten sie bereits, dass sie das Gspusi vom Kutzberger gewesen war?

Steffi griff ihren letzten Gedanken noch einmal auf. Nein, eigentlich vermisste sie nicht unbedingt Wolfgang, sondern einen Partner. Ein treuer Lebensgefährte wäre der Wolfgang sowieso nie gewesen. Angeblich, so hatte es ihre Freundin Jutta erzählt, hätte der schon immer eine Frau nebenher gehabt. Da sei sie nicht die erste gewesen. Jutta, die mit ihrem Mann Manfred die Bäckerei des Ortes führte, hatte sie vor ihm gewarnt. Die Vermutung lag also nahe, dass Wolfgang nicht nur seine Ehefrau, sondern vielleicht irgendwann auch sie betrogen hatte. Männer!

Jutta und sie waren in Nürnberg zur Schule gegangen. Später hatte Jutta Manfred kennengelernt, war seine Ehefrau geworden und aufs Land gezogen. Die Freundinnen trafen sich noch immer, meist in Nürnberg, weil da mehr los war. Einmal aber auch in Kleinmichlgsees, und just bei diesem Besuch war Steffi der Wolfgang über den Weg gelaufen. Sie hatten geflirtet, und Wolfgang ließ anschließend nicht locker. Fragte Jutta ständig nach ihr und rief sie letztendlich an. Immer wieder. Auch auf der Arbeit, in einem Nürnberger Bekleidungshaus, in dem Steffi Abteilungsleiterin war. Schließlich hatte sie sich auf das »gschlamperte Verhältnis« mit ihm eingelassen, immer in der Hoffnung, mit Wolferl bald ein neues Leben anzufangen. Getroffen hatten sie sich stets in Steffis Wohnung oder in der Stadt. Ein paarmal hatten sie gemeinsam mit Wolfgangs Freunden, Luggi, Lorenz und Sepp, etwas unternommen, bei denen sie der Star gewesen war.

Klar, trotz ihrer einundvierzig Jahre war sie noch immer ein sexy Gerät. Sie hatte Rundungen an den richtigen Stellen und lockiges blondes Haar. Und Klischee hin oder her, die Jungs fuhren auf Blond einfach ab.

Und nun musste sie dabei zusehen, wie Wolferls Kumpel Luggi in einem Holzsarg über den Friedhof getragen wurde. Sobald Wolferls Leichnam freigegeben wurde, war er an der Reihe.

Was war das bloß für eine absurde Geschichte mit dem Luggi? Da fanden ihn Jutta und Manfred vor der Metzgerei und schafften seinen leblosen Körper auf den Friedhof, was Steffi nach wie vor nicht verstand. Wer kam bloß auf so eine Idee? Natürlich die Jutta! So war sie schon immer gewesen. Nur keinen Dreck vor der eigenen Haustür haben. Wobei sie mit dem Dreck natürlich nicht den Luggi meinte, der später im Beichtstuhl entdeckt worden war. Aber was kümmerte sie das?

Steffi schritt über den schmalen Weg zwischen den Grabreihen auf die Gruppe Trauernder zu, die sich vor der ausgehobenen Grube eingefunden hatte, hielt sich aber im Hintergrund. Jutta war nicht anwesend. Sie hütete die Bäckerei, war sowieso nicht besonders dicke mit dem Luggi gewesen. Schade, Steffi wäre wohler mit jemandem an ihrer Seite gewesen. Der Gedanke traf sie wie ein Blitz: Was, wenn sie auf Wolfgangs Frau traf? Ob die etwas von ihrer Existenz ahnte? Das Getuschel um seine Affären war in diesem Kaff in letzter Zeit immer lauter geworden, Jutta hatte Andeutungen gemacht. Dass allerdings sie, Steffi, die verhasste Nebenbuhlerin war, das konnte Ulla doch nicht wissen, oder? Einen Eklat wollte sie nicht vom Zaun brechen. Und doch war es unfair, dass sich alle um die gramgebeugte Witwe kümmern würden, während sie mit ihrem Schmerz allein dastand. Wen hatte der Wolfgang denn geliebt, doch sie! Oder?

Oder?

Hätte er sich je von Ulla getrennt? Hätte sie energischer sein müssen? Von ihm verlangen müssen, endlich reinen Tisch zu machen?

Sie war eine Ehebrecherin, Wolfgang ein Ehebrecher gewesen.

Er hatte seine Strafe bereits erhalten …

Steffi war froh, als die Beerdigung vorbei war. Wolfgangs Frau war nicht erschienen, und sie verzichtete darauf, Erde oder eine Blume auf Luggis Grab zu werfen. Eine Maß Bier wäre ihm sowieso lieber gewesen. Langsam ging sie auf den Friedhofsausgang zu. Als der uniformierte Polizist zu ihr aufschloss und sie ansprach, zuckte sie leicht zusammen.

»Guten Tag, Polizeiobermeister Richard Staudinger«, stellte er sich ihr vor.

»Guten Tag«, murmelte Steffi. Was wollte der von ihr?

»Waren Sie gut mit Ludwig Lohmüller bekannt?« Richard hatte die Frau noch nie im Ort gesehen. Vielleicht eine entfernte Verwandte? Da sich ihre derzeitigen Fälle so merkwürdig gestalteten, musste er nach jeder Information greifen, die sich ihm bot.

»Flüchtig.«

»Flüchtig, aha. Und Ihr Name ist?«

Sie war versucht, ihm einen falschen zu nennen. Aber spätestens wenn Juttas Mann, den sie in der Menge entdeckt hatte, sie ansprach, würde ihr Schwindel auffliegen. »Stefanie Hirschmann.«

»Sie kommen aus …?«

Herrschaft, warum war der so neugierig? Stand sie vielleicht unter Verdacht? Weswegen? »Aus Nürnberg.«

Wieso musste er der Frau bloß alles aus der Nase ziehen? Hatte sie etwas zu verbergen? Aber noch blieb Richard höflich, so wie meistens. Er war keiner, der brüllte oder aggressiv wurde, da zog er schon lieber im Stillen ein Gesicht. »Aha«, machte er wieder.

Steffi schaute ihn genauer an. Der Polizist hatte nette Augen, so warm, dass sie plötzlich lächeln musste.

So wie Richard auch. Donnerwetter, dachte er. Der Schmusi wirkt!

»Ich bin eine Bekannte von Jutta Hübsch, der Bäckerin. Die kennen Sie sicher. Wir sind Schulfreundinnen. Den Herrn Lohmüller habe ich über die Jutta kennengelernt. Die wollte ich heute eigentlich besuchen, und dabei hab ich erfahren, dass der Luggi …« Sie zog die Nase hoch. »Na ja, Sie wissen schon. Also hab ich mir gedacht, ich sollte ihm die letzte Ehre erweisen.«

Und war zufällig von Kopf bis Fuß in Schwarz gekleidet? Richard war doch nicht blöd, die Dame schwindelte. Dann fiel sein Blick unwillkürlich auf die Bluse, die sie unter dem geöffneten Mantel trug. Der Ausschnitt hätte dem Luggi auch gefallen.

Stefanie Hirschmann aus Nürnberg, versuchte er sich einzuprägen. Er würde baldmöglichst mit Jutta reden und sie fragen, was für eine Rolle Frau Hirschmann tatsächlich in Luggis Leben gespielt hatte. Sie war ohne Verabschiedung weitergegangen, und Richard machte sich auf den Weg zurück zu seinen Kolleginnen, die noch an Luggis Grab standen.

»Sie fahren jetzt mit mir nach Nürnberg ins Südklinikum, Herr Staudinger, wir statten Herrn Angerer einen Besuch ab«, sagte die Kommissarin zu ihm.

»Jetzt?«, fragte Richard seine Vorgesetzte entsetzt, und was er sich hatte merken wollen, rutschte augenblicklich hinten runter. Wäre er doch bloß gleich in den »Hirschen« gegangen! Er schaute auf seine Armbanduhr. »Jetzt beginnt der Leichenschmaus. Und Sie wissen doch, Frau Frischkes, dass man bei so einem Ereignis an die besten Informationen rankommen kann. Selbst an solche, die man gar nicht wissen will.«

Wäre die Frischkes doch bloß auf der Wache geblieben, wie sie es zunächst vorgehabt hatte. Aber nein, dann hatte sie es sich anders überlegt. Als halbe Kleinmichlgseeserin konnte sie sich schlecht vor einer Beerdigung drücken, hatte sie gemeint. Richard hegte den Verdacht, dass sie nur auf Nummer sicher hatte gehen wollen, dass ihnen der Luggi definitiv nicht mehr ausbüxte.

Wieso nur wollte seine Chefin unbedingt jetzt nach Nürnberg ins Krankenhaus zum Lorenz fahren? Bis vor Kurzem war der noch gar nicht vernehmungsfähig gewesen, da kam es doch auf eine Stunde hin oder her auch nicht an. Die Sachen mit dem Lorenz und dem Wolferl waren inzwischen sowieso recht anstrengend geworden. Die Frischkes hatte ihn und Maria bei Verwandten und Bekannten, Geschäftsfreunden und Kollegen und bei weiß der Henker wem noch herumfragen und -telefonieren lassen. *Wir brauchen eine Spur, Leute, dringend!* Aber die Mühe war umsonst gewesen. Es gab keine.

Paula lächelte ihn gewinnend an. »Weil mich Dr. Schrademacher eben informiert hat, dass Herr Angerer wieder bei Bewusstsein ist und wir ihn eventuell kurz sprechen können. Es ist nicht sicher, wie lange dieser Zustand anhält.«

Genauso unsicher ist, wie lange mein Zustand noch anhält, dachte Richard grimmig. Noch kann ich auf beiden Beinen stehen, aber mein Frühstück liegt Lichtjahre zurück. Eigentlich waren es nur drei Stunden, aber mit Unterzuckerung war nicht zu spaßen.

Und im Nullkommanichts kippe ich aus den Latschen, und die im Krankenhaus behalten mich gleich da!

Paula trug einen dunkelblauen Mantel, ihre Kollegen Uniform. Jessy trug sowieso Schwarz und hatte sich während der Beerdigung hinter einer Baumgruppe versteckt. Zuerst hatte sie unbedingt dabei sein wollen, weil sie noch nie gesehen hatte, wie ein Sarg in die Erde gelassen wurde, wie sie es nannte. Aber dann hatte sie es schon gruselig genug gefunden, als sich der Trauerzug in Bewegung setzte, und sich verkrochen. Jetzt machte Paulas Praktikantin große Welpenaugen, weil sie mitbekommen hatte, dass es nach Nürnberg ging.

Aber Paula hatte nicht vor, das Mädchen mit zu dem todkranken Mann zu nehmen. »Dann bleiben Sie eben hier, Herr Staudinger, und gehen mit Jessica zum Leichenschmaus. Während Maria und ich herausfinden, wer unser Giftmischer ist«, versuchte sie ihn doch noch zu locken, aber Richard nickte dankbar.

»Iiih!«, machte Jessy. »Ich geh auf keinen Leichenschmaus, ich bin Veganerin!«

»Jajaja«, machte Paula. »Du musst ja auch nichts von dem Herrn Lohmüller essen. Bestell dir einfach einen Salat.«

»Beim Leichenschmaus gibt es immer Bauernseufzer und Kraut, sonst nichts«, stellte Richard klar. Und um zu vermeiden, dass diese Aussage dazu führte, dass er doch noch zur Fahrt ins Klinikum Nürnberg Süd verdonnerte wurde, lenkte er ein: »Aber die Resi macht dir bestimmt was, was bio ist.«

Trotzdem. Irgendwie wäre er schon zu gern dabei, wenn der Lorenz vielleicht das Geheimnis um die Vergiftungen löste. »Wieso gehen wir nicht alle für ein Stündchen auf Luggis Leichenschmaus und fahren dann zusammen nach Nürnberg?«, schlug er deshalb vor.

Sämtliche schwarz gekleideten Kleinmichlgseeser und Ingreischer waren unterdessen bereits im »Goldenen Hirschen« verschwunden.

»Weil wir die Polizei sind und unseren Job erledigen müssen. Da muss man auf eine Gratismahlzeit schon mal verzichten können.« Paula grinste, aber Richard war dennoch verschnupft.

Bloß weil die Frischkes so ein Hungerhaken war, entging ihm ein leckeres Essen.

»Aber trösten Sie sich, Herr Staudinger, bei Wolferls Beerdigung können Sie so lange futtern, wie Sie möchten. Bauernseufzer *all you can eat*.«

Richard entschied sich zähneknirschend für Nürnberg, da Jessy sich weigerte, den »Goldenen Hirschen« auch nur zu betreten. Außerdem wollte sie unbedingt mit ins Klinikum, »um vom Herrn Staudinger zu lernen«.

Wehe, Maria roch später nach Sauerkraut! Dann gab es Zoff!

Die Kollegin blieb auf der Wache, weil zu viel Polizeiaufgebot an Angerers Krankenbett nicht erwünscht war.

Dr. Schrademacher, der Oberarzt der Inneren Medizin, nahm die Beamten in Empfang. Lorenz Angerers Zustand habe sich erfreulicherweise etwas gebessert, es war aber nicht gesagt, dass und wie lange die Besserung anhielt. Immerhin konnten sie den Patienten von der Intensiv- auf die Normalstation verlegen.

»Herr Angerer zeigt eindeutige Vergiftungserscheinungen. Wir haben alle notwendigen Maßnahmen ergriffen, seinen Körper zu entgiften und den Organismus zu stabilisieren. Leider konnte unser Labor noch nicht eindeutig nachweisen, um welches Gift es sich handelt. Es steht noch ein Test aus, der uns Eindeutigkeit bringen soll.« Der Arzt blickte ernst. »Hoffen wir, dass es sich nicht um den Knollenblätterpilz handelt. Sofern Herr Angerer das Gift nicht absichtlich zu sich genommen hat, besteht der dringende Verdacht eines Tötungsdelikts. Deswegen habe ich bereits die Kriminalpolizei verständigt.« Der groß gewachsene Arzt schob seine Brille, die leicht heruntergerutscht war, wieder auf den Nasenhöcker zurück. »Hat man Sie darüber noch nicht unterrichtet?«

Paula blickte ihren Kollegen an und stellte fest, dass er wohl das gleiche saure Gesicht machte wie sie. In manchen Situationen musste es eben ein Gesicht sein. Gutmut hatte es anscheinend nicht für nötig gehalten, sie zu informieren.

Aber warum hatte Andreas sie nicht angerufen? War er nicht eingeweiht? War das wieder so ein fieses Gutmut-Ding, bei dem er Paula bewusst auflaufen ließ?

»Nein«, sagte Paula und seufzte. »Aber in Kleinmichlgsees gab es mit der von Herrn Angerer nunmehr die zweite Vergiftung durch eine Pflanze binnen weniger Tage. Darum wäre es sehr wichtig, mit dem Patienten zu sprechen. Ich will wissen, was passiert ist.«

»Ich muss Sie leider auf etwas aufmerksam machen: Die plötzliche Verbesserung von Herrn Angerers Zustand könnte für die Knollenblätterpilz-Vergiftung sprechen. Dabei kann sich sein Zustand schlagartig ins Gegenteil umkehren. Sollte Herr Angerer tatsächlich einen solchen Pilz verzehrt haben, können wir ihm nicht mehr helfen. Das Gift schädigt die Leber irreparabel, sodass nach einiger Zeit ein komplettes Leberversagen eintritt.

Schließlich kommt es zum Nierenversagen und zu inneren Blutungen, was unweigerlich zum Tod führt.« Der Arzt war sichtlich betroffen. »In diesem Fall sollten Sie schleunigst die Einwohner Ihres Dorfes über die Gefahr informieren.«

»Oder schnellstens unseren Giftmischer fassen. Anscheinend nimmt jemand bewusst den Tod ausgewählter oder zufälliger Personen in Kauf«, sagte Paula.

»Oder beabsichtigt ihn«, vollendete Richard den Gedankengang.

In die Stille hinein ließ Jessy eine Kaugummiblase platzen.

Lorenz Angerer lag mit geschlossenen Augen in seinem Bett. An einem Infusionsständer hing ein Beutel mit durchsichtiger Flüssigkeit, die über eine Kanüle in seine Vene tropfte. An seinem Finger steckte eine Klammer, das Blutdruckmessgerät, über einen Schlauch in der Nase wurde ihm Sauerstoff zugeführt. Es roch nach Krankenhaus, und Paula hatte jetzt schon den dringenden Wunsch, sich die Hände zu waschen. Es war eine gute Idee gewesen, Jessy in die Cafeteria zu schicken, dachte Paula bei dem Anblick. Sie hatte dem Mädchen den Auftrag gegeben, Coffee to go zu besorgen.

Dr. Schrademacher berührte den Patienten sanft am Arm. »Herr Angerer, Sie haben Besuch.«

Tatsächlich öffnete der Patient leicht die Augen.

Paula ging neben seinem Bett in die Hocke. »Guten Tag, Herr Angerer. Wie geht es Ihnen?«

Er schlug die Lider kurz nieder und wieder auf.

»Herr Angerer, ich bin es. Kommissarin Frischkes. Was ist passiert?«

Seine Augenlider flatterten. Mühevoll hob er einen Finger, seine trockenen Lippen bewegten sich tonlos. Dann hauchte er: »Seufzen.«

Herrgottsacker-Geraschel

Früher war Gitta Fürbringer eine glühende Verfechterin des Joggens gewesen. Also so vor ein paar Monaten. Na ja – richtig gejoggt war sie eigentlich nie, aber das lag nicht unbedingt daran, dass die Baumarktangestellte total unsportlich war, sondern vorwiegend an widrigen Umständen, die ihr eine weitere sportliche Betätigung madiggemacht hatten. Seinerzeit im Frühling hatte die Gitta keine zehn Schritte durch ihr bevorzugtes Waldstück, den Herrgottsacker am Rande von Kleinmichlgsees, machen können, ohne über eine Leiche zu stolpern. Und nur aus diesem Grund hatte es die Gitta bisher nicht geschafft, sich ihre überschüssigen Pfunde abzutrainieren.

Aber das lag, wie gesagt, nun schon eine geraume Zeit zurück. Nun hatte die Gitta wieder einen triftigen Grund, sich um ihre Fitness zu kümmern. Neuerdings hatte sie einen Verehrer, einen Kunden des Baumarkts. Es war offensichtlich, dass er nur ihretwegen fast täglich Schrauben, Kabelbinder, Schrumpfschläuche, Umleimer und sonstigen Krempel kaufte und ausschließlich an ihrer Kasse bezahlte. Noch waren sie im rührenden Stadium des stillen Flirts. Ihre Augen suchten den Kontakt zueinander. Ein Lächeln überzuckerte ihre Gesichter. Er grinste anzüglich: »Vielen Dank.« Sie kokettierte: »Sehr gern.«

Aber alle Zeichen sprachen dafür, dass er sie bald zu einem Kaffee einladen würde. Was dann folgen würde, malte sich die Endvierzigerin zu gern nachts in ihrem einsamen Bettchen aus. Doch wenn sie in ihren Träumen noch ein Stück weiter ging, musste sie an ihre üppigen Rundungen denken, die manche Männer durchaus zu schätzen wussten, die in ihren Augen aber die wundervolle Romantikszene wie eine Seifenblase platzen ließen.

Mit dem dicken Bobbers zeig iich mich vor kan Moo naggerd!

Gitta hatte sich Nordic-Walking-Stöcke gekauft. Sie hoffte, dass das gleichmäßige Gehen ihr mehr entgegenkommen würde als die schweißtreibende Rennerei. Wobei ihr natürlich bewusst war, dass Walken nicht weniger anstrengend war. Das hatte ihr der Toni, der Verkäufer in einem Sportgeschäft in Nürnberg war, ausdrücklich erklärt. Aber auch, dass diese Sportart bestens für Couch-Potatoes geeignet war. Zwischen Kleiderdrehständern und Regalen, an und in denen Wanderrucksäcke und Trekking-Bekleidung angeboten wurden, hatte der Toni mit ihr das Gehen mit Stöcken geübt, und sie war begeistert gewesen.

Beschwingt ging Gitta von ihrem Wohnhaus los, lief an der Bäckerei, der Metzgerei, am Friseursalon und am Tante-Emma-Laden vorbei und hatte Kleinmichlgsees schon hinter sich gelassen. Ihr Weg führte sie am Sportplatz entlang und rein in den Wald. Zum Herrgottsacker stieg der Weg ein wenig an, darum ging sie von Schritt zu Schritt langsamer. Sie konnte ihren Atem hören.

Plötzlich raschelte etwas im dichten Unterholz. Gittas Nackenhaare stellten sich auf, noch bevor sie sich eingestehen konnte, dass sie sich fürchtete.

Bloß ned scho widder!

Wie zum Trotz schwang sie die Stöcke höher. Ihre Schritte waren gleichmäßig, für eine Anfängerin machte sie sich gut.

Dann wieder ein Knacken, mehrmals hintereinander.

Dreh um, Gidda, lauf wech!

Aber wohin? Nach vorn, weiter bergauf? Oder zurück und dann dem Mörder vielleicht direkt in die Arme? Sie hätte niemals zum Herrgottsacker walken dürfen, sie wusste doch, wie das normalerweise ausging! Gitta blieb stehen, hielt sich an ihren Stöcken fest. Sie war starr vor Angst, lauschte.

Himmel!

Wie pervers war das denn? Wie in einem Horrorfilm im Kino. Nur dass sie nicht aufstehen und aus dem Kino flüchten konnte. Und ein Kissen, das sie sich auf die Augen drücken konnte, weil es so gruselig war, gab es auch nicht.

Er pfiff!

Das Monster pfiff!

Und zwar … Sie kannte die Melodie. Gitta schnalzte mit der Zunge, auf der der Liedtitel lag. Sie war versucht, ein wenig mitzupfeifen, doch dann fiel ihr der Titel plötzlich ein. Es war der Marsch »Die Brücke am Kwai«. Sie kannte auch dessen fränkischen Text, der so ging: »Fritzla, du host mein Regnschirm gstulln, Fritzla, dich soll der Teufel hulln!«

Der Kerl pfiff noch immer.

Gruselig, wirklich gruselig. Ein gesichtsloser Pfeifer im Wald. Ob er bei den anderen Frauen auch gepfiffen hatte? Bei den Frauenmorden damals am Herrgottsacker?

Ob sie ihn wohl mit ihren Stecken niederstrecken konnte? Gitta wollte es jedenfalls versuchen. Sie wollte nicht kampflos sterben.

Sie nahm all ihren Mut zusammen. »Komm raus, du Perversling! Zeich dai Gsicht!« Ihr Herz klopfte wild.

Das Pfeifen verstummte. Wieder Knacken und Rascheln. Dann Ruhe. Dann noch mehr Knacken und Rascheln. Schließlich stieg eine düstere Gestalt aus dem Dickicht, die mindestens genauso überrascht war wie die Gitta.

»Du, Sepp?« Es war tatsächlich der Sepp, der Besitzer der Tankstelle. Dass der ein Mörder war, das hätte Gitta ihm nie zugetraut. Obwohl er manchmal schon ein alter Grantlhuber sein konnte.

»Wos dusdn du do?«, fragte Sepp.

Gitta wackelte mit den Stöcken. »Sport. Und du?«

»Äh … äh … Ich war Pilze suchen.«

Gitta musterte ihn, kniff die Augen zusammen, weil sie ohne Brille unterwegs war. »Na, viel host ja bisher ned gefunden.«

»Ich hab ja auch erst angefangen.«

Und weil es sonst nichts zu sagen gab, nickten sie sich einen Abschiedsgruß zu, und Gitta eilte aus dem Wald hinaus und am Sportplatz vorbei. Am liebsten hätte sie die Stöcke an der nächsten Hausecke abgestellt und für immer dort vergessen. Stattdessen ging sie wie ferngesteuert in die Metzgerei Popp, doch ausnahmsweise nicht, um sich ein Leberkäsweggla zu kaufen. Sie erzählte Rita brühwarm die sonderbare Story vom Sepp, um dann schnurstracks in den Salon Grüüber zu marschieren. Beim Fredl war ihre Horrorgeschichte am allerbesten aufgehoben.

»Was kann der Angerer mit ›seufzen‹ gemeint haben? Denken Sie nach, Herr Staudinger. Gibt es jemanden im Ort oder in Ingreisch mit einem ähnlich klingenden Nachnamen? Wollte er uns vielleicht einen Hinweis auf den geben?«

Sie saßen im Streifenwagen auf dem Dienstparkplatz hinter der Wache. Richard wäre längst ausgestiegen, aber die Frischkes verwickelte ihn immer wieder in ihre Fragen. Obwohl Richard den Streifenwagen als seinen Wagen ansah – die Frischkes besaß immerhin ihren eigenen zivilen –, war sie gefahren. Und zwar wie der Henker. Richard konnte sich beim besten Willen nicht vorstellen, dass die Polizei in Berlin oder Nürnberg bei Rot über die Ampel fuhr, außer bei einer Verfolgungsjagd. Die Frischkes anscheinend schon, und das, obwohl sie bereits auf dem Rückweg vom Nürnberger Klinikum Süd gewesen waren. Seine Pfeif- und Zischlaute hatte sie einfach ignoriert und noch nicht einmal das Tempo gedrosselt. Erst als er mehrmals bei Gelb – Rotgelb! – mit dem Fuß auf die auf der Beifahrerseite nicht vorhandene Bremse getreten war, hatte die Frischkes etwas gesagt: »Haben Sie einen Krampf im Fuß, Herr Staudinger?«

»Vielleicht meinte er ›saufen‹«, überlegte Richard, der von der wilden Fahrt noch ganz blass um die Nase war.

Jessy googelte »seufzen«. »Bei Wikipedia steht: *Das Seufzen (sowie die Intensivierungen Stöhnen und Ächzen) ist eine mündliche Ausdrucksform der Klage. Es sind stimmhafte pharyngale Frikative, das geräuschvolle, manchmal mit einem kehligen Knacklaut verbundene Ausatmen eines Menschen, wobei sich in der Regel die Frequenz des Tons etwas senkt. Diesem geht in der Regel ein tieferes Einatmen voraus*«, las sie laut vor, obwohl weder Paula noch Richard ihr zuhörten. »*Seufzen gilt landläufig als Merkmal eines geheimen Kummers, einer stillen Betrübnis. Bei Otfried von Weißenburg, Notker und andern oberdeutschen Autoren finden sich die Formen suften, süften, supfen, im Niederdeutschen suften und zuften, und mit einem andern Endlaut des Stammwortes –*«

»Was, was, was?« Paula war plötzlich ganz Ohr. »Was war das da gerade eben?«

»*Suften, süften, supfen* und *zuften*«, wiederholte Jessy.

»Nein, das mit Weißenburg.« Paula war ganz aufgeregt. »Herr Staudinger, unsere Zombies waren doch aus Weißenburg. Vielleicht hängt dieser Ort mit unserem Fall zusammen. Was sollten die Weißenburger sonst in Kleinmichlgsees machen?«

»Der Typ heißt Otfried von Weißenburg.«

Richard zog die Nase hoch und löste endlich den Sicherheitsgurt. »Nie gehört.«

Jessy googelte weiter. »Ein althochdeutscher Dichter, bla, bla, bla, Mönch, Theologe und Gelehrter.«

Paula ließ ihre Stirn aufs Lenkrad sinken, seufzte und hob den Kopf wieder. »Das ist doch Schwachsinn. Vergesst einfach, was ich gesagt habe.« Ihre Miene hellte sich auf. »Wissen Sie, Herr Staudinger, was mir jetzt schmecken würde?«

Er horchte auf. »Sagen Sie jetzt bloß nicht: Bauernseufzer und Kraut, Frau Frischkes. Beides hätten wir vor zwei Stunden haben können, und ich glaube nicht, dass die uns was vom Leichenschmaus übrig gelassen haben.«

»Nein, keine Bauernseufzer, aber eine megagroße Tasse Kaffee.«

»Ich könnte uns auch Smoothies machen.«

Vielleicht hätte ich doch lieber einen Schnaps, dachte Paula zwei Minuten später. Gutmut wartete auf der Wache auf sie. Na, der kam ihr gerade recht! Was hatte er in ihrem Büro zu suchen? Hatte er etwa in ihren Akten herumgeschnüffelt? Oder noch schlimmer: in ihrem Schreibtisch?

Ein absolutes No-Go!

Er kam ihrer Frage zuvor. »Ich habe Ihnen Abschriften der Obduktionsberichte und des Vernehmungsprotokolls von Frau Kutzberger auf den Schreibtisch gelegt.« Und dann, ohne ihre Reaktion abzuwarten: »Hallo, Jessica, benimmst du dich auch?«

Jessy setzte sich grinsend im Schneidersitz auf Richards Bürostuhl.

»Wir kommen gerade aus dem Klinikum Süd. Lorenz Angerer ist noch immer nicht vernehmungsfähig«, sagte Paula. Sein »Seufzen« verschwieg sie ihm.

»Das ist sehr bedauerlich, wo er doch anscheinend unser zweites Giftopfer ist«, erwiderte Gutmut. »Es scheint, als lebten die Kleinmichlgseeser Männer derzeit gefährlich.«

»Herr Angerer ist Ingreischer«, belehrte ihn Paula.

Gutmut zuckte nur mit den Schultern. Ingreisch. Kleinmichlgsees. Eines schlimmer als das andere. »Es muss eine Verbindung zwischen den Männern geben und jemanden, dem sie auf die Füße getreten sind. Wurde das schon überprüft?«

»Sie waren Freunde, spielten Karten miteinander, gingen kegeln. Wolfgang Kutzberger, Lorenz Angerer und auch Luggi Lohmüller«, zählte Richard auf. »Sepp Schuriegel, der Tankstellenbesitzer, gehört ebenfalls zu der mittlerweile stark dezimierten Männerrunde.«

»Wir haben unsere Ermittlungen darauf konzentriert, herauszufinden, wer ein Motiv hat, die Männer umzubringen«, ergänzte Paula.

Gutmut lehnte mit überkreuzten Beinen an der Wachenwand, während seine Nichte mit dem Kopf wippte und leise ein Liedchen summte.

»Enthalten die Mordanschläge versteckte Hinweise, und wir erkennen sie bloß noch nicht? Vielleicht sollen uns die giftigen Pflanzen etwas sagen: Fliegenpilz, Blauer Eisenhut, Knollenblätterpilz. Hängt womöglich Luggis Wanderschaft«, Richard malte Anführungszeichen in die Luft, »durch den Ort ebenfalls damit zusammen? Irgendjemand hat ihn in den Beichtstuhl gesetzt, warum?« Richards Gedankengänge waren eindeutig von den phantasiereichen TV-Krimis, die er guckte, inspiriert.

Gutmut stieß sich von der Wand ab. »Finden Sie das heraus!«

»Ach, sind wir jetzt wieder dafür zuständig? Sie hielten es ja nicht für nötig, uns zu informieren, dass sich Herr Angerer im Krankenhaus befindet. Es wäre ein feiner Zug gewesen, wenn Sie uns verständigt hätten.« Paula war geladen, sie packte Gutmuts Umgangston einfach nicht.

»Aber werte Kollegin, wozu denn? Bei Mordverdacht oder versuchtem Mord ist generell die Kripo zuständig und nicht die Landwache, die sich besser auf Wirtshausschlägereien oder die Suche nach gestohlenen Gartenzwergen konzentrieren sollte. Im Übrigen habe ich heute Morgen eine Pressekonferenz gegeben.«

»Gartenzwerge«, kicherte Jessy leise, stieß Richard, der neben ihr an seinem Schreibtisch stand, mit dem Ellbogen in die Rippen und klimperte ihm mit stark getuschten Wimpern zu.

Was Richard verwirrte. Wenn er die Frauen doch nur verstehen würde!

Auch Paula verstand die Geste nicht, aber bevor Richard sich über die Kumpels mit den Zipfelmützen auslassen konnte, erkundigte sie sich bei Gutmut nach Ulla Kutzberger.

»Selbstverständlich befindet sie sich noch in U-Haft, sie ist schließlich nach wie vor unsere Hauptverdächtige«, erläuterte Gutmut. »Frau Kutzberger beteuert zwar ihre Unschuld, aber erstens hat sie ein Motiv, und zweitens spricht alles dafür, dass sie das Pflanzengift in das Essen ihres Mannes gemischt hat. Sonst war ja niemand im Haus, als sich Herr Kutzberger seine Rühreier mit Pilzen zubereitet hat, in denen laut Obduktionsbericht das Gift enthalten war. Außerdem kann sich jeder über Giftpflanzen im Internet schlaumachen. Dass der Kutzberger eine Geliebte hatte, ist Motiv genug. Eifersucht ist immer ein Mordmotiv.«

»Und warum soll sie Lorenz Angerer vergiftet haben?«

»Was weiß denn ich? Bin ich eine Frau? Ich habe keine Ahnung, wie Frau Kutzberger tickt. Vielleicht ist ja doch was dran an dem Gerücht, sie hätte etwas mit dem Angerer gehabt. Womöglich ist das alles so ein Eifersuchtstrallala. Wie gesagt – ich bin keine Frau, kann Ihnen das also nicht erklären. Sofern wir keinen anderen Verdächtigen haben, bleibt Frau Kutzberger jedenfalls im Gefängnis.« Und um seine Stellung noch deutlicher zu machen, trat Gutmut gleich noch einmal nach: »Und warum haben Sie Kutzbergers Geliebte immer noch nicht ausfindig machen können? Ist sie etwa Fantomas?«

Paula hielt vorerst zurück, dass Babsi Studerer zeitweilig als Geliebte Kutzbergers und Angerers gehandelt worden war, Frau Studerer dies aber glaubhaft widerlegt hatte. Somit mussten sie, wenn denn überhaupt etwas an diesem Geliebten-Gerücht dran war, nach einer anderen Frau suchen, die endlich Licht in die Sache bringen konnte. Aber das musste Gutmut nicht wissen, sonst verhaftete er am Ende auch noch die Babsi.

»Ich schlage vor, wir treffen uns heute Abend zu einer Lagebesprechung im ›Goldenen Hirschen‹. Bislang ermitteln wir nur aufgrund von Gerüchten und Hörensagen.« Gutmut tippte etwas in sein Handy. »Wir müssen unbedingt besprechen, wie wir weiter vorgehen wollen. Wir brauchen eine Strategie, sonst laufen Sie und Ihre Leute planlos wie die Hühner umher und werden diese Fälle niemals erfolgreich abschließen. Ich nehme das ab sofort in die Hand.«

Paula war kurz davor, hochzugehen wie eine Rakete. Wer hatte denn vorgeschlagen, Fredl und Trudel als Informanten einzuschalten? Doch der Gutmut. Was bildete sich dieser Lackaffe eigentlich ein? Konnte auch nichts außer schlau daherreden. Aber sie hielt sich zurück.

»Reservieren Sie einen Tisch für achtzehn Uhr«, wies Gutmut an.

Während Richard seine Missstimmung nicht verbergen konnte, stellte sich bei Paula sofort Vorfreude ein. »Für wie viele Personen?«

Auch Maria lächelte plötzlich.

»Für sechs. Weck, Angst, Sie, ich und Ihre Kollegen. Kommst du mit, Jessica? Es gibt auch vegetarische Gerichte.«

»Ich bin Veganerin, Onkel Dietrich.«

Er zog eine Augenbraue hoch. »Dann reservieren Sie also für sechs.«

»Und wie viele Schäuferla?«, fragte Paula jovial. Das vorgezogene Wiedersehen mit Andreas versprach einen schönen Feierabend. Sollte der Gutmut doch quatschen, was er wollte. Am Ende würde doch wieder sie den Giftmischer finden und den wahren Täter hinter Schloss und Riegel bringen, dessen war sie sich sicher.

»Dass der immer zu den unmöglichsten Zeiten seine Besprechungen einberufen muss«, maulte Richard leise, als Gutmut endlich wieder abgerauscht war. Lagebesprechung! Da hatte er sich auf einen gemütlichen Feierabend gefreut, aber nein, nun musste er ins Wirtshaus und sich Gutmuts Sticheleien anhören. Zu guter Letzt wurden ihm wahrscheinlich wieder Sonderaufgaben aufgebrummt.

Paula ging in ihr Büro und schlüpfte in ihre Kostümjacke. »Ich laufe mal kurz zur Resi und reserviere den Tisch.« Sie hängte sich ihre Handtasche über die Schulter und war verschwunden, noch bevor Richard ihr vorschlagen konnte, doch einfach das Telefon zu benutzen.

»Die Frischkes nutzt auch jede freie Minute, um nicht auf der Wache sein zu müssen«, meckerte er weiter.

»Lass sie doch. Wahrscheinlich trinkt sie einen Espresso im ›Hirschen‹. Frau Frischkes ist richtig süchtig danach, besonders dann, wenn es mit dem Gutmut mal wieder geknallt hat.« Maria stand vor dem Spiegel, der stellenweise schon blind war, so alt war er. Sie kämmte sich mit den Fingerspitzen die Haare und überprüfte ihre Haut nach Pickeln. Dabei verzog sie den Mund und rümpfte die Nase. Was Richard keine bessere Laune bescherte. Kaum meldeten sich die Nürnberger Würstchen an, spielten seine Kolleginnen verrückt. Was hatten die, das er nicht auch hatte? War es, weil sie von der Kripo waren? Oder Großstädter? Weil Is Weggla eine Lederjacke trug? Richard dünkte seit Kurzem, dass Frauen tatsächlich auf verwegene Männer abfuhren. Hatte die kleine Gutmut also recht? Aber er und eine Jeansjacke oder mit Nieten? Sollte er sich vielleicht einfach mal eine im Internet bestellen und heimlich anprobieren – wenn es niemand sah? Mit den Haaren sollte er auch was machen, hatte Jessy gesagt. Und mal ein T-Shirt tragen und Sneakers. Sneakers und Schmusi – das Mädel brachte sein Leben ganz schön durcheinander.

Maria war mittlerweile ebenfalls auf den Smoothie-Geschmack gekommen und hatte sich bereit erklärt, Karotten, Spinat, Rote Bete und Bananen zu besorgen, aus denen Jessy einen »supermegageilen« Drink mixen wollte. Maria brauchte anscheinend wie die Frischkes frische Luft, doch Richard war die Luft auf der Wache gut genug. Ob die Luft später, wenn er mit Jessy ernsthaft geredet hatte, immer noch so gut war, würde sich zeigen.

»Hör mal, Jessy, das mit den Gartenzwergen warst doch du, oder?«

Jessy, die sonst oft erst nach mehrmaliger Ansprache oder einem lauten Schlag mit der Handfläche auf den Schreibtisch aus ihrer virtuellen Welt zu reißen war, war sofort ganz Ohr. »Wieso Gartenzwerge?«

»Ich meine die vielen Gartenzwerge, die über Kleinmichlgsees verteilt sind.«

»Echt? Sind die wieder da? Na, da werden sich die Kleinmichlgseeser aber freuen – und Sie sind ihr Held.«

Wie hätte Richard ihr da böse sein können? Wirklich rührend, was die kleine Gutmut alles für ihn tat. Sie konnte unmöglich mit dem Nürnberger Hauptkommissar verwandt sein.

»Das war unheimlich nett von dir, Jessy. Aber der wahre Gartenzwergdieb läuft immer noch herum und schlägt vielleicht erneut zu, wenn überall wieder Gartenzwerge in den Gärten herumstehen.«

Jessy, die nun auf Marias Bürostuhl saß, zog die Beine wieder hoch und faltete sie zu einem Schneidersitz.

Richard bewunderte ihre Gelenkigkeit. Er konnte nicht einmal aufstehen, ohne dass ihm das Kreuz wehtat.

»Und was machen wir jetzt mit den Zwergen?«, fragte sie.

»Sie liegen hinten im Kofferraum unseres Streifenwagens. Die Kommissarin muss ja nichts davon erfahren.«

Es war eine Schweinearbeit gewesen, die Kerle wieder einzusammeln. »Die sind von deiner Oma, nicht wahr?«

Jessy nickte. »Ich glaub, sie hat noch gar nicht gemerkt, dass sie fort sind. Und wenn, hätten wir in Nürnberg halt auch einen Gartenzwergdieb gehabt. Onkel Dietrich hätte dumm aus der Wäsche geschaut, wenn er davon in der Zeitung gelesen hätte.«

Richard seufzte verklärt. »Dann hätte er mich deswegen auch nicht mehr aufziehen können.«

Jessy ließ die Beine wieder baumeln. »Lass dir doch nicht so von ihm auf der Nase herumtanzen, also echt! Onkel Dietrich ist auch bloß ein Mensch.«

Genau das bezweifelte Richard.

»Gestern erst hat er gesagt, dass er immer Magenschmerzen bekommt, wenn er nach Kleinmichlgsees muss.«

»Vielleicht sollte er nicht so viele von Resis Schäuferla essen«, entgegnete Richard.

»Am Fleisch liegt es angeblich nicht, obwohl ich da anderer

Meinung bin. Aber muss ja jeder selbst wissen, was er seinem Körper zumutet. Onkel Dietrich sagt, es klingele in seinen Ohren und sein Blutdruck steige, wenn jemand nur das Wort ›Kleinmichlgsees‹ ausspricht. Das sei was Psychisches.« Jessy löste ihren Dutt, und ihre gepflegten dunklen Haare fielen über die Schultern bis fast zum Po. Sie zog eine Strähne heraus und wickelte sie sich um den Finger. »Außerdem hört er schon Stimmen. Es mäht.«

»Wie – es mäht?«

»Wenn er durch euer Kleinmichlkaff geht, soll es mähen.« Jessy grinste von einem Ohr zum anderen. »Nur für den Fall, dass Onkel Dietrich mal wieder fies zu dir ist – dann hast du was, um ihm Kontra zu geben. Ich glaube, mein Onkel dreht bald vollkommen durch.« Sie kreiste mit dem Zeigefinger an der Schläfe.

Dass sie ihn erneut duzte, störte Richard nicht die Bohne. Stattdessen huschte ein Lächeln über seine Lippen. Das Rätsel um die Gartenzwerge war weiterhin zu knacken, und Gutmut hatte einen an der Waffel. Mäh!

Gefrotzel

Die lauten Stimmen und das Gelächter im »Hirschen« konnte man bis auf die Straße hören. Drei Personen, die Paula noch nie in Kleinmichlgsees gesehen hatte, studierten die Speisekarte im Schaukasten. Waren das wieder die Weißenburger? Und waren auch sie es, die in der Gaststätte so einen Radau machten? Es wurde wirklich Zeit, dass sie ihrer Anwesenheit auf den Grund ging.

Die schmiedeeiserne Tür öffnete sich, die Geräuschkulisse schwoll an, und zwei schwarz gekleidete Männer torkelten Paula entgegen und entzündeten Zigaretten, die in ihren Mundwinkeln hingen.

Paula drückte sich an ihnen vorbei und war baff. Es roch nach Sauerkraut und Bier, der Leichenschmaus war noch immer in vollem Gange. Allerdings wäre niemand auf die Idee gekommen, dass man vor ein paar Stunden einen Menschen beerdigt hatte. Aufgrund der feuchtfröhlichen Stimmung – die Männer hatten ihre schwarzen Jacken ausgezogen und die Krawatten gelockert, einige Frauen tanzten zu »Fiesta Mexicana«, das aus den Boxen dröhnte – hätte der Beobachter eher auf eine gesellige Familienfeier, einen runden Geburtstag oder eine Kindstaufe, getippt. Kleinmichlgseeser und Ingreischer waren einträchtig nebeneinander versammelt, die Bierkrüge mit dem köstlichen Pinkler Bräu krachten aneinander. Deftige Witze wurden erzählt und immer wieder gerufen: »Aufn Luggi! Dasser goud naufkommt in Himmel!«

Kein Wunder, dass der Staudinger so heiß auf die Fete gewesen war. Instinktiv machte Paula einen Schritt nach hinten, aber da hatte die Resi sie bereits entdeckt und streckte zwei Finger für einen doppelten Espresso hoch. Also bahnte sich Paula ihren Weg zwischen zwei Stuhlreihen hindurch, während sie Hände schütteln und Schnapsstamperl ablehnen musste. Fast ein Wunder, dass die Beerdigungsgäste keine Polonaise tanzten.

Beim Anblick der Kommissarin schien einigen die Uhrzeit

allerdings dann doch bewusst zu werden, und sie schlüpften in ihre Mäntel. Als Paula endlich bei Resi am Tresen stand, wartete der Espresso bereits auf sie. Paula atmete den Duft tief ein.

»Hauptkommissar Gutmut möchte heute um siebzehn Uhr eine Teambesprechung im Nebenraum abhalten. Für sechs Personen. Ich weiß, dass nicht Sonntag ist, aber könnten wir vielleicht trotzdem Schäuferla bekommen?«

Resi nickte gönnerhaft. Bei einem Leichenschmaus schob sie vorsorglich auch immer ein paar Haxen und Schäuferla ins Rohr.

»Na, Sepp, trinkst noch a paar Schnäps mehr, damit der Wolferl dem Luggi auch bald nauf in Himmel folgt?«, hörte Paula eine wohl vom Lachen, Plärren und Obstlerkippen heisere Stimme grölen. »Host a bisserla nachgeholfen, gell, dass schneller geht?« Es folgte einträchtiges Männergelächter.

Tankstellenbesitzer Sepp Schuriegel schoss hoch und ballte die Faust. »Sei vorsichtig, wasd sagst! Sonst kumm ich dir nieber!«

»Wissen mir eigentlich, woran der Luggi gstorbn is? Hast du vielleicht deine Händ im Spiel ghabt?«, rief wieder der heisere Mann, und die Menge johlte.

Paula suchte nach ihm in der Menge, während sie den Tankstellenbesitzer nicht aus den Augen ließ.

Plötzlich griff sich Sepp Schuriegel einen Maßkrug und wollte damit auf seinen Kontrahenten losgehen. Ein paar starke Männer hielten ihn zurück, der Krug knallte auf den Boden, Bierschaum spritzte. Schuriegel stieß wilde Flüche aus, die Paula zwar nicht im Detail verstand, aber dass er dem Streithahn keinen schönen Nachmittag wünschte, war eindeutig.

Der zog den Kopf ein und wollte schon Richtung Toilette verschwinden, hatte aber die Rechnung ohne Paula gemacht.

Sie stellte die leere Espressotasse auf den Tresen und quetschte sich an den männlichen Gästen vorbei, die Sepp auf einen Holzstuhl gesetzt hatten und nun beruhigend auf ihn einredeten. Bevor der andere Streithahn verschwinden konnte, packte ihn Paula am Arm. »Moment, bitte!« Mit der linken Hand zückte sie ihre Dienstmarke. »Wie heißen Sie?«

»Steinberger, Gregor«, sagte der Mann mit Zungenschlag und längst nicht mehr so angriffslustig wie noch vor ein paar Minuten. »Wos gibt's?«

Nun war Paula doch schon einige Monate hier, und Kleinmichlgsees war wirklich ein winziges Kaff, aber Steinberger war ihr bisher noch nicht über den Weg gelaufen.

»Wohnen Sie in Kleinmichlgsees?«, fragte sie ihn.

»In Ingreisch.«

»Was haben Sie damit gemeint, als Sie sagten, der Herr Schuriegel könnte bei Herrn Kutzbergers Tod nachgeholfen haben?« Sie ließ Steinbergers Arm wieder los, und der Mann zog an seinem Trachtenjanker, um ihn zu glätten.

»Des wor doch ned ernst gemeint.«

»Kein sehr gelungener Scherz.«

Steinberger zog die Schultern hoch. »Däi zwaa hom halt immer gestritten. Drum hob ich grod a bisserla auf den Putz gehauen.« Er wusste nicht, wohin mit seinen Händen.

»Und worüber haben sie sich gestritten?«

»Ach, beim Luggi, Wolferl und beim Sepp ging's immer ums Geld. Oder um Politik.«

»Aber wegen unterschiedlicher politischer Meinungen bringt man doch niemanden um, zumindest nicht hier in Kleinmichlgsees«, stellte Paula fest. Sie musste fast schreien, so laut war die Geräuschkulisse. »Was war mit dem Geld?«

Steinberger zog die Schultern bis zu den Ohren hoch und wiegte den Kopf. »Der Wolferl war aweng neidisch auf den Sepp. Weil der immer angegeben hat, wie viel Geld er verdient. Als Retourkutsche hat der Sepp immer wecher die Weiber gstichelt. Angeber hat er den Wolferl genannt. Fährt mitm Cabriolet durch die Gegend, damit die Weiber glotzen, der Stenz!«

»Herr Kutzberger hatte ein Cabriolet?«

»Ich hob des wergli ned so gemeint. Ich wollt doch bloß a bisserla frotzeln.« Steinberger schaute sehnsüchtig Richtung Toiletten. »Ich mäisserd amol.«

»Trotzdem, Herr Steinberger. Ein bisserla frotzeln … Ich weiß ja nicht. Jemanden auf einem Leichenschmaus des Mordes zu bezichtigen, ist ein bisserla ein starkes Stück. Ich denke, Sie kommen morgen mal auf der Dienststelle vorbei. Dann sind Sie nüchtern, und wir können uns in aller Ruhe unterhalten.«

Steinberger nickte betreten und huschte zu den Herrentoiletten. Paula kehrte in die Wirtsstube zurück und erkundigte sich nach Sepp, aber der hatte sich verdünnisiert. Nun gut, dann würde sie sich diesen Knaben eben später zur Brust nehmen.

Wenn auch diese seltsame Information aus dem Mund eines Betrunkenen gekommen war, stand fest, dass fast alles immer ein Fünkchen Wahrheit enthielt – und wenn es nur »a bisserla« gefrotzelt war.

Auf der Wache roch es grün und gesund. Wie bei einer Fahrt durch das Knoblauchsland, das Gemüseanbaugebiet im Dreieck Nürnberg-Fürth-Erlangen. Ein Duft, der Paula fast genauso belebte wie ihre heiß geliebten gerösteten und aufgebrühten Bohnen. Jessy hatte Smoothies gemacht.

Sogleich kam Gutmuts Nichte mit einem Glas dunkelroter, dicker Flüssigkeit, die zahlreiche grobe Partikel enthielt, auf sie zugelaufen. »Das müssen Sie unbedingt trinken, Frau Frischkes. Wir haben Banane, Rote Bete, Spinat, Sellerie und Liebstöckel gemischt. Hier!« Sie hielt Paula das Glas direkt vor die Nase, ihre Augen strahlten.

Paula nahm einen Schluck.

Jessys Blick klebte förmlich an ihrem Mund. »Und?«

»Interessant«, sagte sie und stellte das Glas auf Richards Schreibtisch ab. Um kein detailliertes Geschmacksurteil abgeben zu müssen, wendete sie sich an Richard und Maria. »Im ›Hirschen‹ ist der Leichenschmaus noch immer im vollen Gange.« Sie ignorierte Richards zuckende Augenbrauen. »Sie sind über den Tankstellenbetreiber Sepp hergezogen, von wegen, er könnte bei dem Tod vom Kutzberger nachgeholfen haben. Wortführer war ein gewisser Gregor Steinberger aus Ingreisch, der auf Nachfrage angab, er habe nur ein ›bisserla‹ frotzeln wollen.«

»Ach, hören Sie bloß nicht auf die Kerle.« Maria winkte ab. Sie stand wieder vor dem Spiegel und tupfte sich Puder ins Gesicht, den ihr Jessy geliehen hatte. »Wenn die einen in der Krone haben, reden die nur dummes Zeug daher.«

»So wollte es der Steinberger auch abtun. Aber jemanden des Mordes zu bezichtigen, da hört für mich der Spaß auf.« Paula verzog den Mund. Überall zwischen ihren Zähnen hingen Fruchtfäden und undefinierbare Bröckchen, sie bedauerte es zutiefst, den guten Kaffeegeschmack durch den Smoothie ruiniert zu haben.

Kurz schoss Paula ein Gedanke durch den Kopf: Ein Pflanzengift hätte in einem solchen Smoothie die besten Chancen, nicht herausgeschmeckt zu werden.

»Ich glaube, ich werde Herrn Schuriegel einen Besuch abstatten. Kommen Sie mit, Herr Staudinger, oder zieht es Sie in den ›Hirschen‹?« Paula trat hinter Maria, blickte in den Spiegel, und gemeinsam zupften sie an ihren Haaren herum.

Richard rollte die Augen. Womit hatte er das verdient?

Wollte man an schlechtes Karma glauben, so hatte Richard davon eine Menge abbekommen. Er war nicht als Mistkäfer wiedergeboren worden, sondern, viel schlimmer, als einziger männlicher Kollege von mittlerweile drei Frauen.

»Wieso? Die Teambesprechung ist doch erst um fünf.« Er wusste genau, dass die Frischkes ihn nur mit dem Leichenschmaus hatte aufziehen wollen. »Natürlich komme ich mit.«

Die Kommissarin war wie immer erfreut, wenn sie sich bewegen durfte, und sogar Richard fühlte sich wohl bei dem Spaziergang durch den Ort. Kurz nach dem Gotteshaus liefen sie Fredl direkt in die Arme.

»Na, ihr Hübschen, wo zieht es euch denn hin? Kleiner Bummel am Nachmittag?« Fredl trug eine schwarze Lederhose, eine Lederweste und ein weißes Hemd. Bis dahin war alles okay.

Aber der rote Hut brachte Paula und Richard aus dem Konzept. Sie starrten den Zylinder an, den Fredl einem Zirkusdirektor geklaut haben musste und der eigentlich nur im Fasching zu tragen war, bis Richard tonlos fragte: »Und du?«

»Heute Morgen musste ich zweimal waschen und legen, dann war ich auf Luggis Beerdigung und dann auf seinem Leichenschmaus. So ein Stress! Jetzt muss ich mich endlich mal ausruhen, sonst krieg ich noch Tränensäcke.«

»Braucht wohl heute niemand mehr eine Dauerwelle, oder was?« Richard hatte eindeutig den falschen Beruf gewählt. Viel zu stressig.

»Es sind doch alle im ›Hirschen‹. Wer soll da heute noch in den Salon kommen?« Womit der Fredl unbewusst erneut seinen Finger in Richards Wunde legte.

»Der Sepp Schuriegel bestimmt nicht«, stellte Paula fest.

»Ich hab übrigens eine neue, tolle Story für euch«, freute sich Fredl so heftig, dass ihm der Zylinder über die Augen rutschte.

»Halte du uns bloß nicht mit deinen Geschichten auf«, maulte Richard. »Es gibt Menschen, die müssen arbeiten.«

Aber Paula war da anderer Meinung. Sie hatten noch immer keine Spur, noch immer absolut nichts in der Hand. Und selbst wenn Fredl nur wieder eine Herzschmerz-Geschichte zu bieten hatte, war sie es wert, angehört zu werden. »Schießen Sie los.«

»Es geht um den Sepp und die Gitta.«

Schon wieder der Sepp. Paula blickte zu ihrem Kollegen.

Auch der Staudinger war plötzlich ganz Ohr. »Die Gitta hat was mit diesem Kauz?« Er hätte der Fürbringerin wirklich einen besseren Geschmack zugetraut. Der Sepp war seiner Ansicht nach ein reichlich ungehobelter Klotz.

»Aber nicht doch. Die Gitta war am Herrgottsacker walken –«

»Himmel!«, stieß Paula aus.

»Wieder eine Leiche?«, fragte Richard.

»Und da hört sie ein Knacken und Rascheln im Gehölz. Ein Schnaufen und Ächzen. Sie denkt schon, dass sich hoffentlich da nicht wieder der Franggn-Ribber herumtreibt, als derjenige auch noch zu pfeifen anfängt. Ist das gruselig oder nicht? Versetzt euch mal in Gittas Lage. Allein im Wald. Dann ein Knacken und Rascheln. Dann ein unheimliches Pfeifen. Wie in einem Horrorfilm.«

»Ja, unheimlich. Und jetzt komm zum Punkt!«, fuhr Richard ungehalten dazwischen. Der Fredl, die alte Ratschen. Konnte der nicht einfach sagen, was Sache war?

Fredl blickte gen Himmel. »Hm«, machte er.

»Was – hm?«

»Etz hab ich den Faden verloren.«

»Fredl! Spuck es aus, verdammt noch mal!«

»Weil du mich auch immer unterbrechen musst, Richard. Das tut man nicht bei einer Dame.« Er schürzte die Lippen.

»Du bist keine Dame, Fredl! Du bist bloß schwul!«

Paula legte beruhigend eine Hand auf Richards Arm, während sie mit der anderen Fredls tätschelte. »Ist schon gut, ihr beiden. Was ist denn mit dem unheimlichen Pfeifer? Das interessiert mich wirklich. Schöner Hut übrigens, Fredl.«

»Danke. Also, es knackt und raschelt. Und die Gitta denkt: Hoffentlich ist des ned der Mörder. Und dann schnauft und ächzt wer …«

Richards Geduld wurde auf eine äußerst harte Probe gestellt, noch dazu, wo ihm durchaus klar war, dass der Fredl seinen Bericht absichtlich in die Länge zog. »Und dann hört sie ihn pfeifen. Pfeifen!« Kunstpause. »›Die Brücke am Kwai‹, das hat er übrigens gepfiffen. Und dann biegen sich die Äste, und aus dem Wald stapft der Sepp.« Fredl wartete auf Applaus.

»Und ich dachte schon, es war ein Dinosaurier, weil es so lange geknackt und geraschelt hat. ›Jurassic Park‹ am Herrgottsacker.« Den Spruch hatte sich Richard nun doch nicht verkneifen können. Nach alldem war Fredls Pointe wirklich nicht der Bringer.

»Und als sie ihn fragt, was er denn im Wald zu tun habe, sagt der Sepp: ›Pilze habe ich gesucht.‹« Fredl schnaubte verächtlich. »Dabei hat er nicht einen Pilz dabeigehabt, sagt die Gitta. Noch nicht einmal einen Korb!«

Pilze, dachte Paula, oha!

»Vielleicht war er bloß mal austreten und wollte das der Gitta nicht unbedingt auf die Nase binden«, entgegnete Richard. Warum sonst ging ein Mann hinter einen Baum?

»Ja, aber wenn der Sepp einmal muss, da braucht er doch nicht extra bis zum Herrgottsacker fahren oder laufen.«

Zugegeben, merkwürdig ist das schon, dachte Paula. Aber kannten sie die ganze Geschichte? Nein. Eine Geschichte, die sich von Gitta, die zu blumigen Schilderungen neigte, über Fredl, der gern etwas übertrieb, bis zu ihnen hin verbreitet hatte, konnte auf diesem Weg einige Veränderungen durchlaufen haben. »Ist

Herr Schuriegel denn als Pilzsammler bekannt?«, wollte sie wissen.

Darin waren sich die Männer wieder einig und brachen in schallendes Gelächter aus. »Der sammelt lieber Pils aus dem Zapfhahn bei der Resi, aber am allerliebsten trinkt er das dunkle Pinkler Bräu.«

Paula zog einen Mundwinkel hoch, zu mehr reichte es nicht.

Sobald sie Fredl wieder los waren, legte Paula einen Zahn zu, doch dieses Mal ließ Richard sich nicht hetzen. Gemächlich trottete er hinter ihr her, bis sie sich seinem Tempo anpasste.

»Ob mir so ein Hut stehen würde?«, fragte Richard. »Vielleicht nicht unbedingt in Rot.«

Paula wollte schon einen Witz darüber machen, doch der Staudinger schien es ernst zu meinen.

»Die Jessy sagt nämlich, ich soll mich moderner kleiden. Jeans, T-Shirt, Sneakers.«

»An einer gesünderen Ernährung arbeitet sie ja bereits, wie ich mitbekommen habe«, erwiderte Paula und freute sich jetzt schon auf Trudels Gesicht, wenn die demnächst das neue, stylische Outfit ihres Bruders sah.

Schuriegels bewohnten ein Zwei-Familien-Fachwerkhaus, das seine Blütezeit längst hinter sich hatte. Der Putz war schmutzig grau und blätterte ab, die Holzbalken waren morsch. Wie sich herausstellte, war Sepp Schuriegel nicht nach Hause gegangen, sondern vom Wirtshaus schnurstracks in seine Tankstelle gewankt. Besoffen, wie er war. Paula beschloss daher, seiner Gattin auf den Zahn zu fühlen. Wie gut kannte sich ihr Mann in der Botanik aus, und hatte er von dem Streit zwischen Kutzberger und Angerer gewusst?

Henriette Schuriegel bat sie in die Küche und setzte sogleich Wasser für den Tee auf. »Ob mei Moo was sammelt? Pilze?« Frau Schuriegel grinste schräg. »Der erkennt gerade noch die Champignons auf der Pizza und seinen Fußpilz. Außerdem ko er den Wald ned ausstehen, bloß sei Tankstelle hat der im Kopf. Mei Moo braucht den Gestank von Abgasen und Benzin, ansonsten ist der nicht glücklich. Worum fragen Sie?«

Paula schwieg, wollte keine Informationen herausrücken,

während Richard unter dem Tisch eine Katze abwehrte, die es auf seine Schnürbändel abgesehen hatte.

Plötzlich kapierte Henriette Schuriegel. »Is des wegen dem Wolferl? Der is doch mit am Fliegenpilz und einer Blume vergiftet worden, gell? Wos war des gleich für eine?«

»Blauer Eisenhut.«

»Denken Sie, mei Moo hat ihn umgebracht?«

Paula blieb höflich. »Uns interessiert nur, was Ihr Mann tagsüber im Wald zu suchen hatte.«

»Wer sachd denn, dass der im Wald wor?«

»Frau Fürbringer.«

»Und was hat die im Wald zu suchen ghabt?« Und wieder machte es klick bei Frau Schuriegel. »Denken Sie, die und mei Moo hom im Wald … na, Sie wissen schon? Hom die?« Ihre Stimme wurde schriller.

»Keine Panik, Henriette. Die Gitta war walken. Und dann hat es zwischen den Bäumen geknackt, geraschelt und gepfiffen.« Richard hielt inne. Verdammt, jetzt redete er schon wie der Friseur daher. »Und dann kam dein Sepp heraus und hat gesagt, er sammle Pilze.«

Frau Schuriegel verdrehte die Augen und schnalzte gleichzeitig mit der Zunge. »Vielleicht hot er pinkeln mäin. Der Sepp pfeift immer aufm Klo.«

Paula schüttelte heftig den Kopf. Sie hatte ein Bild vor Augen, das sich niemals in ihrem Hirn festsetzen durfte.

»Aber warum fährt er zum Herrgottsacker, wenn er muss?« Richard dachte noch immer an einen Dinosaurier, der durch den Wald brach – mit rotem Hut. Außerdem hatte er beschlossen, niemals wieder im Freien zu pieseln.

Da gehst du unbesorgt deiner Notdurft nach, und plötzlich trampelt dir die Gitta über den Weg.

»Ssssch! Ssssch!«, machte er, da der Stubentiger unterdessen die Krallen in seine Hosenbeine schlug.

Frau Schuriegel hängte Teebeutel in die Tassen. »Des musst du scho den Sepp fragen, Richard.«

Genau das hatte Paula auch vor, aber zuvor mussten sie anstandshalber Tee mit seiner Frau trinken, die nun auch noch eine

Kuchenplatte auf den Tisch stellte. Mit gedecktem Apfelkuchen. Den konnte sie dem Staudinger unmöglich versagen, wo er doch schon auf Wurst und Kraut hatte verzichten müssen.

»Wie haben sich Ihr Mann, Herr Lohmüller, Herr Kutzberger und Herr Angerer verstanden? Sie waren ja Kartelbrüder. Gab es zwischen ihnen auch mal Streit?«

»Beim Karteln gibt's immer mol Streit, des is doch klar.«

»Aber sonst war immer alles im grünen Bereich unter den Männern?« Paula ließ sich ein Stück Apfelkuchen auf einen kleinen Teller legen.

»Ach, die Soahne muss ich ja noch schlagen!«, rief Frau Schuriegel und sprang auf.

»Keine Sahne, bitte!«

»Aber wenn du unbedingt eine machen willst, Henriette …«, sagte Richard.

Und schon hatte die Hausfrau das Rührgerät aus dem Schrank genommen.

»Gab es vielleicht wegen einer Frau Animositäten?« Paula stocherte in ihrem Apfelkuchen herum.

»Was hat's gegeben? Was für a Frau denn?«

Der Rührer dröhnte, also wartete Paula, bis Frau Schuriegel eine Porzellanschüssel an den Tisch brachte. »Keine bestimmte. Aber gab es wegen so einem Thema Zoff?«

Henriette Schuriegel zuckte mit den Schultern.

»Mal 'ne Prügelei?«

»Früher vielleicht, als die noch jung worn. Da sin die Fäuste schnell geflogen.« In ihrem Kopf fing es an zu arbeiten. Warum fragten die nach einer anderen Frau? Da war doch was im Busch. War der Sepp fremdgegangen, und nur sie wusste nichts davon? Was war das für eine seltsame Geschichte mit der Gitta Fürbringer? Wieso latschte die durch den Wald, wenn ihrem Mann der Hosenschlitz offen stand? Gedankenverloren klatschte sie Sahneberge auf die Kuchen, auch auf Paulas Kuchenstück.

Wie fast jede Tankstelle hielten auch Schuriegels ein großes Angebot an Zeitungen, Zeitschriften, Schokoriegeln und Alkohol bereit. Hinter der Theke stand ein pickeliger Jüngling, der

Kaugummipäckchen einsortierte. »Servus, Richard«, begrüßte er den Polizeiobermeister und grinste Paula verlegen an.

»Wir wollen deinen Boss sprechen.«

»Der Sepp is fort.«

»Wieso, wo ist der denn?«

Der Jüngling kratzte sich hinter dem Ohr. »Sei Frau hat angerufen, und dann hat er zu mir gsachd, dass er fortmuss.«

Paula, die nebenbei in Zeitschriften geblättert hatte, sagte: »Die hat ihn gewarnt.«

Die beiden Beamten schauten sich an. Aber warum?

Franggn-Ribber

»Es geht mir allmählich auf den Geist. Dauernd hauen uns die Verdächtigen ab, von denen wir befürchten müssen, dass sie auch selbst in Gefahr sind.«

Paula und Richard spazierten gemütlich zurück gen Kleinmichlgsees. Richard lagen die zwei Stück Apfelkuchen im Magen, und Paula bereute die Sahne, die letztendlich doch zu lecker geschmeckt hatte, um sie an den Tellerrand zu schieben. Als sie um die Ecke bogen, konnte man bereits die ersten Häuser von Kleinmichlgsees und das Dach der Metzgerei Popp erkennen. »Endlich daheim«, sagte Richard.

»Wollen Sie Ihre Schwester anrufen und vermelden, dass Sie wieder gut zurückgekommen sind?«, fragte Paula trocken, dann blieben beide wie angewurzelt stehen.

Vor der Metzgerei Popp standen eindeutig fünf Nicht-Kleinmichlgseeser und verputzten Leberkäsweggla.

»Schon wieder Fremde«, sagte Richard mit zusammengekniffenen Augen.

»Vielleicht hat doch unsere Praktikantin ihre Finger im Spiel. Womöglich hat sie einen gut laufenden Blog und postet immerzu, wie schön unser Ort ist.« Paula guckte genauso angestrengt wie ihr Kollege. »Aber was regen wir uns eigentlich so auf? Die tun doch nichts. Im Gegenteil, sie kurbeln das Geschäft an. Eigentlich kann sich die Gegend freuen, wenn sie endlich touristisch erschlossen wird. Dagegen kann doch niemand etwas haben.«

»Ich habe aber was dagegen! Ich will meine Ruhe.«

Langsam gingen sie auf die Gruppe zu, die lachend und schwatzend an ihren Weggla mümmelte.

»Grüß Gott!«, sagte Paula, und es klang fast wie ein Befehl.

Die zwei Männer und drei Frauen grüßten zurück, ließen sich aber nicht stören.

»Genießen Sie Ihren Ausflug?«, fragte Paula heiter.

Richard ging langsam im Kreis um die Auswärtigen herum, von denen einer den Daumen hochhielt und schmatzte: »Super!«

»Wie sind Sie denn auf Kleinmichlgsees als Ziel Ihres Ausflugs gekommen? Ist das ein Geheimtipp, oder war das Zufall?«, fragte Paula.

Ein Mann um die sechzig im Trekking-Outfit beugte sich verschwörerisch ihr entgegen. »Ein Special für Fans.«

Plötzlich ging durch die kleine Gruppe ein Ruck. Man stieß sich gegenseitig an, tuschelte.

Ausgerechnet in diesem Moment sagte Richard: »Frau Frischkes, sehen Sie mal da.« Er hob einen Flyer vom Boden auf und reichte ihn der Kommissarin.

Die Leute zückten ihre Handys und machten wie blöd Selfies mit sich und Paula und Richard.

»Erlauben Sie mal, das geht jetzt aber zu weit!«, empörte sich Paula, und Richard hielt sich schützend die Hände vors Gesicht. »Was ist denn los?«

Aber da huschten die Fremden wie Wiesel davon, ohne Verabschiedung, ohne sich um Richards Prostest – »Halt, Moment, warten Sie!« – zu kümmern.

Paula studierte den Flyer, während Richard entgegen seinem ureigenen Naturell den Wieseln hinterhereilte. Seine Fortbewegungsart als Rennen zu bezeichnen wäre eine Übertreibung gewesen. Dennoch kehrte er völlig außer Puste zurück. »Ein Kleinbus mit Nürnberger Kennzeichen. Die haben mir noch gewinkt. So eine Frechheit!«

»Gucken Sie mal.« Paula hielt ihm den Flyer hin.

Richard konnte nicht fassen, was dort stand.

Dem Verbrechen auf der Spur – Tour durch Kleinmichlgsees

Erkunden Sie mit uns den Herrgottsacker, den Ort der grausigen Verbrechen des Franken-Rippers.
Erleben Sie Polizeiobermeister Richard Staudinger und Kriminalkommissarin Paula Frischkes live bei der Arbeit.
Spektakuläre Fälle!
Im Anschluss genießen Sie Köstlichkeiten aus der Region im Landgasthaus »Goldener Hirsch«.

Kosten pro Person: EUR 30,-
Anmeldung telefonisch

Richard schnappte nach Luft. »Die machen geführte Touren durch unseren Ort. Wegen der Morde. Was ist das denn für eine Sauerei? Haben die denn gar keinen Funken Anstand im Leib?«

»Sensationstouristen. Und wir sind die Zugpferde«, sagte Paula. »Ich möchte nur wissen, wer dahintersteckt.«

»Jessy.« Richard ließ enttäuscht die Schultern hängen. Diesen Unfug hätte er ihr nicht zugetraut. Aber wenn er an die Aktion mit den Gartenzwergen dachte …

»Das glaube ich nicht, Herr Staudinger. Gucken Sie sich den Flyer doch mal genau an. Der Text wurde auf einer Schreibmaschine getippt und anschließend auf buntes Papier kopiert. Reichlich altmodisch. So würde ein junges Mädchen nicht vorgehen.«

Aber darum würde sie sich später kümmern, jetzt musste sie erst einmal den flüchtigen Sepp Schuriegel aufstöbern. Paula rief bei dessen Frau an. Ihr Mann möge sich unverzüglich bei der Dienststelle melden, sein Verschwinden mache ihn mehr als verdächtig.

Dann schauten sie noch einmal bei der Resi im »Hirschen« vorbei. Ein paar Dauerhocker starrten in ihr schales Bier, einem sank langsam der Kopf auf die Brust. Resi hob fragend zwei Finger, doch Paula winkte ab und zeigte der Wirtin die einfach gestrickten Flyer.

»Ich hob mich schon gewundert über die vielen Leut«, sagte die Resi und versicherte, keine Ahnung von deren Herkunft zu haben.

»Unsere Zombies waren also harmlose Touristen.« Maria studierte auf der Wache den Flyer. Irgendwie war sie beruhigt.

Richard ging zur Kaffeemaschine, Paula hängte ihre Jacke über die Lehne ihres Bürostuhls, und Jessy naschte aus einer Tüte vegane Gummibärchen.

»Wenn es irgendetwas nutzt, kann ich für euch twittern oder den Text mit der Tour durch Kleinmichlgsees auf Facebook posten«, schlug sie vor. Schon flogen ihre Finger über das Display. »Zu spät. Hier hat schon jemand gepostet: ›Krasser Ort mit vielen Leichen! Führungen durchs mörderische Kleinmichlgsees jeden Samstag oder nach Vereinbarung. Treffpunkt zehn Uhr an der Kirche.‹« Jessy zog eine Schnute. »Aber nur fünf Likes.« Dann strahlte sie wieder. »Das kann ich besser …«

»Nein!«, schrie Paula, regelte ihre Lautstärke aber sofort runter. »Lieber nicht, das ist doch viel zu gefährlich. Immerhin ist wieder ein Mord passiert, Menschen verschwinden und werden krank …« Paula hielt inne.

Sie und Richard schauten sich an, Maria machte »Ups!«. Sie alle hatten wohl den gleichen Gedanken.

»Vielleicht steckt ja unser geheimnisvoller Flyer-Schreiber hinter den Geschehnissen in der letzten Zeit. Vielleicht vergiftet er die Menschen, um seine Tour attraktiver zu machen. Anscheinend besteht ein Markt dafür, nicht nur Burgen, Kirchen und Museen, sondern auch die Schauplätze von Mordfällen zu besuchen«, überlegte Richard laut.

»Burgen, Kirchen und Museen sind aber öde«, wandte Jessy ein.

Paula lehnte sich gegen die Wand, um besser nachdenken zu können. »Es passieren wirklich unglaubliche Sachen, besonders in Kleinmichlgsees«, sagte sie dann. »Aber dass jemand Menschen vergiftet, um ein paar Kröten zu verdienen, das kann ich nicht glauben. Will ich nicht. Dreißig Euro! Wie viele Touristen haben wir denn in den letzten Tagen gesehen? Zehn, fünfzehn? Maximal zwanzig.«

Jessy tippte in ihr Handy. »Bei zwanzig ergibt das sechshundert Euro. Wow!«

»Komm bloß nicht auf dumme Gedanken«, sagte Richard streng. »Oder steckst du hinter dem Mist?«

Jessy schüttelte so heftig den Kopf, dass sich eine dicke Strähne aus ihrem Dutt löste und auf ihre Schulter fiel. »Ach ja, beinahe hätte ich es vergessen, da hat eine Frau für Sie angerufen, Herr Staudinger. Hier, ich hab eine Notiz gemacht.« Sie reichte ihm einen Zettel, der über und über mit Blumen, Herzen und Sonnen bekritzelt war. Dazwischen fand sich etwas Text. »Immer kriege ich die seltsamen Anrufer ab. Die Frau wollte mir ihren Namen nicht verraten und nur wissen, ob Sie lieber Rollkragen oder Rundausschnitt mögen. Dabei strickt Ihnen die Trudel doch schon einen Pullover.«

»Ich kann selbst gestrickte Pullover nicht ausstehen. Ich kann Selbstgestricktes überhaupt nicht ausstehen. Auf den Tod nicht!«

Déjà-vu

Genauso hatte es vor ein paar Monaten auch begonnen. Sie, Gitta, war ahnungslos von der Bushaltestelle nach Kleinmichlgsees geschlendert und auf dem Weg zu … Ja, wohin war sie damals eigentlich unterwegs gewesen? Ach ja, sie hatte zur Metzgerei Popp gewollt, als sie mitten auf dem Sportplatz von Kleinmichlgsees ein scheinbar unbesetztes Auto erblickte. Bei näherer Betrachtung, Gitta hatte deswegen extra den riesigen Sportplatz überqueren müssen, hatte sich herausgestellt, dass im Auto ein Toter hockte.

Heute: ein Déjà-vu! Nach der Arbeit hatte sie bei Rita Popp ein Pfund Suppenfleisch und einen Snack gekauft. Wegen ihres Jobs hatte sie leider den Leichenschmaus verpasst, war aber gedanklich natürlich mit dabei gewesen. Jetzt verlangte ihr Magen eine Entschädigung, deshalb der Snack.

Normalerweise nahm sie den Weg über den Dorfplatz. Doch aus einem unerfindlichen Grund war sie heute hinten um die Kirche herum- und durch die Seilergasse gegangen, die so interessant war wie die Zeitung von gestern. Da sah sie Sepps Auto stehen. Was an sich schon seltsam war. Warum parkte der seinen Wagen hinter der Kirche, wo er doch einen Carport vor seinem Haus hatte? Schon wieder fiel ihr der Sepp unangenehm auf.

Wenn du kan Ärcher willsd, Gidda, dann geh weiter!

Das hatte die Erfahrung gezeigt. Ihre innere Stimme war die Stimme der Vernunft, doch wer hörte schon darauf, wenn die Neugier dominierte?

Und was konnte gefährlich an einem mitten im Ort abgestellten Auto sein, das mit geöffnetem Fenster im absoluten Halteverbot stand? Hopperla! Gitta kniff die Augen zusammen. Da saß doch wer drin. Hektisch fummelte sie ihr blaues Etui aus der Handtasche und setzte ihre Brille auf.

Tatsächlich. Auf der Fahrerseite saß wer.

Déjà-vu!

Der Sepp.

Langsam ging Gitta näher, den Sepp nicht aus den Augen lassend. »Hallo, Sepp«, sagte sie, und es klang wie eine Frage. Auf die sie allerdings keine Antwort erhielt. »Sepp?« Nun energischer.

Gitta ging näher und noch näher an das geöffnete Fenster heran. Und zuckte zurück.

Déjà-vu! Déjà-vu!

Gitta rannte schreiend davon.

Der Sepp war tot.

Seitensprung

Paula wählte die Telefonnummer, die auf dem Flyer angegeben war, und lauschte gespannt. Sie musste es lange klingeln lassen.

Endlich meldete sich jemand: »Hallo.«

Mit verstellter Stimme fragte Paula: »Kann ich bei Ihnen die Führung ›Dem Verbrechen auf der Spur‹ durch Kleinmichlgsees buchen? Ich habe Ihren Flyer von meiner Freundin, die schon dabei und ganz begeistert war. Wie kann ich für den Ausflug bezahlen, Herr …?«

»Müller. Unsere nächste Tour durch Kleinmichlgsees findet am Samstag statt. Wir treffen uns um zehn Uhr vor der Kirche. Das Mittagessen im ›Goldenen Hirschen‹ ist in den Kosten von dreißig Euro nicht dabei, diese werden vor Ort bar kassiert.« Müller las wohl von einer Vorlage ab. »Aber dafür erleben Sie die legendären Kleinmichlgseeser Polizisten live bei der Arbeit und können Fotos an den Tatorten des Franken-Rippers machen. Am Herrgottsacker hat man immerhin schon drei Leichen gefunden.« Er lachte heiser. »Und aus vertraulicher Quelle weiß ich, dass es in den letzten Tagen erneut zwei mysteriöse Todesfälle im Ort gegeben hat.«

Paula blieb die Spucke weg. Zwar hatte sie wirklich Wichtigeres zu tun, aber bei so viel Dreistigkeit musste sie handeln. »Wo befindet sich eigentlich Ihr Reisebüro, Herr Müller?« Der 0911-Vorwahl nach musste es in Nürnberg, Fürth oder Umgebung sein.

Eine Weile herrschte am anderen Ende Stille, bis ein Räuspern folgte. Dann: »Äh … Ich habe nur eine kleine Agentur.« Es raschelte nahe dem Hörer. »Und jetzt muss ich leider Schluss machen, ich habe Kundschaft, Sie verstehen.« Damit beendete er das Gespräch.

»Niemals hat der eine Reiseagentur.« Paula war wütend. »Da verdient sich einer privat auf unsere Kosten ein paar Mäuse dazu. Den werden wir uns am Samstag angucken!«

»Ich komme mit«, sagte Maria. »Ich will unbedingt wissen, wer dahintersteckt.«

»Ich auch!«, rief Jessy, riss dann aber plötzlich die Augen auf, sprang von ihrem Stuhl empor, schnappte sich Richards Stenoblock und eilte zum Besuchertresen.

Richard folgte ihr mit dem Kopf und erschrak, als er Gitta in der Wache stehen sah.

»Wie können wir Ihnen helfen?«, zwitscherte Jessy.

»Wie bist du denn reingekommen, ohne dass die Tür quietscht?«, grummelte Richard.

Gitta schnaufte schwer. »Host du vielleicht an Schnaps für miich? Is mir schlecht!«

»Ohmeingottohmeingottohmeingott!«, rief Jessy. »Frau Frischkes, wir haben wieder eine Vergiftete!«

»Naaa, iich doch ned!«, winkte die Gitta ab. »Des worn dem Erwin seine Brodwärschd.«

Jessy bekam wieder große Puppenaugen. »Die Bratwürste sind vergiftet?«

Gitta verdrehte die Augen. Was schnabelte das Gör bloß dauernd dazwischen? »Ned vergiftet! Zu viel worn's. Drei Wärschd mit Kartofflsalad und a Brezn. Dabei wollt iich eigentlich bloß mei Pfund Subbnfleisch hulln. Iich bin so babbsadd, do geht ka Bissn mehr nunder, mir tanzt es Zäpfla scho im Hals.«

Paula, längst nicht mehr so verstört über die fränkischen Ergüsse wie zu Beginn ihrer Zeit in Kleinmichlgsees und durchaus schon einigermaßen gut darin trainiert, sie zu übersetzen, filterte Bratwürste, Kartoffelsalat und Suppenfleisch heraus und reimte sich den Rest zusammen: Gitta hatte sich überfressen. Als das vollbracht war, versuchte sie, in sich hineinzuspüren, wie wohl ein Gaumenzäpfchen im Hals tanzte.

Richard gab sein Schnapsversteck nur ungern preis, wobei dies längst ein offenes Geheimnis war. Er rückte sein einziges Schnapsglas heraus, wischte es am Hosenboden blank und goss der Gitta einen doppelstöckigen Obstler ein, den diese, ohne mit der Wimper zu zucken – Kopf in den Nacken –, hinunterkippte.

»Danke, Richard! Mei Magen wärd immer empfindlicher. Bei jeder Leich wärd's mir schlecht!« Sie stieß ein leises Rülpserchen aus und hatte schon wieder Farbe im Gesicht.

»Leiche?«, fragte Paula. Das durfte doch nicht wahr sein! Hatte die Baumarktangestellte tatsächlich wieder einen toten Menschen gefunden? Und futterte sich die Plauze voll, um sich dann darüber zu wundern, dass ihr übel war?

»Den ganzen Dooch hob iich an den Leichenschmaus denken mäin. Und wäi iich dann beim Erwin in der Metzgerei wor und die Wärschd und die Ribbla und Fleischküchla gsegn hob, da wor's mit meiner Selbstbeherrschung vorbei.«

»Jaja, wirklich schlimm, wenn man Appetit hat. Aber was ist jetzt mit der Leiche?« Paula merkte, wie Hitze in ihr aufstieg. Hatten sie ein weiteres Giftmordopfer? Ging ein wahnsinniger Mörder um? Wenn dem so war, schwebten in Kleinmichlgsees und den umliegenden Ortschaften womöglich bald alle in Gefahr.

»Der Sepp, Frau Kommissarin, der Schuriegel Sepp liechd hinter der Kärch tot in seim Auto.«

»Ach, darum meldet der sich nicht mehr«, sagte Richard und schraubte den Obstler erneut auf.

Sie wollten gerade geschlossen die Wache verlassen, um zum toten Sepp zu gehen – nur Gitta weigerte sich, sie wollte sich lieber aweng auf ihr Sofa legen –, da liefen sie Hauptkommissar Gutmut direkt in die Arme. Das Scheusal schien einen Riecher für Morde zu haben.

»Wohin des Weges?«, wollte er prompt wissen.

Das Gleiche hatte Paula ihn eigentlich gerade fragen wollen. Hielt ihn außer den Schäuferla bei Resi vielleicht eine heimliche Geliebte im Ort? Oder war er mit dem Doktor einen heben gewesen?

»Wir haben eine Leiche, Onkel Dietrich, stell dir vor! Und die Frau Fürbringer hat sich vielleicht auch vergiftet. Bei ihr sind die Bratwürste vom Metzger dran schuld.«

»Haben Sie den Mann schon verhaftet?«, fragte Gutmut und wunderte sich, warum in einem so mickrigen Kaff die Menschen reihenweise wie in einem Edgar-Wallace-Krimi umgebracht wurden. Er war wie immer wie aus dem Ei gepellt. Makellos faltenloser anthrazitfarbener Anzug, auch das Hemd war tipptopp. Das dunkle Haar wie frisch vom Friseur.

»Sie haben Ihre Nichte falsch verstanden. Die Bratwürste vom Metzger sind in Ordnung, aber der Sepp anscheinend nicht. Das sagt jedenfalls die Gitta. Wir sind gerade auf dem Weg zu der Leiche«, erklärte Richard.

Gutmut musterte Gitta mit einer Miene, als hätte er Zahnschmerzen. Die Person war ihm suspekt. Hätte er einen triftigen Grund, er hätte sie längst rein prophylaktisch weggesperrt. Sie musste nur einmal husten, und schon fiel wieder einer aus dem Kleinmichlkaff tot um.

Das Ganze sah mehr nach einem Abteilungsausflug als nach einer Ermittlung aus, dachte Gutmut. Ganz gewiss würde er ein Auge darauf haben. »Dann mal alle Mann los, marsch, marsch!«, donnerte er.

Das Kommando löste bei Richard nur den Reflex aus, erst recht stehen zu bleiben. Sie waren doch nicht beim Bund!

»Ich glaube nicht, dass es nötig ist, dass Sie Ihre wertvolle Zeit mit uns vergeuden«, sagte Paula. »Wenn Sie mit Ihrer Nichte lieber ein Fruchteis essen wollen …?«

»Oh ja!«, jubelte Jessy.

Aber Gutmut war da anderer Ansicht. »Sie, Sie …« Er deutete mit dem Finger auf Paula und Richard, »und die Zeugin Fürbringer werden mich begleiten. Frau Heberle und Jessica bleiben in der Wache, die immer besetzt sein sollte. Was, wie ich des Öfteren schon feststellen musste, nicht immer der Fall ist.«

»Passiert ja auch nichts«, maulte Richard leise.

Aber Gutmut hörte wie ein Luchs. Sein viel zitierter Satz »Gutmut sieht, hört und weiß alles« bewahrheitete sich wieder einmal. »Wanderleichen, Giftmorde, flüchtige Verdächtige und ebensolche Gartenzwerge nennen Sie nichts?«

Richard konnte nicht anders, es rutschte ihm einfach heraus: »Määäh!«

»Wie?«, machte Gutmut.

»Määähr ist in letzter Zeit aber wirklich nicht passiert«, rettete sich Richard.

»Ist das der Wagen von Herrn Schuriegel?«, fragte Paula, und Richard nickte.

Gutmut ließ die Kollegen vorausgehen, er würde sich die Hände bestimmt nicht schmutzig machen. Er war der Entscheidungsträger, Arbeit delegierte er.

Gitta drückte sich hinter seinem Rücken herum.

Die Kleinmichlgseeser Polizisten gingen an die Fahrerseite des Wagens, blickten ins Innere. Paula öffnete vorsichtig die Tür, berührte die Schulter des Toten, zuckte zurück und verzog angewidert das Gesicht. Sie machte einen Schritt nach hinten und ließ Richard den Vortritt.

Er beugte sich über die Leiche, fühlte deren Puls und wandte den Kopf ab. »Oh Gott«, sagte er. »Der stinkt ja wie die Pest.«

Paula ging mit einem seltsamen Gesichtsausdruck auf Gutmut zu. »Sepp Schuriegel lebt.«

»Sie belieben zu scherzen, werte Kollegin.«

»Niemand wagt es, mit Ihnen zu scherzen.« Paula verzog die Mundwinkel. »Er schläft nur seinen Rausch aus.«

Gitta riskierte einen Blick über Gutmuts Schulter. »Isser dod?«

»Nein, Gitta«, sagte Richard nicht besonders fröhlich. »Er ist nur sturzbesoffen und hat eine Fahne, die zehn Kilometer gegen den Wind stinkt. Wenn du ihn dir genauer angeschaut hättest, hättest du es gemerkt.«

Gitta klappte ihren Mantelkragen hoch, als könnte der sie vor der plötzlichen Kälte, die ihr entgegenschlug, schützen. In der Hand hielt sie immer noch die Tüte mit dem Pfund Suppenfleisch. »Ganz ehrlich, Richard, wenn ich in den letzten Monaten an Menschen gfunden hob, bei dem die Augen zu worn, dann wor der meistens dod.«

Gutmut verzichtete auf jeglichen Kommentar und ging kopfschüttelnd zurück zur Wache.

Gitta rauschte in die entgegengesetzte Richtung ab. Der Polizei konnte man es aber auch nie recht machen!

Paula rief Frau Schuriegel an, um ihr mitzuteilen, wo ihr Mann abzuholen sei.

»Besser, einer von uns bleibt bis dahin hier und passt auf den Sepp auf. Nicht dass der auch noch im Beichtstuhl endet«, sagte Richard. »Mit seiner Vernehmung müssen wir wohl bis morgen warten.«

»Wenn Sie möchten, Herr Staudinger, können Sie zurückgehen. Ich bleibe hier«, sagte Paula.

Doch Richard war plötzlich mit seinen Gedanken woanders. Eine wohlproportionierte, schwarz gekleidete Frau kam auf die beiden Beamten zu. Richard winkte ihr schüchtern zu.

Paula musterte die Frau. Sie war nicht aus dem Ort und bestimmt keine Touristin, die sich für dreißig Euro an Morden ergötzte. Irgendwo hatte Paula sie schon einmal gesehen. Vermutlich, ihrer Bekleidung nach zu urteilen, am Morgen auf der Beerdigung.

»Grüß Gott, Herr Kommissar«, sagte sie lächelnd und reichte Richard die Hand. Paula war Luft für sie, und das war vielleicht nicht einmal Absicht.

Richard übersah es, seinen zu hohen Rang zu korrigieren. »Frau Hirschmann …« Er schüttelte ihre Hand ein bisschen zu lange. »Hatten Sie einen angenehmen Tag?«

Sie wiegte den Kopf. »Wenn man von Luggis Beerdigung und einem Leichenschmaus, bei dem schmutzige Witze erzählt wurden, absieht, ja. Ich komme gerade von meiner Freundin Jutta und wollte zurück nach Nürnberg fahren. Leider habe ich nur einen Tag Urlaub.«

Paula räusperte sich. Hatte Staudinger einen Aufriss gemacht?

Dem fiel erst jetzt seine Chefin wieder ein, und er stellte die Damen einander vor.

»Seltsam, dass wir uns noch nie begegnet sind«, sagte Paula.

»Ach, meist kommt Jutta nach Nürnberg, und wir gehen in der Fußgängerzone bummeln oder abends in einen Club.« Einen Teufel würde sie tun und der Kommissarin von ihrem Verhältnis mit Wolferl erzählen. Sie hatte es so lange geheim halten können, dann sollte es nach Wolferls Tod auch nicht mehr ans Tageslicht kommen. Und auch sonst ging niemanden ihr Privatleben was an!

»Waren Sie auch mit Herrn Lohmüller befreundet?«

»Ach nein, nicht befreundet. Ich habe ihn kennengelernt, als ich Jutta besuchte. Wir waren zu dritt aus, hatten Spaß. Und ich fand es einfach richtig, ihm die letzte Ehre zu erweisen.«

»Dann kannten Sie Wolfgang Kutzberger sicher auch?« Paula

ließ nicht locker. Womöglich handelte es sich bei der Frau um diese ominöse Singlefrau, deren Existenz sie ehrlich gesagt unterdessen schon bezweifelt hatte.

»Wolfgang Kutzberger? Nein, tut mir leid.« Da ihr die nicht verhehlte Ausfragerei der Kommissarin zu brenzlig wurde, drückte sie dem völlig überrumpelten Richard rechts und links ein Küsschen auf die Wange. »Bis bald, Herr Kommissar!« Dann nickte sie Paula zu und stöckelte davon.

Richards Kopf wackelte im Takt ihres wippenden Pos mit.

»Aber hallo!« Paula konnte sich ein Grinsen nicht verkneifen. Die Dame hatte sich für ihren Geschmack etwas zu eilig verabschiedet. Log die? Luggi Lohmüller kannte sie, Wolfgang Kutzberger aber nicht? Sie würde Jutta einen Besuch abstatten, vielleicht kam sie mit ihr weiter. Notfalls würde sie die flotte Frau Hirschmann vorladen.

Richard sah Steffi noch nach, als die schon längst verschwunden war.

Seine romantische Anwandlung versüßte Paula ein wenig den Ärger über Frau Schuriegel. Die ließ sich wirklich Zeit damit, ihren Mann abzuholen. Die war doch in fünf Minuten von ihrem Haus rüber zur Kirche gelaufen. Malte sie sich vielleicht noch die Lippen an? An ihrer statt kamen zwei Frauen in Trauerkleidung auf die Beamten zu.

Liesel Storch und Hanne Kobalzky hatten eindeutig den Leichenschmaus hinter sich und hatten nicht nur einen über den Durst getrunken. Paula konnte sich die ausgeartete Veranstaltung nur damit erklären, dass Ludwig, Luggi, Lohmüller selbst eine Feiernase gewesen war. Die Storch und die Kobalzky waren schreckliche Lästermäuler, und Paula war froh, wenn sie sie nur von hinten sehen musste.

Dieses Glück war ihr heute nicht beschert.

»Hallo, Richard«, lallte Liesel und hing an Hannes Arm, als wollte sie ihn in die Länge ziehen. Paula war mal wieder Luft. »Na, hast du dein junges Gemüse heute gar nicht dabei?« Sie kicherte hässlich.

»Is die nich ein bisschen jung für disch?«, machte Hanne weiter.

Und weil Richard partout nicht kapieren wollte, setzte wieder Liesel ein: »Na, die Dünne mit den schwarzen Klamotten.«

Richard stutzte. Verspotteten sie ihn wegen Jessy?

»Geht ihr zwei mal lieber nach Hause und schlaft euren Rausch aus, anstatt die Polizei bei ihrer Arbeit zu behindern.«

Die Frauen brachen in schallendes Gelächter aus und torkelten weiter.

»Machen Sie sich nichts daraus, Herr Staudinger.«

Aber Richard machte sich sehr wohl etwas daraus. Da kümmerte er sich um den Polizeinachwuchs und erntete dafür nur Spott. Während Paula auch weiterhin auf Frau Schuriegel wartete, trottete er geknickt zur Wache zurück.

Als er gerade die Straße hinter dem Dorfplatz überqueren wollte, hörte er einen Motor aufheulen. Ein seltenes Geräusch in Kleinmichlgsees. Normalerweise raste niemand durch den Ort.

Richard blickte nach rechts und sah das Auto regelrecht auf sich zuschießen. Der Fahrer gab Gas. Er konnte nicht denken, nur noch reagieren. Seinem Instinkt folgend sprang Richard nach vorn und rollte zur Seite. Das Auto verpasste ihn um Millimeter, Richard spürte den Windzug, Steinchen prasselten neben ihm zu Boden. Er hob den Kopf. Ein schwarzer, dunkelblauer oder dunkelbrauner Wagen. Unmöglich, das Kennzeichen zu lesen. Normalerweise rast niemand durch den Ort, dachte er nochmals. Der Fahrer hatte bewusst Gas gegeben, es auf ihn, auf sein Leben abgesehen gehabt. Der Gedanke brannte sich in sein Gehirn ein.

Jemand hat versucht, mich umzubringen!

Boxershorts

Blitzschnell rappelte Richard sich auf, doch von dem Auto war nichts mehr zu sehen. Er hätte genug Adrenalin in sich gehabt, um dem Wagen nachzurennen, andererseits stand er unter Schock, sodass er sich mit seiner Uniformhose beschäftigte, die unter seinem ungeplanten Stunt gelitten hatte.

Plötzlich stand Paula neben Richard. Sie war völlig außer Atem. »Herr Staudinger, um Himmels willen, ist Ihnen etwas passiert? Wollte der Sie überfahren? Konnten Sie den Fahrer erkennen, das Autokennzeichen? Was war es für ein Auto?« Sie rannte ein Stück in die Richtung, in die der Wagen gebraust war, dann kehrte sie wieder um. »Haben Sie den Fahrer erkannt?«

Richard schüttelte den Kopf. »Es ging alles so schnell.« Er verrenkte sich den Hals, als würde er an seiner Rückseite nach etwas suchen.

»Hoffentlich kann die Trudel die Hose wieder nähen.« Es war nur eine geplatzte Naht, allerdings klaffte sie daumenlang an einer pikanten Stelle, nämlich an Richards verlängertem Rücken, auseinander.

Paula wollte ihren »gschamigen« Kollegen nicht in Verlegenheit bringen und kommentierte die Hose nicht. Sollte Maria doch die heikle Aufgabe übernehmen und dem Staudinger beibringen, dass seine Unterwäsche hervorblitzte. »Konnten Sie wirklich nichts erkennen?«, fragte sie erneut.

»Nichts hab ich gesehen, verflucht! Gar nichts. Nur dass es ein dunkles Fahrzeug war.« Seine Stimme zitterte. »Aber eines kann ich mit Sicherheit sagen: Das war pure Absicht. Der Fahrer hat genau auf mich zugehalten! Und als ich schon auf der Straße war, hat er noch einmal Gas gegeben.«

Jemand hat versucht, mich umzubringen!

Während Paula erneut zum schlafenden Sepp zurückging, um auf Frau Schuriegel zu warten, die sich mittlerweile unverschämt viel Zeit ließ, wankte Richard in die Wache. Bei jedem noch so kleinen Geräusch blieb er stehen und schaute sich um. Als er eine Gasse überqueren musste, klopfte ihm das Herz bis zum Hals. In seinem ganzen Leben war ihm so etwas noch nie passiert. Ein Mordanschlag, ganz sicher. Wer konnte nur so einen Groll auf ihn haben? Er hatte doch wirklich keiner Fliege etwas zuleide getan. Dann öffnete er die Tür.

Gutmut saß an Richards Schreibtisch und hielt einen Kaffeehumpen in der Hand. Es war die Tasse der Kommissarin. Er hatte sich am restlichen Kaffee bedient, der auf der Warmhalteplatte stand. Das würde der Frischkes gar nicht schmecken. Wahrscheinlich würde sie den Humpen mit Sagrotan desinfizieren oder gleich in den Müll werfen.

»Lebt Ihr Mordopfer immer noch, oder müssen wir erneut ausrücken?«, war Gutmuts zu erwartender Kommentar. Er prostete Richard mit der Tasse zu. »Aber trösten Sie sich, Herr Staudinger, von Ihrem Kleinmichlkaff bin ich ja nichts anderes gewohnt. Sie sind wirklich zu bedauern mit Ihrer Vorgesetzten und den vielen verrückten Weibern, die in diesem Nest herumlaufen.«

Richards Mund öffnete sich, wenngleich ihm noch die entsprechenden Worte fehlten, um Gutmut Kontra zu geben.

Jessy war schneller: »So kannst du das nun auch nicht sagen, Onkel Dietrich. Die Paula, also die Frau Frischkes, die hat es total drauf, ehrlich. Und die Maria ist so lieb – und der Richard erst! Die haben hier den totalen Stress, und dann kommst du und sagst so was Gemeines, das ist doch total unfair!«, begehrte die Kleine auf.

Gutmut zuckte wortlos mit den Schultern, aber es war nicht zu übersehen, dass er von der Standpauke irritiert war.

Richard konnte sogar wieder ein wenig lächeln. Wenn das die Frischkes gehört hätte! Dann drehte er sich bedauerlicherweise um, und Maria und Jessy riefen im Chor: »Uiih, gepunktete Boxershorts!«

Paula war sauer. Diese Schuriegels! Von Anfang an hatten beide Ärger gemacht. Wo blieb diese Person bloß? Wollte sie ihren Göttergatten nicht wieder zurückhaben? Mittlerweile hatte

Sepp durch mehrmaliges lautes Schnarchen kundgetan, dass er noch am Leben war. Allmählich kroch Paula die Kälte die Beine hoch, der Herbst war deutlich zu spüren. Und nichts hasste die Kommissarin so wie untätiges Herumstehen. Seit ihrem ersten Gespräch hatte sie schon zweimal bei Frau Schuriegel auf dem Festnetz angerufen, die jedoch nicht abnahm. Eigentlich ein Zeichen, dass sie sich in Bewegung gesetzt hatte. Ihre Handynummer besaß Paula leider nicht. »Nun komm aber mal in die Puschen!«, schimpfte sie vor sich hin.

Endlich kam die Schuriegel im Stechschritt daher. Eine Entschuldigung für ihr spätes Erscheinen hielt sie nicht für nötig. »Wenn Sie aweng mit anpacken, können mir den Sepp auf den Beifahrersitz hieven, dann schaff ich des bsuffne Woagnscheidla heim.«

Ihrem gesunden Instinkt folgend fragte Paula, als sie Sepp von der Beifahrerseite aus bereits unter die Arme gegriffen hatte: »Haben Sie eigentlich noch ein zweites Auto?«

Frau Schuriegel ließ die Beine ihres Mannes, an denen sie wahlweise schob und zerrte, abrupt los. »Mir? A zweites Auto? Wieso?«

Nun ließ auch Paula »des bsuffne Woagnscheidla« los. »Haben Sie?«

Frau Schuriegel zupfte dem Sepp eine Fussel von der Hose. »Ach, na ja, an Kleinwagen. Aber der steht praktisch immer in der Garage.«

»Sind Sie heute damit gefahren, Frau Schuriegel?«

»Ich? Heut? Naa.«

»Ganz sicher? Sie haben nicht zufällig eben eine kleine Runde durch den Ort gedreht?«, fragte Paula weiter, obwohl sie überzeugt war, dass Frau Schuriegel den Beinahe-Crash mit Fahrerflucht kaum gestehen würde. Aber eine vage Chance bestand ja immer.

Henriette Schuriegel blickte sie mit schräg gelegtem Kopf an: *Können diese Augen lügen?* »Naa, ganz bestimmt ned.«

Aber warum sollte die Frau auch den Staudinger über den Haufen fahren wollen? Wer überhaupt sollte ihn über den Haufen fahren wollen?

Als Sepp auf dem Beifahrersitz verstaut war, setzte sich seine Frau hinter das Lenkrad.

»Ihr Mann soll sich bitte morgen auf der Dienststelle melden.« Paula hielt die Fahrertür fest, die Henriette Schuriegel nur zu gern zugeschlagen hätte. »Aber wirklich, verstehen Sie? Er handelt sich sonst ernsthafte Schwierigkeiten ein.« Die Gattin nickte, drehte den Zündschlüssel und gab Gas.

Auf dem Weg zur Wache schaute sich Paula die Stelle, an der Richard um ein Haar überfahren worden war, noch einmal genauer an. Die Straße am Dorfplatz entlang war schnurgerade. Kein Fahrer der Welt hätte Richard übersehen können.

»Genießt du die gute Luft?«, fragte eine Stimme hinter ihr, und schon legte sich ein Lächeln auf Paulas Gesicht.

»Der Herr Hauptkommissar sieht sich auch mal wieder auf dem Land um.« Für einen Moment war sie versucht, Andreas zu küssen. Mit größter Wahrscheinlichkeit hätte er sich nicht einmal dagegen gewehrt.

Den gesamten Weg zur Wache fragte sie sich, warum sie es nicht getan hatte, verdammt noch mal. Wieder eine Chance vertan.

Maria war reichlich enttäuscht, dass Is Weggla den Stefan nicht mitgebracht hatte.

Richard klebte mit dem Rücken an der Wand. Er hatte nur die Rückkehr seiner Chefin abwarten wollen, um anschließend schleunigst nach Hause zu flitzen und die Hose zu wechseln. Maria und Jessy gegenüber hatte er behauptet, sich zu schwungvoll gebückt zu haben.

»Na, Richard, alles okay? Du siehst so bedrückt aus«, begrüßte ihn Andreas.

»Herr Staudinger wurde eben beinahe von einem Auto überfahren«, raunte Paula Andreas leise zu. Sie wollte nicht, dass Gutmut sich womöglich darüber lustig machte, unsensibel, wie der Klotz war. Denn anscheinend hatte Richard selbst über den Zwischenfall kein Wort verloren. »Und es scheint fast so, als ob der Fahrer absichtlich direkt auf ihn zugehalten hat. Nun frage ich mich, wenn wir davon ausgehen, dass es jemand auf diese Männerrunde abgesehen hat, warum jetzt unser Richard?«

Maria hatte sich den Klammertacker geschnappt. »So kannst du das mit deiner Hose nicht lassen, Richard. Bei jedem Schritt reißt die Naht weiter auf. Du stellst dich aber auch immer an!« Schon stand sie mit dem Tacker schnappend vor ihrem Kollegen, der sich heftig wehrte.

»Bist du verrückt? Willst du mir die Hose an den Hintern heften, oder was?«

Maria fuhr angriffslustig mit dem Tacker durch die Luft. Jessy und ihr Onkel beobachteten die Szene gespannt.

»Finger weg! Außerdem kann ich nichts dafür, dass mich dieser Wahnsinnige fast zu Brei gefahren hat.« *Shit!* Im selben Moment hätte er sich die Zunge abbeißen können.

»Was?«, machte Maria.

»Da draußen rast ein Geistesgestörter durch den Ort. Wäre ich nicht zur Seite gesprungen, wäre ich jetzt tot!« So, das sollte genügen, dass sie seine Hose in Frieden ließ. Maria knallte den Tacker auf den Schreibtisch. »Das ist ja furchtbar! Und da stehst du hier seelenruhig herum? Dagegen müssen wir was unternehmen!«

»Das finde ich allerdings auch«, sagte Gutmut und zog die Stirn in Falten. Dieses Kaff war wirklich merkwürdig, vielleicht trat irgendwo ein bewusstseinsveränderndes Gas aus? Oder naschten die Käffler heimlich von halluzinogenen Pflanzen? Von Pilzen vielleicht? »Bisher wurden die Kleinmichlgseeser Männer doch vergiftet. Ist der Mörder jetzt etwa aufs Auto umgestiegen?«

»Der Mörder? Sie haben Ihre Mörderin doch schon!«, zickte Paula.

»In der Tat, und was haben Sie?«

Richard beschloss, sich nicht einzumischen. Das sollten die Chefs unter sich ausmachen. Er verließ die Wache und eilte, er hatte Glück, ungesehen nach Hause, wo er eine andere Uniformhose anzog. Da Trudel anscheinend unterwegs war, dauerte die Aktion keine Viertelstunde. Auf dem Rückweg entdeckte er vor der Wache Babsi, die immer wieder vorsichtig einen Blick ins Innere warf.

»Warum gehst du denn nicht rein?«, fragte er sie.

»Ich wollte nicht bei der Besprechung stören«, entschuldigte sich Babsi, die am liebsten wieder kehrtgemacht hätte. Wenn die Kripo aus Nürnberg da war, brannte die Luft. Da war sie ja in was reingeplatzt! Besonders der James-Bond-Verschnitt, der Ulla als Mörderin verhaftet hatte, jagte ihr gehörigen Respekt ein. Sie bereute es jetzt schon, hergekommen zu sein. Ein falsches Wort und sie landete vielleicht wie Wolferls Frau im Kittchen. Andererseits war das, was sie zu sagen hatte, für die Polizei wichtig. »Der Lorenz ist ansprechbar, es geht ihm besser. Ich war bei ihm im Krankenhaus.«

»Das ist eine wunderbare Nachricht!«, rief Paula. »Hat er Ihnen gesagt, was passiert ist?«

Babsi wurde verlegen. »Ned direkt.«

»Was soll das heißen? Warum warst du überhaupt bei ihm?«, fragte Richard schroff.

»Ich hob so a schlechtes Gewissen gehabt, weil ich mich ned um ihn gekümmert hob, sondern bloß um mein Handy. Immerhin sin mir Freunde.« Dann kicherte sie und sagte leise: »Vielleicht wird ja doch amol aweng mehr draus.«

Paula zog eine Augenbraue hoch. Hört, hört!

»Wie ich ihn heut besucht hob, is mir erst bewusst worn, dass der Lorenz a echt netter Kerl is und total subber ausschaut.«

Im Engelshemd und mit Infusionsschlauch im Arm – total subber!, dachte Richard. Allerdings war der Lorenz neben ihm einer der wenigen begehrten Junggesellen in der Gegend, da konnte eine Frau schon mal den Realitätssinn verlieren.

»Wie der so dagelegen is, der Arme. Drücken hätt ich ihn wollen. Des hot richtig gefunkt bei mir.« Babsi seufzte. »Und er hat mir zugezwinkert, als wollerd er mir wos sagen. Dann isser aber leider wieder eingeschlafen.«

»Vielleicht hat er dir vorher noch verraten, wer ihn umbringen wollte?«, knurrte Richard.

Babsi machte Anstalten, sich zu verdrücken, aber Paula bot ihr stattdessen einen Bürostuhl an. »Bleiben Sie doch noch einen Moment, Frau Studerer. Was meinten Sie neulich damit, dass Ulla Kutzberger auch eine vom ›Club der betrogenen Ehefrauen‹ sei, vor deren Mitgliedern man sich in Acht nehmen müsse?«

»Des hob ich gsachd? Wann?«, fragte Babsi.

»Als wir bei Ihnen im Laden waren.«

Babsi wühlte demonstrativ in ihrer Handtasche, bis sie ein Päckchen Tic Tac herauszog und sich zwei Stück in die Hand schüttete. »Des is a Witz, der unter den Frauen grassiert. Sie sagen, dass des ansteckend is. Wie a Virus, der im Ort umgeht. Wenn eine Frau von ihrem Mann betrogen worden is, dauert es ned lang, und die nächste wärd auch beschissen.«

»Ein Ehefrauenbetrüger-Virus?« Donnerwetter, davon hatte selbst Paula noch nichts gehört. »Und warum soll man sich vor dem Club in Acht nehmen?«

Babsi warf sich die Pfefferminzkügelchen in den Mund und kaute darauf herum. »Weil sich des die Frauen ned länger gefallen lassen. Irgendein Weibsbild muss den Männern den Kopf verdrehen, des soll bloß auf sich aufpassen. Aber ich bin des fei nicht, gell! Wahrscheinlich eine aus Kleinmichlgsees.« Babsi guckte verächtlich in die Runde.

Wieder sprang Maria sofort darauf an. »Das glaubst auch bloß du. Das kann genauso gut eine aus Ingreisch sein!«

Plötzlich spürte Paula die Blicke der Anwesenden auf sich gerichtet. »Ich bin es bestimmt nicht!« Die waren wohl nicht ganz knusper? »Ich bin schließlich schon vergeben.« Wie sollte sie sich auch sonst zur Wehr setzen? Sie traute den Dörflern durchaus zu, nachts mit brennenden Fackeln und Mistgabeln vor ihrer Haustür zu stehen, sollte das Gerücht die Runde machen.

»Ach ja? Und wer ist der Glückliche?«, fragte Andreas mit einem Schmunzeln in der Stimme.

Paula ignorierte ihn. »Und warum soll diese Frau auf sich aufpassen?«

Babsi richtete sich auf. Es war ihr ganz recht, dass sie mit dieser uralten Geschichte von sich ablenken konnte. »In den achtziger Jahren ist eine Gruppe junger Leute aus der Stadt nach Kleinmichlgsees gekommen. Sie wollten ihre Kinder auf dem Land aufwachsen sehen, ökologisch leben, sich Ziegen und Hühner halten. Kreuz und quer ist des bei denen gegangen. So wie früher in den Hippiekommunen.«

Fraglich, woher Babsi das wusste, dachte Paula.

»Eine von denen, eine ganz scharfe, hat gemeint, sie könnt sich einen aus dem Dorf schnappen. Den Edgar. Dabei war der schon so gut wie verlobt.«

Auf der Wache herrschte absolute Stille. Babsi schien in Erinnerungen zu kramen, das konnte dauern.

»Und was war nun mit der Frau? Hat man sie vielleicht in der Jauchegrube ertränkt?«, donnerte Gutmut.

»Woher wissen Sie das?«, schnaubte Babsi. Hatte der Nürnberger ihr doch tatsächlich die Pointe versaut.

Paula und Jessy machten »Iiih!«.

»Das stimmt doch gar nicht«, mischte sich Richard ein. »Man hat sie neben der Odelgrube tot aufgefunden. Neben! Und gestorben ist sie an einer Überdosis Drogen. Mal schön bei der Wahrheit bleiben, Babsi.« Immer diese Gerüchte. »Außerdem ist das ewig her. Und was soll diese olle Kamelle denn mit dem Wolferl und dem Lorenz zu tun haben?«

»Wenn eine sich an unsere Männer ranmacht, dann kann des bös für sie ausgehen.« Babsi war trotz allem zufrieden mit ihrer Geschichte.

»Aber du hast doch gar keinen Mann!«

»Ich soch ja bloß, wosmer sich im Ort so erzählt«, meinte Babsi geheimnisvoll.

»Soso, das erzählt man sich also im Ort.« Richard rollte die Augen. Geschwätz!

»Welche Frauen sind denn in diesem Club, wen könnte man ansprechen?«, erkundigte sich Paula. »Vielleicht hat ja der Mörder oder die Mörderin der Gegenwart den Spieß umgedreht und knöpft sich nicht die untreuen Frauen, sondern die Männer vor.«

»Der einzige tote untreue Ehemann ist der Kutzberger. Und dessen Ehefrau sitzt dank meines Eingreifens in U-Haft«, sagte Gutmut überheblich. Ein Wunder, dass er sich nicht selbst auf die Schulter klopfte. »Was ist eigentlich mit diesem Angerer? Vielleicht ahnt er, wer ihn vergiftet hat.«

»Den werden wir jetzt besuchen«, entschied Paula.

Richard tippte auf seine Armbanduhr. Siebzehn Uhr. *Feierabend?* Dann fiel ihm ein, dass ja auch noch eine Teambesprechung im »Hirschen« angesagt war, und er konnte sich nicht entscheiden, worauf er weniger Lust hatte. Wieder einmal fragte er sich, warum er, wenn er schon Beamter war, nicht bei der Post oder dem Finanzamt seinen Dienst tat. Die konnten wenigstens pünktlich den Kugelschreiber fallen lassen. Doch dann fiel ihm wieder ein, wie langweilig er Briefmarken und Paragrafen fand, und er fügte sich in sein Schicksal.

Als Paula Dr. Schrademacher im Südklinikum anrief, um sich nach Lorenz Angerer zu erkundigen, bat dieser, den von ihr angekündigten Besuch auf den nächsten Morgen zu verschieben. Im Moment schlief der Patient. Der Oberarzt hoffte, dass sich dessen Zustand in den nächsten Stunden so weit stabilisieren würde, dass er vernehmungsfähig wäre.

Zwölf Stunden harte Arbeit. Frühmorgens Schäuferla in die Röhre schieben, Sauerkraut kochen, Salate schneiden, Beilagen vorbereiten, Tische für den Leichenschmaus decken, Gäste bewirten, Bier zapfen, Cola servieren, »Fiesta Mexicana« abspielen, schrilles Frauengelächter und lautes Männergeplärr ertragen sowie Schnapsleichen versorgen – und Resi zapfte noch immer mit stoischer Ruhe Bier und servierte es den Männern von der »Kribbo«. Nur ihrer Frisur sah man den langen Tag an. Ihre Haare standen wie elektrisiert in alle Richtungen ab.

Die Teambesprechungen im »Hirschen« wurden von Mal zu Mal laxer. Hatte man anfangs eine Stunde für sie anberaumt, schob man sie heute zwischen den ersten Schluck Pinkler Bräu dunkel und das Schäuferla. Gutmut hatte sein Jackett ausgezogen und über die Stuhllehne gehängt. So verlottert hatte Paula ihn noch nie gesehen. Aber vielleicht wollte er es sich einfach nicht bekleckern. Womöglich würde er bei der nächsten Besprechung seine Lackschuhe abstreifen und auf Schlappen umsteigen.

Gutmut muss einfach Single sein, sinnierte Paula weiter, so oft, wie sich der Hauptkommissar in Resis Wirtshaus aufhält. Oder seine Partnerin und er können nicht kochen.

Stefan war zur Freude Marias ebenfalls eingetrudelt, und so saß man einträchtig beisammen. Nur Jessy weigerte sich noch immer, den Fleischfresser-Tempel zu betreten. Sie wollte auf dem direkten Weg nach Nürnberg in ihre Bude und dann nur noch ab ins Bett. Der Polizeijob war doch härter als erwartet.

Paula saß neben Andreas, seine Hand lag auf ihrem Knie. Es war ein langer Tag gewesen, aber er endete nicht schlecht.

Vollmond

Immer wieder wurde in Berichten behauptet, Vollmondnächte hätten nichts mit unruhigem Schlaf oder Schlaflosigkeit zu tun. Erst am vorangegangenen Tag hatte ein Schlafforscher, ein Professor für biologische Psychologie, im Radio erklärt, der Mond werde überschätzt.

»Pah!«, spuckte sie regelrecht aus. Sie hätte den gescheiten Herrn eines Besseren belehren können. Ihr Wissen stammte nicht aus Büchern, sondern fußte auf jahrelanger Erfahrung. Es war doch kein Zufall, dass sie durchs Haus geisterte, wenn die Scheibe voll und hell am Nachthimmel stand.

Aber womöglich war sie auch besonders empfänglich für die magischen Einflüsse des Himmelskörpers. Schon seit zwei Tagen schlief sie schlecht. Vor dem Zubettgehen würde sie wieder ihren Spezialkräutertee trinken. In dessen Zubereitung machte ihr keiner etwas vor. Sogar die selbst ernannten Kräuterhexen besaßen kein fundierteres Wissen.

Gut, manches, was sie mischte, zusammenbraute und zu Tropfen, Tees, Cremes und Salben verarbeitete, war etwas experimentell, aber meistens von durchschlagender Wirkung. So – oder so.

Nichts faszinierte sie so wie die verborgenen Kräfte der Pflanzen. Es kam nur auf die richtige Dosierung an, dann konnten sie dem Menschen nutzen oder schaden. Pflanzenkunde, ein Fachgebiet, das sie schon an der Universität begeistert hatte. Sie bereute es noch immer bitter, dass sie das Studium abgebrochen hatte. Und wofür? Aber das war alles Schnee von gestern.

»Iboga, eine Pflanze mit mysteriöser Wirkungsweise. Der Verzehr des Nachtjasmins, Cestrum nocturnum, löst Halluzinationen aus, seine genauen Inhaltsstoffe sind jedoch noch unerforscht«, las sie genießerisch in ihrem selbst zusammengetragenen Giftlexikon. Dann klappte sie es zu und setzte sich aufs Sofa, auf die Stelle, auf der sie immer saß, mit Blick direkt aus dem Fenster, mit Blick auf den Mond.

Sie nahm ihr Strickzeug zur Hand. Es fühlte sich gut an, roch nach Wolle. Der Pullover war unterdessen lang wie ein Kleid. Sie hatte den Bauchansatz seines künftigen Trägers berücksichtigt. Auf einen Rollkragen würde sie verzichten und stattdessen einen V-Ausschnitt stricken. Auch wenn ihr das Mädchen am Telefon über die Präferenzen des Trägers keine Auskunft hatte geben können – oder wollen. Sie war fast ein wenig patzig gewesen und hatte ihren Namen wissen wollen.

»Wenn Sie mir Ihren Namen nicht nennen, darf ich Ihnen auch keine Auskunft geben«, hatte sie gesagt.

Wahrscheinlich hatte er die Kleine bereits eingeschüchtert. Mädchen ließen sich leicht von Männern unterdrücken, wenn diese Autorität herauskehrten. Dass seine Kolleginnen das zuließen, war ihr unverständlich. Wahrscheinlich verschlossen sie die Augen.

Sie hatte sich schon mit einer Nachbarin darüber unterhalten. Ob sie es nicht auch merkwürdig fand, dass er sich mit dem Kind auf der Straße herumtrieb. Doch die konnte nichts Verwerfliches daran finden, das sei rein beruflich und das Kind erwachsen, hatte sie gesagt.

Alle sahen weg. Aber passierte dann etwas, war das Geschrei groß. Sobald der Pullover fertig war, würde sie sich um den Schweinehund kümmern.

Und der Lorenz war ja auch noch immer nicht erledigt.

Vollrausch

Sepp Schuriegel betrat die Wache wie ein reuiger Sünder, kaum dass Richards Morgenkaffee durch den Filter gelaufen war. Er knautschte und knetete seine Schiebermütze wie einen Batzen Teig. Ob ihn seine Frau mit drohendem Finger hergeschickt hatte? Paula fand sein Auftauchen jedenfalls durchaus lobenswert. Einen weiteren Pluspunkt hätte er sich verdient, wäre er erst nach ihrer ersten Tasse Kaffee erschienen. Aber Hauptsache, er war da.

Gestern war es unverhofft doch etwas länger und fröhlicher im »Hirschen« geworden als gedacht. Zumindest nachdem Gutmut nach Nürnberg zurückgefahren war und Resi sich mit an ihren Tisch gesetzt hatte. Als auch Andreas und Stefan den Heimweg antraten, war es nach Mitternacht gewesen. Vielleicht um die Gerüchteküche kalt zu halten, vielleicht um am Morgen nicht völlig neben der Spur zu sein, hatten Andreas und Paula entschieden, nicht das Bett miteinander zu teilen.

Wie dumm vernünftige Menschen doch manchmal sein können, dachte sie jetzt über ihren Entschluss.

»Also, ich hob den Wolferl ned umgebracht. Und dass der Lorenz im Krankenhaus liegt, dafür ko ich aa niggs. Und wecherm Luggi – jo mei.« Der Sepp Schuriegel zog die Schultern hoch und ließ sie wieder fallen.

Ein Unschuldsengel also.

»Mir kamen die Anspielungen des Herrn Steinberger sonderbar vor. Vielleicht wäre ich nicht so hartnäckig, wären Sie nicht auch noch vor uns geflohen.«

»Ich bin doch ned geflohen. Mit dem Wolferl hob ich immer aweng gekäppelt, aus Spaß. Für ihn war ich bloß der Benzinzapfer, und ich hob ihn wegen seiner Weibergschichten einen alten Gockel genannt. Dauernd die Angeberei, welche Weiberleit er hom könnt, wenn er bloß wollerd … Sogar die Bämmela Ändersonn wär scharf auf ihn gewesen, hot er gsagt.«

»Und wer war tatsächlich scharf auf Herrn Kutzberger? Die

Frau Studerer?« Paula wollte sich langsam an die Wahrheit herantasten.

»Die Babsi? Naa!« Sepp Schuriegel winkte ab. »Eine aus Nürnberg, so a Blonde.« Er rieb sich fast ein wenig verlegen die Nase, malte nichtsdestotrotz Kurven und Busen in die Luft und grinste. »Steffi Dings, Hirschmann oder so. Aber die hot der Wolferl nur selten dabeigehabt, meistens hot er sich mit ihr in der Stadt troffen.«

Also doch Frau Hirschmann! Paulas Herz schlug schneller, vielleicht hatte sie endlich eine Spur. Die flotte Person musste sofort her.

Richard hingegen ließ die Flügel hängen. Da bemerkte ihn einmal eine tolle Frau, und dann war sie eine potenzielle Mörderin.

»Ehrlich, Frau Kommissarin«, ergänzte Schuriegel seine Aussage noch, »wenn der Wolferl und ich so richtig Zoff ghabt hätten, dann wärn mir naus vor die Tür und hätten des wie Mannsbilder geklärt. Ich dou dem doch ka Gift ins Essen nei.«

Das sah Paula genauso. »Trotzdem ist immer noch ungeklärt, warum Sie sich davongemacht haben, nachdem Ihre Frau uns angekündigt hatte.«

»Dass ihr kummt, hotmer grod ned passt. Ich wollt ned reden und so. Ich hob a Bier zu viel derwischt ghabt.«

Wohl mehr als eins, dachte Paula. Immerhin hatten sie den Tankstellenbesitzer scheintot im Wagen vorgefunden. »Und in diesem Zustand fahren Sie Auto? Sie konnten ja nicht einmal mehr gerade stehen!«

»Eben drum«, sagte Schuriegel. »Und es waren ja bloß die paar Meter bis heim.«

»Aber nicht einmal die hast du geschafft, sondern bist hinter der Kirche stehen geblieben und eingeschlafen«, sagte Richard.

Sepp Schuriegel grinste wieder verlegen.

Paula würde den Mann dringend im Auge behalten. War Richard womöglich von einem Leichenschmaus-Trunkenbold beinahe überfahren worden?

»Und was hast du im Wald gemacht?«, setzte nun Richard die Vernehmung fort. »Pilze gesucht?«

»Ich und Pilze? Ich doch ned. Ich bin doch ka Viech!«

»Aber zur Gitta hast du gesagt, du suchst Pilze.«

Schuriegel legte den Kopf in den Nacken und rollte die Augen. »Wenn die ner bloß wos zum Gaggern hot. Ich war unterwegs und hob halt amol mäin.«

»Wenn du aufs Klo musst, warum fährst du dann in den Wald und nicht die paar Meter zu dir nach Hause oder zur Tankstelle?« Aber eigentlich wollte Richard das gar nicht so genau wissen. Nichts war schlimmer, als sich die Toilettengeschichten anderer Leute anhören zu müssen, die konnten nur unappetitlich sein.

»Is dir des noch nie passiert, Richard? Manchmal überrascht es dich ganz blötzdlich. Ich war auf der Heimfahrt, hob denkt, ich schaff des noch. Aber es is immer dringender worn. No bin ich halt schnell in Wald neigefahren.« Er senkte den Kopf. »Aber wennmer scho darüber reden: Wos hot eigentlich die Gitta im Wald gmacht, hä? Mir wärd gleich die Bolizei aufn Hals gehetzt, bloß weil ich amol mou. Aber die Gitta därf sich im Wald herumtreiben und Männer beim Kacken beobachten, und der bassierd nix!«

Genau so hatte Richard es kommen sehen, es wurde Zeit, dass sie den Sepp wieder loswurden.

Richard und Paula begleiteten den Tankstellenbesitzer persönlich auf die Straße und statteten dann der Bäckerin einen Besuch ab. Sie wollten von Jutta eine Bestätigung, dass Steffi Hirschmann ein Techtelmechtel mit Wolferl Kutzberger gehabt hatte, um die flotte Nürnbergerin zu überführen.

»Na ja, na ja, na ja«, druckste Jutta herum, schob die Quarkschnecken mit der Gebäckzange von rechts nach links und wieder zurück. »Freilich hob ich gwusst, mit wem die Steffi a Verhältnis hat.«

»Mit einem verheirateten Mann«, sagte Richard und zog seine Hose am Bund hoch. Wo die Jutta und die Ulla doch auch Freundinnen waren oder zumindest aus einem Ort stammten, da hätten die doch eigentlich zusammenhalten müssen. »Dass du dich nicht schämst.« Juttas Schneckenschieberei machte ihn ganz schön hungrig.

»Des tut mir ja auch leid …« Jutta war sich ihrer Schuld

anscheinend bewusst und reichte Richard eine Quarkschnecke mit Zuckerguss über die Ladentheke.

Bevor seine Chefin einen Einwand erheben konnte, hatte Richard auch schon lüstern in das süße Teilchen gebissen.

»Dadurch ist Frau Hirschmann nun natürlich unsere Hauptverdächtige«, sagte Paula, während Richard schnell erneut zubiss.

»Aber die Steffi kennt sich doch überhaupt ned mit Pilzen aus, die Steffi ko überhaupt ned kochen! Bei der gibt es nur Salat und Fast Food.« Jutta reichte auch der Kommissarin eine Schnecke.

Paula winkte ab.

Um dennoch bei der Kommissarin zu punkten, fuhr Jutta stärkere Geschütze auf: »Vielleicht an Kaffee du gou?«

»Da sage ich nicht Nein.«

Paula ließ sich noch die Kontaktdaten von Frau Hirschmann geben, dann marschierten die Beamten zurück auf die Wache.

»Dass Ihr Herz das überhaupt verkraftet«, sagte Richard. »Der viele Kaffee.«

Paula warf einen vielsagenden Blick auf die Zuckerkrümel, die an der Oberlippe ihres Kollegen klebten, verkniff sich aber eine Bemerkung. Stattdessen sagte sie: »Als Nächstes machen wir einen Termin mit Frau Hirschmann, und dann fahren wir ins Südklinikum und sprechen mit Herrn Angerer. Vielleicht gab es für Frau Hirschmann einen Grund, ihren Geliebten zu ermorden, aber was ist dann mit dem Angerer passiert? Hoffentlich werden wir das heute noch erfahren.«

Doch so schnell wie gedacht konnten sie Kleinmichlgsees nicht verlassen. Auf der Wache wurden sie bereits von zwei Männern erwartet.

Eigentlich waren es eher zwei unreife Burschen, Lackel halt, mit den Händen in den Hosentaschen. Mit gesenkten hochroten Köpfen betrachteten sie die Spitzen ihrer derben Schnürschuhe.

»Der Atze und der Loisl, soso«, sagte Richard. »Was habt ihr denn wieder ausgefressen?«

Paula versuchte sich zu erinnern, wann zuletzt und ob überhaupt die beiden schon etwas ausgefressen hatten. Gelegentlich hatte sie die Jungs auf der Straße gesehen. Dann hatten sie sich verlegen in die Seiten gestoßen und albern gelacht, obwohl sie die Pubertät längst hinter sich gelassen hatten. So kindisch sie noch waren, ihre muskulösen Arme, die sie sicher nicht nur vom Training im Fitnessstudio hatten, waren beeindruckend.

»Nun rückt schon raus mit der Sprache«, forderte Maria die beiden auf. »Erzählt der Kommissarin, was ihr mir gerade gesagt habt.«

Doch Atze und Loisl blieben stumm wie Fische.

»Die haben den Luggi vom Friedhof in den Beichtstuhl geschleppt. Und keiner hat etwas gesehen, das muss man sich mal vorstellen. Sonst sieht und hört ja jeder wirklich alles, aber wenn mal was passiert, verschlafen sie das«, empörte sich Maria.

Paula trank von ihrem Kaffee. »Stimmt das?«, fragte sie scharf, obwohl ihr beim Anblick der Lederhosen tragenden Gestalten eher zum Lachen zumute war. Wahrscheinlich hatten sie sonst eine große Klappe, stemmten Maibäume und Bierfässer, aber von Angesicht zu Angesicht mit der Staatsgewalt schrumpften sie auf so klein mit Hut zusammen.

Atze rempelte Loisl an. »Sag was.«

»Sag du doch was.«

»Naa, du.«

»Du.«

»Schluss jetzt«, ging Paula dazwischen. »Warum habt ihr das gemacht?«, fragte sie dann sanfter. »Und wie heißt ihr eigentlich richtig?« Da erst stellte sie fest, dass sie die Kerle duzte. Aber das taten hier auf dem Land irgendwie alle, es schien, als hätte sie sich wirklich eingelebt.

»Die beiden Spaßvögel stammen aus Kleinmichlgsees. Das ist der Anton Tzepinsky, der Atze, und das der Loisl, der Alois Mayr«, stellte Maria sie vor. »Und sie haben sich gar nichts dabei gedacht, als sie den Luggi in den Beichtstuhl gesetzt haben, weil sie dumm wie Bohnenstroh sind.«

»Jo, scho«, sagte der Loisl. »Aweng wos hom mir uns schon gedacht. Denn wie mir den Luggi auf dem Bänkla aufm Friedhof hom hocken sehen, da hom mir denkt, der schläft sein Rausch aus.«

Denn der Luggi war ja bekannt für seine Vollräusche. Und weil es an jenem Morgen recht frisch war, beschlossen die Spaßvögel in einem Anflug von Fürsorge, den Kumpel zu wecken, um ihn vor dem sicheren Tod zu bewahren. Da die Burschen selbst erst von einem feuchtfröhlichen Event zurückkehrten – ein weiterer Kumpel, der Benno, hatte in seinen zwanzigsten Geburtstag hineingefeiert –, hatten sie mächtig einen in der Krone und merkten gar nicht, was mit dem Luggi wirklich los war. Sie tätschelten seine Wangen: »He, wach auf!«, hakten sich rechts und links bei ihm unter und zerrten ihn von der Bank. »Etz mach di halt ned so schwer!«, hatte der Loisl ihn noch angemault. »Du moußt scho aa aweng mithelfen, etz lauf halt, Luggi!«

Und erst als sie zu dritt den Friedhof verlassen hatten und direkt vor dem Kirchenportal standen, sagte der Atze: »Du, ich glaub, der Luggi is dod! Der schnauft gor nimmer. Drum is der aa so blass.«

»Wos machmern etz?«, fragte der Loisl.

»Waßd wos? Den bringmer in die Kärch nei, do finden der Herr Pfarrer am Ersten.«

Aber dass sich die anderen Kirchgänger vor dem Luggi erschreckten, das wollten sie dann auch nicht.

»Du«, entschied der Atze, »dännermern in Beichtstuhl nei, nou isser goud aufgräumt.«

In Paulas Vorstellung stiegen Bilder auf, die sie wohl ihr Leben lang nicht vergessen würde. Wie schon bei anderen absurden Vorkommnissen in Kleinmichlgsees wartete sie nur darauf, dass endlich jemand hinter dem Schreibtisch hervorspringen und rufen würde: »Reingefallen! Versteckte Kamera!«

»Mir hom halt gedacht, dass der Luggi bestimmt wos zum Beichten hot, bevor er nauf zu seim Herrgott kummt«, sagte Loisl.

»Dass er vielleicht doch noch lebte und Hilfe gebraucht hätte, darauf seid ihr aber nicht gekommen?« Paula wurde nun doch ernst.

»Naa, Frau Kommissarin. Do kenn ich mich aus, mir hom daham Ochsen, Käih und Kälbla. Do waßmer, wann a Viech dod is«, strahlte der Loisl stolz, und Atze nickte.

»Ihr habt also bis zum Morgen in Bennos Geburtstag reingefeiert?«, fragte Richard.

»Der Benno hat a Zwanzig-Liter-Fass Bier ghabt. Und mir worn nur zu viert, des drinkst du ned in zwa Stunden aus«, erklärte Loisl, und Atze nickte wieder.

Dann rempelte er erneut seinen Kumpel an. »Froch.«

»Mir wollerdn wissen, ob mir deshalb ins Gefängnis müssen?«

Paula wiegte den Kopf, als müsste sie genau nachdenken. »Volljährig seid ihr schon?«

Kopfnicken. »Achtzehn.«

»Wahrscheinlich habt ihr Glück und müsst nicht in den Knast. Aber was ihr getan habt, ist grober Unfug, eine Ordnungswidrigkeit. Ihr werdet eine saftige Geldstrafe aufgebrummt bekommen, aber das wird nicht das Schlimmste sein. Wie ich Pfarrer Hattinger kenne, zieht der euch das Fell über die Ohren«, sagte Richard.

Atze und Loisl schauten wieder ihre Schuhspitzen an und schworen auf Nachfrage, den Luggi aber nicht vom »Paradies« bis zur Metzgerei geschafft zu haben.

Schließlich nahm Maria das Protokoll auf.

Jessy verteilte unterdessen ihre Gesprächsnotizen und las diese laut vor. »Hauptkommissar Andreas hat angerufen, Sie sollen Ihr Date am Samstag nicht vergessen, Frau Frischkes. Außerdem soll ich Ihnen von ihm ausrichten: Der Roggefäller ist ein Depp!«

Richard gab sie mehrere Notizen. »Drei Beschwerden über nächtliche Ruhestörung. Alle wollen ein Schaf blöken gehört haben.« Jessy kicherte. »Wie mein Onkel. Vielleicht läuft in Kleinmichlgsees ja wirklich ein Schaf herum.«

Paula, die verträumt mit dem Zettel mit Andreas' Nachricht spielte, zuckte mit den Schultern. Nahe ihrer Wohnung blökte nachts nichts, und auch Maria hatte selig geschlummert.

Aber Richard kam ins Grübeln. »Ein Schaf? Und ich dachte schon, der Dieter oder die Trudel geben seit Kurzem solche Geräusche von sich. Aber wenn ein Schaf daran schuld ist, dann bin ich ja beruhigt.«

Multiorganversagen

Die Kleinmichlgseeser Kirchturmuhr schlug bereits zwölf, als Paula, Richard und Jessy endlich die Wache verließen. Maria hütete die Dienststelle. Paula hatte Jessys Bettelei, mitkommen zu dürfen, letztendlich doch wieder nachgegeben, obwohl sie fand, dass das Mädchen am Krankenbett von Lorenz Angerer nichts verloren hatte.

Aber Jessys Interesse galt nicht ausschließlich Lorenz Angerer, vielmehr wollte sie »uuuuuunbedingt« bei der Vernehmung von Frau Hirschmann dabei sein. Als Praktikantin sei es höchst wichtig, die richtige Vernehmungstechnik zu erlernen, meinte sie. »Und lieber lerne ich die von euch als von meinem Onkel.«

Ein überzeugendes Argument.

Stefanie Hirschmann arbeitete in einem exklusiven Bekleidungshaus in der Fußgängerzone. Sie führte die Polizisten und die Praktikantin, der absolutes Redeverbot auferlegt worden war, in einen modernen Besprechungsraum, der den leitenden Angestellten vorbehalten war, wobei sich ihre Aufmerksamkeit auf Richard konzentrierte.

Dieser war verwirrt. Hatte sie nun eine Schwäche für ihn, oder war sie nur ein ausgebufftes Luder?

Sie nahmen an einem runden Tisch Platz, und Paula konfrontierte Steffi Hirschmann sofort mit der Tatsache, dass sie als die Geliebte des Herrn Kutzberger in den Kreis der Verdächtigen gerückt sei. Darüber, dass die Frau sie bei ihrem letzten Treffen belogen hatte, ließ sie sich erst gar nicht aus.

Steffi Hirschmann zuckte nicht einmal mit der Wimper. »Warum sollte ich den Mann, mit dem ich die schönsten Stunden meines Lebens verbracht habe, umbringen?« Sie trug ein dezentes Kostüm, ihr Schmuck war echt.

»Es gibt in einer Beziehung nicht nur schöne Stunden«, lächelte Paula zurück.

Richard schwieg. Ihm war schleierhaft, wie diese Frau ein

monatelanges Verhältnis mit einem seiner Nachbarn gehabt haben konnte, ohne dass er es gemerkt hatte. Bisher war er der Meinung gewesen, dass im Ort nichts geheim bleiben konnte.

»Darf ich Ihnen einen Kaffee oder ein Wasser anbieten?« Steffi Hirschmann war die Ruhe selbst. »Sollten Sie mich nach meinem Alibi fragen wollen, ich war in den vergangenen zwei Wochen auf Mallorca. Gestern war mein letzter Urlaubstag. Ich kann Ihnen gern meine Flugtickets, die Hotelreservierung und meine Urlaubsbilder zeigen.« Schon griff sie nach ihrem Smartphone. »Hier, sehen Sie bitte.«

»Wie gut kannten Sie Lorenz Angerer? Herr Angerer befindet sich im Klinikum. Er wurde ebenfalls vergiftet.«

»Ich muss Sie schon wieder enttäuschen«, sagte Steffi Hirschmann, »ich war es leider nicht. Aber sollten Sie ein Motiv finden, warum ich dem Mann etwas hätte antun sollen, dann können Sie sich gern noch einmal bei mir melden.« Sie war sich ihrer Unschuld anscheinend absolut sicher.

Als die Beamten das Bekleidungshaus wieder verlassen hatten und im Trubel der Fußgängerzone standen, holte Jessy tief Luft, als wollte sie ein Bombardement von Fragen ausspucken, doch sie sagte nur: »Das war ja mal ein Schuss in den Ofen.«

Richard seufzte. »Sie wäre eine so schöne Mörderin gewesen.«

Auf dem Weg ins Südklinikum schlief Jessy auf der Rückbank ein, schlug aber auf dem großen Gästeparkplatz wieder die Augen auf.

»Du kannst gern im Auto bleiben«, sagte Paula, die sich daran erinnerte, dass Jessy einen Horror vor Krankenhäusern hatte.

»Kein Problem, ehrlich! Dieses Mal reiße ich mich zusammen. Ich will doch wissen, ob Herr Angerer sich an seinen Mörder erinnern kann«, plapperte sie laut, als sie durch die gläserne Schiebetür den Eingangsbereich betraten.

Ein Mann mit Kopfverband und eine Frau im Rollstuhl, der offensichtlich vor Kurzem ein Unterschenkel amputiert worden war, starrten sie entsetzt an.

Die Frau im Aufzug mit einer Nasenschiene gab Jessy dann anscheinend doch den Rest. Sie waren noch nicht einmal in Sichtweite der Inneren Medizin, da schlug sie einen Haken wie ein Hase. »Ich hol euch ein paar Kaffee in der Cafeteria! Bis später!« Und schon war sie verschwunden.

Ein Ort des Grauens. Überall blasse Menschen in schäbigen Bademänteln und schrecklichen Latschen. Ihnen fehlten Gliedmaßen, sie krallten sich an Infusionsständern und seltsamen Gehwagen mit Rollen fest, ihre Haare waren fettig, und sie trugen Verbände. Sogar um ihre Köpfe. Und dann auch noch dieser fiese Geruch. Jessy atmete durch den Mund und ging immer schneller, bis sie endlich wieder den Aufzug erblickte. Sie rannte fast. In dem Moment kam rechts aus der Damentoilette eine Frau und prallte gegen sie.

»Pass doch auf!«, schrie sie Jessy an, stieß sie zur Seite, rannte am Aufzug vorbei und die Wendeltreppe hinunter.

Jessy sah ihr verdutzt nach und rieb sich die schmerzende Schulter. Die Frau hatte sie schon einmal gesehen. In Kleinmichlgsees. Schon dabei waren ihr die schweren Arbeitsstiefel aufgefallen, die sie auch heute zu einer leicht verschmutzten Hose trug, die Haare hatte sie wie eine Bäuerin unter einem gebundenen Kopftuch verborgen.

»Glauben Sie, dass Jessy einmal eine gute Polizistin wird?«, fragte Richard seine Vorgesetzte, während sie vom Hauptgang abbogen. Ein junger Mann mit Blumen kam ihnen entgegen. Hätten sie Angerer auch ein Sträußchen oder Pralinen mitbringen sollen?

»Ich glaube nicht einmal, dass sie überhaupt jemals eine Polizistin wird. Jessy ist clever, klug und steckt voller Ehrgeiz, trotzdem habe ich Zweifel, dass sie in die Fußstapfen ihres Onkels treten wird«, antwortete Paula.

»Gott behüte«, murmelte Richard.

»Die Energie hätte sie«, fügte Paula noch hinzu. »Aber nicht seinen Sarkasmus und Zynismus.«

»Gott behüte«, wiederholte Richard. »Zwei von der Sorte …«

Und dann lachten sie, einfach so, weil Lachen von den vielen kleinen Dingen, die einem auf der Seele lasteten, befreite, und suchten nach Angerers Zimmernummer.

»Hier sind wir richtig«, sagte Richard.

Paula klopfte an und öffnete die Tür.

Dort, wo Lorenz Angerers Bett gestanden hatte, war nichts. Nur eine beängstigende Lücke. Ohne das Krankenbett war noch viel deutlicher zu sehen, wie kahl das Zimmer war.

»Vielleicht ist er bei einer Untersuchung?« Richard beschlich ein ganz merkwürdiges Gefühl.

Paula sah sich im Flur vor dem Krankenzimmer nach einem Arzt oder einer Schwester um und schnappte sich den nächsten Weißkittel, der ihr über den Weg lief. Es war eine gemütlich wirkende Schwester, deren Stirn sich in Kummerfalten legte, als Paula sich nach dem Patienten Angerer erkundigte.

»Heute Morgen ging es ihm plötzlich nicht mehr gut. Sein Zustand verschlechterte sich so rapide, dass wir Herrn Angerer wieder auf die Intensivstation verlegen mussten.« Die Falten wurden tiefer, sie seufzte. »Besser, Sie sprechen mit Dr. Schrademacher. Ah, da kommt er ja.«

Die Schwester gab dem Oberarzt ein Zeichen und eilte davon. Sie war unübersehbar froh, einer unangenehmen Aufgabe entkommen zu sein.

Dr. Schrademacher begrüßte die Beamten und schüttelte dann betrübt den Kopf. »Er hat es nicht geschafft.«

Paula war wie vor den Kopf gestoßen. »Herr Angerer ist tot?« Aber es ging ihm doch besser, wollte sie protestieren, brachte jedoch kein Wort heraus. Sie wusste nicht, warum sie sein Tod so mitnahm, sie hatte Lorenz Angerer doch kaum gekannt.

»Es ging sehr schnell. Multiorganversagen, wir konnten nichts mehr für ihn tun.«

»Aber gestern …«, sagte sie nun doch.

»Herr Angerer war gestern kurzfristig ansprechbar. Es ist häufig, dass Patienten in diesem kritischen Stadium noch einmal zu sich kommen, sich das Blatt anschließend aber sehr schnell wendet.«

»Hat er noch etwas gesagt? Hat er während seines Aufenthalts überhaupt gesprochen? Es wäre sehr wichtig für uns. Jede Kleinigkeit könnte uns helfen. Wie es aussieht, ist unser Mörder noch viel gefährlicher, als wir anfangs dachten.«

Doch Dr. Schrademacher verneinte ihre Frage.

Heißhunger

Lorenz Angerer hatte keine Angehörigen mehr. Dies bestätigte auch der Oberarzt. So kamen Dr. Schrademacher und Paula wenigstens um die schreckliche Aufgabe herum, jemanden über den Tod von Lorenz informieren zu müssen. Drei Mitglieder der Männerrunde lebten nun nicht mehr. Aber wahrscheinlich hat es damit gar nichts zu tun, dachte Paula, wenn man den Anschlag auf Herrn Staudinger berücksichtigt. Die Männer hatten unterschiedliche Schulen besucht, Angerer hatte als Einziger von ihnen studiert. Sie teilten die Leidenschaft für Bier und Wirtshaustreffen. Wolfgang Kutzberger und Luggi Lohmüller hatten die Frauen geliebt. Schuriegel Autos und seine Tanke. Und Lorenz Angerer? Er hatte allein gelebt, nie geheiratet.

Richard und Paula fuhren vom Südklinikum in die Innenstadt Nürnbergs und meldeten sich bei Angerers Vorgesetztem im Veterinäramt an, wo er als Biologe gearbeitet hatte.

Helmut Reichert war bestürzt über Angerers Tod. Noch mehr, als die Polizeibeamten von Mord sprachen. Paula und Richard unterhielten sich mit seinen Kollegen, fast alle wollten sich den Schock oder ihren Kummer von der Seele reden, aber etwas Aufschlussreiches kam nicht dabei heraus. Ein netter, fröhlicher Mensch sei er gewesen. Kollegial und ehrlich. Ein schrecklicher Verlust. Ein liebenswerter Zeitgenosse und so weiter und so fort. Und doch hatte ihn jemand gehasst.

Als sie das Amt gerade verlassen wollten, rannte ihnen Reichert hinterher. »Warten Sie, bitte! Mir ist doch noch etwas eingefallen. Lorenz hat mir erzählt, dass er einmal verlobt war, dann aber kalte Füße bekommen und die Hochzeit abgesagt hat. Er hat der Frau das Herz gebrochen, hat er gesagt.« Reichert verzog das Gesicht. »Entschuldigen Sie bitte, das ist wahrscheinlich völlig unwichtig und bestimmt auch schon über fünfundzwanzig Jahre her. Ich glaube, der Lorenz hat damals noch studiert. Aber es ist mir spontan in den Sinn gekommen, als Sie danach gefragt haben, ob er irgendwann eine feste Beziehung hatte.«

»Alles kann in diesem Fall wichtig sein«, bedankte sich Paula bei ihm. Sie wollte herausfinden, wer die unglückliche Frau war.

Kaum waren sie wieder auf der Wache, klingelte Pauls Handy, und die Kommissarin ging ran.

»Grüß Gott, wir haben neulich schon miteinander gesprochen«, meldete sich ein Mann am Telefon. »Ich muss leider die Führung durch Kleinmichlgsees für Samstag absagen. Wie mir gerade erst mitgeteilt wurde, ist samstags und sonntags die Dienststelle nicht besetzt. Und ein spannender Teil unserer Führung besteht ja darin, die Kriminalbeamten bei ihrer Arbeit zu bewundern. Aber nächsten Mittwoch findet eine statt.«

»Soso, die Führung durch Kleinmichlgsees fällt also aus«, wiederholte Paula, und ihre Kollegen lauschten.

»Frau Bickel meinte, es wäre nur fair, wenn wir unseren Kunden Bescheid geben, sonst fahren sie noch umsonst nach Kleinmichlgsees. Ich leite zwar die Führungen, aber Frau Bickel ist die Chefin.«

»Soso, Frau Bickel ist die Chefin.«

Na bitte! Trudel rieb sich zufrieden die Hände. Allmählich kam wieder Schwung in ihr Leben. Eine Frau knapp über vierzig musste noch lange nicht zu Schrubber und Kreuzworträtseln verdonnert sein. Eine Frau brauchte einen Job. Doch nicht nur den hatte sie sich mit eigener Kreativität und einer Portion Mut geschaffen, nun wurde sie sogar von der Polizei um Hilfe gebeten. Sie möge doch bitte unverzüglich in die Wache kommen, hatte die Frischkäs am Telefon gesagt.

Trudel stieg in ihre Schuhe und steckte ihr Portemonnaie in die Handtasche. Das traf sich gut, sie hatte mit der Kommissarin sowieso noch ein Hühnchen zu rupfen. Sie schlüpfte in den Mantel und machte sich auf den Weg in die Metzgerei, um zuvor noch ein paar Bauernseufzer zu kaufen.

Als sie nach einem netten Plausch mit Rita in die Wache kam, versuchte sie, Richards Flunsch zu ignorieren. Ihr gegenüber beherrschte ihr Bruder die Fähigkeit, sein Gefühlsleben aufgrund von Gesichtsentgleisungen nach außen zu kehren. Sie wiederum war Meisterin darin, diese geflissentlich zu übersehen. Er würde sowieso gleich besserer Laune sein.

»Hallöchen!«, rief Trudel und marschierte schnurstracks an seinen Schreibtisch. Maria und die Frischkäs machten auch Gesichter, sie unterschieden sich nur in Nuancen. »So!« Trudel klatschte Richard drei Paar Bauernseufzer auf einen Teller, drückte Senf an den Tellerrand und nahm eine Tüte ofenwarmer Brezen aus dem Korb. »Wenn du schon nicht auf den Leichenschmaus vom Luggi durftest, sollst du dir die hier wenigstens schmecken lassen.« Ein Blick der Kommissarin mit hochgezogener Augenbraue. »Der Bub braucht was zu essen«, schickte sie vorsorglich noch hinterher, nicht dass die Frischkäs wegen der Brotzeit wieder zu maulen anfing.

»Du sollst nicht ›Bub‹ zu mir sagen«, knurrte Richard. Es kostete ihn gar übermenschliche Beherrschung, nicht nach den Würsten zu greifen. Aber das ging nicht, nicht wenn er seiner Schwester den Kopf waschen musste. Sie schaffte es immer wieder, ihn unmöglich zu machen.

Der würzige Duft stieg ihm in die Nase. Nur mal abbeißen. Das Wasser lief ihm im Mund zusammen. Bauernseufzer konnte man gut auch ohne Kraut essen, sogar ohne Brot. Nur ein einziges Mal abbeißen …

»Die sind frisch von der Rita, und die hat sie heute Morgen erst von der Rosa bekommen. Also superfrisch. Gestern ist die Sau praktisch noch im Stall gestanden. Ein Glück, dass der Erwin einstweilen beim Schlachten einspringt, wo der Julius doch tot ist.« Null Reaktion. Was hatten die bloß?

Sogar die kleine Gutmut machte ein Gesicht wie saure Gurken. Ach ja, sie war ja Veganerin. Aber dafür konnten doch die Bauernseufzer nichts. Wenigstens machte sie nicht wieder »Iiih!«. Dann fiel Trudel der neueste Klatsch ein. »Ach, ist es wegen dem Lorenz? Furchtbar, gell, Frau Frischkäs?«

Frischkes! Wie kess, nicht wie Käse, dachte Paula zum wahrscheinlich tausendsten Mal seit ihrem Amtsantritt in Kleinmichlgsees. Aber Trudel sollte bloß nicht ablenken.

»Woher weißt du das denn schon wieder?«, bellte Richard

und sah dabei aus, als würde er mit den Würsten sprechen. Dann trennte er sich doch von deren verführerischem Anblick und blickte seiner Schwester in die Augen. »Sag nichts, du warst ja bei der Rita.«

»Genau. Und die weiß es von der Jutta und die Jutta vom Fredl und der Fredl von der Babsi und die Babsi von dir.« Trudel holte Luft. »Dass du mich zuerst anrufst, darauf kommt mein Herr Bruder ja nicht. Und ich bringe dir auch noch Bauernseufzer mit – so bin ich!«

»Du organisierst hinter meinem Rücken Führungen zum Herrgottsacker – so bist du!«, fuhr Richard, der sonst ein Gemütsmensch war, sie an.

Trudel, die wie angewachsen neben Richards Schreibtisch stand, brach vor Überraschung ein Stück Breze ab und steckte es sich in den Mund. »Ich?«, sagte sie kauend.

»Nein, der Papst.«

Nun nahm sie sich auch noch eine Wurst und biss zu. Was wiederum bewies, dass Sorgen und Kummer bei manchen Frauen einen unkontrollierbaren Heißhunger auslösten.

Zu Paulas eigenem Erstaunen tat ihr Frau Bickel mit einem Mal leid. Sie konnte nichts für sich behalten, bauschte alles auf, war aufdringlich und neugierig. Aber was immer sie auch tat, sie tat es von ganzem Herzen und nicht mit böser Absicht. »Das mit Herrn Angerer ist wirklich sehr traurig. Umso mehr müssen wir dafür sorgen, den Schuldigen schnell zu finden.« Paula vermied es, den Anschlag auf Richard zu erwähnen. Er hatte sie gebeten, seiner Schwester nichts davon zu sagen. Trudel war imstande und ließ ihn nicht mehr aus dem Haus.

»Damit lockst du fremde Menschen in den Ort. Fürther, Erlanger, Nürnberger, Weißenburger – die haben doch eine ganz andere Kultur!« Nun griff endlich auch Richard nach einer Wurst und biss herzhaft hinein.

Paula legte die Stirn in Falten. Eine ganz andere Kultur?

»Du versprichst den Menschen eine Führung zu den Schauplätzen, an denen widerliche Morde passiert sind, und kassierst auch noch Geld dafür!«

»Ich muss meinen Angestellten doch bezahlen, und das bisschen, das mir davon übrig bleibt, stecke ich in den Leib und das Wohl meines Bruders. Aber dankt er mir das? Nein.« Trudel warf den Kopf beleidigt in den Nacken und starrte die Stockflecken an der Decke an.

»Wer ist das eigentlich, dein Angestellter?«, wollte Richard wissen.

»Der Schwager der Schwiegertochter von Hennis Putzfrau aus Nürnberg. Der ist auch arbeitslos.«

Daraufhin herrschte wieder längeres Schweigen auf der Wache, da jeder nachzuvollziehen versuchte, wer der Schwager einer Schwiegertochter war. Wer die Henni und die Putzfrau waren, wurde dabei außer Acht gelassen.

»Seit ich meinen Job beim ›Schlecker‹ an der Kasse verloren habe, fühle ich mich einfach unterfordert«, räumte Trudel kleinlaut ein. »Du hast leicht reden, Richard, du hast die Polizei, und der Dieter hat seine Eisenbahn. Und ich? Ich kann doch nicht den ganzen Tag meine Hummelfiguren polieren und die Türen abwischen – da krieg ich doch einen Frust.« Sie zog eine Schnute. »Seit der ›Schlecker‹ dichtgemacht hat, hab ich kein Geld mehr verdient. Aber ich will was Eigenes. Neue Entfaltungsmöglichkeiten, eine Perspektive und aweng a Geld für nebenbei, für die schönen Dinge des Lebens, die eine Frau so braucht! Gell, Frau Frischkäs? Und da mich die Henni …«

Weil Richards Blick um nähere Erklärung bat, holte sie noch weiter aus: »Meine ehemalige Schulfreundin, die Fieder Henni aus Nürnberg. Schüttle nicht den Kopf, die kennst du! Also, da die Henni mich bei jedem Telefonat über die mysteriösen Mordfälle in Kleinmichlgsees und deine Tätigkeit bei der Polizei ausgefragt hat, da hab ich gedacht, so ein Rundgang durch den Ort wäre eine feine Sache. Damals ist schließlich überall was über den Herrgottsacker und von dem Franken-Ripper in der Zeitung gestanden.« Trudel schob sich das verbliebene Stück Wurst, den Schnerpfl, in den Mund und kaute, um mit vollem Mund fortzufahren: »Und überhaupt – die Weißenburger tun doch keinem was. Und die Nürnberger und die Fürther sowieso nicht. Ganz im Gegenteil, das sind wunderbare Menschen. Seid froh, dass überhaupt einer in unser Nest kommt.«

Richard bekam einen Hustenanfall. Das hatte die Trudel noch nie gesagt: Kleinmichlgsees – ein Nest!

Angerers Tod schien bei Paula besondere Emotionen ausgelöst zu haben. Spontan hatte sie das Bedürfnis, die Trudel kurz an ihre Brust zu drücken.

Frau Bickel hatte nur eines gewollt: arbeiten. Wenn ihre Vorgehensweise auch fraglich war.

»Hast du die Führungen wenigstens angemeldet?«, fragte Richard muffelig, der nun ebenfalls ein schlechtes Gewissen hatte, es aber keinesfalls zeigen wollte. Trudel hielt ihm den Teller mit den Würsten hin.

»Schade«, sagte Jessy. »Ich fand die Geschichte mit den Zombies geiler.«

»Wollen Sie auch eine Wurst, Frau Frischkäs?«, fragte Trudel.

Und endlich machte Jessy ihrem Ruf alle Ehre: »Iiih, von unveganen Tieren!«

Paula zeigte sich weiterhin versöhnlich und nahm einen Bissen. Erstaunlich lecker. Allmählich kam sie auf den Geschmack. Vielleicht musste es ja nicht immer nur Kloß mit Soß oder ein Salat sein, manchmal könnte sich auch eine Gesundheitsfreundin wie sie ein Schäuferla gönnen.

»Und warum seufzen die Würste?«, fragte Jessy.

»Weil sie so lecker sind und deshalb schon so manchem Bauern ein genussvolles Seufzen beim Essen entlockten«, dozierte Maria. »Vielleicht aber auch, weil die Bauern seufzen, wenn sie eine von den Würsten abgeben müssen. Oder weil die Würste so lang sind wie die Seufzer der Bauern, die sich über das schlechte Wetter beklagen, und Bauern klagen ja immer über das schlechte Wetter«, leierte Maria herunter, als hätte sie nur darauf gewartet, ihr Wissen endlich loszuwerden.

Richard hielt einen der Bauernseufzer wie einen ausgestreckten Zeigefinger in die Luft und ergänzte: »Ich meine, der Name kommt daher, weil einem nach zu vielen Würsten schon mal ein Windchen entfleuchen kann, das wie ein Seufzer klingt.«

»Iiih!«, machten nun die vier Frauen unisono.

»Seufzen wie Ritter Kunibert«, gab nun auch Jessy ihren Senf dazu, weil sie sich nicht mehr an den genauen Namen des Typen aus Weißenburg erinnern konnte, der vor tausend Jahren etwas über »süffzen« und »süpen« geschrieben hatte. Aber niemand achtete auf sie, dabei wäre ihr Wortbeitrag zur Lösung der Mordfälle so wichtig und entscheidend gewesen.

Problemschaf

Carlo Roggefäller blickte auf seine Rolex. Ihm blieb noch eine Stunde bis zu seinem Termin bei der Kosmetikerin. Seine regelmäßigen Besuche hängte er natürlich nicht an die große Glocke, wobei er persönlich nichts Verwerfliches daran fand, dass auch Männer sich pflegten und auf ihre Haut achteten. Besonders wenn man wie er Geschäftsmann war, der mit vielen Menschen in Kontakt kam.

Außerdem war es ab einem gewissen Alter unumgänglich, mehr auf die Gesundheit zu achten. Vielleicht lag es auch am Stress, aber in letzter Zeit schlief Roggefäller ausnehmend schlecht und bildete sich tatsächlich ein, ein Schaf blöken zu hören.

Er saß in seinem Büro im »Paradies«, seinem Swingerclub, und hörte Schafe blöken. Okay, er befand sich auf dem Land, aber er konnte sich nicht erinnern, wann zuletzt Schafe um seinen Club gestrichen waren. Aber noch seltsamer war, dass er glaubte, das Blöken aus einem der oberen Zimmer, der »Aktivitätsräume«, zu vernehmen. Roggefäller hatte vor Kurzem eine Tanzfläche mit Polestange einbauen lassen; damit sich auch »Mutti« und »Uschi aus dem Sekretariat« daran versuchen konnten. Er grinste schräg. Verausgabte sich gerade eine Dame an der Stange und gab diese seltsamen Laute von sich?

Ein weiterer Blick auf die Rolex. Um fünfzehn Uhr öffnete der Swingerclub, es war fünf nach. Und schon waren Gäste da? Roggefäller konnte es nur recht sein, wenn sein Etablissement gut lief. Auch in seinem Club im Nürnberger Rotlichtmilieu rollte der Rubel. »Hinter der Mauer« war für Insider ein Begriff, was nicht erstaunlich war. Hinter der Frauentormauer besaß Nürnberg eines der ältesten Rotlichtviertel Deutschlands.

Roggefäller konnte sich keinen besseren Job vorstellen. Seine Kunden wollten sich für Geld vergnügen, und seine weiblichen Angestellten sahen spitze aus. Im »Paradies« herrschte sogar eine Kleiderordnung: Straßenkleidung war verboten! Erlaubt waren sexy und erotische Dessous, Stiefel, Nieten, Lack, Leder, Latex – oder nackte Haut, und das in einem gehobenen Ambiente. Dazu kamen eine exzellent bestückte Bar und verführerisches Fingerfood vom Büfett. Ganz ehrlich, welcher Bürohengst oder Bauarbeiter träumte nicht von so einem Arbeitsumfeld? Jetzt mal Hand aufs Herz, Männer …

»Määäh!«

Roggefäller zuckte zusammen und massierte sich die Schläfen.

»Määäh!«

Nein, er war nicht plemplem. Das Blöken bildete er sich nicht ein. Im Haus war tatsächlich ein Schaf. Oder handelte es sich um eine neue, abgefahrene Sexpraktik, die er noch nicht kannte? Aber das war unmöglich. Es gab nichts, was Roggefäller in dieser Beziehung entgangen wäre. Er stand auf und verließ sein Büro. Im Club war es jetzt ganz still.

Wo trieb sich Mario, sein Assistent, eigentlich herum?

Seit er eine Freundin, diese Bambi, hatte, war er unzuverlässig geworden. Aber der Bursche war ja auch noch jung, erst knapp über zwanzig. Trotzdem! Wer für Roggefäller arbeitete, hatte zu spuren, sonst war Schluss mit lustig.

Andererseits … Wenn die Liebe dazwischenfunkte, versagte bei so manchem Mann der Verstand. Wenn er an die scharfe Kommissarin dachte, verrauchte seine Wut auf den untreuen Assistenten schlagartig. Sie war intelligent, klug und sah einfach nur spitzenmäßig aus. Keine von den aufgetakelten Weibern, das hatte sie nicht nötig. Nur ein Hauch von allem. Ein Hauch Make-up, ein Hauch Sex, ein Hauch Flirten. Klar fuhr sie auf ihn ab, sie gestand es sich nur nicht ein. Eine Polizistin, die sich in einen Bordellbesitzer verliebte – offiziell unmöglich! Aber Roggefäller konnte warten, er besaß einen langen Atem, einen sehr langen.

Und das Date mit ihr stand, auch wenn er ihr bisher nicht hatte beweisen können, dass er Luggi Lohmüller nichts angetan hatte. Was war mit Luggi doch gleich geschehen? Ach ja, Witzbolde hatten ihn vor die Metzgerei gesetzt.

»Määäh!«

Roggefäller schoss die frei stehende Treppe nach oben. Es

roch nach Schaf! Eindeutig. An einem Ort, wo es maximal nach süßem Parfüm duftete, stach der Schafsgestank besonders stark hervor. »Mario! Verflucht, wo steckst du?«

Die samtbezogene Tür eines der Kuschelzimmer öffnete sich, und der Kopf des strohblonden Burschen erschien. Seine Augen waren so blau, dass sie Roggefäller noch immer manchmal verblüfften. Er war ein richtiger Mädchentyp, der schon vielen Girlies, vielleicht auch älteren Semestern schlaflose Nächte bereitet haben musste. Er durfte nur nicht den Mund aufmachen, denn sein Mundinnenraum war in einem furchtbaren Zustand. Roggefäller machte etliche Scheine dafür locker, dass ein Zahnklempner ihn ihm wieder richtete. Seit Wochen trug Mario schon eine Zahnspange. Und legte er zu seinem Zahnmonster-Lächeln auch noch seinen Klaus-Kinski-Blick auf, dann liefen selbst die Ratten in der Gosse quiekend davon.

»Verdammt, du Aas, bist du da mit deiner Freundin zugange, oder was? Vergiss nicht, dass du auch noch einen Job hast!«

Mario nickte stumm und wollte die Tür schließen, aber Roggefäller stellte seinen Fuß dazwischen. »Was ist da drin?«

»Määäh!«

Roggefäller zog seinen Cowboystiefel aus dem Spalt und donnerte ihn gegen die Tür, sodass Mario zurücktaumelte. Der Bordellbesitzer riss die Augen auf. Vor ihm kniete Bambi und kraulte ein Schaf, vielmehr war es noch ein Lämmchen.

»Was zum Henker …?«

»Määäh!«

Roggefäller stand breitbeinig im Kuschelzimmer, Mario und Bambi hockten auf dem Bettrand, und vor ihnen stand Rosi und ließ sich streicheln. Sobald einer von den beiden von dem Schaf abließ, mähte es.

»Also, rück raus mit der Sprache. Woher kommt das Schaf?«

Mario rieb Rosi vor Verlegenheit so stark über die Stirn, dass sie den Kopf schüttelte und die Ohren flogen.

»Los!«

»Der Vieberger Gustl hat mich gefragt, ob ich ihm ein Schaf besorgen könnte.«

»Der Vieberger? Ein Schaf? Warum?«

»Jetzt lass mich halt erzählen. Also, der Vieberger wollte gern so ein Schaf haben wie bei diesem Film von Woody Allen, ›Was Sie schon immer über Sex wissen wollten …‹. Er wollte ein Schaf mit Strapsen.«

»Bäh!«, machte Roggefäller. »So eine Sau.«

»Das hat nix mit Sex zu tun. Seit er vor fast vierzig Jahren als junger Kerl den Film gesehen hat, hat er dieses Bild vor Augen.« Mario lächelte seinem Chef beschwichtigend zu. »Es sollte so eine Art von Therapie sein. Der Vieberger hat gedacht, wenn er ein bestrapstes Schaf endlich in natura sieht, wird er das Bild wieder los.«

Roggefäller wartete ab.

»Also habe ich ihm ein Schaf besorgt. Nur ausgeliehen. Nur leider ist die Rosi, also das Schaf –«

»Rosi? Willst du mich verarschen? Skandal um Rosi?«

»Keine Verarschung, Boss. Die heißt wirklich so. Jedenfalls ist die Rosi nicht nur extrem kuschelbedürftig und verfressen, sondern auch wahnsinnig neugierig.«

Bambi, die bisher verschüchtert geschwiegen hatte, fügte hinzu: »Ja, wahnsinnig neugierig und flink. Bis mir immer schauen, is des Rosila scho widder verschwunden.«

»Genau«, sagte Mario. »Und an dem Abend, als der Luggi zu Besuch war, haben wir die Rosi zum ersten Mal ins ›Paradies‹ gebracht. Wir haben ja nicht gedacht, dass die uns sofort ausbüxt. Und als wir nach ihr gesucht haben, sind wir auch in das Zimmer geraten, das der Luggi für sich gebucht hatte. Und da lag er – und war tot.« Mario bekreuzigte sich.

In Roggefäller kehrte ganz langsam wieder Energie zurück. Er strahlte. »Du hast den Luggi vor die Metzgerei gehockt?«

Mario nickte zerknirscht. Sein letztes Stündchen als Assistent des Chefs hatte geschlagen. Wahrscheinlich sein letztes Stündchen auf dieser schönen Welt. »Ich hab gedacht, wenn wir den Luggi aus dem ›Paradies‹ schaffen, kriegst du keinen Ärger mit den Bullen.« Und ich keinen Ärger mit dir, dachte er noch.

»Die Aktion mit dem Schaf hinter meinem Rücken war natürlich scheiße … Hat der Vieberger wenigstens gezahlt?«

Marios Miene hellte sich auf. »Fünfhundert.«

Roggefäller wiegte den Kopf. »Nicht schlecht. Dennoch – eine Scheißaktion! Normalerweise würde ich dich jetzt allemachen. Aber du hast Glück, dein Kopf bleibt auf den Schultern. Und weißt du, warum?« Roggefäller durchbohrte seinen Assistenten mit einem Blick, der über den Ausgang des Gespräches noch nichts verriet. »Weil ich wegen deiner Dummheit morgen ein Date mit der Kommissarin habe.«

»Määäh!«

»Aber schaff diesen stinkenden Wollpullover aus dem ›Paradies‹ – und zwar pronto! Und dann fahren wir nach Kleinmichlgsees auf die Wache, und du legst ein Geständnis ab. Kann sein, dass dir die Bullen eine Strafe aufbrummen, aber dafür werde ich dir kulanterweise die Kohle rüberschieben. Das ist mir die heiße Paula wert.«

»Versteh ich nicht.«

»Ich habe mit der Kommissarin gewettet, dass sie mit mir ausgeht, wenn ich nichts mit Lohmüllers Tod zu tun habe. Wir haben doch nichts mit seinem Tod zu tun, oder?«

»Nee, Ehrenwort. Nicht mal die Rosi!«

Noch ein letzter schräger Blick ging zu dem blökenden Wollpullover, dann verließ Roggefäller lächelnd das Kuschelzimmer. Widerwillig musste der Puffbesitzer sich eingestehen, dass er noch nie so ein sexy Schaf gesehen hatte.

Geständnis

Roggefäller stolzierte in die Wache mit einem Gehabe, das jeden Schauspieler beim Betreten der Bühne der Oscar-Verleihung in den Schatten gestellt hätte. Was erwartete er? Applaus vom Volk?

Jessy musterte Mario, der hinter ihm ging, registrierte dann Bambi und verlor das Interesse an Roggefällers Assistenten.

Paula seufzte innerlich. Insgeheim hätte sie sich diebisch gefreut, wenn Jessy mit dem Lakaien des Bordellchefs angebändelt hätte. Gutmut träfe der Schlag.

Roggefäller steuerte direkt auf Paula zu.

Die ahnte Schreckliches. Sie hatte den Deal mit dem Date nicht vergessen.

»Haben Sie den Bikini und das kleine Schwarze schon eingepackt, Frau Kommissarin? Sie erinnern sich doch hoffentlich noch an unseren Kurztrip?«

Paula ignorierte seine Frage. »Was können wir für Sie tun, Herr Roggefäller?«

Der Swingerclubbesitzer fasste Mario an den Schultern und schob ihn vor die Kommissarin. »Mein Assistent hat Ihnen etwas mitzuteilen. Nun leg schon los!« Er nahm sich einen Bürostuhl, natürlich Richards, und setzte sich.

»Ja, also … Den Luggi, den Ludwig Lohmüller, den haben wir, die Bambi und ich, vor den Metzgerladen hingehockt.«

Richard stellte sich neben seine Chefin.

»Das behaupten Sie aber nicht, weil Ihr Chef Sie dafür bezahlt?« Paula schauderte immer ein bisschen, wenn sie Mario gegenüberstand. Einmal war er bereits in ihre Wohnung eingebrochen, weil er von Roggefäller den Auftrag erhalten hatte, sich um die Sicherheit der Kommissarin zu kümmern.

»Nö, ehrlich nicht. An dem Abend, an dem der Luggi gestorben ist, war er im ›Paradies‹ zu Besuch. Ich hab was in einem unserer Zimmer gesucht, und als ich die Tür aufmach, liegt er tot auf dem Bett. Und weil ich nicht wollte, dass sein Tod ein schlechtes Licht auf das ›Paradies‹ wirft, haben die Bambi und ich den Luggi genommen, ihn ins Auto gepackt und sind mit ihm nach Kleinmichlgsees zum Metzger, weil er die Bratwürste und Schweinshaxen immer so gernhatte.«

»Wir können Ihre Aussage also hier und jetzt protokollieren, und Sie unterschreiben uns das? Auch wenn Sie deswegen eine Anzeige kriegen?«, fragte Paula.

Mario warf seinem Chef einen mit einem Seufzer untermalten Blick zu. »Ja, ich will.«

Komisch kam Paula die Sache dennoch vor. »Aber Sie hatten doch gar nichts von der Polizei zu befürchten. Unserem jetzigen Erkenntnisstand zufolge ist der Herr Lohmüller eines natürlichen Todes gestorben. Oder hat da vielleicht doch jemand nachgeholfen? Ich meine nur, es ist doch ziemlich gefährlich, eine Leiche durch den Ort zu transportieren. So was macht niemand freiwillig.«

»Ach, Frau Kommissarin, mir worn viel zu arch durchn Wind wecher der Rosi«, platzte Bambi heraus, auch wenn ihr Mario einen Rippenstoß verpasste und Roggefäller »Schnauze!« zischte.

»Wer ist denn die Rosi?«, fragte Richard.

»Na, sag es ihr schon«, brummte Roggefäller gereizt.

»Die Rosi ist ein Schaf, das ein Kunde bestellt hat.« Und da durch die Wache ein Raunen ging, klärte Mario schnell auf: »Es geht nicht um Sex. Jedenfalls nicht so richtig. Der Kunde wollte nur einmal in seinem Leben ein lebendiges Schaf in Strapsen sehen. So wie das aus dem Film ›Was Sie schon immer über Sex wissen wollten …‹ von Woody Allen. Ich konnte mir die fette Kohle, die der Kunde zahlen wollte, doch nicht durch die Lappen gehen lassen.«

»Schnauze!«, fuhr Roggefäller dazwischen.

Aber Mario ließ sich nicht rausbringen. Endlich konnte er sein Gewissen erleichtern!

»Die Bambi und ich sind kreuz und quer durch die Gegend gefahren und haben nach einem Schäfer gesucht, aber denkt ihr, wir hätten einen gefunden? Und dann sagt die Bambi: ›Mensch, sind wir denn blöd? Wir holen uns einfach ein Schaf aus dem Streichelzoo vom Nürnberger Tiergarten.‹ Und das haben wir dann auch gemacht.«

»Ihr habt dem Tiergarten ein Schaf gestohlen?«, rief Richard.

Bambi nickte eifrig. »Wie mir beim Streichelzoo worn, is die Rosi sofort auf uns zugerannt und hat geblökt. Des wor Liebe auf den erschdn Blick.«

»Ihr habt dem Tiergarten tatsächlich ein Schaf gestohlen?«, wiederholte sich Richard fassungslos.

»›Schnell‹, hab ich zur Bambi gesagt, ›mach deine Tasche auf.‹« Mario deutete auf Bambi. »Die Bambi hat eine Handtasche, da passen ein Gullydeckel und eine Kurzhantel rein. ›Da bringen wir des Schaf locker unter‹, hab ich gesagt. Eigentlich ist die Rosi ja bloß ein kleines Schaf, ein Lamm. Und wir wollten es uns ja auch nur ausleihen …«

»Du hast das Schaf in eine Handtasche gestopft?« Richard vergaß vor Verblüffung, ein Gesicht zu machen.

»*Yes!*«, strahlte Mario. »Wir wollten gerade Richtung Ausgang vom Tiergarten gehen, da hören wir eine Tierpflegerin rufen: ›Rosi? Rosi? Wo isn mei Rosila?‹ Daher kennen wir auch den Namen von der Rosi – Rosi eben.«

»Aber dann sind mir ganz schnell naus ausn Tiergarten. Ka Mensch hot wos gemerkt, und die Rosi hat tief und fest in meiner Tasche geschlafen.«

»Aber was hat das Schaf denn nun mit dem Luggi zu tun, und wo ist es überhaupt?«, fragte Richard.

»Im ›Paradies‹«, sagte Mario.

Jessy brach fast in Tränen aus. »Oh nein, ihr habt es umgebracht?«

»Das ›Paradies‹ ist ein Puff«, erklärte ihr Richard.

»Ein Club«, verbesserte ihn Roggefäller.

Mario brachte das dauernde Reingequatsche ganz durcheinander. Er sagte nichts mehr.

»Jetzt lasst mal den Mario zu Ende erzählen, sonst kommen wir nie zu einem Ende«, sagte Paula. Es war Freitag, alle wollten endlich ins Wochenende. Allein Paula würde am nächsten Tag die Wache besetzen, sie wollte in Ruhe noch einmal alle Protokolle durchgehen.

»Wir haben der Rosi sogar ein Fläschchen gemacht. Aber dann haben wir einen Moment lang nicht aufgepasst, und sie war fort. Anscheinend ist sie durchs ›Paradies‹ spaziert und hat sich irgendwann in einem Zimmer ins Bett gelegt. Dummerweise in das, das sich der Luggi für den Abend reserviert hatte …«

»Der Luggi hatte sich das Zimmer doch nicht gemietet, um ungestört ein Nickerchen zu halten. Das können Sie sonst wem erzählen, aber nicht mir. Mit wem wollte er sich sein Bettchen teilen?«, fragte Paula spitzbübisch.

»Bestimmt nicht mit der Rosi.« Mario ließ den Kopf hängen, denn nun kam der unerfreulichste Teil der Story, den er seinem Boss bisher unterschlagen hatte. »Ich fürchte, wie der Luggi das Schaf im Bett vorgefunden hat, hat ihn der Schlag getroffen.« Das hatte er doch nicht gewollt – doch nicht der Luggi!

Roggefäller stieß einen ungehaltenen Laut aus. »Sag mal, liest du Depp denn keine Zeitung? Ach nein, der Herr blättert aufm Lokus ja nur den ›Playboy‹ und den ›Kicker‹ durch. Dann sag ich's dir eben: Der Luggi ist an einem Herzkasper draufgegangen!«

»Eben. Er hat sich zu Tode erschreckt, weil die Rosi im Bett lag. Ich möchte dich mal sehen, wenn du mit einer schnackseln willst, und die hat vier Beine und macht Mäh!«

»Ich kann Sie wirklich beruhigen, Mario«, sagte Paula. »Herr Lohmüller hat sich garantiert nicht wegen des Schafes zu Tode erschreckt.«

Roggefäller stand auf und strahlte. »Und da ich nun bewiesenermaßen nichts, aber auch gar nichts mit Luggis Tod zu tun habe, haben wir beiden Hübschen«, er deutete auf Paula, dann auf sich, »morgen Abend ein Date.«

Eigeninitiative

Der Feierabend am Freitag war eindeutig der beste Moment der ganzen Arbeitswoche. Endlich Wochenende! Richard hatte mit dem Putzen der Kaffeemaschine angefangen, sobald der Roggefäller, der andere Ganove und seine Blondie die Wache verließen. Nun spülte er seinen Kaffeehumpen, den Teller und das Besteck besonders gründlich, überprüfte den Inhalt des Kühlschranks und legte sämtliche Kugelschreiber und Bleistifte ordentlich in die schmale Schublade seines Schreibtisches. Er ließ den Computer herunterfahren und stellte Locher und Tacker links neben den Computerfuß – den Locher wie immer rechts vom Tacker.

Maria goss währenddessen die Blumen auf den Fensterbänken.

Auf Paulas Schreibtisch sah es aus, als hätte der Blitz eingeschlagen. Sie saß zwischen all dem Wirrwarr aus Schnellheftern, Notizblättern, leerer Kaffeetasse und einer Tüte Reiscracker und schrieb Notizen.

»Sind Sie sicher, dass wir Ihnen nicht helfen können?«, fragte Maria.

Richard brach der kalte Schweiß aus. Wie konnte sie nur? Was, wenn die Frischkes nun dankend auf die Frage einging? Wenn Maria dablieb und half, hatte er keine andere Wahl, als auch zu helfen. Er war sowieso schon spät dran. Normalerweise verließen Maria und er gemeinsam die Wache und gingen ins Wochenende, aber heute wurde sie einfach nicht fertig. Es war bereits seit fünf Minuten Feierabend.

Jessy hatte die Wache bereits verlassen, wollte im Dorf noch etwas einkaufen. Da sie sich durch ihre eigene Wohnung von den Eltern abgenabelt hatte und diese noch im Urlaub waren, versorgte sie sich selbst. Bei ihren sonntäglichen Besuchen versuchten Mama und Papa das, was Jessy in ihren Augen zu wenig aß, allerdings nachzuholen. Sie servierten Megaportionen.

Die erste Woche Praktikum hatte Jessy gut überstanden. So ausgeflippt sie in Richards Augen war, so eine Bereicherung war sie für ihn auch. Das mit der Jeansjacke und den Sneakers ließ ihn nicht mehr los. Vielleicht fuhr er ja wirklich morgen in die Stadt. Er musste es nur so anstellen, dass Trudel nichts davon mitbekam, sonst wollte sie wieder mit, und nichts war unangenehmer, als mit der Schwester Klamotten kaufen zu gehen. Aber fast noch peinlicher war der Besuch eines Schuhladens mit ihr. Ältere Schwestern neigten generell dazu, ihre Brüder zu bemuttern, wogegen Männer an sich nichts hatten. Aber wenn Trudel mit dem Daumen auf die Schuhspitze drückte und vor dem Verkäufer bestimmte: »Mein Bruder nimmt eine Größe kleiner«, dann ging das entschieden zu weit. Oder wenn sie fragte: »Kneift die Hose auch nicht im Schritt?« Da hörte doch alles auf!

»Danke, Maria, lieb von Ihnen, aber ich mache auch nicht mehr lange. Ein schönes Wochenende. Ihnen auch, Herr Staudinger.«

Richard nahm seine Dienstmütze vom Haken und die lederne Aktenmappe unter den Arm, hängte sich den Stoffbeutel mit dem Aufdruck der Stern-Apotheke über die Schulter und schob seinen Bürostuhl unter die Schreibtischplatte. »Ihnen auch, Frau Frischkes. Maria, bist du endlich fertig?«

Paula schaute auf ihr Handy. Keine neue Nachricht. Andreas war wenig begeistert gewesen, dass sie ihr Date für morgen cancelte oder zumindest andeutete, es verschieben zu müssen. Aber zum Glück hatte er sich einlullen lassen, denn Paula versprach, das Treffen mit Roggefäller nach einem Drink zu beenden und bestimmt nicht mit ihm nach Marbella zu jetten. Was sie ohnehin für allerfeinste Schaumschlägerei hielt. »Und wenn ich den Roggefäller von der Backe habe, dann machen wir uns einen schönen Abend«, hatte sie noch geflötet.

Jessy hatte sich noch rasch im Bioladen eine Mango und drei Tomaten fürs Abendbrot und bei Frau Möser ein paar Zeitschriften besorgt. Als sie den Tante-Emma-Laden verließ, rannte sie direkt in die Arme einer Frau, die in ihrer Handtasche kramte, ohne auf ihren Weg zu achten. Sie erkannten sich sofort wieder. Es war die Frau, die sie im Krankenhaus so unsanft angerempelt hatte. Sie ging rasch weiter, murmelte etwas, vielleicht »Entschuldigung«.

Jessy schaute ihr nach, als sie sich noch einmal umdrehte und lächelte.

Im Krankenhaus hatte sie auch diese schweren Stiefel getragen. Heute hatte sie auf das Kopftuch verzichtet, sodass Jessy ihr krauses rotbraunes Haar sehen konnte. Gut angezogen war sie auch diesmal nicht, eher schlicht. Mit einer verwaschenen Jeans, die ihr am schmalen Körper hing, und einer Karobluse unter einer Strickjacke.

Jessy kehrte noch einmal um und in den Laden zurück. »Sagen Sie, wer ist die Frau da draußen?«, fragte sie.

Gunda Möser, die sich immer hilfsbereit an jeder Informationsverbreitung beteiligte, huschte hinter der Theke hervor und reckte den Hals. »Die? Das ist die Rosa Schniederbauer. Eigentlich heißt sie ja Schniederbauer-Bauer, aber damit macht man sich ja einen Knoten in die Zunge.« Sie legte die Hand seitlich an den Mund und flüsterte, als könnte es die Schniederbauerin auf der Straße hören: »Die ist seit Kurzem Witwe.«

Gunda Möser wehrte sich dagegen, als schwatzhaft bezeichnet zu werden, und normalerweise gab sie auch keine privaten Daten oder Insiderwissen an Fremde weiter, aber die Kleine war im Ort unterdessen bekannt wie ein bunter Hund. Oder vielmehr wie ein schwarzer. Und sie gehörte zur Polizei, stand also unter der besonderen Obhut von Richard und – und das war der Grund, warum sie von allen wie ein rohes Ei behandelt wurde – war die Nichte des Kriminalhauptkommissars Gutmut vom Nürnberger Polizeipräsidium. Der fast so wichtig wie der Polizeipräsident persönlich war, behauptete der Fredl zumindest. Und dass man ganz besondere Vorsicht walten lassen musste, sonst landete man schneller im Gefängnis, als man nach Luft schnappen konnte. Siehe Ulla Kutzberger.

Jessy horchte auf. »Ach ja? Wer war denn ihr Mann?« Jessy ging die verstorbenen Männer durch: Luggi, Wolferl, Lorenz. Über mehr Leichen war auf der Wache doch gar nicht gesprochen worden. Gab es etwa noch einen Sterbefall?

»Na, der Julius.«

Tatsächlich. Noch einer. Der Julius. Wusste das die Kommissarin überhaupt?

Jessy dankte Gunda Möser, hockte sich auf die Stufen, die zum Laden führten, und wischte über ihr Handy. Doch das Handy der Frischkes war belegt, und in der Wache ging niemand mehr ran. Anscheinend waren Richard und Maria schon ins Wochenende gegangen, und die Kommissarin war auf dem Weg zur Babsi Studerer, bei der sie sich noch hatte umschauen wollen.

Natürlich hätte Jessy der Kommissarin einfach eine Nachricht schicken können. Andererseits verlockte sie die Vorstellung, auf eigene Faust ein bisschen Polizei zu spielen. Die Schniederbauerin war Richtung Frisiersalon verschwunden. Wenn sie Glück hatte, ließ die Witwe sich die Haare machen, dann könnte Jessy sie, genau wie sie es von der Kommissarin gelernt hatte, ein bisschen ausfragen. Und, Jessy bekam eine wohlige Gänsehaut, vielleicht ja sogar dazu beitragen, dass sie dem Giftmörder endlich auf die Spur kämen. Oder, noch viel besser: Sie könnte den Giftmörder noch vor den anderen schnappen. Dafür würde sie alles tun! Die Kommissarin würde Augen machen und der Richard – und ihr Onkel erst! Der traute ihr nämlich gar nichts zu.

Fredls fröhliche Begrüßungsfloskel blieb ihm im Hals stecken, als die Gutmut-Nichte den Salon betrat. Sie trug original die gleiche Kunstlederjacke und das mit einem Peace-Zeichen bestickte Top wie er, sogar die Stiefeletten waren identisch. Allerdings kombinierte Jessy das Outfit mit einer zerfetzten Jeans, Fredl hingegen mit einem Rock.

Jessy schien weniger verblüfft als er, sie nahm den Friseur gar nicht wahr. Rosa Schniederbauer-Bauer stand im Kassenbereich des Salons, während Fredl sich in einem aufgeschlagenen Kalender einen Termin notierte.

Jessy ging direkt auf die Witwe zu und stellte sich neben sie. »Hallo!«

Frau Schniederbauer-Bauer grüßte erfreut zurück. Auf der Kassentheke stand ihre geöffnete Handtasche, aus der ihr Strickzeug herausschaute. Sie nahm es praktisch überallhin mit für den Fall, dass sie im Stau stand oder beim Arzt im Wartezimmer oder sonst wo warten musste. »Hübsch siehst du wieder aus.«

»Echt?« Jessy schaut an sich hinab.

Und Fredl stöhnte: »Danke für das Kompliment.« Allerdings zweifelte er tatsächlich daran, ob es für seinen Modegeschmack sprach, dass er sich kleidete wie ein junges Ding. Sein Handy klingelte, und er ging ran. Irgendwie hatte er sowieso den Eindruck, dass keiner im Salon mit ihm reden wollte.

»Und Sie lassen sich die Haare schön machen?«, fragte Jessy.

»Ich lasse mir einen Termin geben.«

»Und dann?«

Rosa Schniederbauer-Bauer war etwas überrascht, das Mädchen war ganz schön forsch. »Und dann gehe ich zu Frau Popp in die Metzgerei. Wir müssen ein geschäftliches Gespräch führen. Ich beliefere sie mit Fleisch.«

Jessys Mundwinkel sackten nach unten. »Ich bin Veganerin.«

»Das ist ja interessant«, ging Rosa Schniederbauer-Bauer auf das Gesagte ein. »Davon würde ich gern mehr hören. Wovon ernährt man sich denn dann? Ich kann mir das ja gar nicht vorstellen.«

Jessy grinste. Das ging ja leichter als gedacht.

Paula trocknete sich rasch die Hände ab. Noch klingelte das Telefon. Als sie das Gespräch jedoch entgegennehmen wollte, hatte der Anrufer aufgelegt. Was soll's?, dachte sie. Wenn es wichtig war, würde sich derjenige schon wieder melden. Sie legte ihre Notizen beiseite. Ihre Leute und sie hatten begonnen, sich erneut durch Kleinmichlgsees zu fragen. Die Aussage von Helmut Reichert vom Veterinäramt war ihr wichtig genug. Lorenz Angerer hatte einer Frau das Herz gebrochen – ein Mordmotiv? Nach über fünfundzwanzig Jahren? Warum nicht, wenn der Schmerz tief saß. Doch bislang waren sie erfolglos geblieben. Mal wieder.

Wo blieb Jessy nur?

Hatte sie nicht nur rasch Obst holen wollen? Oder hatte sie sich mit den anderen schon ins Wochenende verabschiedet? Sie war so vertieft in ihre Arbeit gewesen, dass ihr das gar nicht aufgefallen war.

Wahrscheinlich war es so. Was sollte sich das Mädchen auch länger als nötig in Kleinmichlgsees aufhalten? Paula klopfte einen Stoß Papiere zusammen. Sie wollte Babsi besuchen, auf ein Gespräch von Frau zu Frau, und sie trösten, jetzt, wo sie sich letztendlich doch in Lorenz Angerer verguckt gehabt hatte. Abgesehen davon waren auch drei andere von Babsis Freunden wie die Mücken weggestorben. Im Prinzip trugen beide Orte in letzter Zeit ständig Trauer. Was für eine abscheuliche Serie an Todesfällen. Und sie kam einfach nicht mit ihren Ermittlungen weiter. Hatte Gutmut recht? Taugte sie doch nicht zur Kriminalistin? Sie gab einen genervten Laut von sich. Was brachte es, wenn sie sich selbst niedermachte? Nichts. Eben.

Sie nahm die Jacke und die Handtasche. Kontrollieren, ob alle Lichter und elektrischen Geräte ausgeschaltet waren, musste sie nicht, das hatte der Kollege Staudinger bereits mehr als gewissenhaft erledigt. Sie warf noch einen Blick zurück, dann schloss sie die Wache ab.

Babsi freute sich über den Besuch der Kommissarin. Es sei schon merkwürdig. Jahrelang habe sie den Lorenz als Mann gar nicht besonders wahrgenommen. Doch jetzt, wo er tot war, fehle er ihr direkt ein bisschen. Die Frauen unterhielten sich bei einer Flasche Müller-Thurgau über dies und das und kamen später unweigerlich auf die Frage, die alle in Kleinmichlgsees und Ingreisch beschäftigte: Wer hatte die beiden Männer ermordet?

Natürlich ging Paula ohne Antwort nach Hause.

Peterla

Richard liebte den Samstagmorgen. Er ging gern durch den Ort und schaute nach dem Rechten, auch in Zivil. Überall herrschte gute Stimmung, manche Hausfrau war vielleicht ein wenig gestresst, weil noch letzte Erledigungen vor dem Sonntag anstanden. Auch Richard besorgte nach dem Frühstück oft noch eine Kleinigkeit, meist für die Trudel, die beim Einkaufen am Freitag einen Soßenlebkuchen, Brühwürfel oder Hefe vergessen hatte. Er hatte seine Schwester zwar in Verdacht, ihn einfach nur aus dem Haus haben zu wollen, damit er sich ein wenig bewegte, aber insgeheim mochte er die Botengänge für sie. Für gewöhnlich gönnte er sich bei der Jutta einen gesüßten Milchkaffee, den er allerdings nicht »du gou«, sondern in der Bäckerei im Stehen trank. Und auf jeden Fall nahm er sich auf seinem Botengang ausgiebig Zeit, um mit den Kleinmichlgseesern zu plauschen. Da konnte es gut und gern auch einmal Mittag werden.

Jutta freute sich über die samstäglichen Besuche des Polizisten. Ab und zu ließ der auch unabsichtlich einen Satz fallen, eine Neuigkeit, die selbst der Trudel noch nicht zu Ohren gekommen war. Aber auch ansonsten war es nett, sich mit Richard zu unterhalten.

Doch heute kam der Polizist nicht dazu. Gerade hatte er den Kaffeebecher an die Lippen geführt, da klingelte das Glöckchen über der Tür. Richard warf einen Blick über die Schulter.

Die Schniederbauerin betrat die Bäckerei und zuckte bei seinem Anblick fast unmerklich zusammen, murmelte etwas und ging schnell an die Ladentheke. »Ein veganes Vollkornbrot, bitte.«

Jutta starrte die Ingreischerin an, als hätte sie gegrillte Storchenschnäbel bestellt.

Ingreisch besaß zwar eine Metzgerei, die allerdings bei Weitem nicht so gute Wurstwaren anbot wie die Metzgerei Popp, behaupteten die Kleinmichlgseeser, aber einen Bäcker gab es nicht.

»Ich dachte, du backst dein Holzofenbrot selbst?«, fragte Richard.

Das war genau das, was die Rosa nicht brauchte. Ein neugieriges Mannsbild. Was gingen den Richard ihre Essgewohnheiten an? »Dafür habe ich heute keine Zeit. Ich habe jemanden zu Besuch, der etwas verwöhnt ist«, fuhr sie ihn an. »Außerdem gehe ich mit der Zeit, die vegane Küche ist im Moment absolut angesagt«, lenkte sie etwas ein.

Wie selbstgefällig er an seinem Kaffee nuckelt, der Herr Polizist. Hält sich für etwas Besseres, dachte die Bäuerin. Dabei hatte sie einmal studiert, der Richard sollte sich also nicht so wichtig nehmen. Rosa bemerkte erst, wie bissig sie Richard anstarrte, als der die Stirn runzelte.

»Alles klar mit dir, Rosa?«

»Was soll denn nicht klar sein? – Wenn du kein veganes Brot hast, dann sag es halt«, bekam nun auch die Bäckerin ihre miese Laune ab. »Dann gehe ich rüber in den Bioladen, das hätte ich sowieso gleich tun sollen.« Damit rauschte sie grußlos hinaus. Nur ihre schlechte Energie blieb zurück.

»Vielleicht ist sie so komisch, weil sie jetzt allein ist«, sagte Jutta, der es schrecklich leidtat, dass sie Rosa anscheinend verärgert hatte.

»Wahrscheinlich«, stimmte Richard ihr zu. »Sie hat es aber auch nicht leicht. Muss ohne Mann den Hof weiterführen.«

»Ich hab gehört, sie überlegt, ihn zu verkaufen.« Jutta beugte sich über die Ladentheke näher zu Richard. »Und sich selbst zu verwirklichen«, flüsterte sie und nickte vielsagend.

»Ach ja?« Richard kam ein schrecklicher Gedanke. »Wer macht denn dann die Bauernseufzer? Die von den Schniederbauer-Bauers schmecken mit Abstand am besten.«

»Der Erwin hilft ihr im Moment aus, aber der hat ja seine Metzgerei. Damit ist er eigentlich ausgelastet.«

Das Ehepaar Schniederbauer-Bauer hatte von der Schweinehaltung gelebt und auf Ackerland Mais und Getreide angebaut. Der Hof war bekannt für sein frisches Schweinefleisch, für Geräuchertes und Dosenwurst aus der Hausschlachtung, die im Hofladen zu erwerben war und an Metzgereien geliefert wurde.

»Des war immer dem Julius seine Arbeit. Er hat nach dem Schlachten die Wurschddosen, die Bauernseufzer, die Blut- und die Leberwärschd gemachd.«

»Und die Bratwürste.«

»Ja, die auch.«

Wieder grübelte Richard. »Bauchaortenaneurysma ...« Endlich konnte er das schwierige Wort mal wieder anbringen. »Der Julius ist eines natürlichen Todes gestorben, der Luggi auch. Der Wolferl und der Lorenz wurden vergiftet. Vier tote Männer in den vergangenen Tagen in der Umgebung!« Eigentlich sprach er mehr mit seiner Kaffeetasse und sich selbst als mit der Bäckerin. Vier tote Männer! Allmählich wurde das wirklich unheimlich ...

Nein, das *war* unheimlich!

Und wenn Richard länger in sich hineinhorchte, machte es ihm auch Angst.

Jutta zuckte mit den Schultern. »Noch einen Kaffee?«

Richard lehnte ab und bezahlte. Jutta packte ihm noch einen Granatsplitter für unterwegs in eine Tüte, gratis. Dann ging er ein Häuschen weiter zum Tante-Emma-Laden. Er brauchte für seine Winterhalbstiefel Schnürsenkel. Der Herbst hatte sich mit ersten Stürmen bereits angekündigt, und schneller, als man gucken konnte, würde man sich im Schmuddelwetter wiederfinden. Bei einem Check seiner Winterklamotten, insbesondere des Schuhwerks, war ihm vor einigen Tagen wieder eingefallen, dass die Schuhbändel an seinen Stiefeln zu kurz waren. Darüber hatte er sich den ganzen letzten Winter geärgert, es aber immer versäumt, sich längere zu besorgen.

»Schnürsenkel in Schwarz, hundertfünfzig Zentimeter lang«, äußerte Richard seinen Wunsch und legte eine Tüte seiner geliebten nimm2-Bonbons neben die Kasse.

Gunda Möser, die das kleine Geschäft führte, wühlte in einem zerfledderten Karton. »Für wos brauchst du denn so lange Schnürsenkel? Willst du jemanden erwürgen?«

»Für meine Stiefel, Gunda.«

Sie grub weiter. »Der Angerer is etz auch gestorben, gell?«

»Ja.« Richard konnte durch die Schaufensterscheibe rüber in den neumodischen Bioladen schauen und entdeckte erneut die

Schniederbauerin, die ihren Einkauf tätigte. Er kniff die Augen zusammen, um besser sehen zu können: jede Menge Obst und Tüten, mit etwas gefüllt, das wie Müsli aussah, und ein Brot, wohl das vegane.

Gunda kam hinter der Theke hervor und gesellte sich zu Richard. »Als ob mei Gmäis und mei Obst ned genauso gsund und goud wär wie des Bio-Zeug«, sagte sie verächtlich. Die Konkurrenz von gegenüber war ihr ein Dorn im Auge. Sie knallte die Schnürbänder auf die Theke und verschwand hinter ihrer Kasse. »Und die drüben hom ka meterlange Schnürsenkel ned!«

»Da sagst du was, Gunda.«

Paula machte sich eine Kanne Kaffee, einen richtig starken, Staudinger musste es ja nicht erfahren, dass sie seine heilige Kaffeemaschine bediente. Dann breitete sie die Wochenendausgabe der regionalen Tageszeitung auf ihrem Schreibtisch aus. Sie brauchte es, die Zeitung zu lesen, bevor sie sich in die Arbeit stürzte. Außerdem war Samstag, und wenn sie schon arbeitete, wollte sie den Tag wenigstens ruhig angehen. Sie war um sieben Uhr wach geworden und hatte sich im Bett hin und her gewälzt, bis sie schließlich aufgestanden und unter die Dusche gegangen war. War das schon senile Bettflucht?

Jessy hatte versprochen, ihr bei der Sichtung der Protokolle zu helfen. Paula wollte mit ihr gemeinsam die bisherigen Aussagen und Ermittlungsergebnisse noch einmal durchlesen und überprüfen, ob eventuell weitere Personen oder Zeugen befragt werden mussten. Paula hatte über Jessys Eifer geschmunzelt, würde aber sicher nicht sauer sein, wenn das Mädchen nicht auftauchte. An einem Samstagmorgen … In Jessys Alter hatte sie bis in die Puppen geschlafen und sich dann mit Freundinnen zum Shoppen getroffen.

Tja – damals. Heute wurde sie in aller Herrgottsfrühe wach und ging freiwillig ihrem Job nach. Pflichtbewusstsein? Vielleicht auch die Partnerlosigkeit. Allein lag man nur ungern wach im Bett. Aber vielleicht würde sich das ja heute ändern. Paula lächelte voller Vorfreude. Immerhin hatte sie gleich zwei Dates mit zwei attraktiven Männern. Wobei sie zu verdrängen versuchte, dass es ihrer Karriere womöglich nicht gerade zuträglich war, sich mit einem zwielichtigen Ganoven zu treffen.

Kaum hatte sie die Tageszeitung zugeschlagen, kam der Paketmann. Sie kannten sich mittlerweile, denn Paula bestellte gern online und ließ sich die Pakete gleich auf die Wache liefern. Wer einen Fulltime-Job hatte und am Popo der Welt lebte, hatte wenig Zeit, um durch die Fußgängerzone zu bummeln.

Der Paketmann stellte das Päckchen auf den Besuchertresen und ließ Paula unterschreiben.

»Oh, Schuhe!«, freute sie sich. »Eigentlich müsste ich jetzt laut schreien – und dann Sie.«

Der Mann blickte sie verständnislos an, kapierte den Witz nicht.

Aber die Werbung lief ja auch seit Längerem nicht mehr im Fernsehen. »Schon gut«, sagte Paula, und der Paketmann verabschiedete sich.

Wunderbar, die Schuhe würde sie gleich heute Abend zu ihren Dates anziehen. Aber was dazu? Sie riss das Paket auf, schleuderte ihre Pumps von den Füßen und stieg in die neuen. Super, sie passten wie angegossen!

Richard zog weiter durch den Ort. Nach dem Einkauf bei Gunda warf er einen Blick in Fredls Salon. Der Friseur hatte immer eine Klatschgeschichte parat, die er gern mit abenteuerlichen Details ausschmückte und in die Länge zog.

Als er den Salon Grüüber verließ, rauschte es in seinen Ohren, er hatte jegliches Zeitgefühl verloren, und sein Magen rührte sich. Er nahm Juttas Granatsplitter aus der Tüte und biss hinein. Es war nicht einfach, die Bonbons, die Schnürsenkel und die Bäckertüte zu halten und dabei die Süßigkeit zu verzehren. Ausgerechnet in diesem Moment klingelte auch noch sein Handy. Richard griff sich die Bäckertüte mit den Zähnen, nahm den Granatsplitter in die linke Hand, in der er schon die Bonbons und die Schnürsenkel hielt, zog das Handy aus seiner Jackentasche und drückte mit dem Daumen auf den grünen Hörer. Verflucht, eine dumme Idee! In seiner Verzweiflung, denn er hörte schon deutlich seine Schwester quaken, zwickte er das

Telefon zwischen Ohr und Schulter, nahm die Bäckertüte in die rechte Hand – da sollte noch einmal jemand sagen, Männer seien nicht multitaskingfähig – und begann zu schimpfen: »Was ist denn los? Siehst du nicht, dass ich keine Hand frei habe?«

Warum nur nahm er sein Handy auch immer mit? Kein Handy – keine Störung! Außerdem war ein Handy für einen kleinen Ort wie Kleinmichlgsees reine Geldverschwendung, wenn man es genau betrachtete. Da reichte es nämlich eigentlich, wenn man laut über den Dorfplatz plärrte.

»Bin ich Uri Geller und kann hellsehen?«, blaffte Trudel zurück. »Du, Richard, ich brauche dringend noch einen Bund Peterla. Geh doch bitte zur Gunda und bring mir den mit. Und beeil dich! Die Kartoffelsuppe ist fertig. Der Dieter sitzt schon vor seinem Teller.«

Schnell. Zur Gunda. Beeilen. Er war erst vor einer halben Stunde bei der Gunda gewesen und unterdessen eigentlich seinem Zuhause näher als Gundas Geschäft. Aber er wusste, dass es sinnlos gewesen wäre, mit seiner Schwester über die Dringlichkeit des Bedarfs eines Bundes Petersilie zu diskutieren. Also steckte er sein Handy weg und sich den restlichen Granatsplitter in den Mund, leckte seine Finger ab und taperte zurück.

Als Richard zwanzig Minuten später immer noch nicht zu Hause war, rief Trudel bei Paula in der Wache an.

Vermisst

Paula verstand kaum ein Wort, erkannte aber Trudels Stimme. Wenn Trudel – ganz gleich, in welchem Gemütszustand – redete, war es immer schwer, zu Wort zu kommen. Aber es ging eindeutig um Richard.

»Frau Bickel …« *Richard-Peterla-fort-Suppe-Dieter-am-Tisch.* »Frau Bickel …« *Peterla-zwanzig-Minuten-Richard-Dieter-am-Tisch.* »Frau Bickel …« *Kartoffelsuppe-Dieter-Peterla-Richard.* »Trudel!«

»Ja?«

Paula stöhnte auf. »Nun mal ganz langsam, Frau Bickel. Ich verstehe immer nur Peterla und Richard. Was ist mit Ihrem Bruder?«

Trudel wollte schon losschnattern, zwang sich dann aber, ihr Temperament etwas zu zügeln. »Vor zwanzig Minuten habe ich den Richard angerufen, er soll Peterla mitbringen, weil der Dieter schon am Tisch sitzt und auf die Kartoffelsuppe wartet. Und jetzt ist er immer noch nicht mit dem Peterla zurück. Da stimmt doch was nicht, Frau Frischkäs!«

Frischkes wie kess, nicht wie Käse.

Da wird schon nichts passiert sein, wollte Paula sie spontan beruhigen, aber dann fiel ihr der Beinahe-Crash mit dem Auto ein, den sie Trudel bisher verschwiegen hatten. Wer wohl dieser Peter war? »Der Peter ist ein Bekannter von Ihrem Bruder?«

Ungewohntes Schweigen auf Trudels Seite, dann: »Wer?«

»Na, der Peter, von dem Sie die ganze Zeit reden.« Woraufhin Trudel in schallendes Gelächter ausbrach. »Petersilie, Frau Frischkäs. Der Richard sollte frische Petersilie für die Suppe mitbringen, im Fränkischen sagen wir ›Peterla‹ oder ›Peterle‹ dazu.«

Hätte ich mir denken können.

Ohne weiter auf »Peterla« einzugehen, versprach Paula Trudel, rasch rüber zu Gunda Möser und zum Bioladen zu gehen und auf der Straße die Augen offen zu halten. Außerdem würde sie jeden, ja, Frau Bickel, jeden nach Richard fragen, der ihr über den Weg lief.

Selbstverständlich hatten alle Richard gesehen.

Bei der Bäckerin und beim Einkaufen bei der Gunda und auf dem Weg dorthin und auf dem wieder zurück zum Haus seiner Schwester. Aber danach – nein. Aber achtete man auch ständig darauf, wer wo was machte? Ja, in Kleinmichlgsees eigentlich schon.

Paula versuchte, Richard auf dem Handy anzurufen. Aber es war ausgeschaltet.

Es würde ihm schon nichts passiert sein, der Staudinger war ein großer Junge. Ein gestandenes Mannsbild. Ein Polizeibeamter.

Vier tote Männer …

Und dann entdeckte sie die Gruppe Menschen, die *»cheese«* machten und sich gegenseitig vor dem »Goldenen Hirschen« fotografierten. Paula stutzte. War Trudels Tour nicht abgeblasen worden?

»Grüß Gott!« Um von den Groupies nicht bestürmt zu werden, verschwieg sie ihren Job und Dienstgrad. »Gehören Sie zu der Führung ›Dem Verbrechen auf der Spur‹ durch Kleinmichlgsees?«

»Und ob«, sagte einer der Touristen. Aber es sei niemand erschienen, der sie wie vereinbart durch den Ort führte. Man werde sich beschweren und das Geld zurückverlangen. Andererseits, so der Touri weiter, habe man auch ohne Guide eine Menge Spaß und sogar schon den berühmten Kriminalkommissar Staudinger gesehen. Unter bestätigendem Kopfnicken der anderen berichtete er: »Aber der war irgendwie abwesend und hat uns völlig ignoriert. Und dauernd hat er gemurmelt: ›Die Bauernseufzer, wie konnte ich die Bauernseufzer bloß übersehen?‹«

Paulas Pulsschlag wurde schlagartig schneller.

»Übersehen? Hat er ›übersehen‹ oder ›vergessen‹ gesagt?«

»Übersehen, ganz bestimmt, gell, Hilde?«, ließ der Verbrechenstourist sich von seiner Frau bestätigen. »›Wie konnte ich die Bauernseufzer bloß *übersehen*?‹, so hat er sich ausgedrückt und war dabei ganz aufgeregt. Wahrscheinlich ist der Herr Kommissar wieder an einem kniffligen Fall dran.«

»Und Sie sind sich sicher, dass er von Bauernseufzern sprach?« In Paulas Kopf arbeitete es.

Wieder nickten die Touristen-Zombies eifrig. Aber logisch waren sie das, sie hatten die Worte doch einzeln von den Lippen ihres Idols abgelesen. »Der Kommissar Staudinger ist noch viel cooler als der Schimanski.«

Denk nach, Paula, denk nach!, feuerte sie sich an. Was war mit diesen Bauernseufzern? Die ganze Zeit schwirrte da etwas in ihrem Kopf herum, was sie nicht beachtet hatte. Aber sie kam einfach nicht drauf.

Leider waren sich die Leute nicht einig gewesen, in welche Richtung Kommissar Staudinger gegangen war. So war es oft mit Zeugen, ihre Wahrnehmung war völlig unterschiedlich. Der eine beschrieb eine Person als männlich, groß, blond und mit Bauch. Der nächste hatte einen kleinen, schmächtigen Mann mit Glatze gesehen, und der dritte war einer Frau begegnet. Aber Paula hatte es im Gespür: Die Touristen hatten sie auf die Spur ihres verschollenen Kollegen gebracht, nur war unklar, wohin diese führte.

Auf der Wache goss sie sich den restlichen Kaffee in die Tasse und öffnete Richards geheime Schreibtischschublade. Daraus mopste sie eine Packung Toffifee, riss sie auf und stopfte sich drei Stück auf einmal in den Mund. Was ein Fehler war, denn als läge der Teufel bei solchen Gelegenheiten auf der Lauer, klingelte in diesem Moment ihr Telefon, und Andreas kam herein.

»Mahlzeit!«, sagte er.

»Mh-mh«, gab sie mit Hamsterbacken von sich und bedeutete ihm mit dem Finger, doch für sie ans Telefon zu gehen.

Andreas meldete sich und fing an zu flirten.

Paula kaute schneller.

»Na ja, da würde ich mir mal keine grauen Haare wachsen lassen, die Damen«, flötete er zuckersüß. »Jessy wird halt noch schlafen oder zum Shoppen oder bei ihrem Freund sein. Soso,

Jessy hat gar keinen? Na, so etwas. Aber danke für die Info.« Andreas legte den Hörer auf.

Endlich hatte Paula die Toffifees runtergeschluckt. »Wasn los?«

»Das waren Jessys Freundinnen. Sie sind ziemlich beunruhigt, weil sie das Mädel nicht erreichen können. Und da Jessy ihnen immer live per Handy von ihrem Job bei der Polizei in Kleinmichlgsees berichtet hat, dachten sie, sie melden uns das gleich.«

Paula wollte schon abwinken. Das Mädchen lag halt noch im Bett und pennte tief und fest. Aber dann kam sie ins Grübeln. Gutmuts Nichte hatte sich bisher als sehr zuverlässig und pünktlich erwiesen. Und der Staudinger war auch verschwunden. Das war doch seltsam, oder?

»Die Freundinnen befürchten, dass etwas Schlimmes passiert sein muss«, wiederholte Andreas grinsend, »weil sie nicht an ihr Smartphone geht.«

Paula und Andreas lachten, doch dann wurde Paula ernst: »Der Staudinger ist übrigens auch verschwunden.«

Doch statt sie zu beruhigen, nahm Andreas sie in den Arm und küsste sie.

Paula war überrumpelt.

»Du schmeckst aber lecker«, sagte er.

Sie strahlte ihn an. »Dann werde ich wohl künftig immer etwas Schokolade bei mir haben müssen, damit du mich küsst?«

»Nicht zwingend«, antwortete Andreas und nahm sich auch ein Toffifee. »Hast du immer noch vor, dich heute Abend mit diesem schmierigen Ganoven zu treffen? Obwohl wir miteinander verabredet sind?«

»Ach, den bin ich schnell wieder los.«

»Du kennst Roggefäller, der ist hartnäckig und scharf auf dich wie Nachbars Lumpi.«

Paula zeigte ihm einen Vogel, dann seufzte sie. »Ich mache mir wirklich Sorgen. Der Staudinger und Jessy sind beide nicht erreichbar. Dann noch neulich der Anschlag auf ihn. Und das, wo die Männer in Kleinmichlgsees und Ingreisch derzeit extrem gefährlich leben.«

»Wer hat den Richard denn als vermisst gemeldet? Seine Schwester?«

»Ja, die ist ganz durch den Wind. Sie hat ihn losgeschickt, um Peterla zu holen«, sie hüstelte verlegen. »Aber er ist nun bald seit einer Dreiviertelstunde fort. Selbst der Staudinger braucht nicht so lange, um vom Tante-Emma-Laden zu Trudels Haus zu gehen.«

»Ach, der hat bestimmt jemanden getroffen und die Zeit vergessen. Wir kennen unseren Richard doch«, tat Andreas ihre Befürchtungen ab.

»Und Jessy wollte mir heute Vormittag eigentlich helfen – freiwillig.« Paula wählte erneut erst Richards Handynummer, dann die von Jessy. Beide Handys waren tot. »Dann habe ich eine Gruppe getroffen, die an einer der Führungen durch Kleinmichlgsees teilnehmen wollte, von denen ich dir neulich erzählt habe. Trudel und ihr Mitarbeiter hatten die für heute zwar abgesagt, aber das hat sich anscheinend nicht überall herumgesprochen. Jedenfalls haben die Leute den Staudinger gesehen, der ziemlich verwirrt etwas von Bauernseufzern gefaselt haben soll.«

»Vielleicht haben die Leute ihn falsch verstanden, und er hat von Seufzen oder so gespro–«

»Ich habe es!« Paula schnippte mit dem Finger. »Seufzen. Jessy hat das Wort gegoogelt, als wir von Lorenz Angerer aus dem Krankenhaus kamen. Das war das Einzige, was Angerer uns gegenüber gesagt hat. Jessy hat vorgelesen, dass dieser Dingsbums von Weißenburg und andere deutsche Schriftsteller Kummer und Betrübnis unter anderem mit den Worten ›süften‹, ›supfen‹, ›zuften‹ ausgedrückt haben.« Paula war ganz aufgedreht.

Andreas' Gesichtsausdruck sprach Bände. Was redete sie nur für einen Müll?

»Ich glaube, Angerer meinte gar nicht ›seufzen‹, sondern ›Bauernseufzer‹!«

Andreas guckte nach wie vor fragend. »Und ›Bauernseufzer‹ ergibt für dich einen Sinn?«

»Seit wir diese Todesfälle haben, kreuzen«, Paula malte Gänsefüßchen in die Luft, »überall diese Bauernseufzer meinen Weg. Bei Schniederbauers Leichenschmaus gab es sie. Und bei den Kutzbergers und bei Lorenz Angerer lagen auch welche in der

Küche herum. Na ja, und Herr Staudinger ist ganz scharf auf diese Würste.«

Andreas nahm sich einen Bürostuhl und setzte sich neben Richards Schreibtisch. »Und?« Er sah noch immer keinen Zusammenhang. Nicht den kleinsten.

Paula nahm sich noch ein Toffifee und steckte es sich in den Mund. »Keine Ahnung«, nuschelte sie frustriert. Aber sie war ganz nah dran, sie spürte es. Was war es nur?

Nach und nach füllte sich die Wache. Trudel erschien mit Maria im Schlepptau und war völlig aufgelöst. »Wir müssen die Polizei verständigen, Frau Frischkäs, unbedingt!«

Maria tätschelte ihr die Hand. »Wir sind die Polizei, Trudel.«

»Na, ich weiß ja nicht. Ihr«, damit nickte sie Richtung Paula, »findet ihn ja anscheinend nicht. Was haben Sie denn bisher unternommen?«

»Ihr Bruder ist ein erwachsener Mann und ein erfahrener Polizist, Frau Bickel. Sie werden sehen, hinter seinem Verschwinden steckt ein ganz simpler Grund. Später werden wir darüber lachen.«

»Der Richard hat noch nie das Mittagessen ausfallen lassen.«

»Und Jessica würde niemals ihr Handy ausschalten«, hörten sie plötzlich die Stimme von Gutmut, der wie aus dem Erdboden gestampft vor ihnen stand. »Haben Sie denn nicht bemerkt, dass ihr Auto hinter der Kirche steht? Sie muss also in Ihrem Kleinmichlkaff sein. Es ist vollkommen ausgeschlossen, dass sie ihr Handy freiwillig ausschaltet! Bei meiner Schwester und meinem Schwager, also ihren Eltern, kann Jessy nicht sein, die wandern in Südtirol. Außerdem wollte sie heute mit Ihnen arbeiten, das hat sie mir gesagt.« Er lächelte ein wenig. »Sehr ehrgeizig, meine Nichte. Das gefällt mir. Ein Attribut, mit dem sich nicht jeder hier schmücken kann.« Der Blick war scharf auf Paula gerichtet.

»Und warum sind *Sie* hier?«, knurrte die Kommissarin. Konnte der Mensch nicht wenigstens am heiligen Wochenende bleiben, wo der Pfeffer wuchs?

»Um nach meiner Nichte zu sehen, die Ihnen zur Hand gehen wollte. Wo ist sie, Kollegin Frischkes?«

Ratloses Schweigen, das Paula schließlich brach. »Wir sollten uns aufteilen und von Haus zu Haus gehen«, schlug sie vor. »Es ist unmöglich, dass niemand die beiden gesehen hat.«

»Unternehmen Richard und Jessy vielleicht etwas gemeinsam, von dem du nichts weißt?«, fragte Andreas, woraufhin Gutmut wieder gegen Paula schießen konnte.

»Solotouren, von denen die Kollegen nichts wissen, sind wohl eher Frau Frischkes' Metier.« Dann wies er Andreas an: »Wir beide sehen uns im Ort um, die Damen können Telefondienst machen.«

Paula erwiderte nichts auf diese Frechheit. Sie war froh, den Hauptkommissar nicht mehr an der Backe zu haben – der, das stand außer Zweifel, zusammen mit Andreas einen Abstecher in den »Goldenen Hirschen« machen würde.

»Grüßen Sie Resi von mir!«, rief sie ihnen nach, als sie schon in der Tür waren. »Und Sie wissen ja, Herr Gutmut, ohne Vorbestellung gibt es Schäuferla nur am Sonntag.«

Er zeigte ihr den Stinkefinger.

Trudel schob sich nach und nach die restlichen Toffifees in den Mund, ohne es zu merken. Sie kaute hektisch. »Was machen wir jetzt, Frau Frischkäs?«, fragte sie mit vollem Mund. »Sagen Sie doch endlich! Sie haben bestimmt schon eine Idee, und jetzt, wo wir die Männer los sind, können wir endlich schalten und walten, wie wir wollen.«

Das kann ich auch mit Männern …

»Vielleicht können Sie mir helfen, Frau Bickel. Was könnte das Verschwinden Ihres Bruders mit Bauernseufzern zu tun haben?«

»Mit den Würsten?«

»Das sind seine Lieblingswürste, nicht wahr, Trudel?«, sagte Maria.

»Alle Würste sind Richards Lieblingswürste. Aber was soll mit den Bauernseufzern sein?«

»Das frage ich Sie.«

»Richard und Bauernseufzer?«, überlegte Trudel. »Zweimal im Monat bringt die Rosa uns welche vorbei, zusammen mit ihrer Kräuterteemischung und ihrem selbst gemachten Suppengewürz.«

»Frau Schniederbauer-Bauer?« Der seltsame Doppelname hatte den Vorteil, dass Paula ihn sich merkte, ob sie wollte oder nicht. »Die Witwe«, murmelte sie. War es möglich, dass Julius Schniederbauer auch zu der kartenspielenden Männerclique gehört hatte und deswegen hatte sterben müssen? Richards Erklärung fiel ihr ein: Bauchaortenaneurysma. Nein, da konnte niemand seine Finger im Spiel gehabt haben. Dann ging ihr ein sehr helles Licht auf. »Was meinen Sie mit ›ihrer‹ Kräuterteemischung, Frau Bickel? Woher bezieht Frau Schniederbauer-Bauer die?«

»Die bezieht sie nirgendwoher, die Rosa ist eine begnadete Kräuterkundige.« Trudel kicherte trotz ihrer Sorge. »Früher hätte man sie bestimmt eine ›Hexe‹ genannt.«

»Und manchmal guckt sie auch so wirr, findest du nicht?«, ließ sich auch Maria zu einer Lästerei hinreißen.

Paula merkte, wie ihr ganz langsam ziemlich heiß wurde. »Sie kennt sich mit Pflanzen aus? Warum?«

»Ist schon immer ihre Leidenschaft. Rosa hat studiert und wollte Biologin werden, hat dann aber den Julius kennengelernt – und ist Bäuerin geworden. Das Studium hat sie abgebrochen. Vor ein paar Jahren wollte sie aus ihrem Hof einen Biohof machen, aber der Julius ist nicht mitgezogen. Ist ja auch nicht ganz so einfach. Aber eigentlich schade für uns und besonders für die Rosa.« Trudel machte ein bedeutungsschwangeres Gesicht. »Nun ja, sie hat dann angefangen, nebenbei mit ihren Pflanzenkenntnissen Geld zu machen. Sie mischt Tees und Kräutermischungen und leitet sogar Exkursionen für interessierte Städter durch Wald und Wiesen.«

»Und kennt sich selbstverständlich mit giftigen Gewächsen und Pilzen aus«, sagte Paula mit rauem Hals mehr zu sich selbst als zu Staudingers Schwester oder zu Maria. Ihr Herz schlug schneller.

Trudel nickte vage. »Wahrscheinlich. Jedenfalls hat sie mir, als der Richard mal einen eitrigen Finger hatte, eine Mischung aus Kamille, Spitzwegerich, Blutwurz und … ist ja auch egal …

zusammengestellt. Richard hat das Zeug nur unter Protest getrunken, aber es hat geholfen. Später hat die Rosa zwar gesagt, er hätte den Finger in den lauwarmen Sud halten und ihn nicht trinken sollen, aber was soll's, Frau Frischkäs, geheilt ist geheilt.«

Paula hörte nicht mehr zu.

Die Schniederbauerin war eine Hexe!

Bitch

»Es war unklug, dass du sie eine blöde Bitch genannt hast.« Richard verstummte. Er wollte Jessy nicht noch mehr verängstigen.

»Aber sie *ist* eine blöde Bitch! Wird sie uns jetzt umbringen?« Jessy machte große Augen, wusste nicht, ob sie auf cool machen oder sich einem Heulkrampf hingeben sollte. Sie saßen in einem Raum. Es war kalt, düster, stank nach Heizöl und nach … Was war das eigentlich? Jedenfalls ziemlich eklig. Nie und nimmer würde sie den stinkenden Tee anrühren, lieber biss sie sich die Zunge ab und schluckte sie hinunter.

Richard schaute zu der Teekanne, in der seit Minuten ein widerliches Gebräu zog. Sein Geruchssinn war sehr ausgeprägt. Roch man Gift im Tee? Die Fesseln schnitten in seine Handgelenke. Ob seine Arme bald anfingen abzusterben? Wie lange würde der Todeskampf dauern? Und wie könnte er das Mädchen retten?

Jessy liefen Tränen über die Wangen.

Paula trank einen großen Schluck Kaffee. Ihrer schmeckte keinen Deut besser als der, den der Staudinger immer fabrizierte, den sie deswegen immer aufzog. »Was für ein Verhältnis haben Ihr Bruder und Frau Schniederbauer-Bauer zueinander? Sind sie befreundet? Hatten sie mal Streit? Gibt es einen Grund, dass Frau Schniederbauer-Bauer Ihrem Bruder etwas antun könnte?«

Trudel winkte energisch ab. »Also, mit Sex und so ist da nie was gelaufen. Die Rosa ist ja auch etwas älter als der Richard.« Sie druckste etwas herum, bevor sie dann doch mit der Sprache herausrückte. »Aber sie strickt Richard einen Pullover.«

»Wieso *sie*? Ich dachte, *du* strickst den?«, fragte Maria vorwurfsvoll.

»Du weißt doch, dass die Rosa sich die langen Nächte mit Handarbeiten vertreibt. Sie beherrscht sogar so raffinierte norwegische Strickmuster. Und neulich, als wir Richards Winterbekleidung durchgeschaut haben, weil wir wissen wollten, ob er was Neues braucht, kam mir die Idee, ihm zum Geburtstag einen Pullover zu schenken.« Zu Paula gewandt, damit sie den Jubeltag auch ja nicht vergaß: »Er hat nämlich am dritten Oktober.« Und wieder zu Maria: »Der Bub kann dringend einen neuen gebrauchen.«

»Den die Rosa jetzt für *dich* strickt«, traf Maria den Nagel auf den Kopf.

Seit Paula in Kleinmichlgsees als Dienststellenleiterin für Ordnung sorgte, war ihr Frau Schniederbauer-Bauers Name nicht so häufig zu Ohren gekommen wie in der letzten Stunde. Plötzlich liefen alle Fäden bei ihr zusammen. Ihr Mann Julius war an einem Bauchaortenaneurysma gestorben, es hatte keinerlei Verdacht auf Mord gegeben, aber Paulas Bauchgefühl signalisierte ihr eindeutig, was sie zu tun hatte. »Maria, Sie und ich, wir schauen uns jetzt bei Frau Schniederbauer-Bauer um.«

»Glauben Sie, der Richard ist bei ihr? Aber was sollte er denn bei der Rosa wollen? Hoffentlich verplappert die sich nicht wegen des Pullovers.«

»Jetzt vergiss doch mal den ollen Pullover, Trudel!«, schnauzte Maria, die ahnte, was ihre Vorgesetzte dachte.

»Da komm ich aber dann mit!«

»Es ist wirklich besser, Sie gehen nach Hause, Frau Bickel.« Paula überlegte krampfhaft. Wie schaffte sie es bloß, sich die Trudel vom Hals zu halten? »Stellen Sie sich nur vor, der Richard kehrt zurück, dann möchte er vielleicht Suppe, und Sie sind nicht da. Und was ist eigentlich mit Ihrem Mann?«

»Herrje!«, rief die Trudel. »Der sitzt immer noch vor dem leeren Suppenteller, den Löffel in der Hand, weil ich gesagt habe, er soll warten, bis ich zurück bin.« Trudels Gesicht war puterrot angelaufen. »Aber Sie rufen mich sofort an, wenn Sie was von Richard wissen?«

»Klaro«, sagte Paula.

Die Polizistinnen warteten ab, bis Richards Schwester auch wirklich außer Sichtweite war, dann machten sie sich auf den Weg zur Schniederbauerin.

Der unvermittelte Gestank schlug Paula auf den Magen. Maria ging forsch voraus, ohne mit der Wimper zu zucken – oder die Nase zu rümpfen. Paula konnte sich nicht erinnern, jemals zuvor einen Schweinestall betreten zu haben.

Der Knecht mistete gerade aus. Fette, quiekende Schweine mit großen Ohren, winzigen Äuglein und Rüsseln, die sich ins Stroh bohrten oder nach der Mistgabel schnappten, drängelten sich in den Boxen, die durch Gatter zum Gang hin verschlossen waren. Der Knecht fuhr zwischen die Schweine und schaufelte das Stroh und den Dreck heraus.

»Servus, Martl!«, sagte Maria.

Martl hob den Kopf nur ganz wenig und begrüßte Maria mit einem gemurmelten Zischlaut, der womöglich »Grüß Gott, Maria« heißen sollte. Die Kommissarin schaute er kurz von unten an. Das pure Misstrauen.

»Machen Sie sich nichts draus, Frau Frischkes, das ist der Martl, der redet nie viel, ist aber eine gute Sau, gell, Martl?«

Der Knecht zischte wieder, und Paula lief eine Gänsehaut die Arme hoch.

»Wo ist denn die Rosa?«

»Is nach Nermbärch nei.« Martl stellte die Mistgabel neben sich. Seine Schneidezähne fehlten.

Wobei er sie wohl verloren hatte? Womöglich ein hübscher Kerl, wenn er den Mund halten und mal baden würde, dachte Paula, überaus stolz, dass sie bei diesem Gespräch keine Übersetzung brauchte. »Und wann ist die Rosa in die Stadt?«

Martl rieb sich mit der flachen Hand über die Nase. »Waß ned. Glaab, des wor gestern.«

»Aber sie ist doch nicht seit gestern in Nürnberg?«, mischte sich Maria ungeduldig ein. »Wir müssen dringend mit ihr sprechen.« Sie blickte sich um. »Der Richard ist nicht zufällig auf dem Hof? Unser Richard, der Staudinger?«

»Naa.«

»Und ein Mädchen mit langen braunen Haaren?«

»Naa, warum?«

»Weil wir die suchen, den Richard, das Mädchen und die Rosa. Das ist wichtig, denk lieber noch mal nach.«

Martl schüttelte den Kopf und rammte die Mistgabel wieder zwischen die Sauen.

»Wir schauen uns mal im Haus um, wahrscheinlich ist Rosa längst wieder zurück, und der Martl hat das bloß nicht überrissen. Ihr Auto steht jedenfalls da«, sagte Maria leise. Aber der Martl beachtete sie sowieso schon nicht mehr.

Paula gab einen seltsamen pfeifenden Laut von sich. Um ein Haar wäre sie umgekippt, weil sie die Luft zu lange angehalten hatte.

Der Putz des Bauernhauses war grau und schmutzig, doch als sie durch die schwere Holztür in den Hausgang traten, roch es nach frisch gebackenem Kuchen. Die Küche war gemütlich mit alten Möbeln eingerichtet. Paula blickte sich um, ohne etwas anzufassen. Hielt inne. Sah zum Fenster hinaus.

Maria rief immer wieder nach Rosa, aber es schien, als wäre wirklich niemand zu Hause.

»Hat die Schniederbauerin viele Angestellte?« Paula hatte von

Landwirtschaft so viel Ahnung wie eine Kuh von einem Laufsteg in Mailand.

»Eigentlich fünf, davon sind aber zwei Saisonarbeiter. Kinder, die helfen könnten, hat sie keine.«

Sie hinterließen der Rosa Schniederbauer-Bauer eine Nachricht, sie möge sich umgehend bei der Polizei in Kleinmichlgsees melden, und gingen um den Hof herum.

Jessy zog den Rotz hoch. »Wenn die blöde Bitch mein Handy anfasst, ballere ich ihr eine.«

Richard verdrehte die Augen.

Unfassbar, heulte das Mädchen doch tatsächlich wegen seines Handys! Er fühlte sich furchtbar. Wie hatte er der Frau nur in die Falle tappen können? Er hätte sich in den Arsch beißen können, wäre er denn an jenen rangekommen. Aber in seinem momentanen Zustand nahezu unmöglich: Sie hockten auf Klappstühlen, die Handgelenke und Füße mit Klebeband umwickelt wie ein versandbereites Päckchen. Wenn das im Ort herauskam, würde man sie auslachen. Die Frischkes würde grinsen und der Gutmut all seinen Spott über ihm ausgießen. An einen baldigen Wechsel zur Kripo brauchte Richard gar nicht mehr zu denken. Solche peinlichen Storys verfolgten einen ein Leben lang. Und selbst wenn endlich einmal etwas Gras über die Sache gewachsen wäre, fraß bestimmt irgendein Kamel es wieder ab.

»Wenn ich von hinten an Sie heranhoppel und versuche, das Klebeband von Ihren Händen abzubeißen, kommen Sie vielleicht frei, Herr Staudinger.« Schon stand Jessy von dem wackligen Klappstuhl auf.

Richard wagte nicht, sich zu rühren, sonst würde er noch das Gleichgewicht verlieren.

»Uuups!«, machte Jessy immer wieder, wenn sie wegen ihrer gefesselten Gliedmaßen stolperte. Sie war bereits heiser vom Schreien. Sie und Richard hatten versucht, durch lautes Um-Hilfe-Rufen auf sich aufmerksam zu machen.

Als Jessy Richard erreichte, ging sie in die Knie und knabberte hinter seinem Rücken an seinen Handgelenken. Ihre Nasenspitze und ihre Haare, die sich aus ihrem Dutt gelöst hatten, kitzelten an seinen Händen, aber Richard war nicht nach Kichern zumute. Hoffentlich gab es hier keine versteckte Kamera. An das Bild, das sie beide wahrscheinlich abgaben, durfte er nicht denken. Aber wer brachte schon eine Kamera in einem Heizungskeller an?

»Au!«, rief Richard. Jessy hatte ihn versehentlich gebissen.

»Sorry, Richie.«

Gaga

Wo waren Richard und Jessy nur? Nun hatte sie auch Paula gepackt, die leise Angst, die ihr im Nacken saß und die sie durch Beruhigungsfloskeln zu unterdrücken versuchte. Sicher ist Richard bei irgendeinem Kleinmichlgseeser versumpft, und sie führen gerade Männergespräche. Die fanden doch immer einen Grund für einen Plausch. Oder er packte irgendwo mit an.

Aber nein, das erschien ihr eher unglaubwürdig, dass Richard sich freiwillig anstrengte. Aber vielleicht erteilte er schlaue Ratschläge. Das war nicht so anstrengend, also gut möglich, oder? Und Jessy war bestimmt mit einem Jungen zusammen, genau! Da vergaß man schon mal, die Freundinnen, die Eltern oder den Onkel anzurufen.

Maria schlich mit hängendem Kopf neben Paula her, als sie Ingreisch schon wieder verlassen hatten. Und dann sagten die Beamtinnen wie aus einem Mund: »Merkwürdig, dass sie beide verschwunden sind.«

»Wenn nicht so viele seltsame Dinge in letzter Zeit passiert wären, wäre ich nicht so beunruhigt. Dann wäre ich mir sicher, dass die schon wiederauftauchen«, sagte Maria. Sie schlurfte mit den Schuhen, als sei jeder Schritt eine schier übermenschliche Kraftanstrengung. »Dass aber auch niemand genau aussagen kann, wohin der Richard gegangen ist. Wenn du sonst einen Pups lässt, weiß es gleich das ganze Dorf. Aber wenn sie einmal ihre Ohren und Augen aufsperren und ihre neugierigen Nasen in etwas hineinstecken sollen, was sie nichts angeht, sind sie plötzlich blind und taub.«

»Ich überlege gerade, ob wir uns nicht Verstärkung aus Nürnberg kommen und den gesamten Schniederbauer-Bauer-Hof auf den Kopf stellen lassen sollen. Die Kenntnisse über Gifte, die die Witwe sich womöglich bei ihrem Studium angeeignet hat, und ihre Leidenschaft für Pflanzen passen perfekt zum Bild einer Giftmischerin.« Paula nickte langsam, wie um sich selbst zuzustimmen. »Wir müssen dringend noch einmal mit allen sprechen, die Rosa gut oder schon von früher kennen.«

Trudel hatte vor Nervosität einen Graben vor die Wache gelaufen. Als sie die Polizistinnen erblickte, rief sie laut: »Und? Habt ihr ihn?« Sie eilte ihnen entgegen, und als sie die bedrückten Mienen von Paula und Maria sah, holte sie ein Taschentuch aus der Seitentasche ihrer Schürze, die sie vergessen hatte abzulegen. Trudel ging sonst nie mit ihrer Küchenschürze auf die Straße, auch nicht mit Lockenwicklern oder Schlappen. Na ja, vielleicht maximal zur Mülltonne. »Der Giftmörder hat meinen Richard erwischt, ich sag's euch, das war der Giftmörder!« Dann schnäuzte sie sich kräftig.

»Nun mal ganz ruhig, Frau Bickel«, sagte Paula. »Ihr Bruder ist weder dumm noch unvorsichtig. Ganz im Gegenteil.« Aber Kutzberger und Angerer waren das sicher auch nicht gewesen, dachte Paula im Stillen. Das Problem war, dass der Mörder raffinierter war als seine Opfer.

Sie betraten die Wache. Paula hegte tatsächlich die Hoffnung, dass der Staudinger dort sitzen und in seinem Gartenzwerg-Ordner oder in dem Baumarkt-Prospekt lesen würde.

Trudel dackelte neben ihr her, rümpfte plötzlich die Nase und ging auf Abstand zu der Kommissarin.

Hallo? Paula schnüffelte an ihren Ärmeln. Sie hatte den Schweinegestank sowieso noch immer in der Nase, aber sollte er etwa auch an ihren Klamotten und in den Haaren haften? Und das, wo sie doch heute noch zwei Dates hatte! Schnell holte sie ihren Parfümzerstäuber aus der Handtasche, besprühte ihre Handgelenke und die Bluse und hoffte, jetzt nicht wie ein Schwein auf einer Blumenwiese zu riechen.

»Was ist mit der Rosa? Was hat sie gesagt? Ihr habt mich doch vorhin nicht umsonst nach ihr gefragt. Hat die was mit Richards Verschwinden zu tun?« Dann dämmerte es Trudel. »Ihr haltet sie für die Mörderin, weil sie sich mit Medikamenten, Drogen und Pflanzengiften auskennt. Hat die meinem Richard was angetan?«

Paula sah Trudel schon den Schniederbauer-Bauer-Hof stürmen. Was wahrscheinlich effektiver wäre, als die Nürnberger

Würstchen und ein Polizeisonderkommando anzufordern. »Wir wissen noch gar nichts, Frau Bickel. Es ist nur eine vage Vermutung von mir …« Durchs Fenster sah Paula, wie Fredl die Straße entlangstöckelte. Der Friseur trug einen Jeans-Minirock und einen roten Strickponcho.

Als er die Kommissarin hinter der Scheibe erblickte, winkte er mit den Fingerspitzen und beschleunigte seinen Schritt – er musste ihnen etwas enorm Wichtiges mitzuteilen haben.

»Juhu! Hallöchen!«, rief Fredl, und in der Wache verteilte sich eine Duftkomposition aus Moschus, Holz, Leder, Vanille und einer Note Haarspray. Energisch klappte er den Besuchertresen hoch und ging mit einem Hüftschwung an Trudel vorbei, die sich auf einen Bürostuhl hinter Marias Schreibtisch gepflanzt hatte.

»Was willst du denn hier?«, fragte sie unwirsch. »Wir müssen den Richard vor der Rosa retten, wir haben jetzt keine Zeit für deine Salon-Geschichten.« Selbst wenn Trudel in Panik war, stand ihr Mundwerk nicht still.

Fredl zog Richards Bürostuhl in die Mitte der Wache, ließ sich geziert nieder und schlug die Beine übereinander. »Gell, da sagst du nix mehr. Ich habe Beine wie die Madonna.« Er war eindeutig beleidigt.

»Ja, genauso alte!«, schoss Trudel zurück. Der Friseur schnallte einfach nicht, dass in dieser Situation keiner sein Geschwätz hören wollte.

»Wenn ich wie du mit einer versauten Küchenschürze auf die Straße ginge, würde ich mich aber schön brav mit der Kritik an anderen zurückhalten, Trudel.«

Erst jetzt fiel Trudel ihr Gewand auf. Warum nur hatte das Haarschneiderlein nicht seinen Schnabel halten können? Schrecklich kam sie sich plötzlich vor. Und ihre Gesundheitslatschen hatte sie auch noch an! Sicher, in der momentanen Krise war das Outfit, das sie trug, egal, aber bei einer Frau konnten die Bekleidung und die daraus resultierende mentale Verfassung über Erfolg oder Misserfolg einer Mission entscheiden.

»Wieso müsst ihr den Richard vor der Rosa retten?« So ein kleines Wortgefecht unter Frauen konnte Fredl nicht davon abhalten, sich auf den neuesten Stand der Dinge zu bringen.

»Stell dir vor, Fredl: Wahrscheinlich hat die Rosa die ganzen Männer umgebracht. Gell, Frau Frischkäs? Und nun hat sie auch noch den Richard entführt und die kleine Gutmut.« Auch Trudel hatte den Disput zur Seite geschoben.

»Langsam, langsam, Frau Bickel. Noch wissen wir das nicht. Es ist nur ein Verdacht. Und selbst der sollte noch nicht hinausposaunt werden.« Aber es war zu spät.

»Die Rosa! Naa! Den Richard! Also so was!« Fredl griff erst an sein Herz und dann wie selbstverständlich in Richards geheime Naschschublade. »Na ja, die Rosa war ja schon immer a bisserla gaga.« Seine Augen gingen zwischen all den kalorienreichen Leckereien in Richards Schub auf Wanderschaft. »Ich darf ja eigentlich wegen meiner Figur nichts naschen, aber wenn ich im Stress bin, brauch ich immer aweng was Süßes.«

»Du bist wirklich eine Frau«, stellte Trudel trocken fest.

»Gell, das sag ich doch immer, aber mir glaubt ja keiner was«, erwiderte Fredl und kratzte sich an seinem an Harald Glööckler angelehnten Wangenbart.

Paula klatschte in die Hände und überlegte im selben Moment, sich für solche Sonderfälle eine Sitzungsglocke zuzulegen. »Darf ich die Damen mal stören? Warum ist die Rosa gaga, Fredl?«

Der Friseur konnte Anekdoten auf Kommando abrufen. »Als ganz junges Ding hatte die mal einen Lover, aber oh, là, là, ich kann euch sagen«, sagte er, sagte dann aber nichts.

Paula half ihm auf die Sprünge. »Einen Lover, okay. Das macht sie aber noch lange nicht gaga.«

»Nein, aber der war ihr erster Mann und hat sie verführt. Und!« Spannungspause. »Er war verheiratet. Als seine Frau davon erfuhr, gab das damals im Dorf ein Riesentheater.«

»Ach ja, ich kann mich auch daran erinnern«, sagte Trudel.

»Die Sache hätte sich auch nicht zu so einem Skandal ausgeweitet«, fuhr Fredl fort, »wäre die Rosa damals nicht erst dreizehn gewesen.«

»Dreizehn!«, entfuhr es Paula. »Was ist aus dem Mann geworden?«

»Er ist verurteilt worden, seine Frau ist weggezogen, und man hat nie mehr etwas von ihnen gehört. Aber die Rosa hatte ihren Ruf weg. Frühreife Lolita, Flitscherl und Schlimmeres.« Für Trudel war die alte Geschichte plötzlich wieder so präsent, als wäre sie gestern passiert.

»Und später gab es noch mal ein Drama um sie. Während ihrer Studienzeit. Sie war verlobt, und man hörte im Dorf schon die Hochzeitsglocken läuten. Aber plötzlich hat er sie wegen einer anderen fallen lassen wie eine heiße Kartoffel. Unglaublich, oder?« Fredl seufzte. »Na ja, ein Jahr später hat sie dann den Julius geheiratet und ist Landwirtin geworden.« Verschwörerisch blickte er in die Runde. »Aber über den anderen ist sie nie hinweggekommen, sagt man.«

Paula nickte. Wer immer in solchen Geschichten auch »man« sein mochte. »Was verschafft uns eigentlich die Ehre Ihres Besuches, Fredl?«, fragte sie.

»Das hab ich ganz vergessen!« Der Friseur kontrollierte erneut Richards Naschvorrat. »Warum hebt der Richard denn leere Bonbontüten auf?« Er zerknüllte die nimm2-Tüte.

Paula stieß einen kleinen Schrei aus. Richards Bonbons! Jetzt fiel ihr wieder ein, was sie auf Rosas Küchentisch hatte liegen sehen. Eine Tüte Bonbons, nimm2. War Richard bei Rosa gewesen und hatte seine Lieblingsbonbons vergessen, oder war das nur ein dummer Zufall?

»Ihr habt aber keine Ahnung, wer der Mann war, der Rosa hat sitzen lassen, oder?«, fragte sie, obwohl sie es natürlich selbst wusste.

»Der Lorenz Angerer.«

Hexenküche

Paula kam sich vor wie auf einem Wandertag. Maria und sie gingen vorneweg, der Friseur und Trudel folgten ihnen im Gleichschritt. Sie waren mit Gepäck ausgerüstet wie für eine mehrstündige Bergbesteigung. An sich hatten Paula und Maria auf der Stelle zum Schniederbauer-Bauer-Hof zurückgehen wollen, doch Trudel und Fredl hatten zuvor noch rasch etwas besorgen müssen.

Paula hatte sie nicht davon abbringen können, mit zu Rosa zu gehen. Weder ein Verbot noch die drohende Gefahr, einer Mörderin direkt in die Arme zu laufen, hielten die beiden davon ab, die Polizei zu unterstützen.

Immerhin hatten sie die Kommissarin überhaupt erst auf die Spur gebracht, so deren Argument. Und der Hof war groß, sodass sie sie zu viert, sollten Richard und Jessy denn dort versteckt werden, leichter aufspüren könnten. Trudels Rucksack enthielt belegte Brote, eine Thermoskanne mit Tee und Verbandszeug. Das Nudelholz hatte sie verschwiegen. Fredl hatte den Minirock gegen Jeans und die High Heels gegen Turnschuhe getauscht. In seine voluminöse Handtasche hatte er vier Flaschen Haarspray zur Selbstverteidigung gepackt.

Paulas Rüge, Fredl hätte mit seinem Wissen auch gern etwas früher herausrücken können, tat er zu Recht damit ab, bislang nicht gewusst zu haben, dass die Schniederbauerin überhaupt verdächtig war.

Der Hof lag verlassen da. Rosas Auto war unterdessen verschwunden.

»Maria und ich gehen allein rein, ihr wartet hier!«, befahl Paula und wählte die vertrauliche Ansprache, wohl ahnend, dass sie auf taube Ohren stoßen würde. »Wir können nicht zu viert reinplatzen, ist das klar?«

Fredl und Trudel blickten wie sanfte Engel drein.

»Es könnte gefährlich werden, Mädels! Ihr könnt von hier aus gucken, ansonsten haltet ihr euch raus. Nur gucken!«

Fredl und Trudel nickten, doch sobald die Polizistinnen im Haus waren, zerstreuten sie sich. Trudel betrat das Haus durch eine Hintertür und ging an der Waschküche und einem Raum vorbei, in dem stapelweise Holzsteigen und Gerümpel lagerten, während Fredl sich in der Scheune umschaute.

»Steht die Haustür hier eigentlich immer offen?« Paula ging wieder in die Küche: Die nimm2-Tüte war verschwunden.

»Das ist halt praktisch, und wer sollte hier schon was holen wollen? Bei uns wird so gut wie nie eingebrochen, ich kann mich an keinen Einbruch in den letzten Jahren erinnern«, sagte Maria, dann zuckte sie mit den Schultern und grinste schief. Und was taten *sie* gerade? Aber sie waren auch die Polizei – und es ging um zwei Menschenleben.

Sie schlichen von der Wohnstube, in der eine Standuhr tickte, ins Schlafzimmer, entdeckten dann eine Speisekammer und ein Zimmerchen, in dem eine Nähmaschine stand. Paula nahm ihr Handy und wählte Jessys Nummer. Tatsächlich klingelte es in der Stube in der Schublade eines schweren Bauernschrankes.

Maria zog die Schublade auf und fand Jessys und Richards Telefon sowie eine Tüte Bonbons und ein Paar Schnürsenkel.

»Wir sehen uns jetzt in jedem Winkel um, Maria. Ich bin sicher, dann finden wir unseren Kollegen und auch Jessy«, sagte Paula, während sie weitere Schubladen aufzog. Als Maria nicht antwortete, richtete sie sich auf und wandte den Kopf. Verwundert sah sie, wie Maria langsam die Hände hob. Paula drehte den Kopf noch etwas weiter nach rechts und schaute in den Lauf eines Gewehrs.

Fredl verteilte Visitenkarten. Die Gelegenheit war günstig, seinen Namen über die Kleinmichlgseeser Grenzen hinaus bekannt zu machen. Nachdem er äußerst vorsichtig die Scheune inspiziert hatte, vielmehr das Scheunentor geöffnet und gelauscht hatte, war er auf der Straße auf eine Gruppe Menschen gestoßen, die steif und fest behaupteten, eine Führung gebucht zu haben, die den Spuren des grausigen Franken-Rippers folgte. Extra aus Allersberg seien die Damen und Herren angereist. Als sie ihn und die drei Frauen auf dem Hof gesehen hatten, gingen sie davon aus, endlich Anschluss zur Gruppe gefunden zu haben.

Fredl musste sie enttäuschen. Aber dann fiel ihm eine aufregende Aufgabe für die netten Leute ein.

»Was machst du denn hier, Ulla?« Langsam ließ Maria die Arme wieder sinken. »Nimm das Gewehr runter!«

Ulla Kutzberger zitterte am ganzen Leib. »Ich hab gedacht, ihr seid Einbrecher!«

»Wann wurden Sie aus der U-Haft entlassen?«, fuhr Paula, deren Puls raste, sie an. Sie musste die Frau dazu bringen, nicht mehr mit einer Waffe auf sie zu zielen. Also sagte sie sanft: »Das ist gut, dass Sie wieder frei sind.«

»Rosa hat mich gestern vom Gefängnis abgeholt. Ich bleib a paar Tage bei ihr, damit die anderen aus dem Dorf nicht gleich wie die Aasgeier über mich herfallen können. Ich bin jetzt anne ausm Knast, können Sie sich das Gerede vorstellen?« Sie reichte Paula das Gewehr und ließ sich auf die Eckbank hinter dem geschnitzten Holztisch sinken.

»Und wo ist Frau Schniederbauer-Bauer? Und wissen Sie, wo Richard Staudinger und Jessy Gutmut sind?«

»Wer ist Jessy?« Ulla schüttelte den Kopf. »Und woher soll ich wissen, wo der Richard ist? Aber die Rosa muss jeden Moment zurück sein.«

Paula war sich nicht sicher, ob sie die Wahrheit sagte.

»Wo ist der Richard, Ulla?«, wollte jetzt Maria wissen. »Er und unsere Praktikantin sind seit heute Vormittag verschwunden. Ihre Handys haben wir hier in der Schublade von Rosas Bauernschrank gefunden. Jetzt red endlich!« Maria hielt beide Telefone hoch.

»Ich weiß des ehrlich ned.«

Auf einmal brach Trudel in die Stube wie eine Dampfwalze. Sie stürzte sich auf Ulla und packte sie am Blusenkragen. »Sag mir sofort, wo du meinen Buben versteckt hast!«

Paula ging dazwischen. »Aber Frau Bickel!«

»Ist doch wahr!« Forsch marschierte Trudel aus dem Zimmer, öffnete sämtliche Türen und rief nach ihrem Bruder.

Ulla sprang auf. »Des darfst du nicht! Das ist Hausfriedensbruch!«

Trudel warf den Kopf in den Nacken. »Na, dann zeig mich doch an, du Knastologin!« Sie rüttelte an einer verschlossenen Tür. »Aufmachen, Ulla, wird's bald! Du weißt doch bestimmt, wo die Rosa ihre Schlüssel hat.«

Ulla verschränkte bockig die Arme vor der Brust.

Da öffnete sich die Tür von allein von innen, und Fredl stand vor Trudel.

Habe ich euch nicht verboten, ins Haus zu kommen?, hätte Paula um ein Haar gesagt. Aber was hätte das genutzt?

»Ich bin durch den Hintereingang ins Haus gelangt, die Tür stand sperrangelweit offen«, erklärte Fredl. »Ich hab mich schon mal ein bisschen umgeguckt, du, Frau Kommissarin, hast ja gesagt: ›Nur gucken!‹«

Paula seufzte. Der Sinn von etwas Gesagtem war anscheinend reine Auslegungssache.

»Die Tür rechts führt in den Keller, aber allein gehe ich da nicht runter.«

Alle Augen richteten sich auf Paula.

Nun mach mal, Frau Kommissarin!

»Sie begleiten uns, Frau Kutzberger.« Paula schob die Frau vor sich her, die unterdessen einsah, dass sie verloren hatte.

Sie stiegen eine schwach beleuchtete Treppe in den Keller hinab. Unten erstreckte sich ein Gewölbe mit weiteren Räumen.

Paula hielt Trudel zurück, die sich an ihr vorbeidrängeln wollte. »Vorsicht, Frau Bickel! Bleiben Sie gefälligst hinter mir. Womöglich hält sich Rosa da unten auf und ist bewaffnet.« Das zog.

»Richard!«, schrie Trudel dennoch und deutete mit ihrem Zeigefinger nach vorn. »Gucken Sie mal, Frau Frischkäs, in der Tür da vorn steckt ein Schlüssel. Nun machen Sie schon!«

Während Paula darauf zuging, griff sie nach ihrer Pistole und ins Leere. Natürlich hatte sie sie nicht dabei. Trotzdem drückte sie beherzt die Klinke nach unten und öffnete die Tür einen Spaltbreit. Drinnen war es stockdunkel.

Sie warf einen Blick über ihre Schulter zurück und musste

zweimal hingucken. Trudel hielt drohend ein Nudelholz über ihrem Kopf, Fredl in beiden Händen eine Flasche Haarspray, die Finger auf dem Sprühknopf. Paula konnte nur hoffen, dass Details dieses Polizeieinsatzes niemals an die Öffentlichkeit dringen würden, ganz besonders nicht an die Nürnberger Kripo.

Alle hielten den Atem an und lauschten. Nichts. Absolute Stille. Paula gab der Tür einen Tritt und versuchte, ihre Augen an das Dunkel im Raum zu gewöhnen. Sie tastete die Wand ab, bis sie den Lichtschalter fühlte und betätigte. Eine Neonröhre sprang an. Der Raum war leer.

Paula fuhr herum und funkelte Ulla Kutzberger böse an. »Wo ist Herr Staudinger, wo ist Jessy, wo Frau Schniederbauer-Bauer? Reden Sie schon!«

Ulla Kutzberger legte sich ihre Hände auf die Brust. »Aber wenn ich des doch ned weiß. Die Rosa ist in meine Wohnung gefahren, um mir frische Unterwäsche und mein Schminkzeug zu holen, und müsste eigentlich jeden Moment zurück sein. Ich hab doch bis eben noch geschlafen, weil ich so fertig war. Die Rosa hatte mir eine Schlaftablette gegeben.« Sie schniefte ein bisschen. »Habt ihr eine Ahnung, wie man in einer Gefängniszelle oder überhaupt in einem Gefängnis schläft? Nein, habt ihr nicht! Da schläft man nämlich überhaupt nicht, wenn man's nicht gewohnt ist.«

»Rufen Sie Frau Schniederbauer-Bauer bitte an«, sagte Paula, die plötzlich von Mitleid mit der Kutzbergerin gebeutelt wurde. Und zu Maria: »Wir stellen das ganze Haus auf den Kopf, wenn es denn sein muss!«

»Des Handy mit Rosas Telefonnummer is aber oben in meiner Handtasche.«

Maria ging mit der Witwe zurück ins Erdgeschoss, und die anderen arbeiteten sich Raum für Raum durch den Keller vor. Nachdem sie außer Ratten, Mäusen und Spinnen nichts Lebendiges im Keller gefunden hatten, kehrten auch Paula und ihr wackeres Grüppchen in die Stube zurück.

»Rosa hat ihr Handy ausgeschaltet«, empfing sie Maria.

Verdammte Kacke noch mal!

Plötzlich stieg Paula ein übler, doch bekannter Gestank in die Nase.

Martl, der Knecht, war in der Stube aufgetaucht. Kein Wort kam über seine Lippen, aber sein Schweigen sagte eigentlich schon genug.

»Wollen Sie mit irgendwas herausrücken, Martl?« Paula lächelte den Knecht gewinnend an.

»Die Rosa is nach Klaamichlgsees. Aber den Richard waß ich etz, wo der is, und des Maadla aa.« Martl nickte nach rechts.

Paula folgte seinem Blick, aber da hing nur ein großes hölzernes Kruzifix, und sie befürchtete das Schlimmste.

Der Knecht ging voraus, tappte mit seinen riesigen Gummistiefeln ums Haus herum, durch eine Hintertür und dann eine Treppe nach unten.

Paula staunte. Der Hof musste unterhöhlt sein wie London durch sein U-Bahn-Netz. Sie stand kurz vor einem Wutausbruch. Das durfte doch wohl nicht wahr sein! Der Knecht wusste, wo Richard und das Mädchen gefangen gehalten wurden, und befreite sie nicht?

Der Geruch von Öl und die Wärme ließen darauf schließen, dass die Treppe in den Heizungsraum des Hofs und zum Öltank führte.

»In den Heizungskeller kummtmer bloß vo außen«, sagte Martl und zuckte dann zusammen. Denn Trudels Sirene setzte unverzüglich wieder ein. »Riiichaaard!«

Und endlich, endlich hörten sie ihn und Jessy rufen. »Hier! Hier sind wir! Hallo, hier! Holt uns hier raus!«

Paula fiel ein Stein vom Herzen, groß wie das Walberla.

»Ulla, wo befindet sich der Schlüssel für diesen Raum? Und jetzt bloß keine Faxen!«, befahl sie. Doch bevor Ulla auch nur einen Mucks machen konnte, hing Trudel an Martls muskulösem Arm und schüttelte ihn. »Los! Tritt die Tür ein, aber sofort!«

Wortlos griff der Bär von einem Mann den Schlüssel, der links oberhalb der Tür an einem Haken hing, und reichte ihn der Kommissarin.

Paula rollte mit den Augen und steckte ihn ins Schloss.

Die Gefangenen sahen leicht mitgenommen aus, zudem trug Richard einen entsetzlichen Pullover. Sie waren gefesselt, auch wenn Jessy anscheinend alles gegeben hatte, sie mit ihren Zähnen zu befreien. Richards angenagte Handfesseln und die Klebebandreste an Jessys Lippen zeugten davon. Jessys Miene hellte sich schlagartig auf. Und noch während Paula und Trudel sie und Richard von den klebrigen Fesseln befreiten, plapperte sie aufgeregt drauflos.

»Im Nebenhaus ist ein Raum mit Flaschen, Reagenzgläsern, Glaskolben, Schüsseln und einem Mörser. Überall sind Flüssigkeiten, getrocknete Kräuter und Blüten drin. Bestimmt auch Pilze und Beeren. Klar, dass die ihre Gifte zusammenmischt, um die Männer umzubringen«, plapperte Jessy. Sie holte nur kurz Luft, um mit breitem Grinsen fortzufahren: »Und jede Menge Cannabis lagert sie auch. Voll krass. Habt ihr vielleicht mein Handy gefunden?«

»Liegt oben«, sagte Paula, und Jessy fiel ihr um den Hals.

Trudel drückte derweil ihren Bruder schier zu Tode.

Die stetig wachsende Gruppe stieg aus dem Heizungskeller nach oben, marschierte ins Haus und hockte sich um den Küchentisch. Nur Martl blieb im Türrahmen stehen, worüber alle dankbar waren.

Paula kochte Tee und achtete peinlich genau darauf, keine giftigen Zutaten zu verwenden.

»Ich bin mit Frau Schniederbauer-Bauer im Krankenhaus auf dem Flur zusammengeprallt, als wir das letzte Mal den Herrn Angerer besucht haben«, erzählte Jessy, ihr Handy fest umklammert. Sie konnte wirklich ohne Punkt, Komma und Luftholen reden. »Gestern, als ich nach Dienstschluss einkaufen war, habe ich sie dann im Ort wiedergesehen, und die Verkäuferin im Tante-Emma-Laden hat gesagt, dass die auch Witwe ist. Noch 'ne Witwe?, hab ich mir gedacht. Das kam mir dann doch merkwürdig vor.«

Paula schmunzelte. Vielleicht würde aus der kleinen Gutmut ja doch eine gute Polizistin werden, eine gewisse Leidenschaft für diesen Beruf zeichnete sich jedenfalls ab.

»Und da ich meinen Job als Polizeipraktikantin total ernst nehme, wollte ich dem auf den Grund gehen. Und voll krass, die Frau Schniederbauer-Bauer lädt mich sogar für heute zum Frühstück ein, fragt, ob ich nicht Lust dazu hätte, ihr mehr über vegane Ernährung zu erzählen. ›Na klar‹, sag ich, ›Hunger hab ich ja immer. Aber bloß kein totes Tier!‹« Jessy straffte die Schultern und tippte sich an die Nase. »Jetzt weiß ich natürlich, dass sie mich nur einlullen wollte, um mehr über den Richie und mich herauszufinden.«

»Wieso über Richard und …?«, stieß Trudel aus, schluckte den Rest aber hinunter, weil ihr Paula mit einem Blick ein scharfes Signal gab, das Mädchen ausreden zu lassen.

Jessy biss sich schuldbewusst auf die Unterlippe. »Ich weiß schon, dass ich euch gleich hätte informieren sollen, aber ich habe da plötzlich eine Chance gesehen, vielleicht etwas über den Mörder zu erfahren, nach dem wir die ganze Zeit schon suchen.«

Ja, das hättest du wirklich unbedingt tun sollen, anstatt dich in Lebensgefahr zu begeben, dachte Paula. Andererseits kannte sie dieses brennende Gefühl nur allzu gut: Wenn man womöglich ganz nah dran war, einen Fall aufzuklären, trat schnell mal die Vernunft in den Hintergrund. Aber nie und nimmer würde sie das öffentlich zugeben.

»Heute Morgen hatte sie wirklich ein total schönes Frühstück mit Obst und Tee und Müsli für mich gemacht, sogar veganes Brot hatte sie gekauft. Dann ist sie da gekommen«, Jessy nickte zu Ulla Kutzberger rüber, »und die beiden wollten wohl über was sprechen, was ich nicht hören sollte. Jedenfalls haben sie mich allein in der Küche gelassen.« Jessy zwinkerte kokett. »Nun ja, ich hatte ja eine Mission, also habe ich mich einfach ein bisschen umgesehen. Hätte die Frau Schniederbauer-Bauer mich erwischt, hätte ich gesagt, ich suche das Klo. Und tataaa! – entdecke ich ihr merkwürdiges Hexenkämmerchen oder besser: ihre Drogenküche. Damit die Schniederbauerin nicht hört, wie ich telefoniere, schicke ich dem Herrn Staudinger eine SMS, dass er schnell herkommen soll. Und schwups! – sitze ich wieder in der Küche beim Frühstück. Die Schniederbauerin hat gar nicht mitbekommen, dass ich herumgeschnüffelt habe. Scheißfreundlich ist sie zu mir, und ich merke noch gar nicht, welchen Knall die Person hat. Aber dann fängt sie an, mich vollzulabern, wie schlecht die Männer sind. Ich soll bloß nicht auf ältere Männer hereinfallen, die tun mir bloß weh und so ’n Mist.« Jessy tippte sich an die Stirn. »Besonders mit dem Herrn Staudinger soll ich vorsichtig sein, weil der einer von der ganz schlimmen Sorte ist.« Jessy kicherte. »Die hat sie wirklich nicht mehr alle. Gell, Herr Staudinger, Sie haben mich nie angebaggert oder so? Sie sind doch voll okay.«

Richards Herz wurde sofort leicht. So ein schrecklich ungerechtfertigter Vorwurf von dieser unmöglichen Rosa aber auch.

»Das hab ich ihr dann auch gesagt. Und dass ich das überhaupt nicht ausstehen kann, wenn man Menschen verleumdet. Denn ich persönlich lüge nie, und das erwarte ich auch von anderen. Sie solle doch mal lieber vor ihrer eigenen Haustür kehren. Das war natürlich nur so ein Schuss ins Blaue, aber ich kann euch sagen, ist die ausgetickt! Und beschimpft hat sie mich. Ich sei undankbar und so ’n Scheiß.« Jessy wedelte mit der Hand. »Doch plötzlich ist sie wieder lammfromm, sagt, sie würde mich nun in ihr Geheimnis einweihen, ich solle mitkommen. Wir latschen also ums Haus herum und dann in den Heizungsraum, und die Bitch sperrt mich tatsächlich ein. Die ist doch völlig verrückt, die Frau, so etwas gibt es doch nicht in echt, oder?«

Richard rieb sich noch immer die Handgelenke, er musste etwas ihm sehr Peinliches gestehen. »Heute Morgen, als mich die Trudel wegen dem Peterla angerufen hat, habe ich erst gemerkt, dass ich eine SMS bekommen habe. Wahrscheinlich genau zu der Zeit, als ich beim Fredl im Salon war. Ich hänge halt nicht dauernd am Handy. Ich bin eine ganz andere Generation, nicht der Facebook-Typ, und whatsappen ist auch nicht mein Ding. Nachdem ich Jessys Nachricht gelesen hatte, fiel es mir wie Schuppen von den Augen: die Bauernseufzer und Rosa mit ihrer Leidenschaft für Pflanzen. Ich habe mich sofort auf den Weg nach Ingreisch gemacht, Peterla hin oder her. Es gab Wichtigeres zu tun, als Suppengrün zu besorgen.«

Jessy nickte bei jedem Satz, dann fuhr sie fort: »Ich hocke also in diesem stinkenden Heizungsraum, und plötzlich geht die Tür auf, und Herr Staudinger ist da, was mich unheimlich beruhigt. Allerdings steht hinter ihm die Frau Schniederbauer-Bauer mit einem Gewehr. Und sie da«, wieder Blick zur Kutzbergerin, »ist auch dabei. Und dann haben die uns gefesselt.«

»Du hast uns angelogen, Ulla!«, rief Maria enttäuscht.

»Du hast die ganze Zeit gewusst, wo mein Bub ist!« Trudels Stimme war verdächtig schrill, ihre Hand umklammerte in der Handtasche das Nudelholz.

Paula legte ihr sanft die Hand auf die Schulter, blickte die Kutzbergerin jedoch scharf an: »Warum um Himmels willen haben Sie die beiden denn überhaupt eingesperrt? Was sollte das bringen?«

»Ach, die Rosa hatte sich da in was verrannt. Der Richard sei einer, der sich an junge Mädchen ranmacht, man müsse ihn aus dem Verkehr ziehen, hat sie immerzu gesagt. Und eigentlich wollte sie das Mädchen vor ihm schützen, aber die Kleine wollte gar nicht beschützt werden, besonders nicht von ihr, im Gegenteil. Irgendwie ist die Rosa dann durchgedreht, und ich habe mich nicht getraut, ihr zu widersprechen. Richtig Angst habe ich vor meiner Freundin bekommen. Ich wollte sie auch gar nicht fragen, was sie mit den beiden später vorhat, ich hab gehofft, es würde schon irgendwie gut gehen.«

Paula tätschelte Trudels Schulter und musste sich zurückhalten, um Ulla Kutzberger nicht kräftig durchzuschütteln – wie naiv war die eigentlich?

In dem Moment klingelte Fredls Handy. Er ging ran, lauschte eine Weile, dann legte sich ein Strahlen auf sein geschminktes Gesicht: »Wir haben sie, die Rosa!«

Der Friseur genoss es selbstredend, von allen fragend angeblickt zu werden.

Paula baute sich vor ihm auf. Sie sah richtig fertig aus, ihr Haar hätte dringend ein Styling nötig gehabt. Sie öffnete den Mund, aber Fredl war schneller.

»Nachdem ich mich in der Scheune umgeschaut hatte, bin ich nach draußen und sehe ein paar Menschen durch die Gegend irren, die glaubten, sich noch immer in Kleinmichlgsees zu befinden. Und eine Franken-Ripper-Führung hätten sie gebucht, die abgesagt worden sei, ohne dass man sie verständigt habe, erzählten sie mir. Extra aus Allersberg seien sie angereist. Und da dachte ich mir: Fredl, tue den armen Leuten einen Gefallen und lass sie auch mal Polizist spielen. Also habe ich ihnen ein Bild von Rosa auf meinem Smartphone gezeigt. Ich habe nämlich von all meinen Kundinnen ein Bild auf meinem Handy, ihr wisst schon, diese Vorher-nachher-Bilder, damit die Damen auch sehen, was ich für sagenhaft tolle Frisuren –«

»Fredl! Was ist jetzt mit der Rosa?«, unterbrach Richard den schwatzhaften Friseur.

»Ach ja, die Rosa. Ich habe also zu den Leuten gesagt, sie sollen nach dieser Frau suchen und sich sofort bei mir melden, wenn sie sie im Ort gesehen haben. Mensch, haben die sich gefreut. Gleich losmarschiert sind sie und haben die Rosa gerade mitten auf dem Marktplatz geschnappt.«

»Freilich, weil ich sie doch darum gebeten hab, mir noch frische Unterwäsche und aweng a Kosmetik aus meiner Wohnung zu holen«, sagte Ulla Kutzberger. »Im Knast darf man sich nämlich nicht amol schminken.« Sie betrachtete beschämt ihre Schuhspitzen. »Der Richard und des Maadla waren ja gut aufgehoben da drunten im Keller.«

Richard konnte sich nur mit Mühe beherrschen, ihr nicht ein paar Takte zu flöten.

Paula hingegen wollte lieber nicht darüber nachdenken, was

sie sich unter »geschnappt« vorzustellen hatte und ob die frischgebackenen Laien-Polizisten das Ganze vielleicht nur für ein lustiges, womöglich sogar extra für sie inszeniertes Spiel hielten. Natürlich wusch sie Fredl den Kopf – ein bisschen. Wie hatte er diese Leute so in Gefahr bringen können? Schlimm genug, dass sie selbst so leichtsinnig gewesen war und Trudel und ihn auf den Schniederbauer-Bauer-Hof mitgenommen hatte. »Andererseits bin ich Ihnen natürlich dankbar, Fredl. Aber geben Sie den Leuten umgehend Bescheid, dass sie nichts unternehmen sollen. Sie sollen vor Ort warten, bis wir da sind. Wir wissen ja nicht, wie Rosa reagiert. Hoffentlich haut sie uns nicht ab.«

»Das wäre echt schad um meine Unterwäsche und die Schminke.«

Fredl schickte einem der Touristen eine Nachricht. Schnell stellte sich heraus, dass Rosa nicht mit einem Wollschal oder einer Nylonstrumpfhose an einen Baum gefesselt worden war, wie Paula im Stillen befürchtet hatte, sondern, raffiniert von den Auswärtigen eingefädelt, noch immer mit ihnen über lokale Wurstspezialitäten plauderte.

Paula wandte sich an Richard. »Wenn Sie okay sind, Herr Staudinger, dann gehen wir jetzt nach Kleinmichlgsees und nehmen Rosa fest. Sie steht unter dringendem Mordverdacht. Auf jeden Fall kriegen wir sie wegen Freiheitsberaubung dran. Und Sie, Frau Kutzberger, bleiben bitte bei meiner Kollegin Heberle. Frau Kutzberger?« Scheiße! Paula brach der kalte Schweiß aus. »Die ist abgehauen!«

Bewegung kam in die Gruppe. Wie konnte die Witwe nur aus der Küche entwischt sein, ohne dass jemand es gemerkt hatte?

»Ich bin hier«, tönte es vom Flur, und schon kam sie mit einem Porzellanschälchen zurück. »Ich habe bloß Kekse zum Tee geholt. Möchte jemand? Das sind selbst gebackene Kekse. Rosa nennt sie Glückskekse.«

Richard zog ein angemessenes Gesicht. »Glückskekse, pfff, von wegen! Haschkekse werden das sein. Das ist gesunder Hanf, der da in Rosas Hexenküche wächst. Kein Wunder, dass die nicht mehr ganz knusper ist.«

»Des is etz aber auch nicht schön, wie du über die Rosa

sprichst, Richard«, regte sich Ulla Kutzberger auf, lenkte dann aber ein. »Na ja, seit der Julius tot ist, ist sie wirklich ein bisschen sonderbar geworden.« Sie runzelte heftig die Stirn. »Immer ihre merkwürdigen Andeutungen, mit welchem Pflanzengift man Schreckliches anstellen könnte. Und wie sie sich dafür begeistern kann.« Ihre Miene hellte sich auf. »Wisst ihr eigentlich, dass es organische Gifte gibt, die man nicht einmal schmeckt? Und manche Pflanzen sind ausgesprochene Highmacher, die können die Psyche öffnen und Gefühle verstärken, natürlich auch die negativen.« Ulla Kutzberger gluckste. »Wie der Fliegenpilz zum Beispiel, der gar nicht so giftig ist, wie es die Märchen einem weismachen wollen. Natürlich ist er dennoch mit Vorsicht zu genießen. Aber manche Spinner essen, rauchen oder trinken den tatsächlich, um den gewissen Kick zu erleben. Die Hexen im Mittelalter stellten daraus die berühmte Flugsalbe her und dachten nach dem Auftragen, sie könnten fliegen. Tatsächlich waren sie einfach nur high. Des weiß ich alles von der Rosa, toll, gell?«

Kurzer Blick von allen in ihre Tassen, dann zur Kutzbergerin und wieder in die Tassen.

»Und dann kommen Sie nicht auf die Idee, dass Frau Schniederbauer-Bauer hinter den Todesfällen in letzter Zeit stecken könnte? Hinter der Vergiftung Ihres Mannes?«, fragte Paula fassungslos. So blauäugig konnte die Frau doch nicht sein.

»Manchmal sagt man was, des mer gar ned so meint, aber man bringt doch deswegen keinen Menschen um. Obwohl, wenn ich jetzt so drüber nachdenke«, Ulla Kutzberger senkte die Stimme verschwörerisch, »sie kriegt immer so eine furchtbare Wut, wenn sie über Männer spricht. Darum hab ich mich auch nicht zu widersprechen getraut, als sie gesagt hat, der Richard sei so bös, den müssten wir einsperren.«

Kein Wunder, dass Rosa unter Verwirrung, Angstzuständen und Verfolgungswahn litt und vollkommen den Blick für die Realität verloren hatte, wenn sie Haschkekse naschte oder auf einem Fliegenpilz-Trip war, dachte Richard bitter. »Und nur weil sie das sagt, begehst du ganz schnell mal eine Straftat? Freiheitsberaubung nennt man das! Außerdem«, er kam jetzt so richtig in Fahrt, »zwei Männer vergiften und mich über den Haufen fahren wollen, das nenne ich nicht nur ein bisschen sonderbar!«

Ulla Kutzberger schaute ihn mit großen Kuhaugen an. »Aber die Rosa hat doch niemanden umgebracht!« Als alle schwiegen, wurden ihre Augen noch größer. »Die Rosa soll meinen Wolferl auf dem Gewissen haben? Nie im Leben! Sie is doch meine beste Freundin. Und ich bin ihr so dankbar, dass sie nach dem Tod von meinem Mann und der schrecklichen Zeit im Gefängnis jetzt für mich da ist.«

Noch immer sagte niemand etwas.

»Obwohl sie meinen Mann immer verteufelt hat, weil er mich betrog. Was schaut ihr denn so? Natürlich habe ich das gewusst und schrecklich gelitten deswegen. Wenn mich die Rosa nicht immer getröstet hätte, wäre es mir noch viel schlechter gegangen. Aber ich wollte doch nicht, dass er deswegen stirbt!«

»Den Lorenz hat sie beseitigt, weil er ihr vor vielen Jahren das Herz gebrochen hat«, fuhr Maria mit Rosas Strafregister fort. »Und Richard wollte sie aus dem Verkehr ziehen, wie du so schön sagtest, weil er sich angeblich an junge Mädchen ranmacht, wie sie damals eines war, als sie mit dreizehn verführt wurde. Das waren Rosas absurde Motive, um zu morden, einfach unglaublich! Ihr seid doch so dicke Freundinnen, und du willst von alldem nichts gewusst haben?«

Ulla Kutzbergers Gehirn schien zu arbeiten, sie schüttelte unablässig den Kopf. Das durfte doch alles nicht wahr sein! Unbewusst griff sie nach einem der Kekse.

Gerade noch rechtzeitig konnte Paula ihr den Glücklichmacher entwenden, wobei sie insgeheim selbst versucht war, einige in ihrer Tasche verschwinden zu lassen. Zu gern hätte sie Gutmut einmal fröhlich erlebt.

Gummibär

Richard sehnte sich nach einer Dusche und ein paar Stunden nur für sich, um das Erlebte verdauen zu können. Er war nicht einmal hungrig, und das wollte was heißen. Doch bei der Verhaftung der durchgeknallten Mehrfachmörderin konnte er die Frischkes unmöglich allein lassen, da bedurfte sie männlicher Begleitung. Aber dieser Pullover! Was hatte die Rosa sich bei dem nur gedacht? Hatte sie ihm ein wollenes Zelt stricken wollen? Er war entsetzlich. Und diese Farbe – in ihm sah er aus wie ein überdimensionales rotes Gummibärchen. Ein Gummibär. Rosa hatte ihn gezwungen, den Pullover anzuziehen. Wahrscheinlich eine weitere Gemeinheit, so wie ihre Attacke mit dem Auto. Freimütig hatte sie ihnen im Keller den Mordanschlag gestanden, hatte nicht einmal versucht, sich herauszureden: *Sorry, ich habe Gas und Bremse verwechselt.*

Die Frau, von der er jahrelang seine Bauernseufzer bezogen hatte, hatte ihn umbringen wollen! Mindestens aber als dickes Gummibärchen demütigen. Sogar seine Uniformjacke hatte die verrückte Frau versteckt. Wenigstens seine Mütze hatte er in der Stube gefunden, ohne die er sich obenrum nackt gefühlt hätte. Aber da musste er jetzt durch.

Maria und Jessy brachten derweil Ulla Kutzberger, die völlig in sich gekehrt war, auf die Wache.

Paula hatte Fredl und Trudel gebeten, nach Hause zu gehen, um die Polizeiarbeit nicht zu behindern. Sie hatten treuherzig genickt. Wie kleine Kinder, die man allein lässt und denen man sagt, sie dürfen nicht von der Schokoladentorte naschen, da sie sonst Bauch-Aua bekommen.

Und so wunderten sich Paula und Richard nicht, dass sie auf dem Weg nach Kleinmichlgsees ständig zwei Personen hinter Bäumen verschwinden oder Köpfe hinter Hecken oder Autos abtauchen sahen, sobald sie sich umdrehten.

Rosa Schniederbauer-Bauer stand tatsächlich noch immer

mitten auf dem Kleinmichlgseeser Dorfplatz und war in ein lebhaftes Gespräch mit den Auswärtigen vertieft. Die Allersberger leisteten ganze Arbeit. Sie nahm Richard erst wahr, als er fast vor ihr stand. Sie verengte die Augen zu Schlitzen, kurz wirkte es, als wollte sie tatsächlich Fersengeld geben, aber dann sah sie wohl ein, wie aussichtslos ihr Unterfangen gewesen wäre.

Maria hatte sich mit Ulla Kutzberger ins Büro der Oberkommissarin zurückgezogen. Sie wollten vermeiden, dass Rosa durch ihre Freundin bei ihrer Vernehmung unterbrochen wurde.

Rosa jedoch schien sich keiner Schuld bewusst zu sein. Ihrer Meinung nach hatten die Männer verdient, was ihnen widerfahren war. Ein Jammer nur, dass sie Richard nicht mit dem Wagen erwischt hatte und ihr nicht genügend Zeit geblieben war, ihm ein paar Bauernseufzer oder Fleischküchla unterzujubeln, die es wortwörtlich in sich gehabt hätten. Für Richards Tod hatte sie an die Tollkirsche, auch Belladonna genannt, als Gift gedacht. Alternativ hätte sie der Einfachheit halber wieder zum wohlschmeckenden Knollenblätterpilz gegriffen, der peppte das Aroma der Fleischküchla sogar noch ein wenig auf.

Natürlich hätte sie Richard auch auf ihrem Hof verschwinden lassen können. Sie hatte ihrem Mann oft genug beim Schlachten geholfen, und Schweine fraßen so gut wie alles.

Der Arme konnte nur noch nach Luft schnappen. »Der Pullover ist übrigens viel zu lang! Und so dick bin ich auch nicht«, brachte er endlich hervor.

»Außerdem hasst der Herr Staudinger Selbstgestricktes und, ich kann es nur noch einmal sagen, ist voll in Ordnung. Er ist mir nie zu nahe gekommen, Bitch!« Jessy war für sehr vieles offen, aber es gab zwei Sachen, die ihr wirklich an die Nieren gingen. Wenn jemand ungerecht behandelt wurde und Tiere im Essen landen sollten.

Ansonsten machte sie jeden Spaß mit. Von den Keksen in ihrer Jackentasche musste niemand etwas erfahren. Sie wollte zu gern ihren Onkel, den ollen Stinkstiefel, einmal albern erleben.

Paula verständigte die Kripo, vielmehr rief sie Andreas an, der noch immer mit Gutmut im »Hirschen« saß. Doch noch bevor die Herren sich aus dem Wirtshaus in die Wache bequemten, sprudelte alles aus Rosa heraus.

Für Paula blieb es dennoch unverständlich, warum sie nach so vielen Jahren, in denen sie ihre Rachegedanken hatte gären lassen, urplötzlich so aus dem Tritt geraten war. Was war der Auslöser gewesen?

»Julius' Tod hat mich völlig unvorbereitet getroffen«, erklärte sie. »Wie sollte ich die ganze Arbeit ohne ihn schaffen? So plötzlich mit dem Hof allein dazustehen hat mich überfordert.«

»Na ja, und dann die Trauer. Du hast immerhin deinen Mann verloren«, stellte Maria fest, die mit Rosa Schniederbauer-Bauers Herzlosigkeit einfach nicht klarkommen wollte.

Rosa schaute sie ausdruckslos an. »Wie man es nimmt. Ich war schon allein, als Julius noch lebte. Oder sagen wir es treffender: Ich war einsam.« Sie richtete sich an Paula. »Wissen Sie, der Julius war ein guter Landwirt, aber ein absolut leidenschaftsloser und langweiliger Mensch. Wir haben ja nicht einmal Kinder. Er war zwölf Jahre älter als ich, vielleicht lag es daran. Wie oft habe ich diese Ehe bereut?« Sie seufzte. »Ich hatte noch nie Glück mit den Männern.«

Jessy starrte die Frau verständnislos an, in ihrer Vorstellung war die Liebe nur wundervoll. Bis jetzt.

»Das erklärt aber nicht, warum Sie Wolfgang Kutzberger und Lorenz Angerer umgebracht haben«, sagte Paula, obwohl sie ja von Fredl schon so einiges erfahren hatte.

»Lorenz und ich waren während der Studienzeit ein Paar. Sogar schon verlobt. Die kirchliche Trauung sollte im Mai stattfinden. Ich hatte alles bereits geplant. Die Hochzeit wollten wir im ›Goldenen Hirschen‹ feiern, sogar *das* perfekte Hochzeitskleid hatte ich gefunden … Er war meine große Liebe. Und dann machte er von heute auf morgen Schluss mit mir. Seine Gefühle für mich seien doch nicht so stark, und er könne sich noch nicht vorstellen, verheiratet zu sein. Ich würde doch schnell einen anderen finden, einen, der besser zu mir passt. Aber ich fühlte es, er hatte mich wegen einer anderen sitzen lassen.«

Richard öffnete eine Flasche Mineralwasser und goss seiner Chefin und Rosa ein Glas voll ein.

»Könnt ihr euch die Lästereien und den Spott hinter meinem Rücken vorstellen? *Die ist sitzen gelassen worden! Der Lorenz wird schon seinen Grund haben!* Wahrscheinlich gäben sie noch immer keine Ruhe, hätte ich nicht dann den Julius geheiratet. Da hat der Lorenz vielleicht geschaut! Innerhalb eines Jahres stand ich nun doch vor dem Traualtar.«

»Du willst damit aber nicht sagen, dass du dem Julius dein Jawort nur gegeben hast, damit das Gespött aufhört?« Richard erwartete, dass Rosa ihm heftig widersprechen würde, aber sie zuckte nur mit der Schulter und grinste schräg.

»Danach hat niemand mehr ein schlechtes Wort über mich verloren.«

Hoffentlich tappe ich niemals in so eine Falle, dachte Richard.

»Der Lorenz hat sich in all den Jahren nicht geändert. Ein Dreckskerl bleibt ein Dreckskerl. Ich hatte ja ein bisschen gehofft, dass er sich nach dem Tod meines Mannes nun um mich kümmern, mich trösten würde. Er musste doch wissen, dass ich sehr einsam war.« Sie machte eine Handbewegung, die ihre Verständnislosigkeit untermauern sollte. »Jahrelang hat er sich Geräuchertes, die Bauernseufzer und den Kräutertee von mir liefern lassen. Dabei hat er immer so getan, als wäre nie etwas zwischen uns gewesen. Aber er hielt es nicht für nötig, auf Julius' Beerdigung zu erscheinen, nicht einmal sein Beileid hat er mir ausgesprochen – so unwichtig war ich ihm. Meine Wut auf ihn hat mich fast zerfressen. Ich habe es nicht mehr länger ausgehalten. All die Jahre habe ich mich damit herumgequält, darum bin ich dann zu ihm.«

»Und hast ihn umgebracht«, sagte Richard.

»Und habe ihm Fleischküchla gebracht.«

Das brachte Richard völlig aus dem Konzept, und auch Paula war überrascht.

»Wie schon gesagt, ich habe Lorenz mit Bauernseufzern, Geräuchertem und Tee beliefert. Und manchmal auch mit meinen selbst gemachten Fleischküchla, die er so liebt … liebte. Mehr als mich.«

»Und die hast du vergiftet?«

»Mit Knollenblätterpilzen?«, riet Paula.

»Richtig.« Rosa Schniederbauer-Bauer trug ein überlegenes Lächeln zur Schau.

Richard war sauer. Dieses Weibsstück! Wie sollte er jemals wieder genussvoll in ein Fleischküchla und seine geliebten Bauernseufzer beißen? »Aber warum um Himmels willen hast du den Wolferl umgebracht? Den hast du doch auch auf dem Gewissen, oder nicht?« Gänsehaut lief ihm die Arme rauf und runter.

»Ich sah doch, wie unglücklich die Ulla mit ihm war. Wie oft hat sie mir ihr Herz wegen diesem elenden Fremdgeher ausgeschüttet.« Sie schlug mit der Faust so heftig auf den Schreibtisch, dass Paula, Richard und Jessy vor Schreck einen Satz in die Höhe machten. »Wie oft habe ich ihn angerufen und wieder aufgelegt? Unzählige Male. Angst wollte ich ihm einjagen. Manchmal habe ich meine Stimme verstellt und gedroht, seine Fremdgeherei zu verraten. Doch das war ihm völlig egal.« Sie verzog angewidert das Gesicht. »Aber die Krönung war: Das Monster hat mich angemacht. Mich! Und da war der Julius noch putzmunter. ›Dein Alter bringt es doch nicht‹, hat er gesagt. Dabei waren sie doch eigentlich Freunde. Und jeder wusste, dass er ein gschlampertes Verhältnis mit einer aus der Stadt hatte. Aber die war ihm anscheinend nicht genug. Richtig frech und zudringlich ist er geworden, bis ich ihm gesagt habe, er soll sich zum Teufel scheren.« Sie nahm einen großen Schluck Wasser.

»Und deswegen hast du ihn umgebracht?«, fragte Richard mit piepsiger Stimme.

Doch Rosa ignorierte ihn. »Damit ist er zu weit gegangen, Frau Kommissarin. Also hab ich dem Wolferl eine nette Mischung aus Blauem Eisenhut und Fliegenpilzen gemacht. Die Fliegenpilze habe ich reingemischt, damit es ihm so richtig dreckig ging, aber schon der Eisenhut allein hätte gereicht. Ein paar Tage bevor mein Mann unter die Erde kam, da hab ich dem Misthund meine verfeinerte ›Kräutermischung für Pilze‹ und seine übliche Menge an Bauernseufzern vorbeigebracht, dann musste ich nur noch seelenruhig abwarten, bis er sich wieder ein Pilzgericht zubereitete.«

»Aber was, wenn Ulla die Pilzkräuter für ein anderes Gericht verwendet hätte?« Richard sprang vom Stuhl und riss das Fenster auf. Er brauchte Luft, dringend!

Rosa warf einen Blick zu Paulas Büro, in dem ihre Freundin saß, dann zuckte sie mit den Schultern. »Schicksal.«

Schicksal? Die Frau war doch vollkommen irre. Richard verschlug es die Sprache. Gott sei Dank hatten sie sie erwischt, sonst hätte Rosa immer weiter und weiter gemordet. Und als Nächster wäre er dran gewesen. Schweinefutter …

Rosa mied Richards Blick, und trotzdem trafen sich unwillkürlich ihre Augen.

»Du wolltest mich über den Haufen fahren, Rosa!«

»Ich wollte nur die Kleine vor dir schützen. Sie ist viel zu jung und unschuldig, um auf einen Mann hereinzufallen, der mehr als doppelt so alt ist wie sie. Ich weiß, wovon ich spreche.«

Richard konnte nicht anders, als den Kopf zu schütteln. Nur weil Rosa als junges Mädchen von einem älteren Mann verführt worden war, musste doch nicht er ein schlechter Mensch sein. Aber er schwieg. Ein Gericht hatte über Rosa zu urteilen, nicht er.

Jessy hatte in den letzten Minuten nicht eine Sekunde lang auf ihr Smartphone geschaut. Ein Novum.

Als Andreas und Gutmut endlich eintrudelten, war Rosa verstummt. Ulla Kutzberger war aus dem Büro gekommen und hatte ihren Arm um sie gelegt. »Das wird schon wieder«, tröstete sie die Frau, die sie in ihrem Hass gnadenlos geopfert hätte.

»Habe ich es nicht von Anfang an gesagt? Wir hätten die Kutzberger gar nicht erst aus der U-Haft entlassen dürfen«, brüstete sich Gutmut, als er über alles informiert worden war.

Paula grinste. Irgendetwas musste er ja sagen. Nur nicht eingestehen, dass die Kleinmichlgseeser Polizei wieder einmal die Mörderin vor der Kripo Nürnberg geschnappt hatte. »Dass man nach einem Schäuferla und einer Maß Pinkler Bräu immer noch so ungemütlich sein kann«, frotzelte Paula und hatte mit ihrer Vermutung das Essen betreffend ins Schwarze getroffen.

»Seit wir, die Kripo, wieder regelmäßig in Kleinmichlgsees

sind, macht die Resi auch werktags Schäuferla ohne Vorbestellung«, erklärte Andreas.

»Dieses Vergnügen könnten Sie sich auch leisten, wenn Sie nur ein bisschen effektiver arbeiten würden. Da ermitteln Sie tagelang, wohlgemerkt zu dritt, Pardon, mit Jessica sogar zu viert, bis es Ihnen gelingt, einer Bäuerin aus dem Nachbarort auf die Spur zu kommen.« Gutmut schüttelte seine Retourkutsche nur so aus dem Ärmel.

»Du weißt doch gar nicht, wovon du sprichst!«, explodierte Jessy plötzlich. »Keine Ahnung hast du, was die hier in Kleinmichlgsees auf der Wache leisten. Wie blöde haben alle an dem Fall gearbeitet! Und du fragst nicht mal, wie es mir ergangen ist! Eingesperrt hat uns die Bitch, in einem Heizungskeller! Und wäre der Herr Staudinger nicht gewesen, hätte die beknackte Schniederbauerin mich wahrscheinlich umgebracht!«

Niemand erwähnte, dass Richard, an Händen und Beinen gefesselt, nicht unbedingt zu großen Heldentaten fähig gewesen wäre.

Doch Gutmut konnte einfach nicht verlieren. Er wollte gerade etwas erwidern, als Richard »Määäh!« machte.

Fingerfood

Carlo Roggefäller dachte, ihn treffe der Schlag. Entweder kroch eine sehr kleine Bardame in einem hellen Fellmantel über den Boden – manche Sexspiele waren wirklich zu absurd –, oder dieses depperte Schaf trieb sich immer noch im »Paradies« herum. Da sein Assistent wie vom Erdboden verschluckt war, rief er ihn übers Handy an und stauchte ihn zusammen.

»Die Kommissarin kommt in einer Stunde. Wenn es bis dahin noch einmal in meinem Club muht, mäht oder miaut, bist du deinen Job los! Schaff endlich das verdammte Vieh weg!«

Derweil wurden Rosa Schniederbauer-Bauer und Ulla Kutzberger nach Nürnberg ins Polizeipräsidium gebracht, und die restliche Polizeimannschaft konnte endlich ins Wochenende gehen.

Maria hatte wie Paula ein Date – Wetten wurden auf Stefan abgeschlossen –, und Jessy wollte sich mit ihren Mädels treffen, die sie bereits über ihre Unversehrtheit informiert hatte.

Andreas lehnte an Paulas Schreibtisch und sah ihr beim Schminken zu. »Musst du dich für diesen Kerl so aufbrezeln?«

»Ich muss mich für gar keinen Kerl aufbrezeln.«

»Und wozu der Lippenstift?«

»Bist du etwa eifersüchtig auf Roggefäller?« Paula betrachtete ihre Lippen. War das Kirschrot vielleicht doch zu einladend? Aber vor Andreas die Farbe wieder abzuwischen war ihr dann doch zu doof.

»Nur ein Drink mit ihm, dann machen wir zwei uns einen schönen Abend.« Sie zwinkerte ihm zu und reichte ihm ihren Wohnungsschlüssel. »Wenn es dir langweilig wird, kannst du gern die Spülmaschine ausräumen.«

Andreas stöhnte auf. Na bravo! Seine Süße ging mit einem Bordellbesitzer aus, und er durfte ihren Haushalt machen.

Paula fuhr zum »Paradies«. Eigentlich hatte Roggefäller vorgehabt, sie in Nürnberg ausführen, aber sie hatte ihm kurz per

Telefon Bescheid gegeben, dass sie nach den Strapazen dieses aufregenden Samstags nur noch Ruhe wollte. Auf Marbella war er nicht mehr zu sprechen gekommen, und sie würde den Teufel tun und ihn daran erinnern. Hartnäckig, wie er war, würde er dann doch noch einen Jet chartern und sie nach Spanien entführen.

Roggefäller erwartete sie am Eingang und sah in seinem legeren Anzug ohne Krawatte verdammt gut aus. Sein volles Haar fiel ihm verwegen ins Gesicht. Er lächelte sie an, und als sie sich die Hand gaben, bekam Paula einen Stromschlag. »Donnerwetter!«, sagte Roggefäller. »Gehen wir doch in meinen Privatbereich.«

Allein das letzte Wort löste bei Paula schon ein Kribbeln im Magen aus.

Auf dem Weg durch den Swingerclub begrüßte er einige Gäste, die der Kleiderordnung gemäß nackt oder so gut wie nackt waren.

Paula hätte es vorher nicht für möglich gehalten, dass sie sich auch angezogen nackt fühlen konnte, aber so war es.

Sie nahm auf einem Ledersofa Platz. Auf dem Glastisch standen ein Sektkühler und Platten mit Fingerfood sowie Schüsseln mit Obst und Salat.

Plötzlich war von draußen Getrampel und Gerenne zu hören. Eine Frau schrie, ein Mann schimpfte laut.

»Einfach ignorieren«, sagte Roggefäller, machte aber ein reichlich saures Gesicht. Als nach kurzer Pause die seltsamen Geräusche wieder einsetzten, entschuldigte er sich und verschwand auf den Flur.

Was Paula entfernt hören konnte, klang recht bedrohlich.

Als der Clubbesitzer zurückkehrte, entkam ihm ein »Dummes Personal!«. Dann aber setzte er ein Lächeln auf, entkorkte den Champagner, und Paula konnte den Blick nicht von seinen makellos gepflegten Händen wenden. »Ich finde, es ist Zeit, dass wir uns duzen«, begann er.

Auf einmal tat es einen fürchterlichen Schlag, die angelehnte Tür flog auf, und die Hölle brach über sie herein.

Paula sah einen für sie zunächst undefinierbaren Körper direkt auf sich zufliegen. »Nein!«, schrie sie. Ein weiterer Schlag, eine der Platten mit den Häppchen und Eiswürfel flogen durch die Luft, dann prallte Paula das Ding genau ins Gesicht, und sie wurde tiefer ins Sofa gedrückt. Das Etwas gab entsetzliche Laute von sich, trat und zappelte und erstickte so Paulas weitere Schreie.

Andreas lümmelte auf dem Sofa und zappte durch die TV-Programme, als die Tür aufgesperrt wurde.

Paula war in einem recht desaströsen Zustand, der Andreas natürlich sofort signalisierte, dass Roggefäller zudringlich geworden war. Er sprang vom Sofa und schob sich die Ärmel nach oben, als wollte er gleich auf den unsichtbaren Kontrahenten losgehen. Dann aber riss er sich zusammen und spielte den Coolen. »Ach, du bist schon da?« Er klopfte mit einem Finger auf seine Armbanduhr. »War das Date mit dem Puffheini wohl doch nicht so prickelnd?«

»Es hätte durchaus nett werden können. Roggefäller hat sich große Mühe gegeben. Hat Champagner und Platten mit vegetarischen Häppchen aufgefahren.«

»Hier in Kleinmichlgsees im ›Paradies‹? Wolltet ihr nicht nach Marbella?« Er konnte sich den Spott nicht verkneifen.

»Ich habe nicht die leiseste Ahnung, was noch geplant war. Jedenfalls flog plötzlich ein wild gewordenes Schaf durch den Swingerclub, und Roggefäller bekam einen Tobsuchtsanfall. Keine Ahnung, warum sie Rosi nicht zurück in den Tiergarten bringen. Ich werde morgen den Tiergartendirektor informieren. Übrigens ein sympathischer Mann, ich habe ihn mal in Nürnberg kennengelernt. Er und die Pfleger vermissen Rosila sicher längst.« Sie befreite sich von ihren Schuhen. »Eigentlich war ich nach all dem Stress heute echt froh, in dem Aufruhr klammheimlich die Biege machen zu können … und mit dir vielleicht ein wenig zu kuscheln.« Sie schmiegte sich an ihn. »Als ich in mein Auto geflüchtet bin, habe ich Mario und Bambi noch rufen hören: ›Rosila, ned des kalte Büfett vom Chef auffressen. Böse Rosi, pfui, aus!‹«

Scherzkeks

Es war schon zu einer schönen Tradition geworden, ein paar Tage nach einem in Kleinmichlgsees aufgeklärten Mordfall eine abschließende Teambesprechung im »Goldenen Hirschen« abzuhalten. Resi hatte ihnen wie immer im Nebenraum einen Tisch eingedeckt und einen handgeschriebenen Zettel mit Tesafilm an die Tür geklebt: »Geschlossene Gesellschaft«. Einziger Störfaktor war Dietrich Gutmut, der wie immer keine Gelegenheit auslassen würde, die Kleinmichlgseeser Polizeiwache niederzumachen. Egal, ob sich diese nun die Aufklärung des Falls auf ihre Fahne schreiben konnte oder nicht. Doch Gutmut überraschte sie. Er fasste sich überraschend kurz und bedankte sich bei dem Kleinmichlkaffer Team für den Einsatz. Dass Paula, Richard und Maria den Mordfall aufgeklärt hatten, kehrte Gutmut allerdings wieder unter den Tisch.

Jessy warf ihm einen giftigen Blick zu, vertiefte sich dann aber wieder in ihr Handy. Vor zwei Tagen hatte sie einen total süßen Jungen mitten auf dem Dorfplatz kennengelernt, einen Kleinmichlgseeser. Seitdem legte sie ihr Smartphone praktisch nur noch zum Schlafen und Duschen aus der Hand. Und natürlich, wenn ihr der Kollege Staudinger einen tadelnden Blick zuwarf.

Resi brachte die Schäuferla und für Paula und Jessy Salat. Bis auf Weiteres hatte die Wirtin Jägerschnitzel und Bauernseufzer von der Speisekarte gestrichen.

»Werte Frau Kollegin Frischkes«, fuhr Gutmut feierlich fort, »zur Feier des Tages habe ich noch eine Überraschung für Sie. Zu unser aller Freude darf ich Ihnen mitteilen, dass Ihrem Antrag auf Versetzung in eine andere Dienststelle nunmehr entsprochen wurde.«

Das muntere Stimmengemurmel verstummte augenblicklich. Resi hielt im Servieren zweier Teller inne. Jessy blickte von ihrem Handy auf.

Es fühlte sich an wie ein Schlag in den Magen. Paula starrte Gutmut entgeistert an. Natürlich wollte sie versetzt werden, das war in den letzten Monaten ihr vordringlichstes Ziel gewesen. Nur weg aus diesem Nest und wieder zurück in die Stadt. Aber wenn Gutmut seine Finger im Spiel hatte, dann versetzte man sie jetzt wahrscheinlich wie Pater Brown in ein noch übleres Kaff.

»Sie dürfen zurück nach Berlin.«

In Paulas Ohren rauschte es, ihr wurde schwindlig.

Nach Berlin.

Dann hörte sie Maria rufen: »Nein!«

Hörte den Staudinger: »Das geht doch nicht!«

Die Resi: »Des geht fei ned, die Frau Frischkäs brauchen mir hier!«

Und dann hörte sie sich selbst sagen: »Das geht nicht, ich werde hier gebraucht.«

Und dann seufzten alle erleichtert auf, und Resi setzte die zwei Teller ab.

Gutmut grinste teuflisch. Jetzt hatte er sich des Preißen für immer entledigt. Solo-Paula wollte gar nicht mehr aus dem Kaff weg. »War sowieso nur ein Scherz«, sagte er.

»Sehr witzig«, grummelte Paula. Und konnte nicht glauben, was gerade mit ihr passiert war. Wollte sie gar nicht mehr weg aus Kleinmichlgsees? Unmöglich! Der Gedanke würde sie wieder eine schlaflose Nacht kosten, sollte Andreas nicht unterbinden, dass sie zum Nachdenken kam.

Die Schäuferla waren wie immer vorzüglich. Gutmut grinste noch immer. Wenn das Kleinmichlkaff auch sonst nichts zu bieten hatte, gut essen konnte man. Er würde schon dafür sorgen, dass die Frischkes hier versauerte, allein deswegen, weil er so immer einen Grund zum Herfahren hatte. Schließlich musste er ihr doch auf die Finger schauen.

»Vorhin hat mich übrigens Maximilian, also Ihr Landarzt, auf der Straße angesprochen«, sagte er, und jedes Wort war ein Vorwurf. »In diesem Swingerclub am Rand Ihres Kleinmichlkaffs soll ein Schaf als Lustobjekt gehalten worden sein. Was ist das denn für eine perverse Sauerei?« Selbstredend verschwieg er, dass er seit einiger Zeit in Kleinmichlgsees ein Schaf hatte blöken hören.

»Das ist keine Sauerei, sondern ein Lamm, und es heißt Rosi

und ist eine Sie«, erklärte Richard. Noch dazu war das agile Wollknäuel längst wieder in den Nürnberger Tiergarten zurückgebracht worden.

Gutmut verdrehte die Augen. Er wollte lieber nicht wissen, woher der Staudinger das so genau wusste. Sodom und Gomorrha!

Maria rutschte mit dem Stuhl näher zu Stefan, was natürlich nicht geräuschlos vor sich ging.

Der Nürnberger nutzte die Chance und legte seinen Arm um sie.

Jessy machte sofort ein Selfie von sich mit den Glücklichen, Paula lächelte, und Andreas klopfte anerkennend auf den Tisch.

Gutmut hob seinen Krug. »Na dann prost Mahlzeit!«

Andreas schob Paulas Haar zur Seite. »Das könnten wir doch eigentlich auch machen«, flüsterte er ihr ins Ohr.

»Ein Paar werden? Sind wir das noch gar nicht?«

»Ach, sind wir eines? Gut zu wissen. Aber damit wir das ein für alle Mal abschließend klären können, schlage ich vor, wir verzichten auf den Nachtisch im ›Hirschen‹ und besiegeln den Beschluss in deinem Himmelbett.«

Paula hatte nichts dagegen.

»Tja, Herr Gutmut«, Richard seufzte schwer, »endlich haben alle zueinandergefunden. Jetzt sind nur noch Sie und ich übrig.«

Gutmut starrte ihn entsetzt an. »Bilden Sie sich bloß keine Schwachheiten ein, Staudinger. Aus uns wird nichts. Dann gehe ich noch lieber ins ›Paradies‹ und verbringe die Nacht mit dieser Rosi!« Und dann lachte er laut und herzhaft.

Paula schmunzelte. War es Jessy vielleicht doch gelungen, einen Haschkeks zu entwenden und ihn heimlich ihrem Onkel unterzujubeln? Sie wagte einen prüfenden Blick in Richtung ihrer Praktikantin, doch die flirtete wie immer mit ihrem Handy.

Nachwort

Ein Schaf namens Rosi wurde im Mai 2015 aus dem Nürnberger Tiergarten entwendet und tauchte später in einem Bordell in München wieder auf. Da es sich bei Rosi im »Paradies« um kein Rotkopfschaf handelt und auch sonst keine charakteristischen Ähnlichkeiten bestehen, dürfte keine »Persönlichkeitsrechtsverletzung« vorliegen.

MARTINA TISCHLINGER
Kloß mit Soß
FRANKEN KRIMI
emons:

Martina Tischlinger
SAURE ZIPFEL
Broschur, 272 Seiten
ISBN 978-3-95451-800-5

»Mit viel Augenzwinkerei und einem unbeschwerten Schreibstil gelingt Martina Tischlinger ein verzwickter Kriminalfall mit vielen überraschenden Wendungen.« Altmühl-Bote

www.emons-verlag.de